AUTUMN ST. JAMES

ROCKING YOUR *World*

Impressum:

Autumn St. James
c/o autorenglück.de
Franz-Mehring-Str. 15
01237 Dresden

Copyright:

1. Auflage Mai 2021

Covergestaltung: Désirée Riechert
Lektorat: Luise Deckert
Korrektorat: Tatjana Weichel

Alle Personen und Handlungen sind frei erfunden. Ähnlichkeiten mit tatsächlich existierenden Personen sind rein zufällig und nicht beabsichtigt.

Für meine Kinder.

Kapitel 1

Emma

Ich ziehe den Reißverschluss meines rosa Brautjungfernkleides zu und schaue mich im Spiegel an.

Wow. Susan hat es echt gut gemeint mit uns. Sie wollte wohl nicht, dass wir so bescheuert aussehen wie die meisten Brautjungfern. Aber ein bisschen mehr Stoff hätte es doch sein können. Es fühlt sich an, als würde das Kleid gerade so über meinen Hintern reichen. Ich sehe mich jetzt schon den ganzen Abend an dem Saum zupfen. Es ist zudem trägerlos und wird nur von einer Korsage gehalten. Meine größte Angst ist, dass es rutscht und meine Brüste oben herausspringen. Frei nach dem Motto ›Free The Nipple‹. Ein Albtraum. Aber es ist sexy, keine Frage, und es hätte schlimmer kommen können.

Starke Armen schlingen sich von hinten um meine Mitte und lenken mich von dem Kleid ab.

»Verdammt, ich habe die heißeste Ehefrau der Welt«, raunt Max in mein Ohr.

Unsere Blicke treffen sich im Spiegel. Mein Herz schlägt höher bei der Lust, die in seinen whiskeyfarbenen Augen schimmert. Ich lehne mich tiefer in seine Umarmung. Ein Gefühl der Geborgenheit macht sich in meinem Körper breit. Ich könnte stundenlang hier in Max' Armen stehen und einfach die Zweisamkeit genießen. Doch wir beide haben noch etwas vor. Ich drehe mich in seiner Umarmung zu ihm um. Meine Hände wandern seinen Körper hinauf. Ich liebe es, den Bergen und Tälern seiner Muskeln zu folgen. Sein Lächeln zu sehen. Einfach bei ihm zu sein.

»Em, schau mich nicht so an«, fordert er mit rauer Stimme.

Unschuldig blicke ich zu ihm hinauf.

»Wie denn?«

Seine Hand wandert an meinem Rücken hinunter, bis sie auf meinem Hintern zum Liegen kommt. Mit einer kraftvollen Bewegung zieht er mich enger an sich heran.

Ich kann seine Erektion deutlich an meinem Unterbauch spüren.

»So, als wäre ich der Nachtisch, für den du den Hauptgang lieber gleich überspringen würdest.«

Oh, wie recht er hat. Doch ich kann nichts dagegen tun. Jede Frau würde bei diesem Mann schwach werden. Er spielt einfach nicht fair, und das, obwohl er weiß, dass ich gleich los muss.

»Was soll ich denn machen? Mein Ehemann sieht nun mal zum Anbeißen aus. Besonders, wenn er seine Uniform trägt.« Mit dem Zeigefinger tippe ich an seine Brust und gebe vor, mich zu verbrennen. Ein Zwicken an meiner Pobacke lässt mich aufschreien. Vor Schreck hüpfe ich ein Stück weiter in Max' Umarmung hinein.

Der beugt sich zu mir hinab. Sein Blick bohrt sich in meinen.

»Fang nichts an, was du nicht auch beabsichtigst, zu Ende zu bringen.« Die Lust in seiner Stimme ist deutlich zu hören.

»Ich habe gar nichts angefangen. Du bist doch hier aufgetaucht und hast mich angeschaut, als würdest du mich jeden Moment vernaschen.« Meine Finger spielen mit den kurzen stoppeligen Haaren in seinem Nacken.

»Was kann ich denn dafür, wenn du hier halb nackt vor dem Spiegel rumhüpfst? Ich bin eben auch nur ein Mann, und der Anblick meiner Frau – gerade in diesem Aufzug – ruft eine bestimmte Reaktion in meinem Körper hervor.«

»Ich bin angezogen und nicht halb nackt, du Spinner.« Spielerisch gebe ich ihm einen Klapps auf den Arm.

»Und ziehst du auch noch etwas über die Unterwäsche?«

Ich verdrehe die Augen.

»Das ist das Kleid. Ich bin mir ziemlich sicher, dass ich es dir vor ein paar Wochen vorgeführt habe und du es bereits genauestens unter die Lupe genommen hast«. Vielsagend schaue ich ihn an.

Das Grinsen auf seinem Gesicht wird breiter.

»Ach ja, jetzt wo du es sagst. Ich hätte nichts gegen eine Wiederholung einzuwenden.« Seine Hände wandern meinen Rücken hinab und kommen erst auf der Hinterseite der Oberschenkel zum Liegen. Mit einem Ruck hebt er mich hoch.

Mir bleibt nichts anderes übrig, als meine Beine um seine Hüften zu schlingen.

»Was machst du denn?«, frage ich lachend.

»Na, habe ich doch gerade gesagt. Ich bin bereit für eine Wiederholung.« Ohne ein weiteres Wort beugt er sich zu mir herunter und verschließt meine Lippen mit seinen.

Fordernd begegne ich ihm und vertiefe unseren Kuss. Ich könnte ewig so weitermachen, aber die Pflicht ruft. Für uns beide.

»Wir müssen aufhören«, lautet mein schwacher Protest, und meine Lippen streifen bei jeder Bewegung über seine.

Doch statt meinen Worten Folge zu leisten, lehnt Max sich noch tiefer in den Kuss hinein. Mit zwei Schritten nach vorne fängt er mich zwischen sich und dem Wandspiegel. Seine Erektion drückt sich in meine Mitte.

Stöhnend reibe ich mich an ihm. Ich will ihn in mir spüren. Scheiß auf Verpflichtungen. Oder darauf, dass ich vermutlich den ganzen Abend nach Sex riechen werde und mein Make-up sowie meine Frisur danach auch hin sind. Ich will meinen Ehemann, und zwar sofort.

»Max …«

Das Klingeln meines Telefons unterbricht mich, als ich

gerade dabei bin, alle Vernunft über den Haufen zu werfen und ihm grünes Licht zu geben.

Ich strecke meine Hand zur Seite aus und greife nach dem Handy auf der Kommode neben uns. Ohne zu schauen, wer unseren leidenschaftlichen Moment stört, hebe ich ab.

»Ja.« Meine Stimme klingt rau vor Erregung.

»Süße, wo bleibst du?«, fragt Faith am anderen Ende der Leitung.

»Und warum hörst du dich so merkwürdig an?«

Verdammt, ihr entgeht einfach nichts.

Ich räuspere mich kurz.

»Bin schon unterwegs.«

Max hat es sich in der Zwischenzeit zur Aufgabe gemacht, meinen Hals und mein Dekolleté mit Küssen zu bedecken.

»Emma, du wolltest vor zwanzig Minuten schon hier sein. Was treibst du denn?«

Vorsichtig löse ich meine Beine von Max' Körper und schiebe ihn ein Stück von mir weg.

Er gibt einen protestierenden Laut von sich.

»War das gerade Max?«, hakt Faith nach.

Verdammt. Verdammt. Verdammt.

»Was war Max?« Ich hoffe, dass es mich in diesem Fall weiterbringt, mich dummzustellen.

»Emma. Hör auf, schmutzige Dinge mit deinem Ehemann zu machen, und schwing deinen sexy Hintern hier rüber. Und das, bevor die Braut nervös wird, weil eine ihrer Brautjungfern lieber ›Versteck den Cop in der Vagina‹ spielt, anstatt hier pünktlich aufzutauchen.«

Sie ist das versaute Yin zu meinem Yang. Meine ›sister from another mister‹. Die Schwester, die ich nie hatte, weil meine Eltern mir stattdessen einen nervigen kleinen Bruder geschenkt haben, als ich zehn Jahre alt war. Mit ihr wird es nie langweilig, und das liebe ich an ihr. Doch auf zu viel Aufregung habe ich heute keine Lust.

»Ich hoffe für dich, dass niemand in deiner Nähe ist und gehört hat, was du gerade gesagt hast, sonst wirst du dafür büßen!«

Sie besitzt tatsächlich die Frechheit zu lachen.

»Wärst du pünktlich hier gewesen, hätte ich es nicht sagen müssen. Jetzt wirst du nie erfahren, ob jemand gehört hat, dass du es gerne wild mit deinem Mann treibst.«

Ich bringe sie um! Beste Freundin hin oder her.

»Ich hasse dich.«

»Nein, du liebst mich, und das weißt du auch.«

»Bin in fünf Minuten da, du kannst also aufhören, dir ins Höschen zu machen.«

»Welches Höschen?« Noch bevor ich etwas antworten kann, legt sie lachend auf.

Kopfschüttelnd schaue ich zu Max hinauf.

Der kann sein breites Grinsen nicht verbergen.

»Man lauscht nicht.«

Sein Grinsen wird noch breiter.

»War keine Absicht.«

»Ja, ist schon klar.« Ich verdrehe die Augen.

Er beugt sich zu mir herunter und drückt einen flüchtigen Kuss auf meine Lippen.

»Du musst los, Baby.«

Enttäuscht schaue ich ihn an.

»Und du auch. Trent wartet sicher schon darauf, dass du endlich wieder rauskommst.«

Wie aufs Stichwort rauscht das Funkgerät an seiner Brust, bevor eine Meldung von der Zentrale durchgegeben wird.

»Komm.« Er greift nach meiner Hand.

Im Vorbeigehen schnappe ich mir meine Tasche und schiebe das Telefon hinein. Gemeinsam machen wir uns auf den Weg nach draußen.

An meinem Wagen angekommen öffnet Max die Tür für mich.

»Ich liebe dich«, sagt er, bevor er einen letzten Kuss auf meine Lippen drückt.

»Ich dich auch«, hauche ich an seine.

»Pass auf dich auf heute Nacht, und komm heil zu mir zurück.«

Mit ernstem Blick schaut er auf mich hinab.

»Das werde ich, immer.«

Ein wenig betrübt darüber, dass Max arbeiten muss und nicht mit zur Hochzeit kommen kann, steige ich ins Auto. Ich weiß, sein Job ist wichtig, doch ich habe jedes Mal eine Heidenangst, dass ihm etwas passiert.

»Viel Spaß. Und grüß die Braut und den Bräutigam von mir.« Max schließt die Fahrertür meines Wagens und macht sich auf den Weg zum Streifenwagen, in dem sein Partner schon auf ihn wartet.

Die Fahrt zu Susan und Harry dauert zum Glück nicht lange, aber doch ein bisschen länger als die fünf Minuten, die ich Faith gesagt habe. Die Einfahrt ist schon voller Autos, ich entdecke auch das meiner Eltern.

Ich bin bestimmt die Letzte. Um keine weitere Zeit zu verlieren, eile ich die Treppenstufen der Veranda hinauf.

Doch ich werde durch einen schwarz gekleideten Muskelberg von einem Mann gestoppt.

»Halt. Ich muss Ihren Ausweis sehen, sonst kann ich Sie nicht hereinlassen.«

Als ich meinen Blick kurz zur Seite schweifen lasse, stelle ich fest, dass weitere Securitymitarbeiter die Umgebung absichern. Bei der Anwesenheit mancher Gäste ist das wohl eine unumgängliche Maßnahme. Susan und Harry stehen heute im Mittelpunkt, da sollte der Tag nicht durch Zwischenfälle jeglicher Art überschattet werden.

Anlässlich ihrer Silberhochzeit geben sie sich noch einmal das Jawort. Als Susan mit Jace schwanger war, haben die beiden nur im kleinen Rahmen geheiratet, damit ihr Sohn kein Bastard wird. Das hat nur leider nicht viel gebracht, ein Bastard ist er trotzdem geworden. Aber das kann mir egal sein. Ich bin glücklich mit Max, mir scheint förmlich die Sonne aus dem Allerwertesten.

Der Muskelprotz sieht nicht gerade aus, als wäre mit ihm gut Kirschen essen. Offensichtlich ist er nicht sonderlich begeistert darüber, dass ich so lange brauche, um meinen Ausweis hervorzuholen.

Also lege ich einen Zahn zu. Ich möchte ihn wirklich ungerne verärgern.

»Bitte schön.« Ich halte ihm das geforderte Dokument vor die Nase.

Ein Blick auf sein Klemmbrett und schon öffnet sich die Tür für mich. Ganz nach dem Motto ›Sesam öffne dich‹. Na ja, oder so ähnlich.

Ich sprinte die Treppe zum Obergeschoß hinauf – so schnell es in diesem Kleid geht, ohne den anderen Gästen einen Blick unter meinen Rock zu gewähren. Dort laufe ich den Flur entlang wie schon unzählige Male zuvor.

Es ist zwar dasselbe Haus, in dem ich meine halbe Kindheit und Jugend verbracht habe. Doch es ähnelt dem von damals kein Stück mehr. Nachdem Jace und Faith ihre Flügel ausgebreitet haben und in die große, weite Welt hinausgeflogen sind, haben Susan und Harry dem Grundstück ein komplett neues Aussehen verliehen. Dank Jace war ein Upgrade in Sachen Luxus drin. Sogar ein Pool wurde im Garten gebaut. Es ist eine Schande, dass sie das nicht schon früher gemacht haben. Wir hätten mit Sicherheit jede freie Minute dort verbracht.

Doch auch wenn sich das Aussehen verändert hat, könnte ich blind das richtige Zimmer finden.

Der Anblick, der sich mir bietet, als ich es betrete, versetzt mich zurück in alte Zeiten. Mutter und Tochter lachen und haben zusammen Spaß.

Faith und ich haben Glück, dass wir beide eine liebevolle und behütete Kindheit hatten. Unsere Eltern sind toll, und uns ist schnell bewusst geworden, dass das nicht selbstverständlich ist.

Mit Champagnerflöten in der Hand stoßen sie vergnügt auf den heutigen Tag an.

Ich lehne mich entspannt gegen den Türrahmen.

»Hey, wo ist mein Glas?«, frage ich lachend.

»Und meins!«

Ich brauche mich nicht umzudrehen, um zu wissen, zu wem die tiefe Stimme hinter mir gehört. Mein Körper hat sie beim ersten Ton wiedererkannt. In mir breitet sich auf einen Schlag Hitze aus, und in meinem Bauch flattert eine Horde Schmetterlinge.

Tief durchatmen und Ruhe bewahren, Emma.

Doch leider komme ich gar nicht erst dazu, überhaupt einen Atemzug in meine Lungen zu befördern, denn ein muskulöser Arm legt sich im nächsten Moment um meine Schultern. Die Berührung bringt meine nackte Haut zum Kribbeln.

»Hey, Em. Lange nicht gesehen«, begrüßt er mich.

»Jap. Sechs Jahre.« Ich versuche, dabei so unbeirrt wie möglich zu klingen. Das Letzte, was ich jetzt noch gebrauchen kann, ist, dass er merkt, was für eine Reaktion seine Nähe auf mich hat. Aus dem Augenwinkel blicke ich zu ihm. Großer Fehler!

Er sieht atemberaubend aus. Seine schwarzen Haare sind dick und gerade so lang, dass man die Finger in ihnen versinken lassen kann. Beim Sex könnte man im Eifer des Gefechts daran ziehen.

Die Vorstellung allein lässt die Hitze in mir noch weiter aufflammen. Verdammt. Sex ist wirklich das Allerletzte, an das ich in diesem Moment denken sollte. Vor allem nicht in Bezug auf irgendein Körperteil von Jace.

Doch seine Haare sind leider nicht das einzig Gutaussehende an ihm. Sein Anzug muss maßgeschneidert sein. Jace füllt ihn perfekt aus. Aber sind wir doch mal ehrlich, Jace könnte einen Müllsack tragen und würde noch immer zum Anbeißen aussehen. Ich könnte ihn stundenlang betrachten, lasse meinen Blick aber wieder zu seinem Gesicht gleiten, bevor noch jemand von meinem Moment der Schwäche Wind bekommt.

Dort wird er von Augen, die den Tiefen des Ozeans gleichen, erwidert. Ein Lächeln umspielt seine Lippen. Er beugt sich zu mir herunter.

»Gefällt dir, was du siehst, Em?«, flüstert er in mein Ohr.

Das Verlangen, das seine Worte und diese raue Stimme in mir auslösen, sollte nicht sein. Ich bin glücklich verheiratet. Warum fühlt es sich nach so langer Zeit sofort wieder so an, als wäre ich das Mädchen, das den großen Bruder ihrer besten Freundin anhimmelt? Ich habe in den letzten Jahren nicht einen Gedanken an ihn verschwendet. Doch plötzlich steht er neben mir, hüllt mich mit seinem männlichen Geruch ein, wirft mir ein kleines Lächeln zu, haucht mir ein paar Worte ins Ohr und schon hüpft mein Herz vor Aufregung in meiner Brust. Ich merke, wie Wut in mir hochkocht.

»Nein, mir gefällt das überhaupt nicht!«, fahre ich ihn genervt von ihm, mir selbst und der ganzen Situation an. Diese Aussage trifft auf so vieles zu. Mir gefällt nicht, wie er mich anschaut. Mir gefällt nicht, wie er selbstgefällig lächelt. Und vor allem gefällt mir nicht, wie ich mich bei alldem fühle!

Ich schüttle seinen Arm ab und geselle mich zu Faith und Susan, die glücklicherweise in ein Gespräch vertieft sind und meinem Zusammentreffen mit Jace keine größere Beachtung geschenkt haben.

»Wow, Susan, du siehst atemberaubend aus. Harry wird am Altar die Kinnlade runterklappen.«

»Du bist auch wunderschön, Kleines. Ihr alle seid es und werdet mir die Show stehlen.« Sie zwinkert uns zu. Ich liebe ihre lustige Art.

»Tja, Mom. Dann hättest du nicht so heiße Kleider für uns aussuchen sollen.« Faith legt eine kleine Show für uns hin, um ihr Outfit zu präsentieren.

»Max war bestimmt auch begeistert, oder, Emma?« Mit wackelnden Augenbrauen sieht sie mich an.

Ich werfe ihr einen warnenden Blick zu. Dieses kleine Biest.

Glücklicherweise ist ihre Mutter gerade vertieft darin, etwas auf dem Handy zu tippen.

»Wir haben gerade darüber gesprochen, wer zusammen den Gang entlanggehen sollte. Malia und Faith werden mit Nate und Tyler den Anfang machen. Summer wird an Easts Seite sein. Und wir finden, Jace und du bilden das perfekte Schlusslicht.«

Mein Herz sinkt. Mit ihm den Gang zum Altar entlangzuschreiten ist wirklich das Allerletzte, was ich machen möchte. Doch dagegen zu argumentieren würde nur unerwünschte Aufmerksamkeit auf das eigentliche Problem lenken: meine verwirrende körperliche Reaktion auf ihn. Also setze ich ein Lächeln auf.

»Arme Summer.«

»Keine Sorge, sie weiß, was ihr blüht«, gibt Faith lachend zurück.

»Na, dann ist ja gut. Bevor es losgeht, werde ich noch einmal schnell ins Bad verschwinden.« Ich flüchte ins Badezimmer und schließe die Tür hinter mir.

Das Grinsen auf Jace' Gesicht ist mir dabei nicht entgangen. Wenn ich diesen Abend überstanden habe, brauche ich ihn so schnell nicht wiederzusehen, und alles ist wie immer: Jace nur eine verblassende Erinnerung aus meiner Vergangenheit und Max meine Zukunft.

Ich muss mich einen Moment sammeln, und dann wird schon alles in Ordnung sein. Ist es nicht ganz normal, extrem zu reagieren, wenn man nach sechs Jahren eine bekannte Person wiedertrifft? Ja, genau das ist es. Das Kribbeln und alles kommt einfach von dem Schock, ihm hier oben im Schlafzimmer bereits begegnet zu sein.

Ein Klopfen an der Tür reißt mich aus meinen Gedanken.

»Hey, Em, komm schon, es geht los! Du willst doch nicht, dass alle auf uns warten müssen!«, tönt Jace' Stimme durch das Holz.

Nach einem letzten Blick in den Spiegel schließe ich die Tür auf und trete hinaus ins Schlafzimmer.

Susan und Faith sind schon weg. Jace steht direkt vor mir und wirft mir einen merkwürdigen Blick zu. Keine Ahnung, was er zu bedeuten hat, und wenn ich ehrlich bin, will ich das auch gar nicht wissen. Also ignoriere ich seinen Blick und gehe an ihm vorbei zur Tür hinaus.

Als wir die Küche betreten, stehen die anderen Paare schon bereit für den Einmarsch. Die restlichen Gäste müssen draußen im Garten Platz genommen haben.

Schnell reihen wir uns hinter Faith und Tyler in die Schlange ein. Nach uns kommt nur noch die wunderschöne Braut. Die ersten Töne des Einmarschliedes erklingen, das ist unser Zeichen.

Ich hake mich mit der einen Hand bei Jace ein und halte in der anderen eine Miniversion des Brautstraußes aus Wildblumen, den Faith mir gegeben hat. Es ist alles einfach perfekt.

Neben Jace den Gang zum Altar entlangzugehen, fühlt sich merkwürdig an. In meinem ganzen Körper breitet sich wieder dieses Kribbeln aus. Wie eine Art Krankheit, die durch Jace' Anwesenheit hervorgerufen wird, deren einzige Heilung es ist, wenn er weit weg in sicherer Entfernung sein Leben lebt. Ich würde am liebsten frustriert aufstöhnen, aber das würde wahrscheinlich die Aufmerksamkeit der Gäste auf mich lenken. Darauf kann ich wirklich verzichten. Fakt ist, mein Körper ist ein mieser Verräter, doch mein Kopf nicht. *Und solange der noch bei klarem Verstand ist, wirst du nicht gewinnen, du kleines Biest namens Körper! Hast du das gehört?!*

Es dauert nur ein paar Sekunden, den Gang entlangzuschreiten, auch wenn sie sich wie eine kleine Ewigkeit anfühlen. Erleichterung macht sich in mir breit, als ich am Altar wieder Abstand zu Jace nehmen kann.

Memo an mich selbst: Meide ihn den Rest des Abends!

Die Trauung war wunderschön. Zu hören, wie sehr sich die beiden auch nach so langer Zeit noch lieben, lässt mich daran glauben, dass jeder sie finden kann. Diese eine Person, die das Herz auch Jahre später noch höherschlagen lässt. Ich hoffe wirklich, Max ist mein Harry. Ich möchte auch in über zwanzig Jahren noch so verliebt in ihn sein wie diese beiden ineinander.

Nach der Trauung geht es mit der gesamten Hochzeitsgesellschaft in den hinteren Teil des Gartens. Dort findet die anschließende Feier statt. Es wurden Tische und eine Tanzfläche mit kleiner Bühne aufgebaut. In den Bäumen hängen Lichterketten, die diesen Bereich einrahmen. Es sieht einfach märchenhaft aus. Richtig romantisch und verspielt.

So hätte ich auch gerne geheiratet. Doch bei Max und mir ging das alles eher spontaner und schlichter vonstatten.

Der Sitzplan hat uns Trauzeugen und Brautjungfern an einen Tisch geführt. Und wie es der Zufall will, ist Jace' Platz mir gegenüber. Aber den ganzen Abend neben ihm zu verbringen wäre sicher schlimmer gewesen.

Seit unserem Aufeinandertreffen im Schlafzimmer vorhin ist es, als ob sein Körper von meinem magnetisch angezogen werden würde. Ständig berührt er mich in irgendeiner Form, auch wenn es meistens nur kurze federleichte oder streifende Kontakte sind. Ich hatte die Hoffnung, mein Verstand spielt mir einen Streich und ich bilde mir alles nur ein, doch es ist die grausame Realität. Der pure Albtraum. Ich könnte wirklich darauf verzichten. Möglicherweise liegt es an seinem Job, dass er so körperbetont agiert. Er trifft schließlich ständig auf wildfremde Menschen, die in seinen persönlichen Bereich eindringen. Vielleicht existiert dieser daher für ihn gar nicht mehr.

Beim Abendessen nach den Ansprachen der Kinder des Brautpaares wird mir klar, dass es kein Stück besser ist, Jace gegenüber zu sitzen statt neben ihm. Denn er starrt mich die ganze Zeit an. Überhaupt nicht gruselig oder so. Ich habe beschlossen, dass ich gar nicht mehr hungrig bin. Statt das Festmahl zu genießen, lasse ich meinen Blick über ihn schweifen.

Ich finde essende Menschen eigentlich eklig, aber Jace sieht selbst superheiß aus, während er isst. Total unfair. Die Art, wie sich die Muskeln in seinem Arm bewegen, wenn er die Gabel an den Mund führt, ist einfach zum Dahinschmelzen. Was er wohl noch alles so mit ihnen anstellen kann? Vielleicht eine Frau an den Oberschenkeln packen, hochheben und gegen die Wand drücken, während sich seine Fingerspitzen in ihrem Hintern vergraben und er mit kraftvollen Stößen in sie eindringt. Wieder und wieder. Unerlässlich, bis sie in seinen Armen vor Lust zerfällt.

Emma, was stimmt nicht mit dir?

Meine Fantasie wurde bestimmt von dem unterbrochenen Schäferstündchen mit Max vorhin angefacht. Das würde auch meine körperliche Reaktion erklären, wann immer Jace mir nahe ist. Und jetzt hänge ich dank Max unbefriedigt, ohne die Möglichkeit, etwas dagegen zu unternehmen, und mit Sexfantasien, in denen andere Gäste die Hauptrolle spielen, auf der Hochzeit fest.

Bei den Gedanken an diese Fantasien schießt Hitze in meine Wangen. Keine Ahnung, ob vor lauter Erregung oder Scham, aber ich bin mir sicher, sie sind feuerrot. Jetzt ist definitiv der Zeitpunkt gekommen, an dem ich meine Stirn auf den Tisch hauen möchte, damit mein Leiden endlich ein Ende findet. Wozu hat man eigentlich einen Ehemann, wenn er nie da ist, sobald man ihn am dringendsten braucht?

Plötzlich zuckt ein Schmerz durch mein Schienbein. Erschrocken reiße ich meinen Blick nach oben und schaue geradewegs in ein grinsendes Gesicht.

Das hat er nicht getan! Was ist mit diesem Mann nicht in Ordnung? Hat er es sich heute zur Aufgabe gemacht, mich in den Wahnsinn zu treiben?

Aber was er kann, kann ich schon lange. Also hole ich unter dem Tisch mit meinem Bein aus und trete ihm mit voller Wucht gegen das Schienbein. *Da hast du es, leg dich nicht mit Emma an.*

Doch der Schmerzensschrei, der folgt, kommt nicht von Jace, sondern von Faith, die direkt neben ihm sitzt. Scheiße!

»Emma, hast du mich gerade getreten?«, fragt sie entsetzt.

Oh mein Gott, am liebsten würde ich im Erdboden versinken. Ich antworte mit meisterhaften Schauspielkünsten:

»Sorry, ich habe aus Versehen diesen Reflexpunkt an meinem Knie berührt … Ähm … ihr wisst schon. Da, wo die Ärzte immer mit dem Hammer draufhauen. Bei dem das Bein dann nach vorne schnellt und man keine Kontrolle über die Bewegung hat.«

»Okay.« Faith wirft mir einen ›WAS ZUR HÖLLE?!‹-Blick zu, wohingegen Jace' Augen die pure Belustigung ausstrahlen.

Seinem Gesichtsausdruck nach zu urteilen kann er gerade noch verhindern, in schallendes Gelächter auszubrechen.

Na super. Dieser ganze Abend kann nur in einem Desaster enden. Vielleicht sollte ich mir einfach meine Tasche schnappen und nach Hause gehen.

Kapitel 2

Jace

War Emma schon immer so atemberaubend schön? Ich denke schon. Früher habe ich es nur besser ignorieren können, weil mein ganzer Fokus auf meiner Karriere lag. Natürlich gab es auch Mädchen, mit denen ich mich ausprobiert und neue Erfahrungen gesammelt habe. Aber keine war so schön, so schlau, so lustig oder so liebenswürdig wie Emma.

Ich habe mich absichtlich immer für die blonden oder rothaarigen Mädchen und später Frauen entschieden, weil ich die dunkelhaarigen mit Emma verglichen habe. Beim Sex hätte ich mir vorgestellt, wie Em unter mir liegt. Wie es sich anfühlt, wenn ich in ihre feuchte Hitze eindringe und ihre Enge mich umschließt. Wie ich ihre honigsüße Feuchtigkeit zum ersten Mal schmecke, die sich in meinem Mund mit jeder Bewegung weiter verteilt. Wie ihre Lippen sich um mich schließen. Wie sie ihre Zunge über mich gleiten lässt, als wenn sie einen Lutscher genießt, und gar nicht genug davon bekommen kann.

Und jetzt bin ich hart wie ein Stein. In meinem Schritt hat sich ein Zelt gebildet. Ich bin heilfroh, dass wir noch am Tisch sitzen und ich die Situation in meiner Hose so verbergen kann.

Denk einfach schnell an etwas anderes, Jace! Wie wäre es mit Babys? Babys sind süß. Oder Welpen?! Welpen sind niedlich.

Emma mit meinem Baby im Bauch und ein Welpe, der um

ihre Beine läuft. Wir, die gemeinsam eine Familie gründen.

Nicht hilfreich. Wäre er nicht vor diesem Gedanken schon hart wie Granit gewesen, wäre er es spätestens jetzt. Es gesellt sich ein wütendes Pochen hinzu, da er nicht sonderlich gerne ignoriert wird. Er möchte herauskommen, um zu spielen. Ich befürchte nur, dass er sich auf eine ganz spezielle Spielpartnerin versteift hat. Im wahrsten Sinne des Wortes!

Sorry, mein Freund, heute wohl eher nicht. Wir hatten unsere Chance. Doch unsere Wahl fiel auf die Karriere und den Erfolg.

Trotzdem gab es einen kurzen Moment der Schwäche. Es war der Abend, bevor Emma und Faith an die University of British Columbia gegangen sind.

»Das ist dann wohl der Zeitpunkt, Abschied zu nehmen.« Ich schaue Emma an.

Sie steht im Flur meines Zuhauses. Die restliche Familie ist noch in der Küche. Da meine Eltern und ihre die Mädchen begleiten, müssen nur Malia und ich uns von Emma schon heute verabschieden. Hier. Jetzt. Sofort.

Malia schlingt ihre Arme um Emmas Taille.

»Tschüss«, murmelt sie in ihr Shirt.

»Mach's gut, Süße.« Lächelnd schaut sie meine Schwester an und streichelt ihr liebevoll über den Kopf.

Nachdem sich Malia widerwillig von Emma gelöst hat, stapft sie mit hängendem Kopf in die Küche.

Jetzt ist es für mich an der Zeit. Ich trete ein Stück vor und lege meine Arme um Emma.

Sie ist starr wie ein Brett.

Es ist das erste Mal, dass wir uns so nahe sind. Auch wenn ihre Haltung die ganze Sache ein wenig merkwürdig macht, fühlt es sich doch ziemlich gut an. Ich ziehe sie noch ein Stück tiefer in meine Umarmung hinein. Einen kurzen Moment später lässt sie sich fallen und legt ihre Arme vorsichtig um meine Hüften.

In den letzten Jahren hat ihr Körper an den richtigen Stellen Rundungen zugelegt. Ich fahre mit den Händen ihre Kurven entlang. Oben angekommen, lasse ich sie in ihrem weichen Haar versinken. Der Duft von frischen Pfirsichen steigt in meine Nase. Mit den Daumen hebe ich ihr Kinn an.

Unsere Blicke treffen sich. Ich könnte stundenlang in die Tiefen ihrer blauen Augen schauen. Die Vorstellung, sie nicht mehr jeden Tag zu sehen, lässt Panik durch meine Adern strömen.

Kurzentschlossen beuge ich mich vor und lege meine Lippen auf ihre. So verharren wir für einen kurzen Augenblick. Wie im Einklang miteinander beginnen wir im selben Moment, uns zu bewegen. Weiter aufeinander zu. Mit jeder Sekunde wird der Kuss fordernder. Der Geschmack von Pfirsichen explodiert auf meiner Zunge, als ihre in meinen Mund hineintaucht und über meine streicht. Es ist ein Kuss, wie ich ihn noch nie zuvor erlebt habe. Ich kann gar nicht genug bekommen. So gerne möchte ich für immer hier stehen und Emma einfach nur küssen, doch es könnte jeden Moment jemand aus der Küche in den Flur kommen.

Widerwillig trete ich einen Schritt von Emma weg und fahre mit der Hand durch mein Haar.

»Verdammt, das hätten wir nicht tun sollen.« Aus vielerlei Gründen. Weil ich sie und ihren süßen Geschmack nun nie mehr aus meinem Kopf bekommen und jedes Mal daran denken werde, wenn ich sie sehe. Weil es riskant war. Und weil ich im Moment keinen Platz für die Art der Gefühle habe, die ihr Kuss in mir hervorgerufen hat.

Der Ausdruck auf ihrem Gesicht ist pure Niedergeschlagenheit. Ohne mich eines weiteren Blickes zu würdigen, dreht sie sich um und verlässt wortlos das Haus.

Es war das letzte Mal, dass ich sie gesehen habe. Doch auch jetzt noch spüre ich das Verlangen von damals in mir. Kein Wunder, schließlich habe ich in all der Zeit nie aufgehört, sie zu vermissen.

Als Faith und Emma nach Vancouver gezogen sind, um dort zu studieren, war es schon komisch, die beiden nicht mehr jeden Tag um mich zu haben. Sie haben mir wahnsinnig gefehlt. Emmas schüchternes Lächeln, wann immer unsere Blicke sich getroffen haben. Einfach in ihrer Nähe zu sein. Ich war so froh und erleichtert, als es endlich an der Zeit für die beiden war, nach

Hause zu kommen, um mit uns Thanksgiving zu feiern, auch wenn es nur für ein paar Tage war und ich wegen des Kusses noch gemischte Gefühle hatte.

Umso großer war meine Enttäuschung, als Emma kein einziges Mal bei uns vorbeigeschaut hat. Ich bin jeden Tag aus Toronto gekommen, um von früh morgens bis spät abends bei meinen Eltern zu sein, aus Angst, sie zu verpassen. Vergeblich.

Das war wie ein kalter Entzug. Während der High School haben Faith und Emma die meiste Zeit bei uns verbracht. Sie durften oft die kreativen Prozesse verfolgen und zuschauen, wie ein neues Stück entstand. Manchmal haben sie uns sogar geholfen, eines unserer Videos zu produzieren, die uns zu unserem heutigen Ruhm verholfen haben. Na ja, also die Hilfe war mehr von Faith als von Emma gekommen, aber wenn sie doch mal etwas geäußert hatte, waren ihre Ideen immer brillant gewesen.

Aber damit war plötzlich Schluss. Hatten sich Emmas Interessen während des Studiums in eine andere Richtung entwickelt oder lag es an dem Kuss? Ich weiß es bis heute nicht.

Irgendwann habe ich dann mitbekommen, dass sie durchaus Kontakt mit meinen Eltern hatte. Auch getroffen haben sie sich regelmäßig in den Ferien, die sie zu Hause verbracht haben. Nur war es immer dann, wenn ich mal wieder mit den Jungs unterwegs war, wir feste Termine in Toronto hatten oder gar in einem anderen Land oder auf einem anderen Kontinent waren. Eben sobald die hundertprozentige Sicherheit bestand, mich nicht anzutreffen. Selbst als ich Faith an der Uni besucht habe, war Emma nie bei ihr. Mir ist ziemlich schnell klar geworden, dass sie mir bewusst aus dem Weg geht. Ich habe beschlossen, ihre Entscheidung zu respektieren. Zumindest damals.

Aber jetzt, wo ich sie wiedersehe, weiß ich nicht, ob ich sie noch mal ihrer Wege gehen lassen kann. Ich möchte sie wieder in meinem Leben haben.

Als ich bemerke, dass sie mich anschaut, zwinkere ich ihr zu. Lasst die Mission ›Emma zurückgewinnen‹ beginnen.

Kapitel 3

Emma

Hat er mir gerade wirklich zugezwinkert oder hat er einfach nur etwas im Auge? Nein, seinem Grinsen nach zu urteilen, hat er definitiv gezwinkert.

Meine Antwort sind ein mörderischer Blick und anschließende Ignoranz. Er hat sich die falsche Person ausgesucht, wenn er denkt, er könnte mich hier mit zweideutigen Anspielungen auf den Arm nehmen. Ich werde nicht meinen Kopf zu seiner Belustigung hinhalten.

Glücklicherweise ist der Zeitpunkt für den ersten Tanz des Brautpaares gekommen. Endlich kann ich den Tisch des Grauens verlassen, doch es bedeutet auch, dass ich ihm noch näher sein werde. Die Trauzeugen und Brautjungfern sollen nämlich zum Tanz dazu stoßen, um auch die restlichen Gäste zum Mitmachen zu animieren. Verdammt. Ich muss mir etwas überlegen.

Mein Blick schweift über die Gäste, die sich zur Tanzfläche begeben. Auf einem gut aussehenden Mann, der mir nur allzu bekannt ist, bleibt er liegen. Bingo. Ich bahne mir den Weg zu ihm. Dort angekommen, umfasse ich ohne Vorwarnung seinen Oberarm.

»Partnertausch«, verkünde ich fröhlich,

»du hast die Ehre, mit mir zu tanzen.«

Verwirrt schaut er mit seinen leuchtend grünen Augen auf

mich herab. Sein blondes Haar fällt bei der Bewegung über seine Stirn und verdeckt die Falte, die sich zwischen seinen Augenbrauen gebildet hat. Ich weiß nicht, wie er es hinbekommt, aber East sieht immer aus, als wäre er gerade aus dem Bett gestiegen. Nach einer wilden Nacht mit mindestens zwei Gespielinnen. Zugegebenermaßen kann er den Look tragen wie kein anderer. Doch ich werde einen Teufel tun und jemals auch nur ansatzweise zugeben, was ich über sein Aussehen denke. Sein Ego ist so schon groß genug.

»Echt? Summer hat gerade noch gesagt, dass sie gleich wieder für den ersten Tanz hier ist. Wollte nur schnell was mit ihrem Schuh machen«, erwidert er verwundert.

»Ähm.«

Wartend zieht er eine Augenbraue hoch.

Mist. Mist. Mist. Ich muss mir etwas einfallen lassen. Verzweifelte Zeiten erfordern verzweifelte Maßnahmen. Also verstärke ich meinen Griff um seinen Oberarm und drücke meine Vorderseite an ihn heran. Von der Brust abwärts berührt jeder Zentimeter meines Körpers seinen. Nie im Leben hätte ich jemals gedacht, ihm freiwillig so nahe zu kommen.

»East«, schnurre ich wie eine rollige Katze,

»ich möchte unbedingt mit dir tanzen. Das war schon immer mein Traum. Nur einmal. Bitte.« Verlegen schaue ich zu ihm auf.

Die Falte zwischen seinen Augenbrauen vertieft sich.

Verdammt, er glaubt mir nicht. *Denk nach, Emma.* Ich lasse meinen Blick durch den Garten schweifen. Mein Herz kommt für eine Millisekunde aus dem Takt, als er auf den Tiefen des Ozeans landet. Jace' Augen.

Er sieht nicht besonders erfreut aus. Ein Grund mehr, warum ich East dringend davon überzeugen muss, mit mir zu tanzen. Nur wie?

Es ist Zeit für die harten Geschütze. Also setze ich meinen Schlafzimmerblick auf und schaue durch halb geschlossene

Lider zu ihm hinauf.

»Du siehst heute wirklich unglaublich gut aus, weißt du das?«

So viel zum Thema ›Ich werde einen Teufel tun und jemals auch nur ansatzweise zugeben, was ich über sein Aussehen denke‹.

»Wirklich?«

»Ja, zum Anbeißen.« Gespielt unsicher beiße ich auf meine Unterlippe.

Sein Blick fällt auf meinen Mund. Das Grün seiner Augen nimmt die Farbe eines Smaragds an.

Innerlich rolle ich mit meinen. Er ist so durchschaubar und leicht zu manipulieren.

»Du siehst auch nicht schlecht aus, Em.« Sein Blick wandert über meinen Körper.

»Danke.« Ein Lächeln umspielt meine Lippen, das so falsch ist wie die Brüste seiner Betthäschen.

»Was ist hier los?!«, ertönt eine tiefe Stimme hinter mir.

Easts Blick schnellt von meinem Körper hoch über meine Schulter hinweg zu seinem Freund.

»Emma hat mich gefragt, ob ich mit ihr tanze.«

Jace' Hand berührt meine Hüfte und zieht mich von East weg. Ich bin ihm so nah, dass ich seine Körperwärme an meiner Rückseite spüre. Sein Arm gleitet über meine Mitte und hält mich in Position. Das erste und letzte Mal, dass wir uns so nahe waren, war vor sechs Jahren.

Denk jetzt nicht an den Abend zurück! Konzentrier dich auf die gegenwärtigen Probleme. Meine Hand kommt auf seinem Arm zum Liegen. Ohne Aufsehen zu erregen, versuche ich mich aus seinem Griff zu befreien. Je schneller ich von Jace wegkomme, desto besser.

»Was machst du da?«, knurrt er in mein Ohr.

»Ich versuche, deinen Arm von mir zu bekommen, damit ich mit East tanzen kann. Guck, es geht los.« Ich zeige zur Tanzfläche.

Dort bringen sich Harry und Susan in Position, was bedeutet, dass mir die Zeit davonläuft.

Sein Griff verstärkt sich.

»Du tanzt mit mir.«

»Ich denke nicht.« Ohne Vorwarnung hebe ich meinen Fuß und ramme den Absatz meines High Heels auf seine Fußspitze.

»Was zum Teufel, Emma?« Sein Griff um meine Mitte lockert sich.

Schnell trete ich von ihm weg und schnappe mir Easts Hand. Das Timing hätte nicht besser sein können, denn Malia und Faith gesellen sich in diesem Moment mit ihren Partnern auf die Tanzfläche zu ihren Eltern. Also ziehe ich auch East, der ganz perplex ist, dorthin, bevor Jace die Möglichkeit hat, etwas dagegen zu unternehmen.

Ich blicke zurück und sehe, dass Summer ein wenig verloren neben ihrem Cousin steht. ›Sorry‹, forme ich mit den Lippen.

East zieht mich eng an sich heran. Er bewegt sich zum Takt der Musik und reibt dabei seinen Körper an meinem.

Ein Schauer läuft meinen Rücken hinab. Aber kein erotischer. Nein, einer des Ekels. Ich mag ihn wirklich gerne, jedoch nicht auf diese Art. Also versuche ich, ein wenig Abstand zwischen uns zu bringen. Zeitgleich spüre ich, wie sich Jace' Blick in meinen Hinterkopf bohrt.

East verstärkt seinen Griff und zieht mich wieder dichter an sich heran.

Um die Aufmerksamkeit der anderen Gäste nicht auf uns zu lenken, gebe ich es auf, mich von ihm zu lösen. Mit einem gezwungenen Lächeln schaue ich zu ihm hinauf.

»East, verdammt noch mal. Ich habe einen Mann. Hör auf, dich an mir zu reiben und gib mir Raum zum Atmen!«, zische ich durch zusammengebissene Zähne.

Unbeeindruckt sieht er auf mich hinab.

»Em, du brauchst dich nicht dafür zu schämen, dass du auch als verheiratete Frau dieser Versuchung nicht widerstehen kannst.« Mit der Hand fährt er seinen Körper hinab.

Ich kann mir ein Augendrehen nicht verkneifen. Kein

Wunder, dass er und Jace beste Freunde sind. Sie leiden beide an maßloser Selbstüberschätzung und denken, sie wären so unwiderstehlich, dass die Frauen sich ihnen zu Füßen werfen.

Doch diese Frau hier definitiv nicht!

Jace hatte seine Chance und hat sie mit Füßen getreten. Jetzt ist der Zug für ihn abgefahren. Und East hatte nie eine und wird auch nie eine haben. Ich würde lieber als alte Katzenlady enden, als überhaupt in Betracht zu ziehen, in irgendeiner Form, die über Freundschaft hinausgeht, mit ihm anzubändeln.

Zu meinem Glück endet in diesem Moment der Song und eröffnet mir die Möglichkeit für eine Flucht.

»Sorry, East. Ich muss mal kurz für kleine Mädchen. Du findest bestimmt jemanden, der meinen Platz einnimmt.« Ohne seine Antwort abzuwarten, löse ich mich von ihm und verlasse die Tanzfläche. Ich entschließe mich, das Geschehen lieber von der Bar aus zu beobachten, statt weiter daran teilzunehmen.

Die Paare, die dicht an dicht tanzen, spielen mir perfekt in die Karten. Zum einen wird bei dem Getümmel niemand bemerken, dass ich nicht mehr unter ihnen bin, und zum anderen befindet sich die halbe Hochzeitsgesellschaft zwischen mir und Jace. Zwar nicht unbedingt der Schutz, den ich mir vor ihm wünschen würde, aber immer noch besser als gar nichts.

Und mal ganz ehrlich, Alkohol wird diesen Abend um einiges erträglicher machen. Nate und Tyler, die anderen beiden Mitglieder des irren Quartetts, haben sich bis jetzt nicht irre verhalten, aber der Abend ist noch jung. Also ist es gut, wenn ich schon mal vorsorge.

»Kann ich bitte zwei Tequila-Shots und einen Malibu mit Pfirsichsaft bekommen?« Während der Barkeeper meine Getränke fertigmacht, drehe ich mich zur Tanzfläche, um einen Blick auf das Brautpaar zu erhaschen.

Sie sehen glücklich aus. Dann ist es diese Tortur doch wert, wenn etwas Gutes dabei herauskommt. Und schließlich ist es auch nur für ein paar Stunden, danach geht Jace seiner

Wege und ich meiner.

Auf meine Getränke muss ich nicht lange warten. Damit ich meinen ›Du kannst mir gar nichts anhaben, weil ich in meiner Blase des Glücks schwebe‹-Pegel schnell erreiche, schnappe ich mir die beiden Shots und kippe sie schnell hinunter. Ich will gerade nach dem dritten Getränk im Bunde greifen, als ich plötzlich eine Hitze an meiner Rückseite verspüre, die nicht von dem Tequila kommt. Der Geruch von einem sonnigen Tag am Strand steigt in meine Nase. Ein Körper presst sich von hinten gegen meinen. Kein Blatt würde zwischen uns passen, so nah ist er mir.

»Tanz mit mir, Em!«, raunt Jace in mein Ohr.

Die Art, wie er meinen Namen sagt, lässt Schmetterlinge in meinem Bauch umherflattern. Verdammt. *Sag Nein, Emma! Sag einfach Nein!* Stattdessen drehe ich mich zu ihm um.

»Wenn du mit jemandem tanzen möchtest, solltest du sie höflich darum bitten.« Ich muss meinen Kopf in den Nacken legen, um in sein Gesicht schauen zu können, so dicht ist er mir.

Mit einem unergründlichen Blick lässt er sich vor mir auf die Knie fallen. Meine Hände liegen in seinen, er sieht mir tief in die Augen.

»Liebste wunderschöne Emma, würdest du mir die Ehre erweisen und mit mir tanzen?«

Vorsichtig gucke ich, ob auch niemand seine kleine Showeinlage mitbekommen hat, bevor ich versuche, ihn an seinen Händen vom Boden hochzuziehen.

Doch er wehrt sich. Natürlich. Warum sollte er sich heute Abend auch einmal normal benehmen? Dieser Mann treibt mich noch in den Wahnsinn.

Also zische ich ihm so leise wie möglich zu:

»Was soll der ganze Blödsinn hier? Steh auf, bevor dich jemand sieht!«

Mit einem jungenhaften Lächeln blickt er zu mir hoch.

»Nicht bevor du Ja gesagt hast und mit mir tanzen gehst.«

»Wie alt bist du? Vier, oder was? Steh. Jetzt. Auf«, sage ich wütend mit zusammengebissenen Zähnen und versuche, ihn mit mehr Nachdruck hochzuziehen.

Aber keine Chance. Dieser Kerl kniet wie ein Betonklotz vor mir. Was soll das?! Früher hat er sich nie so benommen. Damals hat er normale Gespräche mit mir geführt oder mich ignoriert. Hat die laute Musik Schäden an seinem Hirn angerichtet? Möglicherweise ist er ja krank. Fieberwahn oder so.

Also lege ich meine Hand erst an seine Stirn und danach an seine Wangen.

»Fühlst du dich nicht wohl?«, frage ich sicherheitshalber nach.

Er hält meine Hand fest an seine Wange gedrückt. Dabei schaut er mir eindringlich in die Augen.

»Sag einfach Ja, Em. Dann stehe ich auf.«

»Das ist Erpressung!«

Er besitzt doch tatsächlich die Frechheit zu lachen. Aber nicht ein weiteres Wort kommt über seine Lippen. Abwartend sieht er mich an und bewegt sich keinen Zentimeter, egal, wie sehr ich an seinem Arm ziehe.

Aus Angst, die Aufmerksamkeit auf uns zu lenken, nehme ich seine Hand und nicke in Richtung Tanzfläche.

»Komm.« Mürrisch nehme ich mein Schicksal an.

Zum Glück wird gerade ein schneller Song gespielt. So müssen wir uns beim Tanzen wenigstens nicht berühren.

Aber Jace hat das offensichtlich von langer Hand geplant, denn er nickt der Band zu, und plötzlich wird die Musik langsamer. Die ersten Töne von *Someone Like You* von *Adele* erklingen.

Jace zieht mich zu sich heran und schließt mich in seine Arme. Es fühlt sich an, als wäre ich von ihm eingehüllt. Unglaublich gut und doch so falsch zugleich. Trotzdem schmiege ich mich enger an seine Brust und genieße – wenn auch nur für diesen einen schwachen Moment – seine Nähe.

Als der Gesang einsetzt, begleitet Jace ihn leise mit seinem.

Seine Stimme ist wunderschön. In den Strophen sanft und einlullend und im Refrain bei den kräftigen Tönen rau.

Mein ganzer Körper kribbelt, und Gänsehaut breitet sich auf jedem Millimeter meiner Haut aus. Ich hebe meinen Kopf von seiner Brust, um ihm in die Augen zu schauen.

Er hört nicht auf zu singen. Er singt darüber, dass er den beiden nur das Beste wünscht. Gleichzeitig schaut er mir mit feurigem Blick tief in die Augen. Und dieser Blick verheißt das Gegenteil der Worte, die seine Lippen verlassen.

KAPITEL 4

Jace

Emma in meinen Armen zu haben fühlt sich gut an. Ich bin umhüllt von ihrem Duft. Keine Ahnung, wie sie das anstellt, aber sie riecht wie ein Korb voll frischer Pfirsiche. Saftige Pfirsiche, in die man seine Zähne versinken lassen möchte. Und genau so schmeckt sie auch. Ich würde mich am liebsten zu ihr hinabbeugen und der Versuchung nachgeben. Allein die Vorstellung reicht aus, um mein Blut in Wallung zu bringen.

Du bist umgeben von deiner ganzen Familie und einem Haufen Freunde. Meinst du nicht, das Letzte, was du jetzt gebrauchen kannst, ist eine Erektion mitten auf der Tanzfläche?

Ich muss ein wenig Abstand zwischen uns bringen und einen klaren Kopf kriegen.

»Komm, lass uns eine Pause einlegen und an die Bar gehen. Ich könnte jetzt was zu trinken gebrauchen«.

»Oh ja, das ist eine sehr gute Idee. Lass uns Shots trinken!« Emma dreht sich um und macht sich enthusiastisch auf den Weg zur Bar.

»O-kay. Ich hatte eigentlich eher an etwas gedacht, um zu rehydrieren, aber Shots gehen natürlich auch«, murmle ich, als ich zu ihr aufhole. Sich zu betrinken ist wahrscheinlich nicht die beste Idee. Doch wenn Emma dann in meiner Gegenwart etwas lockerer wird, bin ich dabei. Ich möchte heute Abend nutzen, um so viel Zeit wie möglich mit ihr zu verbringen. Wer weiß, wann wir uns das nächste Mal wiedersehen. Also schnappe ich mir ihre Hand, bevor sie die Möglichkeit hat, etwas Abstand zwischen uns zu bringen, und bahne mir den Weg in Richtung Bar.

»Shots«, ruft sie dem Barkeeper zu, als wir in Hörweite sind.

Noch bevor wir zum Stehen kommen, sind auf der Bar eine ganze Reihe von Gläsern mit goldener Flüssigkeit aufgereiht.

Emma lässt keine Zeit verstreichen und greift sich mit jeder Hand eines. Sie setzt sie nacheinander an die Lippen und kippt sie, ohne eine Miene zu verziehen, in einem Zug hinunter.

Bevor bei ihrem Tempo keins für mich übrigbleibt, schnappe ich mir auch zwei und mache es ihr nach.

Fünf Shots später spüre ich den Alkohol seine Wirkung entfalten.

Emmas Wangen nach zu urteilen, die mittlerweile einen rosigen Ton angenommen haben, ist auch an ihr der Alkohol nicht spurlos vorübergegangen.

»Hey, Josh, kannst du uns bitte noch zwei von denen hier machen?« Emma schiebt die leeren Shotgläser in Richtung des Barkeepers.

»Em, meinst du nicht, wir sollten mal eine Pause einlegen? Wir sind erst zwanzig Minuten an der Bar, und in der Zeit ist ganz schön viel Alkohol geflossen.«

Sie verdreht die Augen.

»Du bist doch ein Rockstar. Solltet ihr nicht im Trinken trainiert sein? Sex, Drugs and Rock 'n' Roll? Nach jeder Show 'ne Afterparty?!«

»Da hast du dir das falsche Bandmitglied ausgesucht. East erfüllt von uns vieren das Klischee am ehesten.« Ich werfe ihr ein unschuldiges Lächeln zu, um meiner Aussage Nachdruck zu verleihen.

Sie zieht eine Augenbraue hoch.

»Du brauchst hier gar nicht das Unschuldslamm mimen! Ich habe auch Instagram. Ich weiß genau, dass East nicht der Einzige ist, der gerne im Mittelpunkt der Party steht. Du lässt nichts anbrennen. Gibt es nicht diesen Hashtag?« Sie schaut nach oben und tippt sich nachdenklich mit dem Zeigefinger gegen ihre Unterlippe.

Kleines Biest! Als wenn sie nicht genau wüsste, wie er heißt.

»Ah, ja. Jetzt ist es mir wieder eingefallen – Hashtag dickedbyhotshitjace – wie kreativ. Richtig niveauvoll.«

»Peach, ist das da etwa Eifersucht, die ich in deinen Augen aufblitzen sehe?« Ein breites Grinsen ziert mein Gesicht.

»Quatsch! Als wenn mich interessiert, was und mit wem du etwas machst!«

Ich beuge mich zu ihr hinüber, bis mein Mund auf Höhe ihres Ohres ist.

»Für jemanden, den es angeblich nicht interessiert, bist du ganz schön gut informiert.« Meine Lippen streifen den Rand ihrer Ohrmuschel.

»Ich bin mir ziemlich sicher, dass man gezielt danach suchen muss, um auf diese Information zu stoßen. Der Hashtag ist nämlich noch recht neu. Also verrate mir, Em, verfolgst du etwa auf den Social-Media-Plattformen, was ich so treibe? Hältst du Ausschau danach, wo ich gesichtet wurde? Und mit wem? Ob ich eine Frau an meiner Seite und in meinem Leben habe?«

Emma erschauert unter meiner Berührung, und Gänsehaut breitet sich auf ihrem Körper aus.

Mir gefällt, dass ich so eine Reaktion bei ihr auslösen kann. Das heißt, dass möglicherweise noch nicht alle Hoffnung verloren ist – Ehemann hin oder her. Es ist nicht richtig, sich an eine verheiratete Frau heranzumachen, doch auch mein Anstand und Gewissen halten mich nicht davon ab, es trotzdem zu tun.

Ich könnte mir die ganze Situation schönreden, indem ich mir sage, dass ich nicht derjenige wäre, der seinen Partner betrügt. Aber ich bin der Meinung, das ist Augenwischerei. In dem Moment, in dem mir bewusst ist, dass der andere in einer Beziehung ist, und in dem ich trotzdem ein Verhältnis mit dieser Person eingehe – sei es nur sexuell oder mehr —, bin ich ebenso ein Betrüger. Ich ermögliche es der Frau, ihren Partner zu hintergehen und zu verletzen, was mich genauso zu einem schlechten Menschen macht.

Aber auch dieses Bewusstsein ändert meine Gefühle für Emma nicht. Ich möchte später nicht auf mein Leben zurückblicken und mich fragen müssen, was gewesen wäre, wenn …

Ich werde alles daransetzen, Emma als Frau kennenzulernen, denn innerhalb von sechs Jahren kann sich ein Mensch ziemlich verändern. Und ich habe das Gefühl, dass die heutige Emma noch faszinierender ist als die damalige.

Kapitel 5

Emma

Der Alkohol zeigte seine Wirkung, und eine Leichtigkeit breitete sich in meinem Körper aus. Ein Kribbeln durchströmte meinen Bauch und ein Glücksgefühl überkam mich. Es war, als wäre ich auf Wolken geschwebt und nichts hätte mir etwas anhaben können. So ging es mir vor zwei Stunden. Jetzt ist es eher ein ›Warum dreht sich hier alles?‹

Wir haben versucht, den Alkohol auf der Tanzfläche wieder auszuschwitzen, was nicht besonders erfolgreich war. Ansonsten war die Idee nicht die schlechteste. Mein Teenie-Ich läuft gerade jubelnd durch die Gegend, denn was wie ein harmloses Tänzchen begonnen hat, ist definitiv aus dem Ruder gelaufen. Von freundschaftlich kann keine Rede mehr sein, wir tanzen mittlerweile eng umschlungen. Mit jedem neuen Lied sind wir uns ein Stück näher gekommen – wie zwei Magneten, die sich gegen die Anziehungskraft nicht wehren können. Sie sind dazu bestimmt, miteinander zu kollidieren. Der Teil meines Herzens, der vor sechs Jahren gebrochen wurde, ist zu betrunken, um gegen das alles hier zu protestieren.

Ich sollte ein schlechtes Gewissen haben, aber ich bin über den Punkt hinaus, an dem ich richtig von falsch unterscheiden kann. Ich zweifle nicht, dass morgen das große Erwachen folgen wird. Aber jetzt möchte ich einfach nur genießen, wovon mein achtzehnjähriges Ich geträumt hat.

Also lasse ich meine Hände seine Schultern hinaufgleiten. Meine Fingerspitzen streichen über seinen Nacken und versinken in seinen Haaren.

Es hat sich dort ein wenig Feuchtigkeit gebildet, wodurch sich sein perfekt frisiertes Haar gekräuselt hat.

Ich finde die kleinen Locken total heiß. Wie hypnotisiert zupfe und zwirble ich mit meinem Finger an ihnen herum. Ich könnte das den ganzen Abend machen, aber plötzlich reißt mich ein Geräusch aus meiner Trance.

Hat Jace gerade gestöhnt?

Vor Schreck erstarren meine Hände, tief versunken in seinem Haar.

»Hör nicht auf, Peach. Das hat sich so gut angefühlt.« Seine Stimme klingt rau.

Nicht stark genug, ihm in diesem Moment etwas abzuschlagen, mache ich weiter.

Das Stöhnen kommt jetzt in regelmäßigen Abständen.

Mein Kopf schwirrt immer mehr. Ich bin betrunken vom Alkohol und von Jace. Sein spritzig frischer Duft umhüllt mich und benebelt meine ohnehin schon trüben Sinne noch mehr.

Mittlerweile passt kein Blatt mehr zwischen uns. Irgendetwas Hartes drückt gegen meinen Unterbauch. Ist das sein Handy?! So wie sich das anfühlt, müsste es eher eine Telefonzelle sein. Oh mein Gott! Ist das etwa sein Penis?

Mein schwirrender Kopf macht eine Notbremsung. Wie auf einen Schlag kommt in ihm alles zum Stehen. Ich versuche, mich von Jace zu lösen. Aber seine Hand auf meinem Rücken macht es unmöglich. Ich habe das Gefühl, je mehr ich mich bemühe, von ihm wegzukommen, desto stärker wird sein Griff um meine Taille.

Panik steigt in mir auf, alles scheint mit jeder Sekunde, die ich ihm so nahe bin, mehr außer Kontrolle zu geraten.

»Jace, lass mich los. Ich möchte jetzt nach Hause. Die Feier neigt sich sowieso dem Ende zu und ich bin müde.« In einem neuen Versuch drücke ich meine Handflächen gegen seine Brust und stoße mich ab.

Aber wir bewegen uns immer noch keinen Millimeter auseinander.

»Kannst du für eine Sekunde stillhalten, Peach? Ich muss hier eine gewisse Situation unter Kontrolle bringen und dann rufe ich uns ein Uber.« Mit einem vielsagenden Lächeln auf den Lippen schaut er mich an. Er weiß offenbar genau, dass ich seine ›gewisse Situation‹ deutlich an meinem Körper spüren kann.

Mistkerl. Es wirkt für mich so, als wäre er auch noch stolz darauf, mir seinen kleinen Jace zu präsentieren. Aber bei der Masse an Frauen, die seinen Penis schon von Nahem gesehen und zu spüren bekommen haben, ist es kein Wunder, dass er so selbstbewusst damit umgeht.

Nachdem er seinen kleinen Bluthund wieder zurückgepfiffen hat, denn heute gibt es keine Vagina für ihn, an der er seinen Blutdurst stillen kann – vor allem nicht meine –, gehen wir ins Haus.

Dort rufen wir in Ruhe ein Uber. Für jeden ein eigenes, denn ich steige definitiv nicht mit ihm zusammen in ein Auto. Je schneller ich von ihm wegkomme, desto eher kann ich wieder in mein schönes ruhiges Leben zurückkehren. Diesen Tag werde ich einfach als kurzzeitige emotionale Verwirrung abhaken.

Ich setze mich an die Kücheninsel und lege meinen Kopf auf den Unterarmen ab. Ich bin fix und fertig. Meine Augen fallen von allein zu. Sie aufzuhalten ist in diesem Moment einfach unmöglich. Also ruhe ich sie aus, nur bis der Wagen hier ist, dann werde ich wieder bereit sein, mich aufzurappeln und meinen Heimweg anzutreten.

»Peach, Baby, du musst aufwachen.« Sanft rüttelt eine Hand an meiner Schulter.

»Der Fahrer ist da. Komm, ich bringe dich nach Hause.«

Meine Augen sind viel zu schwer, um sie zu öffnen. Allgemein ist mein Körper zu geschafft, um jetzt aufzustehen. Also gebe ich nur ein Grunzen von mir.

»Du musst die Augen aufmachen. Los, komm schon.« Wieder das Rütteln, diesmal stärker. Die Stimme kenne ich doch irgendwoher. Und den Geruch auch. Frisch und männlich, gepaart mit sauberem Schweiß. *Jace.*

Der Nebel in meinem Kopf lichtet sich. Die Hochzeit. Jace. Die Küche. Ich muss wohl doch eingeschlafen sein. Langsam öffne ich meine Augen.

Und da steht er vor mir. Der Traum meiner Jugend und der Albtraum meines heutigen Ichs. Jace beugt sich zu mir und streicht mir eine Haarsträhne aus dem Gesicht.

»Bereit, zu gehen?«

»Ich muss mich noch von den anderen verabschieden.« Um klarer sehen zu können, reibe ich mir die Augen.

»Während du hier ein Nickerchen abgehalten hast, war ich draußen und habe Bescheid gegeben, dass du vor Müdigkeit in der Küche eingeschlafen bist und ich dich heimbringe. Faith lässt ausrichten, du sollst sie morgen anrufen. Und Mom hat gedroht, mir den Hintern zu versohlen, sollte ich dich nicht in einem Stück zu Hause abliefern. Wenn dir was passiert, dann gibt es eins auf die Mütze – das war ihr genauer Wortlaut. Also los jetzt. Lass uns deinen süßen müden Hintern nach Hause schaffen.«

Kapitel 6

Jace

Es dauert keine zwei Minuten, da versinkt Emma schon wieder im Land der Träume. Aber nach so einem langen Tag kann ich es ihr wirklich nicht verübeln.

Ich würde selbst gerne meine Augen schließen. Doch ich möchte keine Sekunde mit Emma verpassen, darum kämpfe ich gegen die Müdigkeit an. Wer weiß, wann ich sie wiedertreffe. Hoffentlich muss ich nicht noch mal sechs Jahre warten, um ihr süßes Lächeln zu sehen. Ihre strahlend blauen Augen, die leuchten, wenn sie glücklich ist. Ich könnte sie den ganzen Tag bewundern. Doch ich fühle mich ein bisschen wie ein Spanner, weil ich sie im Schlaf beobachte. Aber ich kenne Em schon mein halbes Leben. Sie gehört quasi zur Familie. Und sie ist einfach zu schön, um sie nicht anzusehen.

Leider dauert die Fahrt nur ein paar Minuten. Definitiv nicht lange genug.

»Peach, wir sind da.« Ich streiche ihr sanft übers Haar.

Doch dieses Mal regt sie sich kein Stück.

»Emma, komm schon. Du bist zu Hause, dein Bett wartet auf dich.«

Aber auch mein Rütteln an ihrer Schulter bleibt erfolglos.

»Ich bringe meine Freundin schnell rein und bin gleich wieder da«, sage ich zu dem Fahrer.

Der nickt kurz und wendet sich dann seinem Telefon zu.

Ich steige aus und umrunde den Wagen. Vorsichtig öffne ich die Tür auf Emmas Seite einen Spaltbreit und stütze sie mit meiner Hand, um die Tür schließlich ganz öffnen zu können. Mit der anderen durchforste ich ihre Handtasche nach dem Schlüssel für ihre Haustür.

Ein Glück hat sie eines dieser kleinen Dinger, die aussehen wie ein zu groß geratenes Portemonnaie. Das macht die Suche um einiges leichter. Es befinden sich nur ihr Telefon, ihr Führerschein, ein bisschen Kleingeld und der gesuchte Schlüsselbund darin.

Also schnappe ich mir die Schlüssel und lege die Tasche vorsichtig auf Emma ab. Einen Arm lasse ich hinter ihren Rücken gleiten und den anderen unter ihre Knie. Behutsam hebe ich sie aus dem Wagen.

Ein kurzes Seufzen entweicht Emmas Lippen, bevor sie sich enger an meinen Körper schmiegt. Warum fühlt es sich so perfekt an, Emma in den Armen zu halten?

Sie ist eine verheiratete Frau, du Dummkopf! Du solltest ihr gar nicht erst so nahekommen!

Mein Kopf sagt mir, dass es falsch ist, aber mein Bauch sagt mir, dass ich es versuchen soll. Dass sie möglicherweise die Eine ist.

Was, wenn sie meine große Liebe ist und es mit keiner anderen Frau jemals so sein würde wie mit Emma? Wenn sie meine einzige Chance auf das ganz große Glück ist? Ein Glück, das mit nichts zu vergleichen ist?

Dann bist du immer noch ein schlechter Mensch, weil du einem anderen Mann dieses Glück versagst, indem du es ihm stiehlst.

Ach, halt doch die Klappe!

Wer sagt, dass er dieses Glück überhaupt mit Emma verspürt? Vielleicht sind sie auch nicht füreinander bestimmt und seine Liebe des Lebens befindet sich noch irgendwo da draußen. Eventuell tue ich ihm einen Gefallen, weil er so die

Möglichkeit bekommt, die Eine zu finden.

Möglicherweise ist das, was die beiden haben, nur starke Zuneigung. Nicht dieses alles konsumierende Gefühl in Gegenwart der Person, ohne die jedes Erlebnis nur halb so gut ist.

Diese fehlt mir. Ich bin auf dem absoluten Höhepunkt meiner Kariere. Wir spielen in ausverkauften Stadien rund um die Welt. Sind an der Spitze der Charts. Ich habe genug verdient, um mir alle Wünsche zu erfüllen, die man mit Geld bezahlen kann. Aber die Leere in mir wird von all dem nicht gefüllt. Was bringen mir das ganze Geld und all die Reisen, wenn ich diese Dinge mit niemandem teilen kann?!

Ich habe den Wunsch nach einer Frau an meiner Seite, die meine Träume zu ihren macht. Mir den Rücken stärkt. Mein Fels in der Brandung ist. Mit mir eine Familie gründet. Wenn es nach mir ginge, dann möchte ich so jemanden lieber früher als später in meinem Leben haben. Ich kann das Gefühl nicht abschütteln, dass Emma diese Person für mich ist. Sie in den Armen zu halten fühlt sich richtig an. Ich muss es einfach riskieren, auch wenn dadurch Menschen verletzt werden könnten.

An der Tür erweist sich das Öffnen als unerwartet schwierig.

Ich bin grade dabei, den Schlüssel in das Schlüsselloch zu stecken, als Emma sich unruhig in meinen Armen bewegt. Nicht die beste Voraussetzung, um jemanden zu tragen.

Der Schlüssel rutscht mir aus der Hand. *Mist!* Vorsichtig gehe ich in die Hocke, balanciere dabei Emma in meinen Armen und versuche, nicht nach hinten zu fallen. Ein Hoch auf das tägliche Fitnessprogramm, das bei uns auf dem Plan steht. Nur mit enormer Körperspannung kann ich verhindern, dass Emma auf den Boden stürzt oder ich auf ihm lande, und ich schaffe es, den Schlüssel wieder in meine Hände zu befördern.

Emma hat das wilde Gerangel glücklicherweise abgestellt und liegt wieder wie ein Stein in meinen Armen. Ein sehr attraktiver Stein.

Ich nutze das aus und öffne endlich die Tür. Wer weiß, wie

lange es anhält.

Ich habe noch nicht einmal das Haus betreten, da umhüllt mich schon eine Wolke von Pfirsichduft. Es ist, als wenn man die Duftkerzenabteilung eines ganz bestimmten Möbelhauses betritt. Und ich könnte mir keinen Duft vorstellen, der besser zu Emma passt als dieser.

Schon früher war sie besessen von allem, was mit Pfirsichen zu tun hatte: Joghurt, Marmelade, Obstsalat, Parfüm, Duschbad.

Ich habe diesen Geruch so vermisst. Immer wenn ich Pfirsiche esse oder es irgendwo nach ihnen riecht, muss ich an Emma denken. Und immer wenn ich an Emma denken muss, erinnere ich mich daran zurück, wie sich ihre Lippen auf meinen angefühlt haben. Dann will ich dieses Gefühl wieder spüren. Ihre Lippen, die mit meinen zum Rhythmus unserer Herzen tanzen. Deshalb kann ich nicht einen Schritt zurücktreten und Max das Feld überlassen. Ich werde alles dafür geben, diese Frau mein nennen zu dürfen. Sie ist meine Peach, und sie gehört an meine Seite.

Kapitel 7

Emma

Eine wohlige Wärme umgibt mich. Ich kuschle mich tiefer hinein.

Alkohol löst bei mir immer eine Welle des Hochs aus, gefolgt von einer plötzlich auftretenden überwältigenden Müdigkeit. Und dann ist es ein kleines Wunder, wenn ich bis nach Hause komme und nicht auf der Stelle in einen tiefen Schlaf falle wie Dornröschen.

Zum Glück habe ich es heute geschafft, auch wenn ich mich nicht genau daran erinnern kann, wie. Dieses kuschelige, wohlige Gefühl, das ich verspüre, kann nur mein Bett hervorrufen.

Aber warum bewegt es sich? Es fühlt sich an, als würde ich mich auf einem Transportband wie auf Flughäfen befinden. Irgendwie merkwürdig. Und dann ist da dieser bekannte Geruch, der mich umhüllt. Doch ich kann ihn nicht genau zuordnen. Ich weiß nur, dass er nicht in meinem Bett sein sollte.

Plötzlich habe ich das Gefühl, zu fallen. Panisch kralle ich mich an dem erstbesten fest, das mir in die Finger kommt.

Ein leises Stöhnen ertönt, gefolgt von einer hauchzarten Berührung an meinem rechten Ohr.

»Peach, Baby. Du bist zu Hause. Wenn du loslässt, kann ich dich aufs Bett legen.«

Diese Stimme ist genauso vertraut wie der Duft, der mich

umgibt, und dennoch kann ich nicht zuordnen, zu wem sie gehört. Ich weiß nur, dass ich nicht loslassen möchte. Also verstärke ich meinen Griff. Meine Finger bohren sich in etwas Hartes. Ich habe keinen blassen Schimmer, was hier gerade passiert. Der Nebel, der noch immer in meinem Gehirn schwebt, verhindert jeden klaren Gedanken.

Ich klammere mich mit Armen und Beinen an meine Decke. Aber für eine Decke ist sie ganz schön hart. Ist es vielleicht doch etwas anderes? Mein Gesicht vergräbt sich tiefer darin. Irgendetwas Festes presst gegen meinen Oberschenkel, doch es ist mir egal.

»Em, du machst mich fertig. Wie soll ich dabei anständig bleiben?«

Mit der Stimme kommt dieses Gefühl, dass ich unbedingt die Augen aufmachen muss. Also nehme ich meine ganze Willenskraft zusammen und öffne ein Auge einen kleinen Spaltbreit. Ich brauche ein paar Sekunden, um mich an das Licht zu gewöhnen, aber dann sehe ich ihn. Gefangen in meinem oktopusartigen Griff. Vor Schreck und Scham löse ich ruckartig meine Arme und Beine. Der fehlende Halt sorgt dafür, dass ich falle.

Jace greift reflexartig nach mir. Dabei verliert er sein Gleichgewicht und stolpert vorwärts – direkt auf mich zu.

Mein Hintern landet auf dem Bett. Die Federung lässt mich hochhüpfen und nach hinten kippen.

Jace schafft es gerade noch, seinen Aufprall abzufangen, bevor er komplett auf mir landet. Seine Unterarme hat er seitlich von meinem Kopf abgestützt, sein ganzer Unterkörper liegt auf meinem.

Wie von selbst fallen meine Beine auseinander, was dazu führt, dass wir uns noch näher sind.

»Ich glaube, dein Telefon drückt in meine … Du weißt schon, was.« Vielsagend blicke ich nach unten.

Ein tiefes Lachen lässt seinen Körper vibrieren.

Ich spüre, wie die Vibration direkt auf meine sensible

Mitte trifft.

»Ich habe doch gar kein Telefon dabei.« Er gleitet mit seiner Nasenspitze an meinem Hals entlang, bis sein Mund mein Ohr streift.

»Du bist echt süß, wenn du schüchtern bist«, flüstert er mit rauer Stimme in mein Ohr. Eine Welle der Lust durchströmt mich, als sich Jace tiefer zwischen meine Beine sinken lässt.

»Ich denke, wir wissen beide, was sich in deine Mitte drückt.« Er vergräbt sein Gesicht an meinem Hals und atmet tief ein.

»Nichts würde ich in diesem Moment lieber machen, als in deiner Hitze zu versinken. Verrate mir, Peach, bist du feucht für mich?«

Ein Stöhnen entweicht meinen Lippen. Das Nervenbündel in meiner Mitte pocht wild vor Lust. Ich hebe mein Becken ein Stück an, um Reibung zu erzeugen.

Jace entgegnet mir mit kreisenden Stoßbewegungen.

Oh mein Gott. Warum fühlt sich etwas, das so falsch ist, so gut an?

Weil du eine betrügerische Schlampe bist, Emma!

Wie ein Eimer kaltes Wasser spült die Welle der Realität über mich hinweg. Geschockt von meinem eigenen Benehmen drücke ich ihn mit beiden Händen von mir weg.

»Jace, stopp!«

Mit einem gequälten Stöhnen rollt er sich von mir hinunter.

»Peach, was ist los?«

»Was los ist?«, frage ich perplex.

»Du bist los! Du tauchst hier nach sechs Jahren auf, machst mir Komplimente und lungerst den ganzen Abend um mich herum. Und jetzt raunst du mir auch noch schmutzige Dinge ins Ohr! Was ist nur in dich gefahren? Ich bin eine verheiratete Frau. Was hier gerade passiert, ist in vielerlei Hinsicht einfach nur falsch.« Ich setze mich auf und rutsche von ihm weg, soweit es das Bett zulässt.

Frustriert fährt er mit den Händen durch sein Haar und

zieht daran.

»Em, es tut mir leid.« Seine Finger im Nacken verschränkt, lässt er seinen Kopf nach hinten fallen und schaut zur Decke. »Ich habe dich gesehen und mir ist klar geworden, wie sehr ich es vermisst habe, in deiner Nähe zu sein. Und dann … Scheiße, hast du dich mal im Spiegel angeschaut? Wie soll ein Mann da bei klarem Verstand bleiben?«

Ein Schauer überkommt mich, als sein feuriger Blick meinen Körper auf und ab schweift. Die Art, wie er mir in die Augen schaut, lässt mein Herz schneller schlagen. Voller Lust und Zuneigung.

Aber er sollte nicht diesen Effekt auf mich haben.

»Ich denke, es ist das Beste, wenn du jetzt gehst.« Von der Stärke in meiner Stimme bin ich selbst überrascht.

Noch eine Sekunde länger in seiner Nähe, und ich mache etwas, das ich später bereuen werde. Es ist egal, wie laut der kleine Teil meines Herzens jubelt, der vor Jahren für Jace geschlagen hat. Ich kann meine Ehe nicht zum Fenster hinauswerfen, weil ein superheißer Rockstar an die Tür klopft und eine gute Zeit haben möchte. Meine Zukunft ist mit Max geplant. Wir wollen Kinder bekommen und zusammen alt werden. Das alles werde ich mit Sicherheit nicht für fünf Minuten Spaß riskieren.

Oh, Emma. Fünf Minuten? Hast du dir diesen Mann mal angeschaut? Selbst sein Vorspiel dauert wahrscheinlich länger, als andere Sex haben.

Ach, halt die Klappe. Das ist nicht besonders hilfreich, wenn ich versuche, das Richtige zu tun!

Abwartend sehe ich Jace an, der sich noch immer keinen Millimeter bewegt hat.

Er schaut mich noch einen Moment lang an, bevor er langsam seine Hand an meinem Kiefer entlanggleiten lässt und mit dem Daumen sanft über meine Wange streichelt. In den Tiefen seiner ozeanblauen Augen schwimmen so viele

Emotionen, aber eine ist besonders deutlich zu sehen. Reue.

Ich wusste, dass es nicht lange dauern würde, bis er seine Taten bereut. Nicht weil es falsch ist, sich an eine verheiratete Frau heranzumachen, sondern weil ich die beste Freundin seiner Schwester bin. Ich bin den Stress nicht wert, der hiermit einhergehen würde. Das hat er mir schon einmal gezeigt. Ich kann darauf verzichten, noch einmal so verletzt zu werden. Ich möchte, dass er geht. Und zwar für immer.

»Es tut mir wirklich leid, Peach.« Jace' Worte reißen mich aus meinen Gedanken.

»Es war nie meine Absicht, dich in eine Situation zu bringen, in der du dich unwohl fühlst.« Er beugt sich vor, und seine Lippen streifen meine Wange. Es ist eine so zarte und kurze Berührung, dass ich mir nicht sicher bin, ob ich sie mir nicht nur eingebildet habe. In der nächsten Sekunde steigt er vom Bett und verlässt das Schlafzimmer ohne ein weiteres Wort.

Einen kurzen Moment später höre ich die Haustür ins Schloss fallen. Aber warum bin ich nicht froh, dass er weg ist?

An Schlaf war heute Nacht nicht zu denken. Aufgrund des Alkohols und der Geschehnisse des gestrigen Abends schwirrte mir die ganze Zeit der Kopf. Also gebe ich die Hoffnung darauf endgültig auf, als die Sonne langsam ihre Fühler austreckt.

Der Himmel ist wunderschön und farbprächtig am Horizont. Ich liebe es, vom Bett aus durch die bodenhohen Fenster den Sonnenaufgang zu beobachten. Meistens zieht Max die Gardinen zu, deshalb sind Momente wie dieser etwas Besonderes. Für einen kurzen Augenblick schwebt keine dunkle Wolke über mir.

Doch dieser Frieden hält nicht lange, denn Bilder des gestrigen Abends drängen sich zurück in den Vordergrund.

Müde rolle ich mich aus dem Bett und gehe ins Bad. Ein Blick in den Spiegel bestätigt, was ich bereits befürchtet habe. Ich sehe schrecklich aus. Meine Haare stehen in jede Himmelsrichtung ab und meine Augen sind blutunterlaufen. Mein Äußeres scheint mit meinem Inneren im Einklang zu sein. Hoffentlich hilft eine ausgiebige Dusche, um mich wieder ein bisschen frischer aussehen zu lassen, sonst merkt Max gleich, dass etwas nicht stimmt.

Eine kalte belebende Dusche später schlüpfe ich in meine Yoga-Hose und ein loses Tanktop. Dann werfe ich einen Blick auf mein Telefon. Dort warten ein Haufen unbeantwortete Nachrichten.

Max: Hey Süße, wie ist die Hochzeit?

Verdammt, ich war gestern Abend so mit mir selbst und Jace beschäftigt, dass ich gar nicht mitbekommen habe, dass Max mir geschrieben hat. Noch ein Grund mehr, mich schlecht zu fühlen. Die nächste ist von Faith. Oder besser gesagt die *nächsten.*

Faith: Girl, wo bist du hin?
Faith: Ich kann dich nirgendwo sehen.
Faith: Jace war gerade hier und hat gesagt, er bringt dich heim. Wie betrunken bist du denn? *Emoji mit aufgerissenen Augen*
Faith: Erstick heute Nacht bloß nicht an deiner eigenen Kotze!
Faith: Bist du gut nach Hause gekommen?
Faith: Hallo?
Faith: Ich schwöre, wenn dir was passiert ist, weil mein Bruder zu blöd war, dich nach Hause zu bringen, dann bringe ich ihn eigenhändig um!
Faith: Hab Jace angerufen. Schlaf deinen Rausch aus, du Schnapsleiche. Ich melde mich morgen bei dir. *Kussemoji*
Faith: Em, wie geht es dir?
Faith: Dafür, dass du dich gestern mit meinem Bruder abgeschossen und kaum Zeit mit mir verbracht hast, hoffentlich richtig schlecht!
Faith: Echt jetzt, wie egoistisch ihr beide wart!

Faith: Ihr hätte mich ruhig zu eurer Shots-Party einladen können! *schmollender Emoji*
Faith: Ich hoffe, du hast einen ordentlichen Kater. Den hast du nämlich wirklich verdient. *Zunge herausstreckender Emoji*
Faith: Meld. Dich. Wenn. Du. Wach. Bist.

Manchmal frage ich mich, warum sie meine beste Freundin ist. Sie ist mein kleines Drama-Lama, aber ich liebe sie.

Bevor ich ihr antworte, mache mich auf den Weg in die Küche, denn ich bin nicht bereit, mich mit leerem Magen Faith zu stellen. Außerdem brauche ich unbedingt etwas Fettiges zu essen, denn mein Magen rebelliert jedes Mal nach den kleinsten Mengen Alkohol. Also gibt es heute Speck. Und damit meine ich nicht die ›gesündere‹ Variante vom Geflügel. Nein, so richtig fettig vom Schwein. Und obendrauf werde ich eine Schicht Honig streichen. Mir läuft allein bei der Vorstellung schon das Wasser im Mund zusammen. Also lass ich keine Zeit verstreichen und mache mich ans Werk.

Ich bin gerade dabei, die Streifen auf dem Backblech zu verteilen, als mich plötzlich etwas an der Seite berührt. Vor Schreck lasse ich den Speck auf den Boden fallen. Im nächsten Moment bin ich zwischen der Arbeitsfläche und einer Wand aus Muskeln gefangen.

Vorsichtig schleicht sich eine Hand unter mein Shirt und fährt meinen Bauch entlang. Der Daumen streift die Unterseite meiner Brust. Ein warmer Hauch kitzelt meinen Nacken, kurz bevor ich eine Berührung an meinem Ohr spüre.

Gänsehaut breitet sich auf meinem Körper aus, und meine Brustwarzen werden vor Erregung hart.

»Ich hab dich vermisst, Süße.« Max' Lippen streifen meinen Hals, sein Gesicht vergräbt sich in meinem Haar. Er verstärkt seinen Griff um meine Mitte. Ich kann seine Erektion an meinem Hintern spüren.

Es macht mich schon ziemlich heiß, zu wissen, wie sehr

ich meinen Mann errege. Doch das schlechte Gewissen drückt auf meine Brust wie ein Felsbrocken und nimmt mir die Luft zum Atmen. Übelkeit steigt in mir hoch, und schlagartig verspüre ich eine ganz andere Hitze als die lustvolle in mir. Dieser wundervolle Mann hat die ganze Nacht gearbeitet und für Sicherheit und Ordnung gesorgt, während ich mit einem anderen Kerl in unserem Ehebett lag. Ich möchte vor Scham über mein Benehmen am liebsten im Boden versinken.

Doch ich schüttle die negativen Gefühle ab, denn jetzt ist nicht der richtige Zeitpunkt, Max zu erzählen, was geschehen ist. Also versuche ich mich so normal wie möglich ihm gegenüber zu benehmen.

»Ich habe dir schon tausendmal gesagt, dass du dich nicht immer so anschleichen sollst! Irgendwann bekomme ich noch einen Herzinfarkt.«

»Sollte es dazu kommen, was ich wirklich nicht hoffe, werde ich dich retten. Am besten üben wir schon mal für den Notfall.« Er dreht mich zu sich um. Seine Hände umfassen mein Gesicht, er beugt sich zu mir herunter und küsst mich sanft. Wortlos schiebt er mein Shirt hoch und umfasst meine nackten Brüste. Mit kreisenden Bewegungen lässt er seine Daumen über meine Nippel gleiten und massiert sie. Mal sanft und dann wieder fest. Ein Wechselspiel, das mich in den Wahnsinn treibt.

Ich sollte ihm die Wahrheit sagen, ihn stoppen. Definitiv sollte ich mich nicht schon wieder vergnügen, so kurz nachdem ich mich gestern Abend noch an Jace' Erektion gerieben habe. Aber ich schaffe es einfach nicht, mich von ihm zu lösen. Ein Wimmern entweicht meinen Lippen.

»Du siehst so heiß aus, wie du hier in der Küche stehst und Essen machst, wenn ich von der Arbeit nach Hause komme. Ich kann mir unsere Zukunft richtig vorstellen. Du bleibst hier und kümmerst dich um unsere Kinder, und ich verdiene das Geld und sorge für euch.« Er leckt und küsst meinen Hals entlang. Max setzt seinen Weg bis zu dem Ansatz meiner Brüste fort.

»Ich kann es kaum erwarten, dich zu schwängern. Mein Baby in dir wachsen zu sehen. Zu wissen, dass aus unserer Liebe etwas so Wundervolles entsteht. Das macht mich so hart.« Seine Zähne streifen über meine Brust. Ohne Vorwarnung beißt er in meinen Nippel.

Stöhnend werfe ich meinen Kopf in den Nacken. Überwältigt von dem Gefühl seiner Zähne auf meiner sensiblen Haut. Ein Kribbeln breitet sich in meiner Mitte aus, das zu einem Feuer heranwächst, je länger Max' Mund meinen Körper verwöhnt.

»Fuck, Babe, ich muss in dir sein.«

Auch wenn es falsch ist, meinen Problemen auf diese Weise zu entfliehen, gebe ich mich ihm hin.

Ich bin heilfroh, als es endlich Montagfrüh ist und ich in die Schule gehen kann. Es macht mir Spaß, den Kindern etwas beizubringen, und ich hoffe, dass mich die Arbeit ablenkt.

Max und ich haben gestern nicht mehr über die Hochzeit gesprochen. Aber ich bin zu dem Entschluss gekommen, dass genau genommen nichts mit Jace passiert ist. Wir waren nicht ganz bei Sinnen. Und das schlechte Gewissen, das mich gestern geplagt hat, war mit Sicherheit nur dem Kater geschuldet. Weil es für unnötig Stress in unserer Beziehung sorgen würde, werde ich Max nichts von dem Zwischenfall erzählen. Ich habe Jace weder geküsst noch Sex mit ihm gehabt. Und außerdem sehe ich ihn so schnell nicht wieder.

Die Schulklingel reißt mich aus meinen Gedanken. Meine Schüler sitzen schon auf ihren Plätzen und warten ruhig auf den Beginn des Unterrichts. Sie sind noch so motiviert und lernbegierig. Da macht das Arbeiten doch gleich viel mehr Spaß.

Ich will gerade die Klasse begrüßen, als die Tür aufschwingt und kein geringerer als Jason ›Jace‹ Barbeau eintritt.

Was zur Hölle?

»Was machst du hier?«

Hinter ihm kommt Harry herein.

»Emma, könntest du für einen kurzen Moment mit uns

nach draußen kommen? Wir haben etwas Wichtiges mit dir zu besprechen.«

Was kann so wichtig sein, dass der Rektor der Schule den Unterricht stört und mich vor die Tür bittet?

Die Antwort auf diese Frage werde ich wohl nur bekommen, wenn ich den beiden auf den Flur folge. Und es ist ja auch nicht so, dass man wirklich eine Wahl hat, wenn der Chef eine solche Frage stellt. Vater meiner besten Freundin hin oder her.

»Bitte schlagt das Lehrbuch auf Seite zehn auf und lest den ersten Absatz. Ich bin gleich wieder da.« Meine kleinen Schützlinge machen sich an ihre Aufgabe, und ich verlasse den Raum. Die Tür lasse ich einen Spaltbreit auf, so kann ich ein Auge auf meine Klasse haben.

»Was gibt es so Wichtiges, dass es nicht bis zur Pause Zeit hat?«

»Ich habe tolle Neuigkeiten.« Harrys Grinsen ist so breit, als wenn er im Lotto gewonnen hätte.

Alarmglocken schrillen in meinen Kopf.

»Okay, aber warum ist Jace hier? Sollte er nicht in Toronto sein und sein Rockstar-Ding machen? Oder am anderen Ende der Welt? Wo auch immer, nur nicht hier?!« Ich spüre, wie Panik in mir aufsteigt.

Ein Lächeln umspielt Jace' Mundwinkel.

Das lässt das Kribbeln vom Wochenende wieder in meinem Bauch toben. Was hat es nur mit diesem Mann auf sich, dass er mich jedes Mal vollkommen aus dem Konzept bringt?

»Emma, Jace wird die nächsten Monate zwischen Toronto und Pickering pendeln. Sein Terminkalender gibt es her, in deiner Klasse ein Musikprojekt anzubieten. Die Instrumente spendet er der Schule auch. Ist das nicht wunderbar?« Harry schaut mich begeistert an.

»Du hast dich doch für die Verbesserung der musikalischen Bildung und Förderung an unserer Schule eingesetzt. Dank Jace ist es uns nun endlich möglich. Und du bist die einzige Lehrkraft, mit der eine reibungslose Durchführung des Projekts vorstellbar ist. Für dich ist er kein Star, sondern einfach nur Jace. Außerdem kennt ihr euch schon eine halbe Ewigkeit. Einer harmonischen Zusammenarbeit sollte also nichts im Wege stehen.«

Mir fallen da ein paar Gründe ein, warum diese Zusammenarbeit mit Jace eine ganz schlechte Idee ist. Doch die werde ich mit Sicherheit nicht laut aussprechen. Schon gar nicht in Gegenwart von Harry. Je mehr ich über die Gründe nachdenke, die gegen eine gemeinsame Arbeit mit Jace sprechen, desto größer wird die Panik in meiner Brust. Ich atme tief ein und aus, um mich nicht in ihr zu verlieren, und dem Gespräch weiter folgen zu können.

»Die nächsten zweieinhalb Monate habe ich Zeit. Wir sollten sie ausgiebig nutzen. Mir schweben da drei Tage die Woche vor. Montag, Donnerstag und Freitag. So können wir den Kindern möglichst viel vermitteln. Du spielst Klavier, und du weißt am besten, wie man den Kleinen etwas beibringen kann«, führt Jace weiter aus.

Harry verabschiedet sich und lässt uns alleine zurück, um alles zu besprechen.

»Drei Tage die Woche sind ganz schön viel. Müssen wir das nicht vorher mit den Eltern besprechen? Und außerdem ist so ein aufwendiges Projekt nicht mal eben zwischen Tür und Angel geplant. Wie stellst du dir das vor?«

»Für die nächsten zwei Tage habe ich alle meine Termine verschoben, damit wir uns an die Planung machen können. Außerdem habe ich das Grundkonzept schon länger im Kopf. Wir müssen also nur noch den Feinschliff vornehmen, und ein Teil ergibt sich auch erst während der Arbeit mit den Kindern.« Er tut so, als wäre es kein großes Ding.

Warum denkt Jace, er könne überall auftauchen und alle würden sofort nach seiner Pfeife tanzen?

Wenn wir monatelang mehrere Stunden in der Woche miteinander verbringen, wird das Ganze mit Sicherheit in einem Desaster enden. Ich kann es förmlich spüren. Die kurze Zeit bei der Hochzeit hat schon gereicht, um mich durcheinanderzubringen. Davon will ich keine tägliche Dosis bekommen. Mir wäre es lieber, er würde sein Musikprojekt mit einem anderen Lehrer und einer anderen Klasse durchführen. Aber es scheint so, als hätte ich nicht wirklich eine Wahl. Ich frage mich, warum er jetzt plötzlich mit diesem Projekt um die Ecke kommt und was für ein Spielchen er hier spielt. Doch die Antwort darauf wird wahrscheinlich nur die Zeit bringen.

Frustriert von der ganzen Situation fahre ich mit den Händen durch meine Haare.

Ein merkwürdiges Geräusch kommt aus Jace' Richtung. Hat er gerade geknurrt?

Ich schaue zu ihm hinüber. Aber auf das, was mir dort begegnet, bin ich nicht vorbereitet.

Seine sonst so strahlend blauen Augen sind von einem dunklen Schleier bedeckt. Seine Augenbrauen sind wütend zusammengezogen. Aber sein Fokus ist nicht auf mein Gesicht gerichtet, sondern auf eine Stelle an meinem Hals.

Verunsichert fahre ich ihn mit der Hand entlang. Am Halsansatz halte ich inne und lege sie dort schützend ab.

Jace' Blick folgt meiner Bewegung.

Mit den Fingerspitzen gleite ich über die empfindliche Haut und spüre ein unangenehmes Gefühl. Geschockt starre ich Jace an. Dort an meinem Halsansatz, deutlich für jedermann sichtbar, befindet sich eine Bissspur. Ein Beweis für den groben Akt der Liebe, den Max und ich gestern in unserer Küche vollzogen haben.

Einen kurzen Moment später hebt sich sein Blick wieder und trifft auf meinen. Ist das etwa Eifersucht, die sich da auf seinem Gesicht widerspiegelt?

Emma, jetzt drehst du völlig durch. Spielen deine Hormone verrückt oder woher kommen deine wilden Fantasien? Jason Barbeau, international erfolgreicher Rockstar, hat es nicht nötig, auf das Sexleben mit deinem Ehemann eifersüchtig zu sein. Bei Jace im Bett laufen bestimmt verrücktere Dinge ab als eine kleine Bisswunde.

Ich atme tief durch. Wenn ich die nächsten Monate unbeschadet überstehen will, dann muss ich eine Mauer um mich ziehen. Aber vor allem und zu jeder Zeit so viel Abstand wie möglich zu ihm halten.

Ich schaue ihm in die noch immer dunkel verhangenen Augen.

»Wenn das hier klappen soll, muss es Regeln geben.«

»Klar, dann schieß mal los.« War seine Stimme schon immer so tief und rau?

»Es funktioniert nur mit Professionalität. Ob wir früher mal so etwas wie Freunde waren, ist egal. Ich will ausschließlich über die Dinge sprechen, die auch wirklich für das Projekt wichtig sind. Nichts Privates. Und vor den Kindern bin ich nicht Emma, sondern Mrs. Harris für dich.«

»Alles klar, in der Schule bist du Mrs. Harris, sonst Emma. Ist notiert.«

Ich hoffe, dass der andere Teil meiner Botschaft auch angekommen ist. Aber das war auch noch nicht alles.

»Sei pünktlich. Das Projekt nimmt schon genug Zeit in Anspruch, da habe ich keine Lust, ewig zu warten, bis der werte Herr sich dazu herablässt, uns niederes Volk mit seiner Anwesenheit zu beehren.«

Sein Blick verdunkelt sich noch ein wenig mehr. Wie ein Raubtier auf der Jagd nähert er sich mir. Er beugt sich zu mir herab und ich spüre seinen Atem an meinem Ohr.

»Glaube nicht, ich wüsste nicht, was du hier versuchst.« Er streift mit seinen Lippen die sensible Stelle direkt hinter meinem Ohr.

Ein Schauer durchläuft mich.

»So sehr du auch momentan dagegen ankämpfst, ich weiß genau, dass es nur eine Frage der Zeit ist, bis dein Widerstand bricht. Und ich kann es kaum erwarten.«

Ein Gefühlschaos brodelt in mir hoch. Um diesem Sturm zu entkommen, drehe ich mich ohne ein weiteres Wort um und marschiere Richtung Klassenzimmer. Mit der Hand an der Türklinke halte ich kurz inne und werfe einen Blick über meine Schulter.

»Morgen Nachmittag um vier, keine Sekunde später!«

»Ich werde da sein, Peach.«

Mit dieser Antwort halbwegs zufrieden verschwinde ich zurück in meinen Klassenraum, wo die Kinder schon gelangweilt sitzen und auf mich warten.

Das Gespräch hat wohl doch länger gedauert, als es sich angefühlt hat.

Kapitel 8

Jace

Ich schaue Emma hinterher, als sie zurück ins Klassenzimmer geht, und spüre die Eifersucht in jeder Zelle meines Körpers vibrieren. Bei dem Gedanken daran, wie Emma Sex mit ihrem Ehemann hat, versenkt das grüne Monster seine Klauen noch tiefer in mir. Es ist an der Zeit, dass ich zurückhole, was mir gehört. Ich werde nicht gehen, ohne Emma an meiner Seite zu haben. Das habe ich schon einmal getan, und diesen Fehler werde ich nicht wiederholen.

Das Klingeln meines Telefons reißt mich aus meinen Gedanken.

»Hey, was gibt's?«, begrüße ich meinen besten Freund East.

»Jo, Jace. Wo bist du, Mann? Ich dachte, wir wollten uns bei dir treffen.«

»Scheiße, das hab ich total vergessen. Ich bin für die nächsten Tage in Pickering und komme erst am Mittwoch zurück.« Das schlechte Gewissen macht sich in mir breit.

»Echt jetzt? Ich dachte, du wolltest auch gestern zurückfahren. Ist zu Hause was passiert?« Er hört sich besorgt an.

»Ja, das war der Plan. Aber kannst du dich noch daran erinnern, dass ich dir von diesem Projekt erzählt habe, das ich gerne mit Kindern machen würde?«

»Ja«, antwortet East zögerlich.

»Ich habe mit meinem Dad darüber gesprochen und konnte ihn davon überzeugen, mich dieses Projekt an seiner Schule machen zu lassen. Und jetzt kommt das Beste.« Ich lege eine bedeutungsvolle Pause ein.

»Ich werde es mit Emmas Klasse durchführen. Die Kleinen haben das perfekte Alter, um verschiedene Instrumente zu entdecken. Und wer weiß, vielleicht finden ja ein paar Kinder ihre Passion und werden irgendwann Weltstars wie wir.«

»Wooaaah, mach mal halblang, Bro. Du weißt, ich stehe bei diesem Projekt voll hinter dir. Aber das Szenario, was du gerade so schön beschrieben hast, ist die Wunschvorstellung. Viel wahrscheinlicher ist es, dass der ganze Haufen kleiner Scheißer vollkommen unmusikalisch ist und du 'nen Hörsturz bei den schiefen Tönen bekommst, die diese kleinen Monster produzieren. Und willst du mir jetzt erzählen, in der gesamten Schule war rein zufällig Emmas Klasse die einzige, die deine Idee in die Tat umsetzen kann?«

Niemand außer East weiß von dem Kuss, den Emma und ich vor sechs Jahren geteilt haben. Daher wundert es mich nicht, dass er die Sache durchschaut hat. Doch ich werde einen Teufel tun und zugeben, dass er auf der richtigen Fährte ist. East ist wie ein Spürhund: Wenn er erst mal die Witterung aufgenommen hat, gibt er keine Ruhe mehr. Darauf kann ich wirklich verzichten.

»Dad war der Meinung, dass es angesichts unseres Bekanntheitsgrades das Sinnvollste ist, mit Emma dieses Projekt durchzuführen, und ich denke, es ist gar keine schlechte Idee. Du weißt, wie die Leute sein können. Ich habe keine Lust, dass irgendeine Goldgräberin an mir hängt oder ein Lehrer mir die ganze Zeit irgendwelche privaten Fragen stellt, um später mit den Informationen Geld zu verdienen. Es geht hier um die Kinder und die Möglichkeiten, die dieses Projekt ihnen bietet. Für Emma bin ich nicht der Rockstar, sondern einfach nur Jace. Wir kennen uns schon unser halbes Leben. Mit ihr zusammenzuarbeiten ist die beste Option. Also halt die Klappe.«

»Was auch immer du vorhast, lass es lieber. Das Ganze schreit nach Ärger. Du möchtest das Projekt machen? Kein Problem. Mach es ohne Emma. Wir alle können dir dabei helfen. Die Welttournee ist erst für das übernächste Jahr geplant. Also genug Zeit, um deine Idee zum Leben zu erwecken.«

Ich beschließe, die Schule zu verlassen und zu meinem Auto zu gehen, diese Unterhaltung bedarf Privatsphäre.

»Was soll ich dazu sagen, East? Hast du Emma gesehen? Wie soll ich ihr den Rücken kehren und so tun, als wäre alles wie vorher? Man muss aus Fehlern lernen, und genau das mache ich gerade.« Ich hoffe auf Easts Verständnis, schließlich folgt auch er nicht immer seinem Kopf. Nur liegt das Organ, von dem ich mich leiten lasse, deutlich höher als das, von dem er sich gerne mal leiten lässt.

»Bro, Alter, was ist los mit dir? Sie ist vergeben. Der Zug ist abgefahren. Zeit, weiterzuziehen.«

Auf dem Parkplatz angekommen steige ich in meinen schwarzen Escalade. Ich starte das Auto und verbinde mein Telefon mit der Freisprechanlage.

»East, sie war schon immer hübscher als die anderen Mädchen. Das hat sich nicht geändert. Mal ganz zu schweigen von ihren inneren Werten. Sie ist einfach perfekt. Und zwar für mich und nicht irgendeinen dahergelaufenen Typen, der sie nicht so kennt wie ich.«

»Jace, hörst du dir eigentlich selbst zu? Dein ganzes Vorhaben kann nur in einem Desaster enden. Ist ihr Mann nicht Polizist? Willst du, dass er dir die Eier wegschießt, wenn er rausbekommt, dass du hinter seiner Frau her bist?« Ich kann seine Anspannung durch das Telefon spüren. Eigentlich ist er immer der lustige Typ in unserer Gruppe, doch das Thema scheint ihm wirklich ernst zu sein.

»Entspann dich, East. Ich habe alles unter Kontrolle. Meine Eier sind sicher.« Zumindest hoffe ich das, ich hänge ziemlich an ihnen.

»Berühmte letzte Worte, mein Freund. Wenn du als Eunuch deine Stimmfarbe verlierst, werde ich nicht mit dir auf dem sinkenden Schiff bleiben. Dann suchen wir uns einen neuen Frontmann. Und sag dann nicht, ich hätte dich nicht gewarnt.«

Ich liebe meine Bandkollegen wie Brüder. Doch niemand wird mich umstimmen können.

»Seit wann bist du die Stimme der Vernunft? Sonst bist du doch der wandelnde Skandal in unserer Band.«

»Ich war schon immer der Klügste von uns vieren. Ihr Arschlöcher weigert euch nur, euch das endlich einzugestehen.« Sein Lachen erfüllt meinen Wagen.

Im Hintergrund ist das Plätschern von Wasser zu hören.

»East, wo bist du gerade?«, frage ich warnend.

Eine kurze Pause herrscht am anderen Ende der Leitung.

Das Plätschern wird immer leiser, so als wenn er sich davon wegbewegt.

»Ähm, wo soll ich schon sein? Natürlich bin ich zu Hause. Es ist scheiße früh und Termine stehen heute auch nicht an. Ich genieße meine wohlverdiente Auszeit.«

»Oh ja, und wenn du *zu Hause* sagst, meinst du dann *dein* Zuhause oder *mein* Zuhause?«

»Wie heißt es so schön?! Mi casa es su casa. Mein Haus ist dein Haus … oder in unserem Fall eher umgekehrt.« Er räuspert sich kurz.

»Na ja, jedenfalls ist deins auch meins und meins auch deins. Das Wetter ist heute bombig, und wenn du schon nicht hier bist, dann kann ich doch deinen Pool benutzen. Außerdem bist du selbst schuld, Bro.«

Kopfschüttelnd fahre ich mir mit der Hand übers Gesicht.

»Und was habe ich deiner Meinung nach angestellt, um mit deiner ständigen Anwesenheit bestraft zu werden?« Ich gebe mein Bestes, ernst zu bleiben. Denn das Schlimmste, was man in so einer Situation tun kann, ist, ihm zu zeigen, dass man von seinen Spinnereien amüsiert ist. Das gießt nur

Benzin ins Feuer und führt dazu, dass East vollkommen über die Stränge schlägt.

Dieser Mensch kennt keine Grenzen. Er denkt, dass er Gottes Geschenk an die Frauenwelt sei. Man könnte meinen, ihm wäre der Erfolg zu Kopf gestiegen, aber er war schon immer so. Wo immer East auftaucht, verursacht er nichts als Chaos und Ärger. Sein bester Freund zu sein ist kein einfacher Job. Doch es hat ja auch eine gute Seite, zumindest wird es nie langweilig mit ihm.

»Bro, hättest du mir nicht die Wohnung vor der Nase weggeschnappt, hätte ich jetzt den Pool und nicht die Wohnung nebenan ohne. Also ist es nur fair, wenn ich deinen mit nutze, wann immer mir danach ist.« Typische East-Logik. Ich habe ziemlich früh aufgehört, dagegen zu argumentieren. Das wäre nur eine Verschwendung von Zeit und Energie.

»Alles klar. Dann genieß deinen Tag an *meinem* Pool. Aber denk dran, deine Schwimmflügel umzumachen, wenn du baden gehst. Ich möchte nicht in ein paar Tagen nach Hause kommen und deine hässliche Leiche im meinem Pool treiben sehen.«

Schallendes Gelächter hallt durch meinen Wagen.

»Kein Problem, Dad. Und Mädels sind wahrscheinlich auch tabu, oder?«,

Er weiß genau, dass er keine Orgien in meiner Wohnung feiern darf, daher gehe ich auf seine Provokation gar nicht erst ein. Das würde dieses Gespräch nur in eine endlose Argumentation verwandeln.

»Tschüss, East«, sage ich stattdessen.

»Bis später, Bro. Und denk dran, das ganze Drama ist es nicht wert, um 'ne Muschi zu bekommen. An jeder Ecke stehen Weiber, die bereitwillig die Beine für dich spreizen, wenn du nur mit den Fingern schnippst.«

Ich beende das Gespräch ohne ein weiteres Wort.

Er hat echt keine Ahnung, wovon er redet. Was Beziehungen betrifft, ist er nicht in der Position, irgendwelche Ratschläge geben zu können. Er ist wie ein Kind im Süßigkeitenladen, das sich vor lauter Auswahl nicht entscheiden kann und einfach alles probieren muss. Es ist wahrscheinlich nur eine Frage der Zeit, bis ihm sein Lebensstil um die Ohren fliegt. Und uns allen gleich mit. Da bleibt mir nur übrig, zu hoffen und die Daumen zu drücken, dass er noch rechtzeitig die Kurve kriegt. Vielleicht versteht er dann, dass es die eine Frau dort draußen gibt, die nicht wie die anderen ist und für die es sich lohnt, alles zu riskieren.

Kapitel 9

Emma

Es ist fünf nach vier.

Ich wusste, dass auf Jace kein Verlass ist. Erst drängt er mir dieses doofe Projekt auf, und dann lässt er mich hier warten. Ihm ist anscheinend nicht klar, dass ich keines seiner Groupies bin, deren ganze Welt sich nur um den großen Jason Barbeau dreht. Das mag vielleicht früher mal so gewesen sein, aber heute definitiv nicht mehr.

Ich beschließe, noch fünf Minuten zu warten und dann zu gehen. Soll er sein blödes Projekt doch mit jemand anderem machen. Na ja, sooo blöd ist es zwar nicht, aber es geht ums Prinzip. Auch meine Zeit ist wertvoll, allerdings scheint das Jace nicht bewusst zu sein. Deshalb kann er sich auf etwas gefasst machen, sollte er sich noch dazu herablassen, mich mit seiner Anwesenheit zu beehren.

Die fünf Minuten sind um, eigentlich sollte ich jetzt gehen. Doch ich will sehen, ob er überhaupt noch auftaucht. Und das hat nichts damit zu tun, dass ich ihn wiedersehen will. Nope, definitiv nicht!

Da stürmt Jace gehetzt zur Tür herein.

»Du bist zu spät!«, fahre ich ihn genervt an.

»Sorry, Peach. Ich war noch kurz bei Dad im Büro und habe die Zeit vollkommen aus den Augen verloren.« Er kommt auf meinen Schreibtisch zu und bleibt erst stehen, als seine Oberschenkel die Kante der Tischplatte berühren.

»Ich muss gestehen, dass ich auch gar nicht viel Zeit habe. Am besten begleitest du mich, und wir besprechen alles Wichtige unterwegs.«

Verwirrt schaue ich zu ihm hinauf.

»Wie, du hast keine Zeit?«

»Ich habe einen Termin. Aber das ist nicht schlimm, weil du einfach mitkommen kannst. Ich habe das meiste sowieso schon geplant, die Autofahrt reicht, um dich einzuweihen.« Er beugt sich über den Schreibtisch zu mir.

Meinen Kopf in den Nacken gelegt schaue ich zu ihm hoch.

Jace streckt seine Hand für einen kurzen Moment in meine Richtung. Ich rechne schon fast damit, dass er mich jeden Augenblick berühren wird. Doch dann lässt er sie plötzlich sinken und fängt an, mein Zeug zusammenzuräumen.

»Was machst du da?« Mein Kopf schwirrt. In seiner Nähe zu sein bringt mich ganz durcheinander.

Er hält kurz inne und schaut mir in die Augen.

»Wir müssen wirklich los. Und da du dich nicht vom Fleck rührst, dachte ich, du könntest ein bisschen Hilfe gebrauchen.«

»Also erstens war nicht *ich* zu spät zu unserem Treffen, demnach kann ich auch nicht erneut zu spät kommen!« Ich atme tief durch, um meine Wut unter Kontrolle zu bringen.

»Und zweitens wolltest du dieses Projekt unbedingt machen. Dann sollte es ja wohl möglich sein, dass du dir mal ein Stündchen Zeit nimmst, um die Details zu besprechen. Oder ist das von Mister ›Ich bin der größte Rockstar weit und breit‹ zu viel verlangt?« Genervt schaue ich ihm dabei zu, wie er weiter meine Sachen einpackt.

»Emma, jetzt mal ehrlich. Habe ich dich jemals auch nur für eine Sekunde so behandelt, als wenn ich aufgrund meines Jobs und dem damit verbundenen Status über dir stünde?«

Nein, das hat er nicht. Aber er hatte ja auch nicht wirklich die Möglichkeit dazu. Außerdem bin ich noch immer sauer und verwirrt. Also werde ich einen Teufel tun und ihn vom Haken lassen.

»Du hast mir dieses Projekt aufgedrückt, ohne vorher auch nur einmal mit mir darüber zu sprechen oder mich zumindest vorzuwarnen. Mir wurde die Wahl genommen, ob ich es überhaupt mit dir zusammen machen möchte. Ich bin nicht deine Angestellte, die nach deiner Pfeife tanzt, wann immer es dir passt.«

Frustriert fährt Jace sich mit den Händen durch die Haare und verschränkt seine Finger im Nacken. Sein Blick ist auf den Boden gerichtet, als ein Seufzen seine Lippen verlässt.

Oh, was für schöne Lippen er hat. Und wie gut es sich anfühlen würde, sie wieder auf meinen zu spüren.

Das ist hier nicht das Thema, Emma! Du bist sauer auf ihn!

»Peach, wie genau sollte ich dich im Vorfeld kontaktieren? Ich habe dich am Samstag das erste Mal nach sechs Jahren wiedergesehen. Und es ist ja nicht so, als könnte ich mir mein Telefon schnappen und dich anrufen. Denn das gestaltet sich schwierig, wenn jemand seine Nummer wechselt und die vielen Jahre, die man gemeinsam verbracht hat, anscheinend nichts wert sind und man der Einzige ist, der die neue Nummer nicht bekommt!«

Diese Diskussion wird immer absurder, mit jeder Minute, die verstreicht.

»Oh mein Gott, du benimmst dich völlig lächerlich. Nicht ein einziges Mal hast du dich bei mir gemeldet. Warum sollte ich dir eine Nachricht mit meiner Nummer zukommen lassen, nachdem wir monatelang keinen Kontakt hatten? Das ergibt überhaupt keinen Sinn. Du warst damals auf dem Weg nach oben, wahrscheinlich hättest du sowieso gedacht, ich bin ein Groupie, das versucht, mit dir in Kontakt zu kommen. Und außerdem hat deine ganze Familie meine Nummer, du hättest jemanden danach fragen können. Bei Instagram, Snapchat,

Facebook und so hat man auch die Möglichkeit, eine Nachricht zu senden. Also komm mir nicht mit dieser Ausrede. Fakt ist, du hast mich gestern blindlings in das Gespräch mit deinem Vater laufen lassen. Und das auch erst, nachdem er sich seine Meinung schon gebildet hatte und seine Entscheidung unumstößlich war«, feure ich ihm entgegen. Als ich merke, wie sich ein Schmerz in meinem Kopf ausbreitet, schließe ich meine Augen und massiere die Schläfen. Seit der Hochzeit und allem, was danach passiert ist, habe ich kaum geschlafen, mich hält gerade nur Koffein am Laufen, und jetzt führen wir diese kräftezehrende Diskussion. Das sind die besten Voraussetzungen für einen Migräneanfall.

»Peach, Baby, ist alles in Ordnung?« Besorgt schaut Jace auf mich herab.

»Ja, nur ein kleiner Anflug von Migräne. Ist bestimmt gleich wieder vorbei.« Doch der Schmerz wird immer stärker. Ich möchte einfach nur auf meine Couch, mir einen eiskalten Lappen über die Augen legen und ein kurzes Nickerchen machen.

»Das sieht nicht so aus.« Er schnappt sich meine Tasche und greift meine Hand. Vorsichtig zieht er an ihr.

»Komm, ich bring dich nach Hause. Mit 'ner Migräne solltest du sowieso kein Auto fahren. Und ich kenn ein Geheimrezept, das Wunder bewirkt, Baby.«

»Ich bin nicht dein Baby!«, stelle ich klar.

Warum benutzt er diese Bezeichnung? Findet er mich attraktiv? Sieht er in mir mehr als nur die beste Freundin seiner Schwester? Denkt er manchmal daran zurück, was vor Jahren zwischen uns passiert ist? Alles Fragen und Gedanken, die ich nicht in meinen Kopf haben möchte. Ich sollte einzig und allein davon schwärmen, wie glücklich ich mit Max bin und wie sehr ich ihn liebe.

Doch jetzt ist nicht der richtige Moment, um hier zu sitzen und zu grübeln. Widerwillig stehe ich auf und folge Jace.

Er schweigt eine Weile. Dann blickt er mich an.

»Alles klar, Peach. Ab jetzt kein Baby mehr.« Er zieht mich den Flur entlang Richtung Parkplatz.

Ich schnaube verächtlich. Peach, wofür soll das überhaupt stehen? Und warum benutzt er das ständig für mich? Findet er meinen Hintern toll oder was möchte er mir damit sagen? Ich hasse, dass ich alles, was Jace zu mir sagt, automatisch in meinem Kopf bis ins kleinste Detail auseinandernehme. Das ist so nervig und erinnert mich an früher. Ich hatte gedacht, dass ich das schon vor sehr langer Zeit hinter mir gelassen habe. Aber anscheinend reicht die bloße Anwesenheit von Jace in meinem Leben, um meine Gedanken in eine endlose Abwärtsspirale zu stürzen.

Das Geräusch vom Öffnen der Beifahrertür reißt mich aus dem Strudel der Grübelei.

Jace hilft mir beim Einsteigen, erst dann lässt er meine Hand wieder los.

Meine Handfläche kribbelt an den Stellen, an denen seine mich berührt hat. Beruhigend streiche ich mit meinem Daumen darüber.

Jace steigt auf der Fahrerseite ein und schaut mich an. »Dann wollen wir dich mal nach Hause bringen.«

Kapitel 10

Jace

Emma sitzt zusammengekauert auf meinem Beifahrersitz. Die Kopfschmerzen scheinen von Minute zu Minute stärker zu werden.

Ich hasse es, sie so zu sehen. Am liebsten würde ich auf direktem Weg zu ihr nach Hause fahren. Aber um ihre Schmerzen zu lindern, müssen wir vorher bei der Apotheke halten und alles Nötige einkaufen. Ich hoffe wirklich, dass mein kleines Hausmittel schnelle Wirkung zeigt.

»Emma, ich muss kurz was holen. Soll ich dir ein Schmerzmittel mitbringen?«, sage ich so leise wie möglich, um ihre Symptome nicht zu verschlimmern.

Ein Wimmern ertönt. Sie öffnet kurz ihre Augen und schaut mich an.

»Ich brauche keine Medikamente, nur mein Bett und etwas Ruhe«, bringt sie gequält hervor.

Entsetzt sehe ich sie an.

»Du hast gerade gewimmert. Ich glaube nicht, dass da ein wenig Schlaf ausreicht.«

»Du hast doch gesagt, dass du etwas hast, was dagegen hilft.« Sie stöhnt – und das nicht auf die lustvolle Art.

Ich hatte eher gedacht, dass mein Hausmittel etwas ist, das ihr neben den Tabletten hilft, die Kopfschmerzen schneller zu beseitigen. Und nicht, dass sie ihre ganze Hoffnung darauf setzt, damit von ihren Qualen erlöst zu werden. Ich sollte mich geschmeichelt fühlen, dass sie so viel Vertrauen in mich hat. Aber es setzt mich ganz schön unter Druck. Ob ich ihre Kopfschmerzen vertreiben kann, werden wir erst herausfinden, wenn wir es versuchen. Und je schneller das geschieht, desto besser. Also drücke ich das Gaspedal weiter durch und bringe uns zur Apotheke.

Zum Glück liegt diese auf dem Weg zu Emmas Haus.

Kaum ist das Auto geparkt, springe ich hinaus. Ich lasse Emma in diesem Zustand ungerne allein zurück, aber mir bleibt keine andere Wahl.

Im Laden bekomme ich alles, was ich brauche. Schnell eile ich mit meinem Einkauf auf den Parkplatz zurück.

Den Weg zu Emmas Haus fahre ich wie auf Autopilot, zu groß ist meine Anspannung.

Dort angekommen, parke ich in der Einfahrt und umrunde den Wagen. Wie auch am Samstag hebe ich sie aus dem Auto. Dass sie nicht protestiert, ist ein schlechtes Zeichen.

»Em, ich brauche deine Schlüssel.«

»In meiner Handtasche«, murmelt sie an meinem Hals.

Die Berührung ihrer Lippen an meiner sensiblen Haut lässt einen Schauer durch meinen Körper laufen und meinen kleinen Freund erwachen.

Jetzt ist echt nicht der richtige Zeitpunkt dafür, Kumpel!

Mit einer Hand halte ich Emma an mich gedrückt. Damit sie mir nicht aus dem Arm rutscht, hebe ich mein rechtes Knie unter ihren Hintern, um sie zu stützen. Einhändig den Schlüssel aus der Handtasche zu graben, ist gar nicht so einfach, aber ich schaffe es. Nachdem wir das Haus betreten haben, kicke ich die Tür hinter mir zu.

Ich mache einen kleinen Abstecher in die Küche, um die Augenmaske, die ich auf dem Weg hierher gekauft habe, in den Kühlschrank zu packen. So kann Emma sie später benutzen.

Die Tüte mit dem restlichen Einkauf lege ich vorsichtig zurück auf ihren Bauch und steige die Treppe im Flur hinauf, damit ich sie ins Schlafzimmer bringen kann.

Dort lege ich sie sanft auf dem Bett nieder, bevor ich ins Badezimmer gehe. Ein Waschlappen ist schnell gefunden, unter dem eiskalten Wasserstrahl mache ich ihn nass. Danach schnappe ich mir das kleine Fläschchen aus meiner Tüte und gehe zurück zu Emma.

Sie liegt quer auf dem Bett zur Seite gerollt und mit dem Arm über dem Gesicht, weshalb ich nicht sagen kann, ob sie wach ist oder schläft.

Ganz leise trete ich an das Bett heran. Vorsichtig, um sie nicht aufzuschrecken, fahre ich mit den Fingerspitzen über ihren Arm.

»Peach, bist du wach?«

»Ja, bei den Schmerzen könnte ich nicht mal schlafen, wenn ich wollte. Ich habe das Gefühl, mein Schädel explodiert jeden Moment.« Ein schmerzverzehrter Laut verlässt ihre Lippen.

»Reden. Tut. Weh. Mach, dass es weggeht, Jace«, sagt sie verzweifelt.

»Versuch dich zu entspannen. Ich werde mein Bestes geben, um deinen Schmerz möglichst schnell zu lindern.« Den Waschlappen lege ich für später auf den Nachtschrank. Eine kleine Menge der Flüssigkeit aus dem Fläschchen lasse ich auf meine Fingerspitzen tropfen, und dann mache ich mich an die Arbeit, meiner süßen Emma den Schmerz zu nehmen.

Kapitel 11

Emma

Etwas Kaltes berührt meine Schläfen, als Jace mit seinen Fingerspitzen über meine Haut streicht. Das Aroma von Pfefferminze breitet sich aus. Der erfrischende Duft gepaart mit der Kühle des Öls auf meiner Haut und den kreisenden Bewegungen von Jace lässt mich sofort ein bisschen entspannen. Seine vom jahrelangen Gitarrespielen rauen Fingerspitzen gleiten immer wieder mit sanftem Druck von meinen Schläfen bis zur Stirnmitte und über die Augenbrauen zurück. Ich spüre förmlich, wie mit jedem Mal die Schmerzen ein klein wenig mehr nachlassen. Erleichtert stöhne ich auf. Die Massage fühlt sich göttlich an.

»Wird es schlimmer?« Jace wirkt besorgt.

»Hmm? Was meinst du?«

»Na, du hast vor Schmerz gestöhnt. Da habe ich mir Sorgen gemacht, weil es durch das Pfefferminzöl und die Massage eigentlich besser werden sollte«, erklärt er.

»Oh. Nein, alles gut. Du machst das perfekt. Bitte hör nicht auf.«

»Ich habe nicht vor, aufzuhören. Mein einziger Job heute ist es, dich vollkommen zu verwöhnen, bis es dir wieder besser geht.« Als er seine Finger daraufhin ein wenig kräftiger in die Haut drückt, während er seinen Weg über meine Stirn fortsetzt, entweicht mir erneut ein Stöhnen. Es fühlt sich einfach zu gut an.

Warum muss er so süß sein? Kann er sich nicht wie ein Arschloch benehmen? Dann würde es mir deutlich leichter fallen, ihn nicht zu mögen. Außerdem sieht er extrem gut aus. Schon jetzt, nach so kurzer Zeit, spüre ich, wie meine Gefühle von damals versuchen, sich ihren Weg an die Oberfläche zu bahnen. Ich hoffe, dass mein Wille und meine Liebe zu Max stärker sind als die kleine Schwäche, die ich als junges Mädchen für Jace hatte.

Seine Finger, die meinen Hals hinuntergleiten, holen mich ins Hier und Jetzt zurück. Dort beglücken seine talentierten Hände meinen Nacken und die Schultern. Ob jeder Gitarrist auch so gut im Massieren ist wie Jace? Vielleicht ist es für ihn, als wenn der Körper ein Instrument ist, auf dem er eine Melodie spielt. Falls ja, will ich gar nicht wissen, was diese Hände auf gewissen anderen Zonen des Körpers weiter südlich anstellen können. Allein bei dem Gedanken daran, wie Jace' raue Fingerspitzen über meine Mitte streichen, breitet sich Hitze in mir aus. Dass seine Hände mit jeder Bewegung unter mein Shirt gleiten, entfacht das Feuer in mir noch weiter.

»Zieh es aus«, raunt er in mein Ohr.

»Was?« Entsetzt schieße ich vom Bett hoch und setze mich aufrecht hin. Das war eine ganz schlechte Idee, denn sofort zuckt ein stechender Schmerz durch meinen Schädel, der mich Sterne sehen lässt. In der Hoffnung, ihn zu lindern, greife ich mit beiden Händen an meinen Kopf und drücke die Handballen an die Schläfen. Ein schmerzerfülltes Wimmern bahnt sich unaufhaltsam seinen Weg meine Kehle hinauf.

»Was machst du denn?« Jace greift sanft nach meinen Handgelenken und zieht mich zurück in eine liegende Position.

»Ich wollte nur, dass du dein Shirt ausziehst, damit ich deine Arme massieren kann. Also hör bitte auf, hier so wilde Bewegungen zu machen, sonst ist die ganze Arbeit umsonst gewesen.« Er greift nach dem Bund meines Shirts und zieht es langsam hinauf.

Dabei berühren seine Fingerspitzen meinen Bauch und verursachen eine Gänsehaut. Als er seine Hände seitlich an meinen Brüsten vorbeigleiten lässt, kann ich ein lustvolles Stöhnen gerade so unterdrücken. In meinem Inneren kämpfen der pochende Schmerz in meinem Kopf und das Kribbeln, das sich von meinem Unterleib aus in meinem ganzen Körper ausbreitet, um die Oberhand. Sollte der Kopfschmerz nicht ausschließen, dass ich überhaupt nur ansatzweise Lust verspüren kann? Aber anscheinend ist das nicht der Fall, wenn Jason Barbeau seine Finger im Spiel hat. Im wahrsten Sinne des Wortes.

Egal welches Gefühl meinen Körper dominiert, beide schreien danach, dass Jace' gekonnte Hände ihnen Linderung verschaffen. Also hebe ich meine Arme, damit Jace das Shirt über meinen Kopf ziehen kann.

Er verteilt etwas Pfefferminzöl auf meinen Armen und Händen, bevor er sich wieder an die Arbeit macht.

Ich schließe meine Augen, um sie auszuruhen und jede Sekunde dieser Massage zu genießen. Der Kopfschmerz ist kaum noch zu spüren, als er sich meinen Händen zuwendet.

Aber dafür breitet sich ein neuer Schmerz in mir aus. Und dieser hat seinen Ursprung direkt in meinem Schritt. Nie im Leben hätte ich es für möglich gehalten, dass ich von einer einfachen Massage so erregt sein könnte. Ich bin so feucht, mein ganzes Höschen ist getränkt. Ein Glück trage ich heute eine Jeans, der Stoff ist dick genug, um mein kleines Problem zu verbergen.

Ich denke nicht, dass man von einer Massage zum Höhepunkt kommen kann, aber die kleinste Berührung seiner Hände an meinen Brüsten oder in meinem Schritt würde wahrscheinlich ausreichen, um mich Sterne sehen zu lassen.

In der Hoffnung, meine Erregung zu mindern, presse ich meine Oberschenkel zusammen, doch der Druck feuert meine vor Lust pochende Klitoris noch mehr an. Ein verzweifeltes Wimmern entweicht mir.

Oh Gott, bitte lass Jace es nicht gehört haben.

Doch er hält inne und schaut mich eindringlich an.

»Peach, ist der Schmerz noch so stark?«

Oh, und wie stark der Schmerz ist – nur nicht der in meinem Kopf. Aber das kann ich ihm ja schlecht sagen. Also mache ich ein leidendes Gesicht.

»Mmhhmm.« Mein Gehirn ist gerade nicht ganz funktionstüchtig. Es herrscht die reinste Reizüberflutung. Und wenn ich nicht bald für Erlösung sorge, explodiert mein Kopf.

»Eigentlich sollten das Öl und die Massage schon längst für Linderung gesorgt haben. Aber du bist ja völlig steif und verspannt vor Schmerzen.«

Oh, wenn *du wüsstest!*

»Wenn es immer noch so stark ist, bleibt dir nichts anderes übrig, als etwas dagegen zu nehmen.«

Ich werde alles tun, was er will, Hauptsache, er verlässt schleunigst mein Haus und ich kann für die richtige Schmerzlinderung sorgen.

»Okay«, krächze ich deshalb, meine Stimme ganz rau vor Lust.

»Die Tabletten habe ich vorhin aus dem Bad mitgebracht und auf den Nachtschrank gelegt. Ich gehe nur schnell eine Flasche Wasser von unten holen. Bleib einfach liegen und rühr dich nicht.«

Jace ist noch gar nicht ganz zur Tür hinaus, da öffne ich schon den Knopf meiner Jeans, und meine Hand taucht unter den Rand der Hose. Ich stelle meine Beine an und lasse die Knie auseinander fallen. Meine Hand gleitet ein Stück meinen Bauch entlang, bis sie das Bündchen meines Höschens erreicht. Vorsichtig schlüpft ein Finger nach dem anderen darunter. Ich lasse sie zwischen den Schamlippen hindurchgleiten. Mit der Feuchtigkeit, die sich dort bereits gesammelt hat, benetzt, bahnen sie sich den Weg zur Klitoris. Das Bündel von Nerven pocht schon wütend. Also lasse ich meinen Finger darum kreisen und verteile so die Nässe. Sanft reibe ich darüber und fahre dann den Weg bis zu meinem Eingang hinunter. Ich stelle mir vor, es wären Jace' raue Finger, die meine Öffnung massieren, als sie einmal tief in mich hineingleiten und sich anschließend erneut auf den Weg zu meiner Klitoris machen. Immer und immer wieder. Ich spüre, wie sich ein Orgasmus in mir aufbaut. Nach Erlösung suchend hebe ich meine Hüften vom Bett meiner Hand entgegen.

Ich kann Jace am unteren Treppenabsatz hören. Er könnte jede Sekunde in der Zimmertür stehen.

Die Tatsache, dass er mich dabei erwischen könnte, wie ich masturbiere, facht das Feuer in mir weiter an. Ich erhöhe den Druck meiner Finger. Die Erlösung ist zum Greifen nahe, nur noch ein kleines Stück, bis ich ihren Gipfel erreicht habe.

Jace ist jetzt auf dem Flur, nur ein paar Schritte, und er ist hier.

So schnell ich kann, reibe ich mit meinen Fingern die feuchte Spalte entlang. Dabei drücke ich fest gegen die sensiblen Stellen. Die ganze Zeit über male ich mir aus, es wäre Jace, der mich verwöhnt. In einem letzten verzweifelten Versuch, den Höhepunkt zu erreichen, kneife ich in die kleine Knospe. Mein Körper bäumt sich auf, und ich fahre mit meinen Fingern ein letztes Mal durch die feuchte Spalte, um die Welle des Orgasmus einen kurzen Moment länger zu reiten. Noch bevor Jace das Zimmer betritt, ziehe ich meine Hand aus der Hose und schließe schnell den Knopf.

Ich habe keine Zeit, über das nachzudenken, was gerade geschehen ist, da steht er schon im Türrahmen. In all seiner Pracht. Die dunkelblaue Jeans betont seine muskulösen Beine und das schwarze Shirt spannt über seinem männlichen Oberkörper. Die Haare sehen aus, als wenn er mit seinen Händen zu oft hindurchgefahren wäre. Wie kann ein Mensch so verdammt gut aussehen?

Ich bin froh, dass die Nachwirkungen meines Orgasmus

noch die Oberhand über meinen Körper haben, sonst würde mich bei diesem Anblick die Lust erneut packen.

»Hast du dir schon Tabletten aus der Packung genommen?« Noch immer ist ihm die Sorge anzusehen. Mit der gekühlten Wasserflasche in der Hand kommt er auf mich zu.

»Ähm, nein. Ich wollte warten, bis du mit dem Wasser hier bist«, lüge ich.

»Ich habe Geräusche gehört. Da dachte ich, du hättest bei dem Versuch, die Tabletten zu holen, vor Schmerzen gestöhnt.«

Oh mein Gott. Hoffentlich riecht er meine Erregung nicht. Oder noch schlimmer, sieht mir an, was ich hier getrieben habe.

So unauffällig wie möglich streiche ich meine Haare glatt. Dann setze ich mich auf.

»Keine Ahnung, was du gehört hast. Ich lag die ganze Zeit ruhig da.«

»Mhm, ich hätte schwören können … Aber ist ja auch egal.« Jace hält mir zwei Tabletten und das Wasser entgegen. »Hier, nimm die.«

»Nein, ich denke, ich sollte mich jetzt hinlegen, um eine Runde zu schlafen. Danach sind die Schmerzen bestimmt weg. Aber trotzdem danke für die Massage. Dass du dich so fürsorglich um mich gekümmert hast, war echt nett von dir und nicht selbstverständlich.« Ich schlage die Decke auf meiner Seite des Bettes zurück und krieche darunter. Nach diesem ganzen Stress möchte ich mich wirklich eine Runde ausruhen, das ist nicht gelogen.

»Kein Problem. Ruf mich an, wenn etwas ist. Ansonsten sehen wir uns morgen in der Schule.« Er schnappt sich mein Handy aus meiner Handtasche, hält es vor mein Gesicht, um es zu entsperren, und tippt etwas ein.

Kurze Zeit später vibriert es in seiner Hosentasche.

»Ich habe meine Nummer eingespeichert. So kannst du mich jederzeit erreichen.« Er legt das Telefon auf den Nachtschrank, streicht mir eine Haarsträhne aus dem Gesicht, beugt sich herab und gibt mir einen Abschiedskuss auf die Wange. Danach verlässt er das Schlafzimmer ohne ein weiteres Wort.

Die Haustür fällt ins Schloss, und kurze Zeit später höre ich sein Auto starten.

Jace mag zwar gegangen sein, aber die verwirrenden Gefühle, die er in mein Leben gebracht hat, sind geblieben.

KAPITEL 12

Jace

Heute bin ich überpünktlich. Fünf Minuten vor vier betrete ich das Klassenzimmer. Ich möchte Emma nicht verärgern, schließlich habe ich einen kleinen Anschlag auf sie vor, und mit guter Laune sind meine Chancen bestimmt größer, dass sie mitkommt. Gestern lief es ja nicht gerade wie geplant. Hoffen wir mal, dass dieser Tag besser wird.

Doch eigentlich kann ich mich nicht beschweren. Mich um Emma zu kümmern, als es ihr schlecht ging, hat sich super angefühlt. Wenn es nach mir ginge, könnte ich den Rest meines Lebens für sie sorgen. Und für unsere gemeinsamen Kinder.

Ich weiß auch nicht, wieso, aber die Frage, wie es wohl wäre, mit Emma Kinder zu bekommen und ein Zuhause für unsere Familie zu schaffen, schwirrt mir in letzter Zeit immer häufiger durch den Kopf. Allein die Vorstellung, sie mit meinem Baby im Bauch zu sehen und der ganzen Welt damit zu zeigen, dass sie zu mir gehört, lässt den Höhlenmenschen in mir zum Vorschein kommen.

Aber die Tatsache, dass sie mit einem anderen Mann verheiratet ist und mit ihm ihre Zukunft geplant hat, ist an mir nicht spurlos vorbeigegangen. Ständig bin ich hin und her gerissen zwischen dem, was richtig ist, und dem, was sich richtig anfühlt.

Ich bin nicht so arrogant zu denken, dass sich mir alle Frauen zu Füßen schmeißen, nur weil ich ein erfolgreicher Musiker bin. Emma wird mit Sicherheit nicht kampflos in meinen Armen landen, aber ich bin bereit, um sie zu kämpfen. Ich war schon lange vor Max in ihrem Leben, und ich werde auch noch lange nach ihm da sein.

Doch einen Schritt nach dem anderen. Jetzt habe ich erst mal einen kleinen Ausflug für uns beide geplant. Deshalb trete ich in das Klassenzimmer und gehe auf sie zu.

Emma sitzt am Schreibtisch und korrigiert Tests. Sie ist vollkommen vertieft in ihre Arbeit.

»Hey«, begrüße ich sie.

Sie zuckt vor Schreck zusammen. Die rechte Hand legt sie schützend auf ihre Brust.

»Oh Gott, hast du mich erschreckt. Musst du dich so an mich heranschleichen?«

»Es ist kurz vor vier. Du wusstest doch, dass ich vorbeikomme.« Ich setze mich so nah neben sie auf die Schreibtischkante, dass wir uns fast berühren.

»Ja, das stimmt. Aber gestern warst du auch später da, also habe ich in den nächsten zehn Minuten noch nicht mit dir gerechnet.« Sie lehnt sich in ihrem Stuhl zurück. Die Hand, die sie locker von der Lehne herunterbaumeln lässt, streift meinen Oberschenkel.

Jedes Mal, wenn Emma mich berührt, breitet sich ein Kribbeln von dort aus und bahnt sich einen Weg direkt zu meinem Schwanz, der gleich auf Halbmast steht. Es fühlt sich an, als hätte ich in Emmas Gegenwart ständig 'ne Latte. Ich bekomme noch einen Samenstau, wenn das so weitergeht. Wie soll ich die nächsten Monate nur überleben?

Sollte es nicht Medikamente geben, die eine Erektion unterdrücken, wenn es welche gibt, die sie hervorrufen können? Die bräuchte ich so schnell wie möglich.

So oft, wie ich mir in den letzten Tagen einen runterholen

musste, habe ich seit zehn Jahren nicht mehr an mir selbst Hand angelegt. Es waren immer genug Frauen zur Verfügung, um meine Lust zu befriedigen. Aber seit der Hochzeit ist Emma die Einzige, an die ich denken kann.

»Erde an Jace.« Emma wedelt mit ihrer Hand vor meinem Gesicht herum.

»Hm?« Ich schaue sie fragend an.

»Ich habe gefragt, ob wir loslegen wollen, aber du hast nur abwesend in die Luft gestarrt und nicht geantwortet.«

»Oh ja, sorry. Bevor wir starten, habe ich noch eine Kleinigkeit, um die ich dich bitten möchte.«

Den Kopf zur Seite geneigt schaut sie mich skeptisch an. »Okay.«

»Erinnerst du dich, dass ich dir gestern von einem Termin erzählt habe?«

Es bildet sich eine Falte zwischen ihren Augen, als sie die Stirn runzelt.

»Ja, und was hat das mit deiner Bitte zu tun?«

Ich lasse meine Hand durchs Haar gleiten.

»Ich wollte dich zu ein paar Hausbesichtigungen mitnehmen. Aber weil es dir so schlecht ging, habe ich den Termin auf heute verschoben, damit ich mich um dich kümmern konnte. Ich würde es wirklich schön finden, wenn du mir bei der Auswahl des Hauses helfen könntest. Die Details für das Projekt lassen sich genauso gut im Auto nebenbei besprechen«, rattere ich schnell herunter, in der Hoffnung, dass sie dann nicht mehr nein sagt.

Emma rutscht nervös auf ihrem Stuhl hin und her.

»Ich verstehe das nicht ganz. Warum möchtest du mit mir Häuser anschauen? Meint du nicht, deine Mom oder eine deiner Schwestern wissen eher, was zu dir passt? Wir haben uns so lange nicht gesehen, und ich habe keine Ahnung, wie das perfekte Haus für einen Mann mit deinem Lebensstil aussehen sollte und ob es spezielle Anforderungen gibt, auf die geachtet werden muss.«

Ich nehme ihre Hand in meine und drücke sie sanft.

Durch einen Vorhang dunkler, langer Wimpern schaut sie unsicher zu mir auf.

Dass sie sich in meiner Gegenwart unwohl fühlt, ist das Letzte, was ich möchte.

»Ich denke, du bist die Einzige, die mir helfen kann, das perfekte Haus zu finden.« Ein ermutigendes Lächeln macht sich auf meinem Gesicht breit.

»Und wenn es an der Zeit ist, wirst du verstehen, warum ich dich mitgenommen habe.«

Kapitel 13

Emma

Warum rast mein Herz, und warum feiern in meinem Bauch die Schmetterlinge eine Party? Wieso kann nur ich ihm helfen, das *perfekte* Haus zu finden? Und wann soll der Zeitpunkt gekommen sein, an dem ich verstehen werde, warum nur ich ihm bei der Suche zur Seite stehen kann?

Mit jeder Sekunde, die ich mit Jace verbringe, fühle ich mich verwirrter. In meinem Kopf schwirren so viele Fragen und Emotionen umher. Wann fängt betrügen an? Zählt Selbstbefriedigung, während man an einen anderen Mann denkt, schon dazu? Wenn man glücklich vergeben ist, dann sollten die Gedanken doch nur um diese eine Person kreisen. Zumindest, was jegliche sexuellen Handlungen angeht.

Natürlich darf man auch mal andere Menschen für ihr gutes Aussehen bewundern. Seien wir doch mal ehrlich, wer schaut sich nicht gerne ein heißes Sixpack auf Instagram an?!

Aber die Gefühle, die Jace in mir auslöst, gehen über die Wertschätzung seines Körpers hinaus. Und das hat Max nicht verdient. Er sollte eine Frau haben, die nur Augen für ihn hat. Deren Herz schneller schlägt, wenn sie ihn sieht. Ich hoffe wirklich, dass meine Ehe die Naturgewalt Jace überstehen wird. Ich liebe Max. Und ich möchte mein Leben mit ihm verbringen.

Außerdem wird Jace in ein paar Monaten wieder hinaus in

die große weite Welt ziehen. Selbst wenn seine Flirterei der letzten Tage ernst gemeint wäre, passen unsere Leben einfach nicht zusammen. Er reist ständig um die ganze Welt, und ich habe das Gefühl, dass es für mich jetzt an der Zeit ist, eine Familie zu gründen. Ich habe meine Anstellung als Lehrerin und Max seinen Job bei der Polizei. Wir haben ein wunderschönes Häuschen. Worauf sollen wir noch warten? Mein Traum war es schon immer, jung Mutter zu werden, und in Max habe ich einen Partner gefunden, der meine Träume und Wünsche für die Zukunft teilt.

Ich schüttle die Gedanken an alles ab und konzentriere mich aufs Hier und Jetzt, bevor der nächste Migräneanfall an die Tür klopft. Erstaunt stelle ich fest, dass ich länger in meine Grübeleien vertieft gewesen sein muss als gedacht, denn wir sind schon ein ganzes Stück von der Schule entfernt.

Doch nicht nur ich bin anscheinend mit mir selbst beschäftigt, denn auch Jace hat noch keinen Ton von sich gegeben.

So werden wir nie die Details für das Projekt besprechen. Ich werde das Gefühl nicht los, dass ich in eine Falle getappt bin. Aber was immer er auch geplant hat, noch einmal falle ich nicht auf seine Spielchen herein.

Es reicht schon, dass er mich dazu gebracht hat, mitzukommen, denn dieser Ausflug ist die reinste Zeitverschwendung. Und je mehr ich darüber nachdenke, desto wütender werde ich.

»Jace, wir sind schon eine Weile unterwegs, und du hast noch nicht ein Wort über das Projekt verloren. Ich dachte, der Deal war, dass wir die Details im Auto besprechen und ich dafür mit zu den Besichtigungen komme.« Meinen Blick auf ihn gerichtet warte ich auf seine Reaktion.

Locker sitzt er neben mir. Eine Hand am Lenkrad, den anderen Arm auf der Mittelkonsole abgestützt, schaut er auf die Straße.

»Ich hab dir doch gesagt, dass es schon fertig ausgearbeitet ist. Also entspann dich. Nach der Besichtigung können wir irgendwo essen gehen und ganz in Ruhe durchsprechen, was mir so vorschwebt.« Er wirft mir einen kurzen Blick aus dem Augenwinkel zu, bevor er ihn wieder auf die Straße richtet.

Das kann ja wohl nicht sein Ernst sein! Einen Teufel werde ich tun und mit ihm essen gehen. Das wird ja immer besser. Ich habe noch einen Haufen Arbeit zu erledigen, da habe ich für diese Spielchen keine Zeit.

»Ich werde mit Sicherheit nicht mit dir in irgendein Restaurant gehen und in der Öffentlichkeit zu Abend essen! Auch wenn du gerne den netten Jungen von nebenan mimst, bist du berühmt. Ich möchte auf keinen Fall irgendwo im Internet zum Gesprächsthema werden, weil Fotos von uns beiden aufgetaucht sind.« Mein Puls rast vor Wut.

»Die Menschen in Pickering respektieren meine Privatsphäre. Ich glaube nicht, dass die Leute Bilder von uns beiden machen, wenn wir bei einem harmlosen Dinner gesehen werden«, entgegnet er vollkommen gelassen.

Ich fühle mich wie der rote Kerl aus *Alles steht Kopf*. Es ist ein Wunder, dass kein Qualm aus meinen Ohren kommt. Dieser Mann schafft es ständig, die extremsten Emotionen in mir hervorzurufen. Am Ende unseres gemeinsamen Projekts werde ich bereit für die Irrenanstalt sein. Ich kann es fühlen. Das alles wird nicht gut enden!

»Hörst du dir manchmal selbst zu? Niemand durfte wissen, dass ihr Jungs bei der Hochzeit deiner Eltern anwesend seid, damit es keine ungewollten Zwischenfälle gibt! Alle Gäste haben schlichtweg *gelogen*, wenn sie danach gefragt wurden. Euer PR-Team oder wer auch immer hat am Samstag ein Foto bei Instagram hochgeladen, auf dem ihr alle bei dir am Pool chillt! Und du willst mir erzählen, dass die Leute deine Privatsphäre respektieren?« Meine Stimme wurde mit jedem Wort lauter. Das Ende meiner Tirade war schon halb geschrien.

Aber ich muss ihm zugutehalten, dass er die ganze Zeit

über keine Miene verzieht.

»Peach, entspann dich. Dann lassen wir uns halt Essen zu mir ins Hotel liefern. Die Hauptsache ist doch, dass wir alles erledigt bekommen, bevor ich morgen früh wieder zurück nach Toronto fahre.«

Er streicht mir beruhigend über den Unterarm, aber ich schüttle seine Hand ab. Ich möchte mich irrational benehmen und alles herauslassen. Wenn ich Jace' Berührung dulden würde, würde meine Wut innerhalb von Sekunden verfliegen. Und noch bin ich nicht fertig mit ihm.

»Oh Gott, das wird ja immer besser!« Ich lache sarkastisch auf.

»Du hast vollkommen recht, Bilder von uns zweien, wie wir dein Hotel betreten, sind natürlich weniger folgenschwer als welche beim gemeinsamen Abendessen! Es ist schon schlimm genug, dass wir diese Besichtigung zusammen machen. Wir sollten für die Dauer des Projekts dafür sorgen, dass wir uns nicht außerhalb der Schule treffen. Und es ist das Beste, wenn du die ersten Stunden allein durchführst. Ich werde einfach zusehen und gucken, was du so geplant hast. Alle weiteren Fragen klären wir dann anschließend, solltest du ausnahmsweise nicht zu beschäftigt sein, um ein paar Minuten in das von dir ins Leben gerufene Projekt zu stecken.«

Glücklicherweise erreichen wir in diesem Moment das Objekt, das er besichtigen möchte. Ich muss nur die nächste halbe Stunde durchhalten, dann habe ich meine Ruhe vor ihm – und seinem verdammt guten Aussehen.

Ohne auf eine Erwiderung von ihm zu warten, greife ich nach dem Türgriff und steige aus.

Ich spüre ihn hinter mir, noch bevor seine Hände meine Hüften berühren. Die Tatsache, dass mein Körper so auf ihn reagiert, macht alles viel frustrierender, als es sowieso schon ist.

Er dreht mich zu sich, aber ich lasse meinen Blick auf den Boden gerichtet.

»Em, schau mich bitte an.« Mit dem Finger hebt er mein Kinn an, doch ich schließe meine Augen, bevor er einen Blick auf sie erhaschen kann.

Es gelingt mir gerade so, die Tränen zurückzuhalten. Jace ist der einzige Mensch, der es schafft, meine Gefühle Achterbahn fahren zu lassen. Warum kann es mit ihm nicht so sein wie mit jedem anderen Menschen auch?

Ich atme tief durch, um den Tumult in meinem Inneren unter Kontrolle zu bekommen.

»Schließ mich nicht aus. Es tut mir leid.«

Ich spüre, wie die erste Träne meine Wange hinabläuft.

Jace umfasst mein Gesicht und wischt sie mit seinem Daumen weg.

In dem Versuch, ein Schluchzen zu unterdrücken, beiße ich mir auf die Unterlippe, aber es ist zwecklos.

»Es tut mir leid«, sagt er erneut.

Tränen strömen über mein Gesicht, und wilde Schluchzer bahnen sich ihren Weg an die Oberfläche.

Jace zieht mich in seine Arme.

Ich vergrabe mein Gesicht in seiner Halsbeuge und umschlinge seine Mitte. Umhüllt von seinem Duft stehe ich geborgen in seiner schützenden Umarmung.

»Peach, Baby, es tut mir leid, dass ich dir das Gefühl gegeben habe, dieses Projekt wäre mir nicht wichtig. Ich möchte deine Zeit nicht verschwenden. Wirklich. Ich dachte einfach nur, es wäre schön, wenn du mir dabei helfen könntest, ein Haus zu finden. Ich habe vor, in Zukunft mehr Zeit hier zu verbringen. Bei den Menschen, die ich liebe. Außerdem hasse ich es, im Hotel zu übernachten. Wenn wir außerhalb Termine haben oder auf Tour sind, bin ich schon genug in Hotels unterwegs. Die Zeit zu Hause möchte ich in meinen eigenen vier Wänden verbringen. So habe ich auch ausreichend Privatsphäre, um Freunde zum Essen einzuladen, ohne dass Bilder davon im Internet auftauchen.«

Dass er mich Baby nennt, lasse ich ihm dieses eine Mal durchgehen, denn schließlich hat er gerade meine nicht so schöne Seite zu spüren bekommen und ist trotzdem noch so ruhig. Er denkt wahrscheinlich, ich habe nicht alle Tassen im Schrank. Von null auf hundert in zwei Sekunden, und genauso lange hat es gedauert, bis ich mich von der Furie zum Häufchen Elend gewandelt habe. Sein ganzes Shirt ist dabei mit Tränen und Schnodder getränkt worden.

Ich trete einen Schritt zurück und senke meinen Blick erneut, sodass meine Haare wie ein Vorhang schützend nach vorne fallen.

»Emma, hör auf, dich zu verstecken. Sieh mich an.«

Langsam hebe ich meinen Kopf. Meine Augen sind mit Sicherheit rot und geschwollen und meine Haut spannt von den getrockneten Tränen.

»Guck mich bitte nicht an. Ich sehe schrecklich aus. So kann ich wirklich nicht mit reinkommen.« Mit der Hand wische ich mir übers Gesicht.

»Ich weiß auch nicht, was mit mir los ist. In einem Moment bin ich wütend und im nächsten heule ich. Das war total unangemessen und hätte nicht passieren dürfen.«

Jace' Augen strahlen, als er mich anschaut.

»Du bist wunderschön. Ich habe noch keinen Tag erlebt, an dem du nicht perfekt aussahst.«

Oh Mann, braucht er eine Brille? Mir fallen auf Anhieb ein ganzer Eimer voll Momente ein, in denen ich auf Jace getroffen bin und schrecklich aussah.

»Außerdem mag ich Frauen, die Feuer haben. Und in dir, meine feurig-süße Emma, brodelt ein ganzer Vulkan.« Er beugt sich zu mir, bis sein Mund an meinem Ohr ist.

»Ich kann es kaum erwarten, ihn ausbrechen zu sehen. Dein kleiner Ausraster gerade im Auto hat mich total hart gemacht. Dieses Temperament würde ich nur zu gerne in meinem Schlafzimmer mal in Aktion erleben.« Seine Lippen streifen meine Haut.

Bei diesem Mann fehlen mir einfach die Worte. Kein Wunder, dass ich bei seinem Verhalten ein Schleudertrauma bekomme und meine Emotionen kopfstehen.

Ich trete einen Schritt von ihm weg und versuche erneut, die Sturmflut an Gefühlen in mir zu bändigen.

Ohne ein weiteres Wort dreht er sich um und steigt die Treppen der Veranda hinauf. An der Tür hält er kurz inne.

»Kommst du?!«

Kapitel 14

Jace

Ich bin so froh, dass ich Emma überredet habe, mitzukommen.

Sarah, die Maklerin, begrüßt uns im Eingangsbereich.

Das Haus mit Veranda ist nicht so luxuriös wie meine Wohnung in Toronto. Dafür ist es durch das ganze Naturholz im Landhausstil gehalten. Ich mag die Stimmung, die es vermittelt. Das ist definitiv ein Ort, an dem man eine Familie gründen kann. Ich möchte, dass meine Kinder viel Zeit mit ihren Großeltern verbringen können und sie nicht nur einmal im Monat oder noch weniger sehen. Und im besten Fall leben beide Großelternpaare hier.

»Die hohen Decken mit den Holzbalken sind wunderschön«, schwärmt Emma.

Oh ja, das sind sie. Ich habe der Maklerin bestimmte Kriterien für das Haus gegeben, das ich suche. Und möglicherweise sind ein paar davon Dinge, die Emma irgendwann einmal in Gesprächen mit meiner Schwester nebenbei erwähnt hat. Okay, vielleicht besteht die Liste nur aus Dingen, die sie mag.

Ich lege meine Hand auf ihren unteren Rücken und folge mit ihr an meiner Seite der Maklerin. Meinen Kopf neige ich dabei ein Stück zur Seite, bis ich dicht an Emmas Ohr bin.

»Ich sehe gerade noch etwas, was mir mehr als die Holzbalken gefällt«, raune ich ihr zu.

Verwirrt schaut sie zu mir hoch.

Aber ich gehe nicht weiter drauf ein. Wenn ich ihr jetzt sagen würde, dass ich sie meine, würde sie sich nur wieder von mir zurückziehen. Stattdessen genieße ich einfach die Führung durch das Haus und Emmas Nähe.

Wir sind gerade im Obergeschoss, als Emmas Finger sich in mein Shirt krallen und sie zischend einatmet. Ihre Hand liegt so tief auf meinem unteren Bauch, dass eine gewisse Region meines Körpers in Habachtstellung geht.

Beruhig dich, mein Freund. Jetzt wird nicht gespielt.

»Oh mein Gott, Jace. Schau mal.« Sie zieht aufgeregt an meinem Shirt und führt mich in den Raum hinein.

»Der Erker ist wunderschön. Guck dir die Aussicht auf den Garten an. Man könnte eine richtig schöne Leseecke dort einrichten, indem man eine Sitzbank direkt unter die Fenster baut.« Ihre Augen strahlen vor Begeisterung.

Ich kann es kaum erwarten, bis sie ihren Blick nach oben wandern lässt.

»In diesem Haus wurde auf einen Dachboden verzichtet, um hohe Decken im Obergeschoss zu schaffen. Der Eigentümer wollte den rustikalen Stil des Erdgeschosses hier oben fortsetzen. Sein Hauptaugenmerk hat er auf hohe, hell erleuchtete Räume gelegt«, teilt Sarah uns mit. Sie hat mit diesem Haus wirklich ganze Arbeit geleistet. Bisher entspricht es genau meinen Vorstellungen.

Ich spüre förmlich, wie Emma vor Aufregung vibriert. Ein breites Grinsen hat sich auf ihrem Gesicht ausgebreitet, und sie guckt wie gebannt jedes kleinste Detail des Schlafzimmers an.

Ich hingegen habe nur Augen für ihre Schönheit. Mir ist es egal, wie das Haus aussieht. Wenn Emma so auf alles reagiert, was sie hier entdeckt, dann ist es für mich perfekt.

Sie greift nach meinem Unterarm und packt so fest zu, dass sich ihre Nägel in meine Haut bohren.

»Jace, schau mal die Decke an.« Sie gibt ein aufgeregtes

Quietschen von sich.

»Mhm, sieht gut aus. Aber mal abwarten, ob es auch noch mehr zu bieten hat.«

Sie schaut mich entsetzt an.

»Was? Du spinnst ja. Es ist perfekt, egal, was da noch kommt.«

Ich mag, wie leidenschaftlich sich Emma nach so kurzer Zeit schon für das Haus einsetzt. Deshalb breitet sich auch ein Grinsen auf meinem Gesicht aus, als wir Sarah in den nächsten Raum folgen.

Doch meine gute Laune ist nur von kurzer Dauer, da ich merke, wie Emmas Stimmung sich verändert.

»Warum bist du so still?«, frage ich Emma im Bad.

Sie schaut mich nachdenklich an.

»Ich finde es toll. Man hat genug Platz für Dusche und Wanne, ohne dass es zu eng wirkt. Und das Doppelwaschbecken ist auch praktisch. Du könntest mit deiner zukünftigen Frau gemeinsam ins Bad, und ihr könntet euch Seite an Seite fertig machen.« Ein merkwürdiger Ausdruck huscht über ihre Augen. Doch so schnell, wie er da war, ist er wieder verschwunden.

»Ist es bei euch so?«

»Was?«

»Na, gehen Max und du zusammen ins Badezimmer oder jeder alleine?«, hake ich nach.

»Was ist das für eine Frage?«

Und da ist er wieder: Mein kleiner Drache, kurz davor, Feuer zu spucken. Allerdings habe ich diesmal nicht versucht, sie auf die Palme zu bringen. Es war ehrliche Neugier.

»Was das für eine Frage sein soll? Eine ganz normale. Du hast schließlich mit dem Thema angefangen. Da wollte ich von dir einfach nur wissen, ob es wirklich so abläuft, wie du es beschrieben hast.« Ich schaue sie unschuldig an.

Auf ihrer Stirn bildet sich eine Falte, und ihre Augen sprühen Funken.

»Ich denke, es ist weder die richtige Zeit noch der richtige Ort, um über meine Ehe zu sprechen«, zischt sie mir zu und schaut dabei zur Tür, durch die Sarah gegangen ist, um einen Anruf entgegenzunehmen.

Sehr unprofessionell, wie ich finde. Doch es ist mir egal, solange sie ihren Auftrag erfüllt.

Für uns ist es definitiv Zeit, den nächsten Raum anzusehen, denn ich bin mir nicht sicher, ob der eiskalte Blick, den Emma mir zuwirft, sonst die Leitungen zum Einfrieren bringt. Von feuriger Hitze zu gefrierender Kälte innerhalb von Sekunden. Dass ich so viele Emotionen in ihr hervorrufen kann, ist ein gutes Zeichen. Doch mir ist die euphorische Emma lieber.

Ich greife nach ihrer Hand und gehe mit ihr durchs Schlafzimmer zurück in den Flur.

Sie folgt mir ohne Protest. Das ist doch ein Anfang.

Das Gästezimmer und Bad mit Blick nach vorne raus haben wir schon hinter uns gelassen und sind auf dem Weg zur anderen Seite des Flures, als Sarah wieder zu uns stößt.

»Es tut mir leid, dass ich euch kurz allein lassen musste, aber es war wirklich wichtig«, entschuldigt sie sich.

Ach, wichtiger, als uns dieses Anwesen zu verkaufen, das ihr 'ne fette Provision einbringt? Gut zu wissen.

»Lasst uns doch einen Blick in die Kinderzimmer werfen, bevor wir uns weiter im Erdgeschoss umsehen«, sagt sie.

Ich lege meinen Arm um Emmas Schulter und schaue sie an, während wir Sarah folgen.

»Baby, jetzt kommen wir endlich zum wichtigsten Teil der Führung.« Ich wackle anzüglich mit den Augenbrauen.

Emma wirft mir einen ›*Was zur Hölle?*‹-Blick zu.

»Das Haus besitzt zwei Kinderzimmer. Es besteht aber die Möglichkeit, das Gästezimmer zu einem weiteren umzubauen. Das Grundstück bietet genügend Platz für ein Gästehaus und auch einen Anbau, sollten Sie mehr Kinder planen, als das Haus zum jetzigen Zeitpunkt unterbringen kann.«

Emma versteift sich in meinen Armen. Bevor sie das vermeintliche Missverständnis aufklären kann, komme ich ihr zuvor.

»Peach, ist das nicht toll? So können wir unseren Traum von einer eigenen Hockeymannschaft wahr werden lassen.« Ich drücke ihr einen Kuss auf die Nasenspitze und schaue sie verliebt an, was nicht viel schauspielerisches Talent benötigt.

›*Spiel mit*‹, sagen meine Augen, als sie mich verwirrt ansieht.

Das teuflische Flackern, das dann über ihr Gesicht huscht, ist kein gutes Zeichen. Liebevoll streicht sie mit ihrem Finger über meinen Kiefer. Die Lippen zum Schmollmund geformt, schaut sie mit einem besorgten Blick zu mir auf.

»Babe, wir können uns glücklich schätzen, wenn wir auch nur eines dieser Zimmer zum Einsatz bringen. Bei den Erektionsproblemen, die du jetzt schon hast«, sie zeigt auf meinen Schritt,

»wäre ein einziges Kind schon der reinste Glückstreffer.« Tröstend streichelt sie über meine Wange.

Du kleines Biest. Ich werde dir noch zeigen, wie standhaft ich sein kann.

»Oh, ich bin mir sicher, wenn wir nur *hart genug* daran arbeiten, können wir alles schaffen.« Ich verstärke den Griff um ihre Schulter, als ich sie dichter zu mir heranziehe.

Sarah sieht uns peinlich berührt an. Hätte sie nicht im Vorfeld eine Verschwiegenheitserklärung unterschrieben, würde ich Emma auf der Stelle übers Knie legen und ihr für den PR-Albtraum den Hintern versohlen, den solche Aussagen in der Gegenwart der falschen Person verursachen könnten.

»Bist du bereit, deinen Bereich anzuschauen?«, frage ich Emma, um dem Thema ein Ende zu setzen.

»Na klar, bekomme ich etwa ein hauseigenes Spa mit Sauna und einem Masseur?« Sie hält kurz inne und kratzt sich nachdenklich am Kinn.

»Aber einen heißen mit Sixpack und allem. Du bist ja

auch in dem Bereich nicht besonders gut ausgestattet. Ich will schließlich auf meine Kosten kommen.«

Ich zucke mit den Schultern. Mir ist es völlig egal, was andere Leute denken. Ich bin vollkommen zufrieden mit mir und meiner *Ausstattung*, und auch sonst habe ich nichts an meinem Körper auszusetzen. Gott hat es gut mit mir gemeint, denn die Musik ist nicht das einzige Talent, mit dem ich gesegnet wurde. Und es wird nicht mehr lange dauern, bis Emma das ganze Paket zu spüren bekommt. Ich kann es jedenfalls kaum erwarten.

Doch zuerst, müssen wir diese Besichtigung hinter uns bringen. Deshalb konzentriere ich mich wieder auf Emma.

»Meine süße Peach, ich liebe deinen Sinn für Humor.« Liebevoll streichle ich über ihr Haar.

»Du weißt genau, dass ich die Küche meine, denn da gehörst du hin. Wir hatten doch schon besprochen, dass du kochst und den Haushalt schmeißt, während ich das Geld für den ganzen Luxus in deinem Leben nach Hause bringe. Da ist es doch das Mindeste, dass du im Gegenzug etwas zurückgibst.«

›Das Einzige, was du von mir bekommst, ist ein Schlag ins Gesicht!‹, sagt ihr Blick.

Ich hebe die Augenbraue herausfordernd und erwidere mit meinem: ›Du hast mit diesem Spielchen begonnen, also möge der Bessere gewinnen‹.

›Oh, keine Sorge. Das werde ich‹, antwortet sie. Ein durchgeknalltes Grinsen breitet sich auf Emmas Gesicht aus.

Ich bin ehrlich. Es macht mir ein bisschen Angst, aber irgendwie macht es mich auch an. Ich steh auf ihre verrückte Art. Und ich finde es toll, dass wir allein mit unseren Augen eine ganze Unterhaltung führen können. Ich greife nach ihrer Hand und verschränke meine Finger mit ihren, bevor wir Sarah zurück ins Erdgeschoss folgen.

Das ganze Haus ist darauf ausgelegt, einer Familie ein Zuhause zu schenken. Meine Wohnung in Toronto ist das komplette Gegenteil. Dort wirkt alles sehr geradlinig und edel, für mich fühlt es sich kühl und unwohnlich an. Das passiert, wenn man jemanden damit beauftragt, das Heim einzurichten, und sagt, es solle modern sein. Modern ist anscheinend nicht besonders gemütlich. Dieses Haus dagegen fühlt sich warm an. Der perfekte Ort, um nach der Arbeit heimzukehren und einfach nur im Kreise meiner Liebsten Energie zu tanken.

Die Küche ist im Landhausstil gehalten. Die Fronten sind weiß, aber die Maserung des Holzes schimmert durch. Und in der Mitte steht eine große Insel mit vier dazu passenden Barhockern. Ich kann Emma förmlich vor mir sehen, wie sie Essen für die Kinder zubereitet, während die Kleinen ihr zuschauen und von ihrem Tag erzählen.

Ich ziehe sie vor meinen Körper, um sie von hinten zu umarmen. Meine Lippen fahren ihre Ohrmuschel entlang.

»Wie findest du sie?«

»Sie ist perfekt. Schön groß und geräumig. Da kannst du ein ganzes Team von Köchen unterbringen. Oder hast du vor, jeden Tag bei deinen Eltern zu essen, wenn du hier bist? Deine Talente haben es ja – wenn ich mich recht erinnere – nicht bis in die Küche geschafft.« Lachend legt sie ihren Kopf in den Nacken und lässt ihn dann an meiner Brust ruhen.

Ich lasse meine Lippen ihren entblößten Hals entlangwandern, bis hinunter zur Halsbeuge, wo ich mein Gesicht vergrabe und ihren Duft genieße.

»Oh, glaub mir, ich kann dir versichern, dass ich mehr Talente vorweisen kann als die musikalischen.« Um meinem Wort Nachdruck zu verleihen, ziehe ich sie noch dichter an mich und schiebe meine Hüften nach vorne, wo sie direkt mit ihrer Rückseite kollidieren.

Ich spüre, wie ihr klar wird, was an ihren Hintern drückt, denn sie versucht, einen Satz nach vorne zu machen. Aber mein Griff hält sie gefangen.

»Siehst du. Das ist ein weiteres großes Talent, was ich

besitze«, flüstere ich ihr zu.

»Oh mein Gott, Jace.« Sie wirft mir einen entsetzten Blick über die Schulter hinweg zu.

»Was ist nur los mit dir? Das ist jetzt schon das zweite Mal, dass du in der Öffentlichkeit eine Erektion bekommen hast.« Ihre Stimme ist leise. Sie lehnt sich ein Stück zur Seite und schaut mir in die Augen.

»Ist der Reiz, dass jemand dich erwischen könnte, so ein Fetisch von dir? Oder stehst du darauf, wenn Fremde ihn zu Gesicht bekommen?«

Ich schaue ihr tief in die Augen, denn sie soll sehen, dass ich meine, was ich gleich sagen werde.

»Dass mein kleiner Freund Schwierigkeiten hat, sich in der Öffentlichkeit zurückzuhalten, liegt nicht an irgendeinem Fetisch. Die Ursache für mein kleines Problem hat einen sexy Körper, der zum Anbeißen aussieht, ein Gesicht, das jedes Model neidisch werden lässt, und eine lockige Mähne, in die ich meine Finger versinken lassen möchte.«

Nachdenklich zieht sie die Augenbrauen zusammen. Mit einem unergründlichen Blick schaut sie mich an.

»Du, meine süße Emma, bist der Grund, warum ich die letzten Tage mit einem Dauerständer durch die Gegend gelaufen bin. Ein Blick in deine Richtung, und ich werde steinhart. Ich will dich so sehr, dass es schon wehtut.«

Sie schließt ihre Augen.

»Sag das nicht.« Als sie mich wieder anschaut, kann ich sehen, dass ein Sturm in ihrem Inneren wütet.

»Ich bin verheiratet.«

Ich denke, es wird Zeit für einen Taktikwechsel, denn ich habe das Gefühl, je mehr Druck ich auf Emma ausübe, desto weiter zieht sie sich zurück. Und das ist das Letzte, was ich gerade möchte. Also schraube ich meinen Avancen ein Stück herunter.

Ich lasse sie los und trete einen Schritt zurück.

Der Rest der Besichtigung verläuft ohne Zwischenfälle. Das

Haus ist perfekt. Es hat sogar im Keller genügend Platz für ein Tonstudio. So könnten wir unsere Songs in den eigenen vier Wänden aufnehmen, wenn uns danach ist. Dadurch hätten wir die Möglichkeit, alle mehr Zeit in unserer Heimat und im Kreise unserer Familien zu verbringen.

Bevor wir gehen, teile ich Sarah noch das Gebot mit, das ich für dieses Haus abgeben möchte. Es ist perfekt, und ich will es haben, koste es, was es wolle.

Nachdem wir uns von Sarah verabschiedet haben, machen wir uns auf den Weg zurück. Im Auto herrscht eine unangenehme Stille, doch ich fülle sie nicht mit gezwungenem Smalltalk. Schließlich wurde schon bei der Besichtigung genug gesagt. Und ich habe das Gefühl, dass Emma die Ruhe braucht. Immerhin gibt es einige Dinge, über die sie sich jetzt klar werden sollte.

Kapitel 15

Emma

In mir wütet ein Sturm, den ich kaum noch unter Kontrolle halten kann. Und schuld daran ist kein geringerer als Jace Barbeau.

Ich verstehe wirklich nicht, warum er plötzlich auftaucht und all diese Dinge zu mir sagt. Und noch weniger, warum mein Körper jedes Mal darauf reagiert, als würde ihn jemand in Flammen setzen. Wir haben uns so lange nicht gesehen. Eigentlich sollten wir uns wie Fremde fühlen, und nicht, als wenn wir nur gerade so verhindern können, dass wir uns die Klamotten vom Leib reißen und übereinander herfallen.

Die ganze Situation verwirrt mich total. Ich habe Max gegenüber ein schlechtes Gewissen und kann ihm kaum noch in die Augen schauen. Jace sollte ich möglichst aus dem Weg gehen und Konversationen auf ein Minimum beschränken. Dass wir uns in den nächsten Monaten dreimal die Woche sehen und miteinander arbeiten müssen, ist wirklich nicht die beste Voraussetzung. Aber für die Kinder beiße ich in den sauren Apfel und ertrage seine Gegenwart. Und wer weiß, vielleicht kann ich mich ja sogar nach ein paar Stunden ausklinken.

Ich schüttle die Gedanken an Jace ab, denn Max kommt jede Minute von der Nachtschicht zurück. Wir wollen gemeinsam frühstücken gehen und danach zu einem Weingut in der Umgebung fahren. Die Zweisamkeit wird uns guttun und meinen Kopf wieder auf den richtigen Weg führen.

Ich bin gerade dabei, mich anzuziehen, als ich die Haustür ins Schloss fallen höre. Kurz danach ertönen Schritte auf der Treppe.

»Hey, Süße.« Er umarmt mich von hinten und drückt einen Kuss auf meine Wange.

»Hey, wie war die Arbeit?« Über die Schulter hinweg schaue ich ihn an.

»Wie immer. Ich bin total fertig, und wenn es nach mir gehen würde, dann gäbe es Frühstück im Bett.« Seine Hand gleitet unter mein Shirt. Die Fingerspitzen der anderen Hand schlüpfen gleichzeitig unter den Bund meiner Jeans.

»Und danach könnten wir ein Nickerchen machen, bevor wir den Rest des Tages einfach weiter im Bett verbringen.«

Ich stoppe seine Hand. Seine Berührung fühlt sich falsch an. Nicht ein einziges Mal in unserer gesamten Beziehung habe ich so empfunden. Das macht mir Angst. Ich hoffe, es liegt nur an dem ganzen Stress der letzten Woche.

Damit ich ihn ansehen kann, trete ich aus seiner Umarmung heraus und drehe mich zu ihm um.

»Max. Sex zu haben ist nicht das Gleiche, wie etwas als Pärchen zu unternehmen.«

»Du wolltest Zweisamkeit. Da ist es doch egal, ob wir diese bei irgendeiner bescheuerten Weinverkostung verbringen oder während ich tief in dir vergraben bin. Es gibt nichts, was wir unternehmen können, das uns näher zusammenbringt als Sex.« Sein unergründlicher Blick bohrt sich in meinen.

Ich reagiere nicht sofort, denn ich bin mir nicht sicher, was ich dazu sagen soll.

Nach einem kurzen Moment dreht er sich von mir weg und fängt an, wie wild in der Kommode herumzuwühlen. Wonach er genau sucht, weiß er wahrscheinlich selbst nicht.

Vielleicht war der Ausflug heute doch keine so gute Idee. Max scheint ziemlich fertig zu sein, und er hat ein Nickerchen mehr als verdient.

»Okay, dann bleiben wir halt zu Hause. Du kannst dich hinlegen, und ich erledige ein bisschen was im Haushalt, während du schläfst. Und danach sehen wir weiter. Vielleicht können wir ja später noch spontan etwas unternehmen«, sage ich beschwichtigend. Ich ziehe meine Hose aus, denn wenn wir zu Hause bleiben, werde ich auf keinen Fall den ganzen Sonntag in einer unbequemen Jeans verbringen. Sonntag ist der Jogginghosentag, das ist ein ungeschriebenes internationales Gesetz.

Gerade als ich dabei bin, meine Jogginghose anzuziehen, dreht Max sich um. Vor Wut rot im Gesicht schmeißt er die Schublade zu, in der er die ganze Zeit herumgekramt hat, und richtet seinen zornigen Blick auf mich.

Ich halte völlig geschockt inne, denn so habe ich Max noch nie gesehen.

»Wann bist du eigentlich so egoistisch geworden?«, spuckt er mir wütend entgegen.

Mit gerunzelter Stirn schaue ich ihn an, ich habe keine Ahnung, was hier gerade passiert.

»Was meinst du?«

»Ich habe die ganze Nacht gearbeitet, um dir all das hier bieten zu können.« Er macht eine ausladende Handbewegung in Richtung des restlichen Hauses.

»Und das ist immer noch nicht genug für dich. Nein, du verlangst von mir, an meinem freien Tag zu irgendeinem scheiß Weingut zu fahren, um scheiß Wein zu probieren, der sowieso scheiße schmeckt. Und das alles nur, weil du plötzlich der Meinung bist, wir müssten mehr Zeit zu zweit verbringen.« Seine Stimme wird mit jedem Wort lauter.

»Und soll ich dir mal was sagen? Das Einzige, was ich in diesem Moment gerade tun sollte, ist, meinen Schwanz bis zum Anschlag in dir zu versenken und dann ein wenig Schlaf nachzuholen. Denn erstens ist das sinnvoller als Wein zu trinken und zweitens habe ich im Gegensatz zu dir heute

Nacht gearbeitet, da verdiene ich ein bisschen Glück und Ruhe. Also sei einfach weniger egoistisch und fang endlich an, die Rolle der verständnisvollen Ehefrau auch tatsächlich zu übernehmen - und nicht nur nach außen hin so zu tun.« Wütend zieht er sich das Shirt über den Kopf und wirft es achtlos in die Ecke.

Normalerweise würde ich etwas dazu sagen, aber ich möchte ihn nicht noch weiter verärgern. Die Situation macht mir Angst. Nicht weil ich denke, dass er mir etwas antun könnte, denn ich glaube, egal wie wütend er auch wird, er würde niemals handgreiflich werden. Nein, ich habe Angst, weil es sich anfühlt, als würde sich eine Schlucht zwischen uns bilden, die mit jedem Tag weiter auseinandergeht. Und ich werde das Gefühl nicht los, dass es meine Schuld ist. Max war von Anfang an immer liebevoll und leidenschaftlich. Klar hatten wir auch mal Meinungsverschiedenheiten, aber nicht in dieser extremen Form. Ich habe diese Seite in ihm hervorgerufen. Und ich weiß nicht, wie ich das alles wieder in Ordnung bringen kann.

»Es tut mir leid«, flüstere ich. Es tut mir leid, dass ich so abweisend bin. Es tut mir leid, dass ich Jace so nahegekommen bin. Es tut mir leid, dass meine Gefühle Achterbahn fahren. Es tut mir leid, dass ich nicht die Ehefrau bin, die du verdient hast. Aber das alles sage ich ihm nicht, denn jetzt ist wahrscheinlich nicht der richtige Zeitpunkt, um mein Gewissen reinzuwaschen.

»Ich gehe. Es ist besser, wir kühlen uns beide etwas ab, bevor wir noch mehr Dinge sagen, die wir nicht so meinen.«

Ein Blick in seine Augen treibt mir die Tränen in meine, denn sie sind eiskalt. Sonst strahlen sie voller Liebe und Wärme, aber jetzt sind sie dunkel und leer.

Ich kann diesen Anblick nicht mehr ertragen. Also schnappe ich mir mein Telefon, umrunde ihn, um zur Tür zu kommen, und verlasse das Zimmer.

»Ja, geh ruhig. Das scheint ja in letzter Zeit das Einzige zu sein, das du machst«, brüllt er mir hinterher.

Ich halte auf dem Treppenabsatz eine Sekunde inne und schließe meine Augen.

Wie kann sich eine nahezu perfekte Beziehung innerhalb einer Woche so drastisch ändern, dass sie kurz davor steht, den Bach runterzugehen? Die Antwort ist klarer als jeder wolkenfreie Sternenhimmel bei Nacht. Jace ist passiert.

Kapitel 16

Jace

Ich blättere durch einen Katalog mit Bodenbelägen und bin total überfordert. Die ganze Zeit überlege ich, was Emma wohl nehmen würde.

Den Kaufvertrag habe ich am Freitag schon unterschrieben. Und weil noch ein paar Änderungen am Haus vorgenommen werden sollen, bevor ich einziehe, bin ich heute schon aus Toronto zurückgekommen, obwohl ich eine weitere Nacht den Luxus meines eigenen Bettes hätte genießen können. Die Handwerker sollen gleich am Montagmorgen loslegen. Ich habe mir ein paar Tage Zeit genommen, um alles zu überwachen. Je schneller alles erledigt ist, desto eher kann ich meine Zeit in Pickering in den eigenen vier Wänden statt denen eines Hotels verbringen. Also heißt es Bodenbeläge auswählen, denn die alten sind das Einzige, was mir an diesem Haus nicht gefallen hat. Danach werde ich die komplette Einrichtung aussuchen.

Der Grund, warum ich keinen Inneneinrichter engagiert habe, ist ganz simpel. Dieses Haus ist etwas Besonderes und deshalb nehme ich die Sache lieber selbst in die Hand. Aber die Auswahl ist riesig – Vinyl, Fliesen, Parkett, Teppich – ich kann die verschiedenen Muster und Farbtöne schon nicht mehr sehen. Seit einer Stunde sitze ich hier und zweifle meine

Entscheidung an, alles selbst auszusuchen. Ich komme einfach nicht weiter, daher ist es an der Zeit für weiblichen Rat.

Ich schnappe mir mein Telefon und tippe los. Meine Schwester ist zwar nur meine zweite Wahl, aber Emma kann ich nicht fragen, weil ich ihr Raum geben möchte.

Ich: Hey, meine liebste Lieblingsschwester. Wie geht's?

Ich drücke senden, lehne mich auf der Couch zurück und schließe die Augen, während ich auf ihre Antwort warte. Ein Glück dauert es nicht allzu lange, bis sie eingeht.

Faith: Dank dir habe ich jetzt eine geprellte Hüfte.
Ich: Warum das? Und wie kann ich schuld sein, wenn ich gar nicht in deiner Nähe bin?

Mein Handy signalisiert mehrere eingehende Mitteilungen.

Malia: *Screenshot von meiner Nachricht an Faith* Gut zu wissen, dass man nur die zweite Wahl ist.
Faith: Ich bin auf der Schleimspur ausgerutscht, die deine Nachricht hinterlassen hat. Ist doch klar! Also, Bruder, sag mir, was du wirklich möchtest.

Ich schwöre, manchmal wünschte ich, ich hätte Brüder. *Memo an mich selbst: Versuch nie wieder freundlich zu deinen Schwestern zu sein.*
Jetzt heißt es, Schadensbegrenzung zu betreiben.

Ich: Hey Malia, du weißt genau, dass du mein Liebling bist.

Faith braucht ab und zu nur ein bisschen geschwisterliche Liebe, weil sie 'ne Nervensäge ist und alle anderen um sich herum vergrault.

An Faith geht:

Ich: Dein Ernst?! Du kannst froh sein, dass ich deine Hilfe brauche.

Mom kann ich auch nicht fragen, dann müsste ich mir die ganze Zeit anhören, dass das Haus perfekt für eine Familie ist und ich bald eine Frau mit nach Hause bringen solle. Sie jammert oft herum, dass es an der Zeit für ein Enkelkind ist. Sie ist selbst gerade erst aus dem gebärfähigen Alter heraus und sollte sich mal entspannen. Jede andere Frau in ihrem Alter heult herum, weil sie noch zu jung ist, um Großmutter zu werden, und meine Mutter ist kurz davor, 'ne Anzeige zu schalten, um eine Leihmutter für ihre Enkelkinder zu finden.

Manchmal habe ich das Gefühl, meine Familie hätte ihren Verstand verloren und ich wäre der einzige Normale in dem verrückten Haufen. Aber ich liebe meine irre Familie. Meistens jedenfalls.

Der Signalton für eine Nachricht reißt mich aus meinen Gedanken.

Faith: Wusste ich's doch!
Faith: Wobei kann mein reicher, berühmter Bruder denn nur von meiner Wenigkeit Hilfe benötigen?
Faith: Ach übrigens, warum denkst du, dass sie mir keinen Screenshot zurückschickt, wenn ich ihr einen gesendet habe?!
Faith: Idiot!

Es ist definitiv an der Zeit, meine Freundschaft mit Emma zu stärken. Hätte ich das bereits geschafft, wäre sie meine Ansprechpartnerin und ich müsste mich jetzt nicht mit meinen Schwestern herumschlagen.

Ich: Können wir den Scheiß jetzt mal lassen?! Hast du Zeit oder nicht?

Während ich auf Faith' Antwort warte, kommt noch eine Nachricht von Malia.

Malia: Dann beweis es! Ich brauch noch Tickets für das nächste Spiel!

Warum bin ich kein Einzelkind?

Malia: Und denk dran, direkt hinter der Mannschaft!

Darf ich vorstellen? Meine Schwester, die Bescheidenheit in Person! Sie hat wirklich keinen Skrupel, meinen Status auszunutzen. Und der liebende Bruder, der ich bin, kann ihr natürlich keinen Wunsch abschlagen.

Ich: Ich frag Liam, kann aber nichts versprechen.
Malia: Mach es einfach möglich.
Malia: Wie immer!
Malia: Hab dich lieb. xo

Als wenn Umarmungen und Küsschen ihre Erpressung weniger schlimm machen. Typisch Schwestern.

Ich: Meld mich, wenn ich mehr weiß. Hab dich auch lieb.

Dann ist es wohl an der Zeit, meine Kontakte spielen zu lassen. Glücklicherweise kenne ich den Center der Toronto Ice Wolves. Wir haben uns vor ein paar Jahren bei einer Wohltätigkeitsveranstaltung in Toronto kennengelernt und sind seitdem Freunde.

Ich: Jo, Liam, kannst du mir Tickets fürs nächste Spiel besorgen?
Liam: Hey Rockstar! Ich schau, was sich machen lässt. Irgendwelche Wünsche?
Ich: Sind für Malia!
Liam: Alles klar, also direkt hinter uns. *lachendes Emoji mit Tränen in den Augen*
Ich: *Daumen nach oben*

Nachdem ich nun ein Problem von meiner Liste streichen kann, warte ich ungeduldig darauf, das nächste auch zu lösen. Aber bis jetzt kam noch keine Antwort von Faith. Warum braucht sie so lange?
Als wenn sie meine Gedanken gehört hätte, kommt eine Nachricht von ihr.

Faith: Ist gerade schlecht. Geht auch morgen?
Ich: Ich brauche heute deine Hilfe!
Ich: Was kann denn so wichtig sein, dass du keine Zeit für mich hast? Ungeduscht in Jogger auf der Couch liegen zählt nicht!

So langsam habe ich das Gefühl, ich hätte einfach irgendeinen beschissenen Bodenbelag aussuchen sollen. Oder doch jemanden engagieren, der das alles für mich erledigt. Kleinigkeiten, die mir nicht gefallen, hätte ich dann immer noch ändern können. Doch jetzt sitze ich hier mit den Mustern und muss versuchen, das Beste daraus zu machen - beziehungsweise meine Schwester dazu zu bringen, mir zu helfen.

Faith: Als ob ich jemals ungeduscht rumlaufen würde!

Ich greife in meine Haare und lasse den Kopf nach hinten gegen die Lehne der Couch fallen.

Ich: Das ist gerade völlig nebensächlich! Warum hast du keine Zeit?

Die drei Punkte, die das Tippen einer Antwort signalisieren, erscheinen. Ich hoffe wirklich, wir kommen mit dieser Unterhaltung irgendwann mal ans Ziel, sonst sitze ich noch morgen früh vor diesen bekloppten Katalogen und Mustern.

Faith: Emma ist da.

Drei Wörter, die mein Herz schneller schlagen lassen.

Ich: Uuuuund?
Ich: Was ist das Problem? Dann kommt ihr eben beide her und helft mir. Oder ich komme zu euch.

Das ist ja nahezu perfekt. So kann doch Emma mir dabei helfen, den perfekten Boden für unser Haus zu finden. Ich meine natürlich mein Haus.
Hör auf mit dem Scheiß, sie ist immer noch verheiratet!

Faith: Heute nicht. Ihr geht es nicht so gut.

Panik breitet sich in mir aus. So schnell ich kann, feure ich meine Fragen an Faith zurück.

Ich: Warum?
Ich: Was hat sie?
Ich: Ist sie verletzt?
Ich: Braucht sie einen Arzt?
Ich: Muss sie ins Krankenhaus?

Mein Herz schlägt mir bis zum Hals. Der Gedanke daran, dass Emma ernsthaft verletzt sein könnte, lässt mich in Panik verfallen. So fühle ich mich nicht mal, bevor ich vor zehntausenden Fans auf die Bühne gehe und eine Show abliefern muss.

Faith: Chill, Bro. Sie hatte nur einen Streit mit Max.

Ich bin erleichtert, dass sie nicht verletzt oder krank ist. Die Panik weicht Neugierde.

Ich: Warum?
Faith: Warum was?
Ich: Warum haben die beiden sich gestritten?
Faith: Das geht dich gar nichts an!

Oh, und wie mich das etwas angeht. Sie ist schließlich mein Mädchen.
Kumpel, schalt mal 'nen Gang zurück. Sie gehört zu Max und nicht zu dir. Bekomm das endlich in deinen Dickschädel!

Ich: Komm schon. Sie ist auch meine Freundin. Ich will nur wissen, was passiert ist und warum es ihr so schlecht geht, dass ihr mir nicht mal kurz helfen könnt.
Faith: Jace, hör auf, nur an dich zu denken! *augenverdrehendes Emoji*

Ich bin alles andere als egoistisch. In diesem Moment sind die Böden in meinem neuen Haus das Letzte, woran ich denke. Ich frage mich, was passiert sein muss, dass es Emma so schlecht geht.

Ich: Jetzt bin ich egoistisch, weil ich mich um Emma sorge? *Emoji mit aufgerissenen Augen*
Faith: Und deshalb ging es in deiner letzten Nachricht wieder darum, dass wir dir helfen sollen?! Es tut mir leid, aber die Welt dreht sich nicht immer nur um dich, Rockstar.

Ich fange an, eine Nachricht zu tippen, lösche sie dann aber wieder und wähle Faith' Nummer.

Es klingelt ewig und ich habe schon Angst, dass sie meinen Anruf zur Mailbox gehen lässt. Dann höre ich am anderen Ende der Leitung plötzlich ihre Stimme.

»Was?«, fragt sie gereizt.

»Die Diskussion ist doch Schwachsinn. Ich will einfach nur wissen, wie es ihr geht. Meinen Scheiß bekomme ich auch alleine in den Griff.«

»Jace, warum kannst du es nicht einfach gut sein lassen? Ich kann dir keine Antwort auf deine Frage geben, außer dass es dich nichts angeht.«

»Gib mir Emma!«, fordere ich.

»Nein!« Der Dickkopf liegt wohl in der Familie.

»Faith! Hör auf, dich wie ein Kind zu benehmen! Hol jetzt sofort Emma ans Telefon!« Mein Geduldsfaden ist kurz davor, zu reißen, und das will keiner von uns erleben.

»Ich bin hier nicht diejenige, die sich vollkommen kindisch verhält. Mir scheint es, als wäre ich die Reifere von uns zweien.« Genervt seufzt sie am anderen Ende der Leitung.

»Wenn du reifer bist als ich, dann gib mir Emma. Ich hab noch Scheiß zu erledigen und nicht ewig Zeit.« Auch in meiner Stimme ist die Ungeduld zu hören.

»Na, dann erledige deinen *Scheiß* und hör auf, mich zu nerven.«

Ich spüre, wie sich ein Kopfschmerz in meiner Schläfe bildet. Diese ganze Unterhaltung führt zu nichts. Also überlege ich mir eine neue Taktik, denn ich werde keine Ruhe geben, bis ich von Emma höchstpersönlich gehört habe, wie es ihr geht.

»Alles klar. Viel Spaß euch noch.« Ohne auf eine Antwort zu warten, lege ich auf. Ich schnappe mir meinen Autoschlüssel und mache mich auf den Weg zu Faith. Die Kataloge und Muster habe ich eingepackt. Wenn ich schon mal da bin, kann sie mir auch helfen. Das ist das Mindeste als Entschädigung für das Gezicke am Telefon.

Die Straßen sind am frühen Sonntagabend leer. So schaffe

ich den zwanzigminütigen Weg in fünfzehn. Ich parke meinen Wagen neben Emmas in der Einfahrt von Faith' Haus.

Es ist klein, aber es gehört ihr. Sie hat es sich vor einem Jahr gesucht. Und weil ich nicht wollte, dass sie extra Schichten im Krankenhaus machen muss, um den Kredit abzubezahlen, habe ich ihr das Haus geschenkt, was sie zuerst nicht annehmen wollte. Dickkopf halt. Aber schlussendlich konnte ich sie überzeugen, dass es eine super Idee ist. Wenn es nach mir gehen würde, wäre sie bei uns als Assistentin oder Social-Media-Managerin angestellt. Sie würde besser bezahlt werden und hätte flexiblere Arbeitszeiten. Aber sie liebt ihren Job, also lasse ich es ruhen.

Was ich nicht ruhen lassen kann, ist der Grund für Emmas Besuch bei ihr. Also bereite ich mich innerlich auf den Kampf vor, der mir mit Sicherheit bevorsteht, und klopfe.

Schritte kommen näher, und dann schwingt die Tür auf.

Vor mir steht meine Schwester. Und sie sieht alles andere als glücklich oder amüsiert aus.

»Oh mein Gott. Du bist unglaublich! Es ist einfach nicht zu fassen.«

»Komm schon. Dir muss doch klar gewesen sein, dass ich nicht so einfach aufgebe.« Ich schiebe mich an ihr vorbei ins Haus.

Zu meinem Vorteil ist meine Schwester zierlich und hat keine Chance, mich aufzuhalten.

»Hey, Arschloch! Das ist Hausfriedensbruch«, ruft sie mir hinterher.

Ich blicke über meine Schulter, lächle sie an und hebe herausfordernd eine Augenbraue.

»Ach ja? Na, dann ruf doch die Polizei. Mal sehen, was die so dagegen unternehmen werden.«

Sie weiß genauso gut wie ich, dass sie mich nicht wirklich in ernste Schwierigkeiten bringen würde, nur um mich zu bestrafen. Trotzdem schlägt sie wütend die Tür zu und folgt mir den Flur entlang ins Wohnzimmer.

Aus der angrenzenden Küche kommen Geraschel und

Geklapper.

»Wer war das an der Tür?« Besteck klirrt aus der Richtung, aus der Emmas Stimme kommt.

»Willst du auch Sahne auf deinem Eis?«

Ich folge den Geräuschen durch das Wohnzimmer und bleibe in dem Durchgang zur Küche stehen.

Emma ist total vertieft in ihre Arbeit. Also nehme ich mir einen Moment Zeit, um sie genau anzusehen. Ihre Augen sind rot und ein wenig geschwollen. Ich kann förmlich spüren, wie die Betrübtheit aus jeder Pore ihres Körpers dringt und zu mir herüberschwappt.

Am liebsten würde ich sie tröstend in meine Arme schließen. Aber nach allem, was in der letzten Woche passiert ist, ist es wahrscheinlich nicht die beste Idee. Also lehne mich entspannt an die Zarge des Durchgangs.

»Hey, Peach.«

Kapitel 17

Emma

Ich konnte ihn spüren, noch bevor er sich überhaupt bemerkbar gemacht hat. Es ist beängstigend, wie mein Körper reagiert, sobald er in der Nähe ist. Bei Max fühlt es sich anders an. Aber anders muss ja nicht immer gleich schlecht sein, oder?

Ich wünschte, es gäbe einen Knopf, mit dem ich alle Emotionen ausschalten könnte. Ich würde ihn sofort drücken. Einfach mal tief durchatmen können, ohne dass Jace oder Max meine Gedanken beherrschen.

Aber ich kann diesem ganzen Chaos in meinem Kopf nicht entkommen. Selbst nachts werde ich von wirren Träumen mit beiden in den Hauptrollen geplagt. Und nicht mal bei meiner besten Freundin bin ich sicher.

Jace lehnt an dem Durchgang zur Küche und studiert jede meiner Bewegungen. Mein ganzer Körper kribbelt unter seinem intensiven Blick. Auf meinen Armen breitet sich Gänsehaut aus, und mein Herz fühlt sich an, als würde es jeden Moment aus meiner Brust springen.

Wenn ich noch länger so tue, als wäre er nicht hier, wird es merkwürdig. Schließlich hat er sich gerade bemerkbar gemacht.

Also hebe ich meinen Blick ein Stück.

»Hey«, murmle ich.

Eine tiefe Falte bildet sich auf seiner Stirn.

Möglicherweise liegt das an meiner Stimme. Sie ist rau und heiser vom Weinen. Nachdem ich mich mit Max gestritten habe, bin ich ins Auto gesprungen und direkt hierhergekommen. Als ich Faith wartend in der Tür stehen gesehen habe, sind die Dämme gebrochen. Was folgte, war ein stundenlanges Selbstmitleidsfest.

Ich weiß, dass ich einen Teil der Schuld an Max' Reaktion trage. Sogar einen sehr großen. Aber ihn heute so ausflippen zu sehen, hat mich meinen Ehemann nicht wiedererkennen lassen. Es war, als wenn ein Fremder in meinem Schlafzimmer gestanden hätte. Und ich werde das Gefühl nicht los, dass ich der Grund für sein Benehmen bin. Seit der Hausbesichtigung fühlt sich unsere Beziehung anders an. Die Dinge, die vor der Besichtigung passiert sind, waren schon schlimm genug. Aber mit Jace ein glückliches Pärchen zu spielen hat sich irgendwie gut angefühlt. Und ich habe mir vorgestellt, wie es wohl wäre, mit ihm in diesem traumhaft schönen Haus zu leben und eine Familie zu gründen. Wie unsere Kinder aussehen würden.

Meine wilden Gedanken werden unterbrochen, als Jace sich von dem Durchgang abstößt und die kleine Kücheninsel umrundet, an der ich stehe. Neben mir lehnt er sich mit dem Rücken an die Arbeitsplatte und streift dabei meinen Arm. Seine Augen sind auf meine gerichtet.

Bei seinem intensiv forschenden Blick werde ich ganz nervös. Es ist, als wenn ich nichts vor ihm verbergen könnte. Also schaue ich weg und widme mich wieder den Eisbechern, auf denen ich Streusel verteile. Wo ist eigentlich Faith, wenn man sie mal braucht?

Jace verschränkt die Arme vor der Brust. Aus dem Augenwinkel werfe ich einen Blick auf seine muskulösen Oberarme. Die ganzen Kerle auf Instagram können im Vergleich zu Jace einpacken. Sollten Rockstars nicht schmächtig sein und enge Hosen tragen? Oder waren das Boybands? Und warum sieht er in Jogginghosen und einem einfachen Shirt zum Anbeißen aus? Vielleicht liegt es an der Art, wie er es ausfüllt. Oder daran, wie die Hose fällt. Denn, oh mein Gott, es ist, als würde sie sagen: ›Schau her, was ich geladen habe‹. Braucht man für so ein Ding eigentlich einen Waffenschein? Ist das ein Fleischpenis oder ein Blutpenis? Wenn der im erigierten Zustand noch wächst, zerstört der jede Vagina.

Bei dem Gedanken an Sex und Jace wird mir ganz heiß. Ich spüre, wie mir die Röte ins Gesicht steigt.

Jace' Blick bohrt sich in meine Seite.

»Einen Penny für deine Gedanken.« Verdammt, er weiß jedes Mal, wenn sie in die nicht jugendfreie Richtung abdriften und er eine *große* Rolle darin spielt.

»Hab mich nur gefragt, ob die Schokostreusel reichen«, lüge ich.

Er streckt seine Hand aus und streicht eine Strähne, die aus meinem unordentlichen Zopf gefallen ist, aus meinem Gesicht. Dann lässt er seine Finger meinen Kiefer entlanggleiten, bis sie unter meinem Kinn zum Halten kommen. Mit sanftem Druck hebt er meinen Kopf, sodass ich ihm in die Augen schauen muss.

»Peach, ich weiß genau, wann du lügst. Also versuch es gar nicht erst.«

Plötzlich spüre ich seinen Daumen auf meiner Unterlippe.

Langsam fährt er sie entlang. Der Druck, den er dabei ausübt, sorgt dafür, dass sich meine Lippen einen Spaltbreit öffnen.

Seine Berührung ist so erotisch, dass die Hitze, die meinen Körper vor ein paar Minuten geflutet hat, zu einem richtigen Inferno wird. Das Pochen zwischen meinen Beinen wird mit jeder Sekunde stärker. Um es zu unterdrücken, presse ich meine Oberschenkel zusammen. Ich kann meine Zunge gerade so daran hindern, nach vorne zu schnellen und seinen Daumen zu berühren. Wie es sich wohl anfühlen würde, ihn mit meinen Lippen zu umschließen? Die raue Kuppe mit meiner Zungenspitze zu erforschen, während ich ihn saugend weiter in meinen Mund ziehe?

Und wie würde sich wohl ein anderes Körperteil von ihm zwischen meinen Lippen anfühlen?

Oh mein Gott. Was macht Jace nur mit mir? Jedes Mal, wenn ich in seiner Nähe bin, fühle ich mich wie eine Nymphomanin. Wäre ich nicht verheiratet, würde ich in Betracht ziehen, der sexuellen Spannung einmal nachzugeben, um sie aus meinem System zu bekommen. Aber das ist keine Option.

Ich muss einen anderen Weg finden, in Jace' Nähe zu sein, ohne jedes Mal die Niagarafälle in meinem Höschen entstehen zu lassen. Sonst werden die nächsten Monate die reinste Folter. Aber ich weiß nicht, wie ich der Versuchung standhalten kann.

Es wäre alles einfacher, wenn ich nicht das Gefühl hätte, dass Jace sich auch zu mir hingezogen fühlt. Doch er hat damals klar und deutlich gesagt, dass unser Kuss ein Fehler war.

Ich trete einen Schritt zurück und drehe mich zum Kühlschrank um. Dort verstaue ich die Sprühsahne, bevor ich das Eis in den Gefrierschrank räume.

Wenn Faith nicht bald kommt, dann schmilzt das Eis.

»Faith, wo bist du?«, rufe ich laut.

»Gleich da.« So wie es sich anhört, ist sie im Schlafzimmer.

»Beeil dich.« Ich schnappe mir die beiden Eisbecher und gehe ins angrenzende Wohnzimmer.

Jace folgt mir dabei wortlos und macht meine Hoffnung zunichte, dass er einfach verschwinden würde.

Doch ich ignoriere ihn und widme mich voll und ganz dem Eis. Eine Schale stelle ich auf den Couchtisch, bevor ich es mir auf Faith' Zweisitzer bequem mache und meine Schoko-Sahne-Bombe genieße. Eine Dosis Schokolade, um meine ganzen Probleme für einen Moment zu vergessen – das ist genau das, was ich jetzt brauche.

Jace lässt sich neben mich fallen.

Ich hüpfe bei der Erschütterung ein Stück hoch und verliere fast den Halt an meinem Eisbecher.

»Hey, pass doch auf.« Mit dem Handrücken meiner freien Hand gebe ich ihm einen Klaps auf die Brust.

Gerade als ich meinen Arm zurückziehen will, um weiter zu essen, greift er nach meinem Handgelenk und hält mich fest. Die Hand an seine Brust gepresst, beugt er sich ein Stück in meine Richtung.

»Teil mit mir«, fordert er mit lustvoller Stimme.

»Ihh. Nee, das ist ja widerlich. Dann habe ich deinen Sabber an meinem Löffel.« Kopfschüttelnd schaue ich ihn an.

»Nope, auf gar keinen Fall.«

Ein schelmisches Glitzern taucht in seinen Augen auf, direkt bevor er mich ruckartig in seine Richtung zieht und mich in die Waagerechte befördert. Ehe ich die Möglichkeit habe, mich wiederaufzurichten, ist Jace auf mir. Seine Zunge gleitet von meinem Halsansatz hoch zu meiner Wange.

Die Schale mit dem Eis rutscht aus meiner Hand und landet klirrend auf dem Boden.

Ich versuche mich aus seinem Griff zu befreien und von ihm wegzudrehen, aber ohne Erfolg. Damit bewirke ich nur, dass er mit seinem Unterkörper zwischen meine Beine sinkt.

»Hör auf, das ist ja ekelhaft.« Ich kann ein Lachen kaum noch zurückhalten. Meine ganze linke Wange ist mittlerweile nass. Ich sollte wirklich angeekelt sein. Doch irgendwie finde ich es einfach nur lustig. Ich habe Jace noch nie so albern gesehen. Diese Seite an ihm gefällt mir.

»Oh, ich soll aufhören, ja?«

»Mhm.« Ich bin vor lauter Lachen vollkommen aus der Puste.

»Wie du willst.«

Die Worte haben seine Lippen noch gar nicht ganz verlassen, als ich plötzlich eine Berührung an meiner Seite spüre. Oh, das wagt er nicht!

Aber es ist schon zu spät, um es zu verhindern, Jace' Fingerspitzen tanzen über die kitzligen Stellen an meiner Seite.

Die Dringlichkeit, von ihm weg zu kommen, ist größer als je zuvor. Aber wie sehr ich mich auch drehe und winde, ich schaffe es nicht.

Er liegt auf mir drauf und drückt mich mit seinem Gewicht in die Couch.

Jeder Fluchtversuch ist zwecklos. Je mehr ich mich wehre, desto größer ist die Reibung, die zwischen unseren Mitten entsteht.

Das Gleiche muss auch ihm klar geworden sein, denn so plötzlich, wie er angefangen hat, hört er wieder auf, mich zu kitzeln. Einen Unterarm neben meinem Kopf und den anderen auf der Rückenlehne abgestützt, hat er mich komplett mit seinem Körper unter sich eingesperrt. In seinen sonst so klaren ozeanblauen Augen wütet ein Sturm. Er nimmt seine Hand von der Lehne, streicht über mein Haar und umfasst mein Gesicht. Dabei kommt er immer näher. Sein Atem tanzt über meinen Mund. Unsere Lippen sind nur noch ein paar Zentimeter voneinander entfernt. Oh mein Gott. Ist Jace Barbeau etwa tatsächlich kurz davor, mich zu küssen?

Meine Lippen kribbeln. Ich kann seine schon beinahe an meinen spüren.

Wir sind in unserer eigenen kleinen Blase, nichts um uns herum ist mehr wichtig. Alles in mir schreit danach, die Lücke zwischen uns zu schließen und mir zu nehmen, wonach ich mich jahrelang gesehnt habe.

Aber bevor sich unsere Lippen berühren, reißt der Knall von Faith' zuschlagender Schlafzimmertür uns aus dem Nebel der Lust. Schritte kommen immer näher.

Jace springt in einer eleganten Bewegung auf und von mir herunter.

Ich richte schnell meine von der Rangelei knittrigen Sachen und fange an, den Schlamassel auf dem Boden wieder in Ordnung zu bringen.

»Warte, ich helfe dir«, sagt Jace, bevor er in die Küche geht.

Ich versuche, so gut es eben klappt, die Reste vom Eis mit dem Löffel zurück in die Schale zu befördern.

Glücklicherweise hat Faith nur einen kleinen Teppich unter dem Couchtisch liegen, und den habe ich verfehlt. So sind keine bleibenden Schäden entstanden. Zumindest nicht auf Faith' Einrichtung. Ich bin mir nicht sicher, ob ich das Gleiche über mein Inneres sagen kann.

»Hey, was ist hier denn passiert?«, fragt sie, als sie das Wohnzimmer betritt.

»Oh, mir ist nur die Schale aus der Hand gerutscht.« Nervös blicke ich in der Gegend herum.

»Ähm, sie ist durch das Kondenswasser feucht geworden.«

Jace kehrt mit einem Lappen zurück.

»Oh ja. Ich könnte wetten, dass sie feucht geworden ist«, murmelt er in mein Ohr, als er sich hinunterbeugt und den Fleck vom Boden wischt.

»Aber ich rede nicht von der Schale.« Seine Lippen streifen mein Ohr, bevor er sich wieder aufrichtet und zurück in die Küche verschwindet.

Hoffentlich konnte Faith die Berührung von ihrer Position aus nicht sehen. Sollte sie etwas mitbekommen haben, lässt sie es sich zumindest nicht anmerken.

Ich lasse mich auf die Couch plumpsen und meinen Kopf auf die Rückenlehne fallen.

Heilige Scheiße! Jace hätte mich beinahe geküsst! Und ich ihn! Spätestens jetzt habe ich mir mein Ticket in die Hölle verdient. Das Gebot, du sollst nicht ehebrechen, habe ich in meinen Fantasien schon mindestens hundertmal in dieser Woche gebrochen, und anstatt meinen Fokus wieder auf die richtige Bahn zu bringen, hätte ich den gedanklichen Betrug fast in die Tat umgesetzt.

Ich bin am Arsch. Aber so richtig.

Kapitel 18

Jace

»Mädels, es tut mir leid, dass ich eure Party hier gesprengt habe.« Nein, tut es nicht, aber das muss ja keiner wissen. »Doch ich brauche jetzt wirklich ganz dringend eure Hilfe.« Ich lasse mich neben Emma auf die Couch fallen.

Es ist immer noch ein bisschen unwirklich, was beinahe passiert wäre. Ihre Lippen waren meinen so verdammt nah. Und jetzt kann ich an nichts anderes denken als Emmas Lippen auf meinen. Ich würde sie am liebsten packen und mir nehmen, was mir vor ein paar Minuten verwehrt wurde. Doch Faith ist hier.

Heute erfreut sie sich nicht besonderer Beliebtheit bei mir. Erst die Scheiße mit Malia, und jetzt das. Hätte sie nicht 'ne halbe Minute später aus ihrem Schlafzimmer kommen können? Zu wissen, wie Emma schmeckt, wie gut wir harmonieren, wie es sich anfühlt, sie zu küssen, und in diesem Moment nicht dem Verlangen nachzugeben, ist eine Meisterleistung.

»Jetzt geht das wieder los.« Faith stöhnt und verdreht genervt die Augen.

»Ich habe dir doch gesagt, dass Emma hier ist und ich keine Zeit für dein Zeug habe. So wichtig kann es ja wohl nicht sein, dass es nicht noch bis morgen hätte warten können.« Ein weiteres Augendrehen ist an mich gerichtet.

Auch Emma macht das in letzter Zeit häufig. Wer hier wohl von wem die Macke übernommen hat?

»Na ja, wenn er schon hier ist, dann können wir ihm auch helfen.« Emma zuckt mit den Schultern und sieht Faith an.

»Schön, worum geht's?«, fragt die genervt. Sie verschränkt die Arme vor der Brust und lehnt sich im Sessel zurück.

»Ich habe doch das Haus gekauft.« Ich spüre Emmas Blick auf mir, als ich Faith anschaue.

»Und ich möchte so schnell wie möglich einziehen. Die Fahrerei nervt. Doch vorher sollen ein paar Änderungen vorgenommen werden. Also müssen schnell Entscheidungen getroffen werden. Aber ich hab keinen Plan, welcher Bodenbelag der beste ist, und nachdem ich den Tag über durch alle Kataloge und Muster geblättert habe, kann ich den ganzen Scheiß nicht mehr sehen.« Mit den Händen reibe ich über mein Gesicht.

»Ich muss den Handwerkern morgen früh Bescheid geben, welcher Boden es werden soll. Je schneller sie loslegen, desto eher kann ich mein neues Heim beziehen.« Ich lasse mich erschöpft nach hinten in die Kissen fallen. Allein der Gedanke daran, mir noch länger die kack Böden anzugucken, raubt mir die Energie.

»Warum hast du nicht irgendeinen hochkarätigen Innendesigner engagiert, wenn es dich nervt, die Beläge für dein Haus auszusuchen?«, fragt meine Schwester.

»Weil ich es zu meinem Zuhause machen möchte und es besser finde, wenn ich dann die wichtigen Entscheidungen selbst treffe.«

»Okay. Aber erstens machst du das doch auch, wenn es jemand für dich umsetzt. Und zweitens bist du ja offensichtlich nicht in der Lage, die Auswahl allein zu treffen, sonst würdest du uns hier nicht gerade mit deinem Kram belästigen.«

Ich verspüre zum wiederholten Male das Verlangen, ein Einzelkind zu sein. In diesem Moment besonders stark.

»Da du nun schon hier bist, können wir auch zusammen gucken, was am besten passt«, sagt Emma. Ihr Blick ist auf ihren Schoß gerichtet, und sie spielt am Saum ihres Shirts. Seit dem Beinahe-Kuss vor ein paar Minuten hat sie mich nicht einmal angeschaut.

»Hast du die ganzen Sachen dabei?« Ihre Stimme ist so leise, dass es beinahe einem Flüstern gleicht.

»Klar, ich geh sie fix aus dem Auto holen.« Beim Aufstehen von der Couch streift mein Oberschenkel ihren. Ein Kribbeln breitet sich auf meiner Haut aus und schießt direkt in meinen Schwanz.

Na super, das hat mir gerade noch gefehlt. Ich drehe mich schnell von den beiden weg und gehe zum Auto. In meinem Schritt hat sich ein Zelt gebildet. Die Jogginghose lässt meinem Schwanz genug Raum, um sich frei zu entfalten.

Chill, Junge. Erst die Arbeit, dann das Vergnügen.

Mehr oder weniger. Das, was er unbedingt will, kann er nicht haben, also muss meine Hand ran, sobald ich zurück im Hotel bin. Vielleicht ist er endlich mal entspannter, wenn ich Emma morgen wiedersehe. Ich habe wirklich keine Lust, im Knast zu landen, weil meine Latte eine Erregung öffentlichen Ärgernisses darstellt oder man mir Pädophilie vorwirft.

Meinen kleinen Freund vorerst gebändigt schnappe ich mir die Sachen aus dem Wagen und gehe zurück ins Haus. Es ist Zeit, ein paar Entscheidungen zu treffen. Und mit Emma an meiner Seite kann das Ergebnis nur perfekt werden.

Kapitel 19

Emma

Ich wälze mich in meinem Bett umher. An Schlaf war die ganze Nacht nicht zu denken. Die Ereignisse des gestrigen Tages schwirren noch immer unaufhaltsam in meinem Kopf umher.

Als ich nach Hause kam, war Max weg. Er hat mir eine Nachricht hinterlassen, dass ein Kollege krank geworden sei und er seine Schicht übernommen habe. Und dass es ihm leidtue.

Es ist ein Wunder, dass ich vor lauter schlechtem Gewissen, das auf meinen Schultern lastet, überhaupt noch aufrecht gehen kann. Während Max alleine zu Hause war und sich wahrscheinlich die ganze Schuld für unseren Streit gegeben hat, habe ich die Zeit mit Faith und Jace in vollen Zügen genossen.

Wir hatten tatsächlich Spaß dabei, die richtigen Böden für alle Räume auszusuchen.

Faith ist für Vinyl in Holzoptik, weil es moderner und robuster ist. Wenn etwas herunterfällt, hinterlässt es keine Schäden im Bodenbelag.

Aber ich finde, dass Parkett viel wohnlicher ist. Das Holz, das arbeitet und knackt und knarrt, sorgt einfach für eine heimelige Atmosphäre. Ein schön helles passt perfekt zum Stil des Hauses. Und wen interessiert's, wenn eine Macke im Holz ist, weil etwas heruntergefallen ist?! Jede Unebenheit bringt eine Geschichte mit sich, und das macht es noch besonderer.

Faith und ich haben eine richtige Debatte geführt. Jeder wollte Jace überzeugen. Am Ende hat er sich für meinen Vorschlag entschieden. Ich habe mich geschmeichelt gefühlt und kann es kaum erwarten, zu sehen, was Jace aus dem Haus macht, denn ich bin total verliebt in das ganze Anwesen. Es ist ein Traum. Ich hoffe, dass sich die Möglichkeit ergibt, es tatsächlich mal anschauen zu können, wenn er dort wohnt.

Das Klingeln meines Weckers reißt mich aus meinen Gedanken, die wie so oft in der letzten Woche ständig um Jace kreisen. Es ist Zeit zum Aufstehen, auch wenn ich schon seit Stunden wach bin. Doch vorher schaue ich auf mein Handy und werde von einer neuen Nachricht begrüßt.

Faith: Hey, Girl. Was machst du heute Abend so?
Ich: Guten Morgen. Bisher nichts. Warum?
Faith: Dann hast du jetzt was vor.
Faith: Da Jace unseren Mädelsabend gestern gesprengt hat, habe ich gedacht, wir gehen nachher zur Pediküre.
Faith: Ein bisschen quatschen und entspannen.
Ich: Klingt super, bin dabei. xo
Faith: Yeah, ich freu mich. xo

Ihre Idee ist perfekt. Meine beste Freundin scheint immer zu spüren, was ich gerade brauche. Und ich denke, wenn ein bisschen Normalität in mein Leben zurückkehrt, wird auch alles wieder gut.

Also schwinge ich meine Beine über die Bettkante und mache mich fertig für meinen Arbeitstag.

Die Klingel hat gerade signalisiert, dass der Unterricht zu Ende ist, da erscheint Jace in der Tür.

Heute ist der erste Tag unseres Projektes. In Rekordzeit wurde in der letzten Woche ein alter Klassenraum auf Vordermann gebracht. Es hat seine Vorteile, dass Jace der Sohn des Direktors ist. Und wahrscheinlich macht seine großzügige

Spende an die Schule auch einen Unterschied.

Die Instrumente wurden schon geliefert und stehen bereit. Er hat für jedes Kind eine Gitarre und ein Keyboard gekauft. Die Kids dürfen die Sachen sogar nach Ende des Projekts behalten. Ich glaube, ihm liegt wirklich etwas an der Musikförderung der Kinder. Damit auch die anderen Klassen unserer Schule von Jace' Aufmerksamkeit profitieren, hat er eine Spende geleistet, von der die Unterrichtsmaterialien erneuert und erweitert werden sollen.

»Hey, Peach.« Er lehnt mal wieder im Türrahmen. Vollkommen entspannt, so als könnte ihn nichts erschüttern. Ich glaube, er hat schon zu viele Fotoshootings im Laufe seiner Karriere gemacht. Er könnte glatt als Model durchgehen, wie er so dasteht. Arme vor der Brust verschränkt, Schlafzimmerblick. Er sieht zum Anbeißen aus. Ich mag mir gar nicht vorstellen, wie heiß er ohne das schwarze Shirt und die Boots, nur mit seiner dunkelblauen Jeans, aussehen würde. Vielleicht noch die Knöpfe auf, sodass seine Calvins hervorblitzen. Ich bin mir sicher, dass er welche trägt. Er wäre bestimmt auch ein tolles Unterwäschemodel. Seinen Körper ziert bestimmt dieses heiße V, der Pfad ins Paradies.

Emma, sabberst du etwa?

Ich lasse meinen Blick nach oben in sein Gesicht schnellen.

Dort begegnet er einem selbstgefällig dreinschauenden Jace. Sein Grinsen ist ein eindeutiges Zeichen, dass er mich erwischt hat.

Na, super. Er braucht nicht noch mehr Bestätigung dafür, dass er Frauenhöschen zum Schmelzen bringen kann.

An meinem Schutzwall muss ich dringend arbeiten. Wenn wir alle die nächsten Monate unbeschadet überstehen wollen, dann sollte ich besser gestern als heute anfangen, eine Mauer im Game-of-Thrones-Stil zu bauen. Am besten errichte ich gleich noch eine Schwarze Festung. Jon Schnee, der mein Herz vor dem Eindringling beschützt, wäre auch nicht verkehrt.

Doch vorerst muss ich wohl ohne ihn auskommen, also wende ich mich von Jace weg und meiner Klasse zu.

»Lasst eure Sachen bitte am Platz liegen und kommt mit.« Ich schnappe mir nur das Wichtigste und laufe voraus.

Natürlich macht Jace keinen Platz, um mich vorbeizulassen.

So gut es geht, quetsche ich mich gegen die andere Seite des Türrahmens, als ich versuche, hindurchzukommen, ohne ihn dabei zu berühren. Aber das Glück ist anscheinend nicht auf meiner Seite, denn meine Vorderseite streift seinen Arm. Wie auf Knopfdruck breitet sich auf meinem ganzen Körper Gänsehaut aus und auf seinem Gesicht ein Grinsen.

Es ist mit diesem Mann zum Verrücktwerden. Früher ist es uns doch auch nicht schwergefallen, einfach so nebeneinanderher zu existieren. Doch heute ist es, als wären wir zwei Magneten, die zueinander hingezogen werden, wann immer wir uns in der Nähe des anderen aufhalten. Und ich bin völlig machtlos dagegen.

Ich verstaue die ungewollten Gefühle für Jace in eine Schublade und widme mich meinen Schülern.

Wie die Entenmama mit ihren Küken im Schlepptau gehe ich durch die Flure der Schule zum Musikzimmer.

Die Kinder sind ganz begeistert, als sie dort alles in Augenschein nehmen.

Dann setzen wir uns in einem Stuhlkreis hin.

»So, meine Lieben. Diese ganzen tollen Sachen hier haben wir Jace zu verdanken. Er hat für jeden von euch die Instrumente gekauft. Und in den nächsten Wochen wird er euch zeigen, wie ihr auf ihnen spielt. Wenn ihr Fragen habt, ist Jace euer erster Ansprechpartner. Ich werde aber auch bei jeder Stunde hier sein und helfen, wo ich kann.«

Meine Schüler können sich vor lauter Aufregung kaum auf ihren Stühlen halten. Also schaue ich Jace erwartungsvoll an.

»Hey, Leute. Ich freue mich riesig, mit euch in den nächsten Wochen ordentlich zu rocken. Ich hoffe, ihr werdet so viel Spaß an der Musik haben wie ich. Lasst uns nicht länger warten und gleich loslegen.« Er klatscht motiviert in die Hände.

»Ich kenne dich, mein Dad hört immer deine Musik«, sagt Tommy, als wir gerade aufstehen wollen.

Jace hält kurz inne und schaut ihn verwundert an.

»Echt? Das ist ja toll. Und gefällt dir meine Musik auch?« Neugierig sieht er ihn an.

Tommy runzelt die Nase, als ob er abwägen müsse.

»Nö, ich mag's nicht«, antwortet er unbeeindruckt.

Jace sieht entsetzt aus. Mit der Antwort hat er wohl nicht gerechnet.

Ich muss mir ein Lächeln verkneifen.

Kinder sind so herrlich ehrlich. Die interessiert es nicht, wie berühmt Jace ist. Für sie ist er einfach nur ein Typ, der vorbeikommt und ihnen etwas über Musik erzählt.

»Meine Mama hat gesagt, du siehst superheiß aus«, meldet Lisa sich zu Wort.

Ihre Mutter ist alleinerziehend und eine echte Bombe. Warum sie keinen Mann hat, ist mir fraglich. Wahrscheinlich ist sie eine der immer perfekt aussehenden Mütter auf Instagram, eine richtige Influencerin.

»Okay.« Sein Blick schweift von Lisa zu mir und wieder zurück. Ganz so als wäre er verlegen, obwohl er bestimmt täglich Komplimente von diversen Frauen bekommt. Er nimmt einen Schluck Wasser aus seiner Flasche und sieht wieder mich an.

»Und ich hab gehört, wie sie zu Tante Betty gesagt hat, dass du bestimmt wie ein Zuchthengst bestückt bist.« Sie kratzt sich nachdenklich am Kopf.

Bei ihren Worten spuckt Jace sein Wasser durch den ganzen Stuhlkreis und beginnt wild zu husten.

Lisa schenkt ihm keine Aufmerksamkeit und schaut stattdessen mich fragend an.

»Mrs. Harris, was bedeutet das eigentlich?«

»Ähm.« Mein Mund fühlt sich mit einem Mal total trocken

an, und meine Stimme ist ganz heiser.

Warum muss ich jetzt die Suppe auslöffeln, die diese notgeilen Mütter uns eingebrockt haben? Jedes Mal kommen sie total aufgebrezelt ihre Kinder abholen, vermutlich in der Hoffnung, einen armen ahnungslosen Mann aufzugabeln, der Geld hat oder gut aussieht. Diese Frauen sind wie die Geier, und Lisas Mom ist ihre Anführerin.

»Heißt das, er hat viele Pferde zu Hause?«, hakt Lisa nach.

»Jap, genau. Jace hier«, ich klopfe ihm auf den Rücken, denn er kämpft noch immer gegen das Wasser an,

»hat einen Stall voller prächtiger, gut gebauter Zuchtpferde. Vor allem sein preisgekrönter *Hengst* ist sein ganzer Stolz.«

Jace, der sich mittlerweile wieder beruhigt hat und nicht mehr husten muss, schaut mich an und hebt eine Augenbraue. ›*Dein Ernst?*‹

Ich zucke mit den Schultern. ›*Was soll ich denn sagen?*‹

»Ja, er ist mein ganzer Stolz. Und eure liebe Mrs. Harris hier bettelt mich jedes Mal an, sie einen Ausritt machen zu lassen. Aber ich glaube, mein Hengst ist zu viel für sie. Er lässt sich nicht so leicht bändigen. Dem wilden Ritt ist sie noch nicht gewachsen.«

Manchmal zweifle ich echt an seiner geistigen Gesundheit. Kann man ins Gefängnis kommen, wenn man solche Dinge vor Minderjährigen äußert? Oh mein Gott, sie werden das ihren Eltern erzählen, und die wissen genau, was seine Botschaft hinter den Worten war. Ich werde meinen Job verlieren. Panik steigt in mir auf. Ich will nicht meinen Job verlieren. Ich liebe es, mit den Kindern zu arbeiten. Und ich will auch nicht ins Gefängnis. Ich schwöre, ich werde ihn umbringen!

Ich habe das Gefühl, dass er es sich zur Aufgabe gemacht hat, mein Leben zu zerstören. Erst versucht er es mit meiner Ehe und nun mit meinem Job.

Ich werfe ihm einen hasserfüllten Blick zu. Von jetzt an bekommt er die kalte Schulter zu spüren. Ich werde nur noch mit ihm reden, wenn es unbedingt nötig ist. Also wende ich mich von ihm ab und wieder den Kindern zu.

»Genug von Pferden. Wir sind hier, um Musik zu machen, also lasst uns anfangen.« Ich klatsche in die Hände und erhebe mich.

Alle sind total begeistert und können es gar nicht erwarten, die Instrumente zu testen. Die Aufregung ist im ganzen Raum spürbar.

Jace ist ein Naturtalent mit den Kleinen. Mit viel Geduld erklärt er ihnen alles und beantwortet jede Frage. Als er den Kindern den A-Dur-Griff zeigt und wie sie damit das Lied *Bruder Jacob* spielen können, natürlich begleitet von seinem Gesang, kann ich förmlich spüren, wie die Eizellen in meinen Eierstöcken explodieren. Für eine Sekunde bin ich so fasziniert, dass meine Wut verfliegt. Aber auch nur für eine Millisekunde.

Kurz vor dem Ende der Stunde stellt Jace den Kindern noch das zweite Instrument vor, das sie während des Projekts kennenlernen werden. Für Vorführungszwecke hat er sich ein Klavier liefern lassen. Die Kinder können so genau beobachten und hören, wie ein Lied gespielt wird, bevor sie das dann mit Jace' helfender Hand an ihrem Keyboard umsetzen werden.

Er setzt sich an das Klavier, während die Kinder ihm vom Stuhlkreis aus zusehen. Doch bevor er anfängt, dreht er sich zu ihnen um.

»Wollt ihr hören, wie ich mit Mrs. Harris ein Duett für euch spiele?«

Ein Chor aus zustimmenden Rufen ertönt.

Verräter. Ich habe es mir anders überlegt, mit Kindern zu arbeiten gefällt mir doch nicht mehr.

Aber ich habe wohl keine Wahl, denn den Kleinen jetzt ihren Wunsch zu verwehren, bringe ich nicht über mich. Also gehe ich zu Jace hinüber und setze mich neben ihn.

»Alles klar, Leute. Wir spielen jetzt *All of Me* von John Legend. Kennt jemand von euch den Song?« Er schaut unser kleines Publikum an.

Zustimmendes Gemurmel ertönt.

Jace gibt mir kurz Anweisungen und dann geht es auch schon los.

Ich hatte früher Klavierunterricht, aber ich habe seit Jahren nicht mehr gespielt. Es macht trotzdem riesigen Spaß und die Fingerträgheit ist schnell abgeschüttelt. Ich kann mir sogar ein kleines Lächeln nicht verkneifen.

Dann fängt Jace an, zu der Melodie zu singen. Und sein Blick ist auf mich gerichtet.

Es fühlt sich an, als würde er nur für mich singen, und die Schmetterlinge tanzen in meinem Bauch zum Takt des Liedes.

Je mehr Zeit wir miteinander verbringen, desto mehr Gefühle von früher kommen wieder hoch. Und dann macht er Sachen, die mich hoffen lassen, dass er die Anziehung zwischen uns auch spürt.

Aber da fällt mir wieder ein, dass es egal ist, was er fühlt, denn in meinem Leben gibt es schon einen Mann, und der ist nicht Jace.

Als wir am Ende des Liedes angekommen sind, senkt er seinen Blick und spielt die letzten Noten. Er schaut mir noch einmal in die Augen. Und es ist, als wenn er sein tiefstes Inneres für einen kurzen Moment offenbaren würde. Auf das, was ich dort sehe, bin ich definitiv nicht vorbereitet. In seinem Blick schwimmen Bewunderung, Lust und Sehnsucht.

Verdammt, wenn er mich so anschaut, ist es hart, an meinen Gefühlen für Max festzuhalten. Dieses Auf und Ab meiner Emotionen wird mir zu viel.

Das Klingeln, das die Stunde beendet, reißt mich aus meinen Gedanken. Jace und die Kinder räumen noch die letzten Instrumente weg, bevor wir uns auf den Weg zurück machen.

Ich bin heilfroh, Zeit mit Faith zu verbringen und diesem Chaos entfliehen zu können, sobald ich Feierabend habe.

Wir sind gerade am Klassenraum angekommen und packen

unsere Sachen zusammen, da trudeln auch schon die ersten Mütter ein, um ihre Kinder abzuholen. Ziemlich merkwürdig. Sonst warten die Eltern draußen auf die Kleinen. Aber heute scheinen alle besonders fürsorglich zu sein, innerhalb von ein paar Minuten ist das Klassenzimmer überfüllt mit Müttern. Verdächtig ist auch, dass nicht ein einziger Schüler von seinem Vater abgeholt wird. Ich habe eine ziemlich genaue Vorstellung davon, was die Mütter dazu bewegt hat, den Weg bis ins Gebäude hinein auf sich zu nehmen. Oder besser gesagt, *wer* sie dazu bewegt hat. Es dauert keine zwei Minuten, da umzingeln sie Jace. Haare über die Schulter werfen, Arm anfassen, künstliches Lachen – sie geben alles. In Topform flirten sie, was das Zeug hält.

Das ist ja peinlich, wie die sich anbiedern! Die benehmen sich geradezu, als wenn sie ein Leckerbissen auf einem All-you-can-eat-Büfett sind und Jace die Qual der Wahl hat, von wem er als Nächstes kosten soll. Ist das hier das mobile MILF-Bordell, oder was?

Genervt von der Szene, die sich in meinem eigenen Klassenzimmer abspielt, wende ich mich von der Gruppe ab und packe mein Zeug zu Ende zusammen. Sobald diese Weiber hier verschwunden sind, kann ich auch endlich gehen. Ich will nichts anderes als weg von hier.

Mit jeder Sekunde, in der sich Mütter an Jace reiben – denn genau das machen sie unverschämt –, spüre ich, wie das kleine grüne Monster stärker in mir wütet. Ich bin Frau genug, mir einzugestehen, dass es die pure Eifersucht ist, die sich bei diesem Anblick in mir regt. Meine innere Stimme schreit: ›*Meins.*‹ Am liebsten würde ich hinübergehen, mich schützend vor ihn stellen und die Mütter anfauchen, dass sie verschwinden sollen.

Aber Jace gehört nicht zu mir, und das wird er auch niemals. Also habe ich kein Recht, mich so zu benehmen oder überhaupt so zu fühlen.

Ich ignoriere die Frauen und verabschiede meine Schüler.

Sie können schließlich nichts dafür, dass ihre Mütter blöde Weiber sind. Ich hoffe, die Aufregung um Jace' Anwesenheit bei diesem Projekt legt sich schnell wieder, denn ich halte dieses ganze Theater nicht jedes Mal aus, wenn die Kinder abgeholt werden.

Als sich nach einer Viertelstunde die Reihen noch immer nicht gelichtet haben, verschwinde ich aus dem Klassenzimmer.

Ich höre hinter mir, wie sich Jace freundlich von den Damen verabschiedet, bevor Schritte im Flur hallen und immer lauter werden, desto näher er mir kommt.

»Emma, warte!«, ruft er.

Oh, jetzt bin ich plötzlich nicht mehr Em oder Peach. Gut zu wissen. Das grüne Monster in mir wird von dem roten abgelöst. Wut steigt brodelnd in mir hoch. Auf ihn, weil er mit den Frauen geflirtet hat, und auf mich selbst, weil er mich dazu bringt, eifersüchtig zu sein.

Ich fühle mich gerade nicht in der Lage, mit ihm zu reden, also ignoriere ich ihn einfach und gehe weiter. Tränen fluten wieder meine Augen. Es ist bereits das zweite Mal, dass mir so etwas in seiner Gegenwart passiert. Darauf kann ich wirklich verzichten. Mir wäre es am liebsten, wenn keiner etwas von dem Tumult in meinem Inneren mitbekäme, ich muss meine Emotionen wieder unter Kontrolle bringen. Und unter Kontrolle bedeutet, Jace komplett aus meinen Gedanken zu verbannen.

Max lässt mich nie so extrem fühlen. Selbst wenn er auf einer Party mit einer anderen Frau gesprochen hat, hat mich nicht ein einziges Mal die Eifersucht gepackt. Ich wusste, dass er nur Augen für mich hat, also waren Zweifel völlig unnötig.

Ich versuche die beiden Männer aus meinem Kopf zu bekommen, doch da höre ich wieder Schritte hinter mir.

»Emma, warum stürmst du wie von der Tarantel gestochen aus dem Raum?« Jace schließt zu mir auf und passt sich meinem Tempo an.

Er übertreibt schon wieder – maßlos. Ich bin weder aus

dem Raum gestürmt noch den Flur entlanggerannt. Aber ich werde den Köder nicht schlucken und darauf anspringen. Ich kenne ihn gut genug, um zu wissen, dass er das nur gesagt hat, um eine Reaktion aus mir herauszubekommen. Denn das ist anscheinend sein neues Lieblingshobby.

Ich sollte meditieren. Meine innere Mitte finden. Dann kann mich nichts mehr aus der Ruhe bringen. Auch nicht der heiße Rockstar neben mir.

»Tschüss, Jace. Wir sehen uns am Donnerstag.« Ich drücke die Tür zu meiner Freiheit auf und nehme einen tiefen Atemzug, um frische Luft in meine Lungen zu befördern.

Die nächsten zwei Tage werde ich versuchen, nicht nur körperlichen Abstand, sondern auch geistigen zu ihm zu bekommen. Zeit, die ich außerdem dafür nutzen kann, meine Beziehung mit Max wieder auf den richtigen Weg zu bringen. Und um meine Mauer hochzuziehen, die Jace ein für alle Mal aussperren wird. Nicht aus meinem Leben, denn das ist bei meinem Verhältnis zu seiner Familie schlichtweg nicht möglich, aber aus meinem Herzen. Dort gehört nämlich nur ein Mann hin, und das ist Max.

An meinem Wagen bleibe ich stehen.

Ich kann Jace hinter mir spüren. Seine Hand berührt meine Schulter und dreht mich zu sich um.

Mit hoch erhobenem Haupt schaue ich zu ihm hinauf.

»Was willst du noch?« Ich wünschte, meine Stimme hätte sich dabei neutral angehört. Aber ich habe den genervten Ton nicht zurückhalten können.

»Wissen, was dein Problem ist.« Er wirft angepisst seine Hände in die Luft.

Ich verschränke meine Arme vor der Brust.

»Ich habe kein Problem!« Wütend puste ich mir eine Strähne aus dem Gesicht, aber das widerspenstige Ding fällt wieder zurück.

»Ich möchte einfach nur nach Hause, mein Zeug erledigen und Zeit mit meinem Mann verbringen.«

Etwas blitzt in Jace' Augen auf. Aber so schnell, wie es da war, ist es auch schon wieder verschwunden.

»Okay, wenn du das sagst«, antwortet er. Doch sein Blick sagt: ›Ich glaube dir kein Wort.‹

»Was soll das jetzt wieder bedeuten?« Fragend ziehe ich meine Augenbrauen hoch.

Er kommt einen Schritt näher und streicht die widerspenstige Strähne hinter mein Ohr.

»Du kannst nichts vor mir verstecken, Peach. Die Eifersucht war dir übers ganze Gesicht geschrieben.« Er beugt sich ein Stück vor, sodass wir nur noch ein paar Zentimeter voneinander entfernt sind.

Ich hoffe, niemand sieht uns, denn Bilder von uns im Internet in so einer scheinbar intimen Pose sind wirklich das Letzte, was ich momentan gebrauchen kann.

»Deine Fassade mag ja bei anderen Menschen funktionieren, aber ich sehe, was hier drinnen so abläuft.« Er tippt mir an die Stirn.

»Und was da vor sich geht.« Er legte seine Handfläche auf meine Brust. Genau über meinem Herzen.

Die Emotionen, die seit mehr als einer Woche in mir brodeln, sind kurz davor, überzukochen. Und das direkt vor Jace' Augen. Also drehe ich mich abrupt um, öffne meine Tür – ein Hoch auf Funkfernbedienungen – und setze mich hinters Steuer. Bevor ich die Tür schließe, schaue ich zu Jace hinauf.

»Du hast keinen blassen Schimmer, was in mir vorgeht. Nach sechs Jahren drängst du dich in mein Leben und tust so, als würdest du mich kennen. Und dabei weißt du einen Scheiß über mich. Also hör auf damit!« Ich knalle ihm die Tür vor der Nase zu und fahre davon, bevor er etwas erwidern kann.

Noch immer ganz durch den Wind komme ich am Kosmetikstudio an, vor dem Faith schon auf mich wartet.

»Hey, Em«, begrüßt sie mich, als ich aus dem Auto steige.

»Hey.« Erschöpfung macht sich in mir breit. Ich habe das

Gefühl, ich könnte ein ganzes Jahr schlafen, und dabei haben wir gerade mal Tag eins des Projekts geschafft.

»Was ist los?« Faith schaut mich besorgt an.

Ich kann schlecht sagen, dass ihr Bruder mir mit seiner bloßen Anwesenheit das Leben schwer macht. Denn dann müsste ich ihr auch von dem Chaos, das in mir wütet, erzählen. Und dazu bin ich noch nicht bereit. Vielleicht werde ich es auch niemals sein. Also greife ich zu Problem Nummer zwei auf meiner Liste.

»Ich hatte noch keine Möglichkeit, mit Max zu reden, das ist alles.« Es ist nicht ganz gelogen, denn ich habe tatsächlich noch nicht mit ihm gesprochen, auch wenn das nicht der Grund für meine Gemütslage ist.

»Willst du lieber gleich nach Hause fahren und wir verschieben unseren Termin einfach?«

»Das wäre wirklich in Ordnung für dich?« Das Letzte, was ich will, ist, auch noch Faith vor den Kopf zu stoßen. Zwei Baustellen sind gerade mehr als genug.

»Klar. So wie du drauf bist, kannst du den Nachmittag sowieso nicht genießen. Über dir hängt eine Gewitterwolke so dunkel wie die Nacht. Geh, klär alles mit Max und wir treffen uns die Tage.«

»Du bist ein Schatz, weißt du das?«

Sie wirft mir ein breites Grinsen zu.

»Na logisch, ich bin halt die Beste.«

Die Barbeau-Geschwister und ihr großes Ego.

Ich verdrehe die Augen.

»Das ist mein Zeichen zu gehen.«

Mit einer kurzen Umarmung verabschieden wir uns, bevor ich in mein Auto steige und mich auf den Weg nach Hause mache.

Die Fahrt dorthin vergeht schneller, als mir lieb ist. Ich bin hin- und hergerissen zwischen der Hoffnung, dass Max zu Hause ist, und der, dass er es nicht ist. Liebend gerne würde ich der Konfrontation aus dem Weg gehen, doch je eher ich dieses Zusammentreffen hinter mich bringe, desto früher können wir nach vorne schauen.

Also steige ich entschlossen aus meinen Wagen, gehe die Treppe zum Eingang hinauf und öffne die Tür.

»Hallo, bist du zu Hause?«, rufe ich vom Flur aus. Ich ziehe meine Schuhe aus und lege Schlüssel und Handtasche ab, bevor ich mich auf die Suche nach meinem Mann machen.

»Max?«, rufe ich erneut.

Sein Auto parkt in der Einfahrt. Aber vielleicht hat ihn auch ein Arbeitskollege oder Freund abgeholt.

Mein erstes Ziel ist die Küche. Doch dort ist kein Hinweis darauf zu finden, ob er hier ist. Alles sieht so aus wie heute früh, als ich das Haus verlassen habe.

Mein nächstes Ziel ist das Wohnzimmer. Aber auch hier ist er nicht.

Bleiben nur noch das Schlafzimmer und das Gästezimmer.

»Hey, bist du oben?«, frage ich laut, während ich die Treppe hinaufgehe.

Aber auch diesmal bekomme ich keine Antwort.

Im Flur angekommen öffne ich vorsichtig die Tür zum Schlafzimmer.

Ein leises Knarren ertönt dabei.

Mein Blick schweift suchend durch den Raum.

Und da ist er. Schlafend liegt er auf seiner Seite des Bettes. Eine tiefe Falte hat sich zwischen seinen Augenbrauen gebildet. Selbst im Schlaf sieht er bedrückt aus. Und das ist allein meine Schuld.

Leise gehe ich zum Bett und lasse mich auf der Kante nieder. Ich sitze einfach da und beobachte ihn. Soll ich ihn wecken? Soll ich ihn schlafen lassen? Soll ich ihm die Wahrheit sagen? Soll ich sie ihm verschweigen, um seine Gefühle zu schützen? Fragen über Fragen, und ich habe keine Antwort. Mein Kopf schwirrt. Ich fühle mich wie eine Katze, die nur ein harmloses Nickerchen in der Waschmaschine machen wollte, doch plötzlich schließt sich die Tür, und sie ist gefangen. Die Welt fängt an, sich zu drehen, kein klares Bild ist mehr wahrzunehmen und das Wasser steigt mit jeder Sekunde, droht sie zu ertränken.

Eine Bewegung lenkt meine Aufmerksamkeit auf sich.

Max legt seine Hand auf meinen Unterarm.

Ich hebe meinen Blick zu seinem Gesicht.

Er ist wach, in seinen Augen schwimmt so viel Reue, dass es mir das Herz bricht.

Ich muss es ihm auf jeden Fall sagen. Alles.

»Es tut mir so leid.«

Doch er schüttelt nur kurz den Kopf.

»Nein, mir tut es leid. Ich hätte nicht so ausflippen sollen. Kannst du mir verzeihen?«

»Aber …«

Er beugt sich zu mir vor und legt seinen Zeigefinger auf meine Lippen.

»Kein Aber. Ich weiß genau, was du sagen willst. Und du bist nicht schuld. Es tut mir leid, wie ich mich benommen habe. Kannst du dich zu mir legen? Ich möchte dich in meinen Armen halten. Spüren, dass alles okay zwischen uns ist.«

Der Stein, der auf meiner Brust ruht, ist mit jedem Wort von ihm schwerer geworden.

Er schaut mich eindringlich an.

»Bitte, Emma.«

»Na gut.«

Die Worte haben noch gar nicht ganz meine Lippen verlassen, da hat er mich schon zu sich hingezogen und mich vor seiner Brust positioniert. Sein Körper umgibt mich wie eine Decke. Die Hand lässt er auf meiner Brust ruhen.

Wir liegen hier wie schon tausende Mal zuvor und doch fühlt es sich falsch an. Aber ich bringe es nicht über mich, ihm jetzt die Wahrheit zu sagen.

Kapitel 20

Jace

Seit unserem Streit auf dem Parkplatz sind zwei Wochen vergangen. Seitdem hat sie kaum ein Wort mit mir gewechselt. In der Schule überlässt sie die Führung des Unterrichts komplett mir. Nur zum Begrüßen, Verabschieden und wenn die Kinder ihr eine Frage stellen, spricht sie in meiner Gegenwart.

Es fühlt sich an, als läge ein ganzer Ozean zwischen uns. Es macht mich verrückt, dass sie zum Greifen nahe und trotzdem so weit entfernt von mir ist.

Meine Geduld nähert sich langsam, aber sicher dem Ende zu. Ich muss meine Geheimwaffe zücken. Auch wenn sie der Meinung ist, dass ich gar nichts über sie weiß, ist sie für mich doch wie ein offenes Buch. Na ja, nicht ganz, ein paar Seiten hält sie noch vor mir verborgen. Aber ich werde ihre Mauern einreißen. Ich weiß, wir gehören zusammen. Und ich will der Mann an ihrer Seite sein.

Um sie dazu zu kriegen, Zeit mit mir zu verbringen, brauche ich zwei Sachen: mein Haus und meine Schwester. Denn Emma wird auf keinen Fall Nein zu ihrer besten Freundin sagen, wenn die sie fragt, ob sie etwas zusammen unternehmen wollen. Schon gar nicht, wenn sie dabei in meinem Haus sind, auch wenn sie dafür meine Gegenwart in Kauf nehmen muss.

Ich habe das Funkeln in ihren Augen gesehen. Das erste

Mal, als wir das Haus besichtigt haben, und das zweite Mal, als sie erfahren hat, dass ich es gekauft habe. Ihre Augen haben geleuchtet wie am Weihnachtsmorgen.

Um meinen Plan in die Tat umzusetzen, muss ich aber erst mal meine Schwester an Bord holen. Natürlich ohne dass sie wirklich weiß, was für eine Rolle sie heute Abend spielen soll. Ich bin mir hundertprozentig sicher, dass sie mir nicht helfen würde, wenn sie meine wahren Absichten kennen würde. Sie findet, Max und Emma sind ein tolles Paar.

Ich: Hey Faith, kommst du heute Abend zum Essen? Ich bin offiziell eingezogen, das muss gefeiert werden. Außerdem hast du das Haus noch nicht gesehen!
Faith: Hey, Big Bro. Ich habe heute Nachtdienst, ist also schlecht. Ein anderes Mal?

Verdammt. Ich habe keine Lust, noch länger zu warten. Morgen geht es mit dem Projekt in der Schule weiter, und ich will Emma vorher sehen.

Ich: Komm schon. Du kannst doch von hier aus losfahren.
Ich: Wenn du um 18 Uhr hier bist, haben wir genug Zeit, um zu essen und das Haus anzugucken.
Ich: Und du könntest Emma mitbringen. Es interessiert sie bestimmt auch, wie es fertig eingerichtet aussieht.
Ich: Bitte.

Es dauert ganze zehn Minuten, bis sie sich endlich zurückmeldet.

Faith: Hab Emma gefragt. Sie kann erst ab 18:30 Uhr. Freu dich, dass Emma dein Haus sehen will und wir uns dazu erbarmen, mit dir Loser Zeit zu verbringen. Du hast ja sonst keine Freunde. Wenn es nach mir gegangen wäre, hättest du

heute Pech gehabt. *Zunge herausstreckender Emoji*
Jace: Ich kann dich auch nicht leiden. Bis später. *schwarzes Herz*

Ich drücke senden und lege einen kleinen Siegestanz hin. Zeit, mein Mädchen ein für alle Mal für mich zu gewinnen.

Kapitel 21

Emma

Ich stehe im Bad und mache mich für das Abendessen bei Jace fertig. Sechs Jahre bin ich ihm erfolgreich aus dem Weg gegangen und plötzlich fühlt es sich an, als würde er jeden Teil meines Lebens einnehmen. Es ist das reinste Chaos.

Ich fühle mich immer unwohler in Max' Gegenwart. Ich kann seine Berührungen kaum ertragen. Es fühlt sich an, als würde sich eine Schlucht zwischen uns bilden, die sekündlich weiter auseinandergeht. Pure Erleichterung macht sich in mir breit, wenn ich arbeiten gehen kann oder er zum Dienst muss.

Ich nutze jede freie Minute, um etwas mit Faith zu unternehmen. Sie schöpft langsam Verdacht. Nur weiß ich nicht, wie ich das mit Max wieder in Ordnung bringen soll. Und das Schlimmste daran ist, dass ich mir nicht einmal sicher bin, ob ich das überhaupt will. Vielleicht ist es besser, wenn Max und ich uns trennen. Momentan habe ich das Gefühl, der einzige Mann, für den ich Augen habe, ist nicht Max, sondern Jace. Und das ist einfach nicht fair. Mein Mann hat eine Frau verdient, die ihn bedingungslos liebt und für die er die ganze Welt ist. Und das bin momentan nicht ich. Doch auch wenn ich weiß, dass es das Richtige ist, Max gehen zu lassen, bin ich noch nicht bereit dazu. Nicht weil ich Angst davor habe, allein zu sein. Nein, unsere Ehe und den Traum von einer gemeinsamen

Zukunft aufzugeben, tut trotz meiner schwindenden Liebe zu ihm höllisch weh.

Aber auch mit Jace läuft es nicht besser. Ich bin sauer auf ihn. Und das hat dazu geführt, dass auch wir die letzten Wochen kaum ein Wort miteinander geredet haben.

Es ist ja nicht seine Schuld, dass die Frauen versuchen, ihre Krallen in ihm zu vergraben. Aber trotzdem nervt es mich, und das lässt meine Wut auf mich selbst noch wachsen. Niemand hat etwas Falsches gemacht. Als alleinstehende Mutter würde ich wahrscheinlich genauso handeln, wenn ich die Möglichkeit hätte. Auch verheiratete Frauen können so einen Augenschmaus nicht ignorieren. Wie heißt es so schön? *Appetit holt man sich woanders, aber gegessen wird zu Hause.*

Jace ist einfach ausgesprochen gut aussehend.

Für viele werden sein Erfolg und der damit verbundene Wohlstand auch einen gewissen Reiz ausmachen. Mir sind diese Sachen allerdings vollkommen unwichtig. Für mich ist er immer noch der Jace, den ich schon mein halbes Leben lang kenne. Wenn es nach mir ginge, könnte er auch Kellner oder Mechaniker sein. Meine Gefühle für ihn wären die gleichen. Und die gehen weit über Freundschaft hinaus. In den letzten drei Wochen sind sie immer stärker geworden. Zu sehen, wie er mit den Kindern umgeht und wie glücklich er wirkt, wann immer die Kleinen neue Erfolge verzeichnen, hat mein Herz noch weiter für ihn aufgehen lassen.

Eine Nachricht von Faith reißt mich aus meinen Gedanken.

Faith: Bin in 10 Minuten da.
Ich: *Daumen hoch*

Ich schlüpfe in meine Klamotten, schnappe mir mein Telefon und gehe nach unten.

Dort liegt Max auf der Couch und schaut eine Dokumentation über Meerestiere.

»Hey, ich bin dann mal weg.«

Er dreht den Kopf in meine Richtung und blickt mich nachdenklich an.

»Wo gehst du denn hin?«

»Ich treffe mich mit Faith. Bin wahrscheinlich erst zurück, wenn du schon los zur Arbeit bist.«

»Davon hast du gar nichts gesagt.«

»Ja, war ziemlich spontan. Faith hat mir vorhin erst geschrieben und gefragt, ob ich Zeit habe. Und weil du arbeiten musst, habe ich gedacht, dich stört es bestimmt nicht.«

»Okay, dann viel Spaß und liebe Grüße an Faith.« Die Falte zwischen seinen Augenbrauen vertieft sich, als er mich intensiv mustert.

Lange kann ich nicht mehr verbergen, dass ich mir meiner Gefühle für ihn unsicher bin. Also verabschiede ich mich schnell und warte draußen auf Faith.

Es dauert nicht lange, da fährt sie auch schon mit ihrem Toyota Prius vor. Sie lässt die Scheibe auf der Beifahrerseite herunter und beugt sich über die Mittelkonsole.

»Hey, Girl, was kostet die Stunde?«

Ich verdrehe die Augen und öffne die Tür, um einzusteigen.

»Du bist bescheuert. Ich habe nicht mal was Aufreizendes an.«

»Glaub mir, selbst in einem Müllsack bist du noch superheiß.« Sie schaut mich an und zwinkert mir zu.

Lachend schüttle ich den Kopf.

»Du bist unmöglich. Weißt du das?«

»Ja, aber dafür liebst du mich.«

Bei ihr kann ich alle Sorgen für einen Moment vergessen. Aber wirklich nur einen sehr kurzen, denn die Fahrt zu Jace vergeht viel zu schnell.

Gerade als wir aus dem Auto aussteigen, schwingt die Haustür auf. Vor uns steht ein mal wieder zum Anbeißen aussehender Jace. Die graue Jogginghose, gepaart mit einem enganliegenden einfachen weißen Shirt, und die fehlenden

Socken lassen mich dahinschmelzen.

»Hey, Ladies, seid ihr bereit für eure ganz persönliche, private Führung?« Er macht eine ausladende Handbewegung und bedeutet uns einzutreten.

Das Erste, was mir auffällt, sind die Böden. Er hat das komplette Untergeschoß mit Parkett auslegen lassen, sogar den Eingangsbereich. Ich liebe es.

Jace gibt uns eine Führung durch das ganze Haus. Dass er alles selbst geplant und eingerichtet hat, ist wirklich beeindruckend. Schließlich hat nicht jeder Talent dafür.

Ich würde jedenfalls nichts verändern, außer vielleicht ein paar Farbtupfer hier und da hinzufügen. Alles ist in Weiß- und Holztönen gehalten, da könnte er ruhig mal ein rosa Zierkissen auf die Couch oder das Bett legen. Und bei mir wären definitiv in jedem Zimmer ein paar Duftkerzen verteilt. Ich mag es, wenn es im ganzen Haus nach Pfirsich duftet.

Der Keller befindet sich noch im Umbau, anscheinend dauert es länger, ein Tonstudio mit allem Drum und Dran einzurichten.

Unsere Tour endet im Erdgeschoss. Gemeinsam gehen wir in die Küche mit angrenzendem Essbereich. Ich schaue auf den wunderschönen Garten hinaus.

Er ist riesig. Die Terrasse und der Pool grenzen direkt an das Haus an, doch dahinter kommt nur noch weites Land mit lediglich ein paar Bäumen.

»Hast du etwas für den Garten geplant?«, frage ich und schaue Jace zum ersten Mal seit zwei Wochen direkt an. Als unsere Blicke sich treffen, schlägt mein Herz Saltos in meiner Brust.

Es wird immer schwerer, die Gefühle für ihn zurückzuhalten. Ich weiß nicht, wie lange ich noch stark sein kann. Ist eine heiße Affäre es wert, meine Ehe zum Fenster hinauszuwerfen?

Sein Blick bohrt sich in meinen. Ich bin gefangen von der Intensität. Es ist, als würde ein Band uns verbinden, und mit jeder Sekunde, die verstreicht, zieht es uns weiter zueinander hin. Ich bin so fixiert auf Jace, dass ich Faith beinahe vergesse.

Diese räuspert sich.

»Du solltest ein Gästehaus bauen. Wenn die anderen zu Besuch kommen, brauchen sie nicht im Haus zu übernachten. Solltest du irgendwann mal eine Frau finden, dann hat sie bestimmt keinen Bock darauf, hier ständig eine Meute ungehobelter Kerle ohne Manieren zu haben.«

Unser Bann ist gebrochen.

Wir schauen beide zum Esstisch, wo Faith zwischen zwei Stühlen lehnt.

»Ich werde nicht wochenlang mit einem von ihnen zusammenwohnen. Und schon gar nicht mit allen. Die anderen werden sich wohl oder übel auch etwas hier zu Hause suchen müssen, wenn wir anfangen, unten im Studio neue Songs aufzunehmen.«

»Außerdem sollte eine Frau, die mit Jace zusammenkommt, nicht nur ihn, sondern auch seine Bandkollegen lieben. Schließlich sind sie ein wichtiger Teil seines Lebens.«

Ich kann mir gar nicht vorstellen, dass jemand diese Jungs nicht leiden kann. Auch wenn ich sie in den letzten Jahren nicht gesehen habe, liebe ich sie – wie Brüder. Schließlich habe ich die Geburtsstunde der Band miterlebt und ihren Aufstieg in den Rockolymp bejubelt. Wenn auch aus sicherer Entfernung. Ich habe sie alle vermisst.

Sie waren immer um uns herum. Haben hier und da nach unserer Meinung gefragt oder mit uns herumgealbert. Manchmal haben wir auch einfach nur stundenlang ihrer Musik gelauscht. Und mit einem Mal war das alles vorbei. Wenn man Dinge für selbstverständlich nimmt und sie dann plötzlich weg sind, wird einem klar, wie wertvoll sie eigentlich waren.

Doch Jace hat mich damals mit seiner Reaktion auf unseren Kuss verletzt, und ich war es leid, unerwiderte Gefühle für ihn zu haben, also habe ich mich distanziert. Nicht nur von ihm, sondern zwangsläufig auch von den anderen Bandmitgliedern.

Die härtesten Momente waren die, wenn Hot Shit einen Auftritt in der Nähe des Colleges hatte und ich die Einladung, sie spielen zu sehen, abgelehnt habe.

Eine Berührung an meiner Hüfte holt mich aus meinem Ausflug in die Vergangenheit zurück.

»Was geht in deinem wunderschönen Kopf schon wieder vor sich?«, fragt Jace leise. Ich kann seinen Atem an meinem Ohr spüren, so nah ist er mir.

Mein Blick schweift kurz durch den Raum, um zu schauen, wo Faith ist. Keine Ahnung, wohin sie verschwunden ist, ich war wohl zu vertieft in meine Gedanken. Aber ich bin froh, dass sie nicht sehen kann, wie nah er mir gerade ist, denn das würde Fragen aufwerfen, die ich nicht beantworten könnte.

Ich drehe meinen Kopf leicht zur Seite, um ihn anzuschauen.

»Ich habe nur gerade daran gedacht, wie sehr ich euch die letzten Jahre vermisst habe. Die Band, die Jungs und vor allem dich.« Mein Blick ist auf seinen gerichtet.

»Peach, schau mich nicht so an. Meine Schwester könnte jeden Moment zurückkommen. Und das Einzige, was ich gerade möchte, ist, dich über meine Schulter zu werfen, nach oben in mein Schlafzimmer zu tragen und dir zu zeigen, wie sehr ich dich ebenfalls vermisst habe.« Seine Stimme ist rau. Ein Schleier der Lust verdunkelt seine Augen.

Bei seinem Blick wird mir ganz heiß, und das altbekannte Pochen zwischen meinen Beinen fängt wieder an. Die sexuelle Frustration treibt mich noch in den Wahnsinn.

Er beugt sich zu mir und lässt seine Lippen meinen Hals hinabgleiten.

Stöhnend lege ich meinen Kopf nach hinten und an seine Schulter. Ein Inferno von einem noch nie dagewesenen Ausmaß breitet sich in mir aus. Ich will seine Hände auf meinem Körper spüren. Seine Lippen, seine Zunge, einfach alles. Ich möchte wissen, wie es sich anfühlt, von ihm ausgefüllt zu werden. Wie es ist, wenn meine Sinne nichts anderes mehr wahrnehmen als ihn. Wenn jede Zelle meines Körpers von ihm erfüllt ist. Meine Willenskraft ist nicht stark genug, um ihm zu widerstehen.

Seine Hände wandern unter den Saum meines Shirts.

Ich lasse mich weiter in seine starken Arme sinken.

Mit federleichten Berührungen bahnt er sich seinen Weg nach oben. Sein Daumen fährt den Rand meines BHs entlang.

Stöhnend strecke ich ihm meine Brüste entgegen. Ich will seine Hände auf ihnen spüren. Mir ist egal, dass Faith jederzeit zurückkommen und uns erwischen kann. Mein ganzer Körper steht in Flammen. Ich fühle mich, als würde ich jede Sekunde in tausend Teile zerspringen, wenn er mich nicht sofort berührt.

»Jace«, flehe ich.

Doch er setzt seine grausame Folter fort.

»Was möchtest du, Peach?« Er küsst die empfindliche Stelle unter meinem Ohr.

Kann man von federleichten Berührungen und Küssen eigentlich kommen? Ich könnte schwören, ich bin kurz davor. Mitten in der Küche, wo Faith uns jede Sekunde entdecken kann. Mein Hals fühlt sich an, als wäre er vor Lust zugeschnürt. Also räuspere ich mich, um überhaupt ein Wort herauszubekommen.

»Dich.« Ich strecke mich seiner Berührung weiter entgegen, in der Hoffnung, dass seine Finger ihren Weg an die richtigen Stellen finden.

»Oh Baby«, er beißt in meine Schulter und stöhnt gedämpft,

»du kannst dir gar nicht vorstellen, wie gut es sich anfühlt, das zu hören.« Seine Zunge gleitet meinen Hals hinauf, und auf meinem Körper breitet sich Gänsehaut aus.

»Aber meine Schwester ist hier, wir sollten das Ganze auf einen späteren Zeitpunkt verschieben, wenn wir beide allein sind. Denn wenn es so weit ist, gibt es kein Zurück mehr. Darüber solltest du dir im Klaren sein.« Seine Lippen streifen über meine Wange und seine Hand legt sich besitzergreifend über mein Herz, das vor Aufregung rast.

»Für Zweifel ist kein Platz mehr.« Er küsst meinen Mundwinkel, bevor er einen Schritt zurücktritt.

Gerade rechtzeitig, denn im selben Moment spaziert Faith in die Küche.

»Ich war oben ein bisschen rumschnüffeln, auf der Suche nach neuen Songtexten, die du vor uns versteckst. Dabei hat mich deine Sitzecke im Erker so angelacht. Da habe ich es mir bequem gemacht und die Landschaft genossen. Es ist sehr beruhigend, so in die Ferne zu schauen, ohne dass ein anderes Haus in Sicht ist.« Sie marschiert zum Backofen.

»Das war eine wirklich geniale Idee mit der Sitzbank, sie passt perfekt.«

Jace sieht mich an.

»Jap, ich wurde inspiriert. Ich kann mir vorstellen, dass sie meiner zukünftigen Ehefrau auch gefallen wird.«

Warum schaut er mich so an?

Mir bleibt keine Zeit, weiter darüber nachzudenken, denn plötzlich wird mir etwas ganz anderes bewusst. Oh mein Gott, ist er irre? Wenn Faith der Überzeugung ist, dass es eine Frau in Jace' Leben gibt, wird sie nicht lockerlassen, bis sie herausgefunden hat, wer es ist.

»Okay.« Sie verschränkt die Arme vor der Brust. Kein gutes Zeichen.

»Also gibt es eine Frau in deinem Leben, von der ich nichts weiß?«, hakt sie nach.

Schon wieder sucht sein Blick meinen.

»Vielleicht.«

Ich probiere, ihm ohne Worte mitzuteilen, dass er den Mist lassen soll.

»Sag mir, wer es ist.« Sie tippt ungeduldig mit ihrer Fußspitze auf den Boden.

Mir wird plötzlich ganz heiß. Nur dieses Mal ist keine Lust dafür verantwortlich, sondern die Panik, die in mir aufsteigt.

»Entspann dich, Schwesterherz. Und kümmre dich vor allem um dein eigenes Zeug. Sollte es – ich meine ganz theoretisch – eine Frau in meinem Leben geben, dann wirst du schon rechtzeitig davon erfahren.« Der Blick, den er mir zuwirft, sagt: *›Bald.‹*

Mir läuft ein Schauer über den Rücken. Doch erstaunlicherweise verspüre ich nicht den Drang, sofort aus dem Haus zu stürmen.

»Wenn du das sagst! Ich werde die Wahrheit herausfinden. Sollte es eine geheime Frau geben, dann werde ich es wissen. Und das Ganze eher früher als später.«

Jace' Blick ist noch immer auf mich gerichtet.

Verdammte Scheiße, warum kann ich es nicht erwarten, wieder mit ihm alleine zu sein?

Kapitel 22

Jace

Das Abendessen war die reinste Folter. Faith hat mich keine Sekunde aus den Augen gelassen.

Wahrscheinlich war es dumm von mir, eine Andeutung zu machen. Aber ich wollte Emma zeigen, dass ich es ernst meine. Ich habe auch schon einen Plan, wie ich Zeit mit ihr bekomme, ohne dass jemand uns stört oder misstrauisch wird. Dafür muss ich nur so schnell wie möglich meine Schwester loswerden.

Nach dem Essen helfen beide beim Tischabdecken. Die Mädels unterhalten sich über irgendetwas. Doch ich kann ihnen nicht folgen, denn mein ganzer Fokus liegt auf meinem Problem.

»Hey, Jace. Hör auf zu träumen und mach den Rest allein sauber. Wir müssen los. Die Arbeit ruft.« Faith schnappt sich ihr Telefon und die Handtasche.

»Das Essen hat wie immer grauenhaft geschmeckt, also danke für gar nichts.« Lachend geht sie in den Flur.

Das ist meine Chance!

»Ich weiß, hab mir extra wenig Mühe gegeben, nur für dich natürlich«, rufe ich ihr hinterher. Ich greife nach Emmas Handgelenk und hindere sie daran, Faith zu folgen. Vorsichtig ziehe ich sie ein Stück zu mir heran, sodass sie dicht genug ist, um mit ihr leise reden zu können. Aber nicht zu nahe, dass Faith etwas dabei vermuten würde, wenn sie uns sieht.

»Bleibst du noch?«

Gestresst schaut sie Richtung Flur.

»Ich kann nicht.«

Behutsam ziehe ich Emma aus Faith' Sichtfeld. Mit den Fingern fahre ich ihren Kiefer entlang und drehe ihren Kopf sanft zu mir.

Unsere Blicke treffen sich. In ihren Augen schwimmen so viele Emotionen, doch Sehnsucht und Lust sind die vorherrschenden.

Nachdem ich gesehen habe, dass sie das hier genauso will wie ich, kann ich sie erst recht nicht gehen lassen. Egal, was für eine Scheiße auf uns niederregnen wird, das hier ist es alles wert.

»Peach, bitte bleib.« Ich umfasse mit den Händen ihr Gesicht. Meine Fingerspitzen gleiten in ihr Haar. Es fühlt sich gut an, sie so nahe bei mir zu haben. Die Zeit, um Emma zu überzeugen, ist begrenzt, also muss ich mich beeilen.

»Ich habe einen Plan, wie du hierbleiben kannst, ohne dass Faith misstrauisch wird. Aber vorher muss ich wissen, ob du das überhaupt willst.«

Sie schließt für einen kurzen Moment die Augen.

»Okay«, haucht sie leise.

Ein Wort. Zwei Silben. Es bedeutet die Welt für mich, denn es ist der Anfang von etwas Großartigem. Ab jetzt gibt es kein Zurück mehr, es geht nur noch weiter nach vorne.

»Okay«, wiederhole ich.

Ich lasse Emma in der Küche zurück und trete zu meiner Schwester auf den Flur.

Faith ist gerade dabei, ihre Schuhe anzuziehen. Sie wirft mir einen verwirrten Blick zu.

»Wo bleibt Emma? Wir müssen los.«

»Deshalb bin ich hier.« Ich lehne mich an die Treppe.

»Wir müssen noch etwas für das Musikprojekt besprechen. Ich bringe sie nachher nach Hause.«

Sie schaut mich skeptisch an.

»Warum besprecht ihr das nicht morgen in der Schule?«

Ich schwöre, meine Schwester ist nur glücklich, wenn sie mir das Leben schwer machen kann.

»Es ist wichtig und hat keine Zeit bis morgen.« Am liebsten würde ich sie eigenhändig vor die Tür bewegen, Hauptsache, ich bin endlich mit Emma allein.

»Entspann dich. Du musst ja nicht gleich so gereizt sein.« Sie verdreht die Augen.

»Bring sie einfach heil nach Hause.«

Sehr gut. Das war leichter als gedacht.

»Klar, wird gemacht.«

In diesem Moment tritt auch Emma aus der Küche in den Eingangsbereich.

»Lass dich von dem Idioten nicht zu sehr mit der Arbeit nerven, schließlich ist heute Sonntag.« Faith umarmt Emma zum Abschied.

»Kein Sorge, du kennst mich doch.«

Faith schaut sie vielsagend an.

»Ja, genau. Deshalb sage ich es ja. Du bist viel zu gutmütig.«

Emma verdreht die Augen.

»So, geh Leben retten und hör auf, uns von der Arbeit abzuhalten.« Ich schiebe Faith zur Haustür.

»Ist gut, ich geh ja schon.« Sie wirft noch einen Blick über die Schulter.

»Tschüss, Em.«

Als Faith endlich zur Tür hinaus ist, drehe ich mich zu Emma um.

»Lust auf einen Film?«

Sie steht ein wenig verloren da. Wie ein Welpe, der sich zu weit von seinem Herrchen entfernt hat und nicht weiß, wie er nun wieder zurück nach Hause kommen soll. Sie spielt mit einer Haarsträhne und schaut zu Boden.

»Klar. Kann ich vorher kurz das Bad benutzen?«

Ich schließe die Lücke zwischen uns und nehme ihre Hände

in meine. Mit dem Daumen streichle ich sanft über ihren Handrücken.

»Natürlich. Ich gehe schon in das Wohnzimmer.«

Mit einem Lächeln dreht sie sich um und macht sich auf zum Badezimmer.

Mein Weg führt mich ins Wohnzimmer, wo ich es mir auf der Couch bequem mache und schon mal den Fernseher anschmeiße.

Ich klicke durch die Auswahl an Filmen.

Als Emma zurückkommt und die Rückseite der Couch erreicht, lehne ich mich nach hinten und lege meinen Kopf auf der Rückenlehne ab. Ich schaue zu ihr hinauf.

Sie ist wunderschön.

Am liebsten würde ich sie packen, zu mir hinunterziehen und küssen. Doch ich halte mich zurück. Für den Anfang.

»Komm her.« Ich klopfe auf den Platz neben mir.

Schüchtern richtet sich ihr Blick vom Boden hoch zu mir. Ihre Zähne sind in der Unterlippe versunken, was meinen Fokus auf ihren Mund lenkt.

Der Drang, ihre Lippen auf meinen zu spüren, ist so groß, dass ich meine Hände in die Kissen der Couch vergrabe, um mich an ihnen festzuhalten. Ich kann sonst nicht garantieren, dass ich sie nicht sofort packe, über meine Schulter schmeiße und nach oben trage.

Langsam umrundet sie die Couch und setzt sich ein Stück von mir entfernt hin.

Oh, meine süße kleine Peach. Als wenn sie tatsächlich glauben würde, dass mich die kleine Distanz davon abhalten würde, sie zu berühren. Ich habe meinen Standpunkt vorhin deutlich genug gemacht. Dass wir jetzt hier sitzen und nicht wild rummachen, ist nur dem Umstand geschuldet, dass ich sie respektiere und mich an ihr Tempo halte. Vorerst.

Kapitel 23

Emma

Oh mein Gott, ich tue es tatsächlich. Ich schmeiße meine Ehe zum Fenster hinaus und gebe meinen Gefühlen für Jace nach. Ich muss vollkommen irre sein. Doch jetzt, hier, in diesem Moment fühlt es sich richtig an. Ich habe versucht, gegen meine Gefühle anzukämpfen und bin es leid. Also werde ich die Zeit mit ihm genießen, solange sie andauert. Egal, wie lange das sein mag.

Aus dem Augenwinkel beobachte ich, wie Jace daliegt. Die Arme auf der Rückenlehne ausgebreitet und den Kopf auf den Kissen hinter ihm. Vollkommen entspannt und sorgenfrei. So habe ich ihn noch nie gesehen.

Ein scharfer Schmerz zuckt durch meine Kopfhaut.

»Aua.«

Hat der Bastard mir gerade an den Haaren gezogen?

Er dreht seinen Kopf zur Seite und schaut mich von unten herauf an.

»Näher«, knurrt er und zieht noch mal an meiner Haarsträhne. Diesmal sanfter als zuvor.

Ich folge seiner Aufforderung und rutsche ein Stück dichter an ihn heran.

Sein Blick folgt meiner Bewegung.

»Noch näher.«

Wenn ich mich ein weiteres Stück in seine Richtung bewege,

dann berührt meine komplette Seite seine. Auch wenn wir schon intimere Berührungen ausgetauscht haben, fühlt es sich doch komisch an, ihm plötzlich so nahe zu sein. Es wird noch eine Weile dauern, bis ich mich daran gewöhnt habe.

Anscheinend wird Jace ungeduldig, denn er umgreift meinen Nacken und zieht mich in seinen Arm.

Ich bin umgeben von seinem frischen männlichen Duft. Er riecht so wie ein Tag am Meer. Ich würde am liebsten mein Gesicht an seinem Hals vergraben und Stunden dort verbringen, eingehüllt von seinem Duft und seiner Wärme.

Sein Griff um meinen Nacken lockert sich, und seine Hand wandert zurück in mein Haar. Mit kreisenden Bewegungen massiert er mich. Seine rauen Fingerspitzen fühlen sich so gut auf meiner Kopfhaut an.

Meine Sinne sind überflutet von Jace. Ich bin umgeben von seinem Geruch, eingehüllt in seine Wärme und spüre seine Berührungen am ganzen Körper. Es gibt nur noch ihn.

Mein Kinn lasse ich auf die Brust fallen und genieße seine Aufmerksamkeit.

Keine Sekunde später hat Jace eine Handvoll Haar um seine Faust gewickelt und zieht meinen Kopf nach hinten. Langsam richtet er sich auf und schaut zu mir hinunter.

»Ich will dich sehen, Peach.« Seine Nase gleitet meinen Hals entlang und hinterlässt einen Pfad aus Gänsehaut. Er atmet tief ein.

»Du riechst so gut. Ich kann es kaum erwarten, jeden Millimeter deines Körpers zu kosten.« Seine Zunge schnellt hervor und berührt mich für einen kurzen Moment.

»Hmm, so gut«, raunt er an meiner Haut. Er verteilt sanfte Küsse meinen Hals hinauf, bis er direkt unter meinem Ohr haltmacht.

»Wenn ich abends im Bett liege und meinen Schwanz mit festem Griff bearbeite, denke ich an dich. Ich stelle mir vor, wie es wäre, von deiner Hitze umschlossen zu sein.« Seine

Stimme ist rau vor Lust.

In meinem ganzen Körper breitet sich Wärme aus. Mir wird richtig heiß.

Knabbernd bahnt er sich seinen Weg zurück meinen Hals hinunter. Jede Berührung ist wie ein Windstoß, der das Feuer weiter anfacht.

Ich habe das Gefühl, ich muss mein Oberteil loswerden, um mich wieder abzukühlen. Verzweifelt ziehe ich an meinem Kragen. Aber es ist, wie einen Waldbrand mit einem Eimer Wasser löschen zu wollen. Nichts kann verhindern, dass seine Berührung meine Lust noch mehr anfacht. Ich halte es nicht länger aus. Die Konsequenzen sind mir egal. Ich will ihn, und zwar sofort. Sonst werde ich gleich explodieren.

Seine Zähne fahren leicht meinen Halsansatz entlang. Hauchzarte, folternde Berührungen.

Ich kann ein Stöhnen der Erregung und Frustration nicht mehr zurückhalten. Als Jace seinen Kopf wegzieht, packe ich ihn und drücke ihn gegen meinen Hals. Ich spüre sein Lachen an meiner Haut.

Wenigstens findet es einer von uns lustig.

»Hör auf und mach weiter«, befehle ich zwischen zusammengebissenen Zähnen.

Er lacht noch stärker.

»Du musst dich schon entscheiden, was du willst. Soll ich nun aufhören oder weitermachen?«

Frustriert stöhne ich auf.

»Jace.« Warnend sehe ich ihn an.

»Hör auf mit der Spielerei und mach verdammt noch mal weiter.«

Erneut vibriert sein Lachen an meinem Hals, bevor er seine Hand meine Schulter hinabgleiten lässt. Vorbei an meinen Brüsten, die sich nach seiner Aufmerksamkeit sehnen, und hinunter zum Bund meiner Hose. Dort verschwinden seine Finger unter dem Saum.

Die raue Berührung sendet Blitze der Erregung in das kleine Bündel, das auf den großen Auftritt wartet.

Aber seine Hand taucht nicht tief genug, um es zu erreichen. Seine Fingerspitzen fahren nur einmal kurz von links nach rechts den Bund der Hose entlang, bevor er sie wieder herauszieht.

Ich würde sie am liebsten festhalten und bis zum Anschlag hineinschieben, bis sie da sind, wo ich sie am nötigsten brauche. Doch ich möchte nicht zu forsch sein und ihm das Gefühl geben, dass ich nur darauf aus bin, mit ihm ins Bett zu hüpfen, auch wenn mir ein paar Sachen einfallen, die ich dort gerne mit ihm machen würde.

Jace reißt mich aus meinem Gedanken, als er sich ein kleines Stück von mir wegbeugt.

Er nimmt die Fernbedienung für seinen monströsen Fernseher und streckt sie in meine Richtung.

»Such du aus, was wir gucken wollen. Du bist schließlich mein Gast.« Er benimmt sich, als wäre es das Normalste auf der Welt.

Verblüfft schaue ich ihn an. Ist das sein verdammter Ernst? Erst macht er mich zum zweiten Mal am heutigen Abend scharf, und dann lässt er mich fallen wie eine heiße Kartoffel. Zu meiner Erregung gesellt sich unbändige Wut. Jace und seine bescheuerten Spielchen. Ich hoffe, er verspürt auch nur ansatzweise die sexuelle Frustration, die er in mir auslöst, wenn er in meiner Nähe ist. Hoffentlich fallen ihm die Eier vor lauter Samenstau ab.

Obwohl … Dann könnte er keine Babys mehr machen. Und die Welt sollte definitiv kleine Jace-Babys zu sehen bekommen. Bei so viel Schönheit und Talent, wie er in sich hat – natürlich auf männliche Art und Weise –, wäre es ein Verbrechen, wenn er seine Gene nicht teilt. Ich persönlich hätte nichts dagegen einzuwenden, perfekte kleine Babys auf die Welt zu bringen.

Entspann dich mal! Jace hat dich nicht eingeladen, um ihn lustvoll anzustarren, sondern zum Fernsehabend. Also reiß dich zusammen.

Zögerlich legt er die Fernbedienung in meine Hand.

»Du hast jetzt die Macht.«

Wenn ich wirklich die Macht hätte, würden wir uns nicht mehr in der Senkrechten befinden, sondern schon wild in der Waagerechten zur Sache kommen. Der einzige Grund, warum wir uns noch in einer aufrechten Position aufhalten würden, wäre irgendeine verrückte Stellung aus dem Kamasutra. Also ist die Tatsache, dass ich das TV-Programm aussuchen darf, nicht Macht, sondern eher ein Privileg.

Vielleicht sollte ich etwas Schmutziges anmachen. Wenn es ihn in Fahrt bringt, habe ich am Ende des Abends mit Sicherheit auch etwas davon.

Lief auf Netflix nicht vor ein paar Monaten dieser Film, über den alle gesprochen haben? Der mit dem italienischen Mafioso, den die Frauen so heiß fanden.

Ich spüre Jace' Blick auf mir, während ich verzweifelt versuche, mich an den Namen des Films zu erinnern. Das macht es auf jeden Fall nicht einfacher. Mit der Fernbedienung tippe ich gegen meine Schläfe. Da fällt es mir ein. *365 Tage*.

Dann kann das Spiel ja beginnen. Mal sehen, wie lange er es durchhält.

Kapitel 24

Jace

Ist das ihr Ernst? Das ist ja schon die Vorstufe eines Pornos. Mein kleiner Freund ist bei den Szenen, die sich dort abspielen, in Bereitschaft. Und dass Emma so dicht neben mir sitzt, macht die ganze Situation nicht besser. Nicht dass ich etwas dagegen habe, ihren Körper an meinem zu spüren. Das Problem liegt eher in dem schmerzhaften Pochen in meinen Eiern, das mit jeder Sekunde stärker wird. So schlimm war es nicht mal, als ich herausgefunden habe, dass mein Freund da unten zu mehr zu gebrauchen ist als zum Pissen.

Kann man im Himmel und der Hölle zugleich landen? Denn es kommt mir gerade so vor, als würde ich mit einem Bein im Himmel stehen. Emma in meinen Armen zu haben fühlt sich traumhaft an. Doch gleichzeitig steht mein anderes Bein in der Hölle, weil auf dem Bildschirm vor mir zwei Menschen es in jeder möglichen Position treiben, die das Kamasutra hergibt. Ich habe das Gefühl, mein bestes Stück geht gleich in Flammen auf, wenn es nicht auch ein bisschen weibliche Aufmerksamkeit bekommt.

Es muss ja nicht gleich Sex sein, eine kleine Fummelei würde schon reichen. Wenn es nach mir ginge, könnte es auch nur ein harmloser Kuss sein. Ich kann es gar nicht erwarten, ihre Lippen wieder auf meinen zu spüren. Ihr Geschmack macht süchtig, und es ist schon viel zu lange her, seit ich meine letzte Dosis bekommen habe.

Doch allein ihre Nähe zu spüren, umgeben von ihrem fruchtigen Duft zu sein, zu hören, wie sie vor Erregung stockend atmet, während ihre Augen auf den Film gerichtet sind – das alles jeden Tag, für den Rest meines Lebens erleben zu können würde mich zu einem glücklichen Mann machen. Aber jeden Abend – oder auch zu anderen Tageszeiten – meinen Schwanz in ihr versinken zu lassen, während ich ihre süßen Säfte auf meinen Lippen schmecke, würde mich zu dem glücklichsten aller Männer machen.

Bei den ganzen Gedanken an Sex mit Emma ist mein Schwanz schon wieder hart wie Stein geworden. Ich versuche ihn unauffällig in meiner Hose zu richten. Aber es ist sinnlos. In meinem Schritt ist ein Tipi aufgebaut. Sie müsste schon ziemlich naiv sein, um nicht mitzubekommen, was da unten abgeht.

Ich lege meinen Kopf auf der Rückenlehne ab und schließe meine Augen. Wenn ich den Film nicht gucke, geht es bestimmt gleich wieder.

Ganz schlechte Idee. Wie heißt es so schön? Wenn man einen Sinn verliert, verstärken sich die anderen. Genau das passiert. Ich spüre die Hitze ihres Körpers neben mir noch intensiver. Ihr Duft umhüllt mich und benebelt meine Sinne, auch ihr Atmen ist lauter.

All das macht meinen Schwanz noch härter und wütender, weil er seit Wochen keine richtige Action bekommen hat. Meine Eichel ist bestimmt blau und pocht verärgert. So langsam habe ich Sorge, dass er abstirbt, wenn er nicht bald die Zuwendung bekommt, die er so verzweifelt haben will. Die Aussicht, ihm mit meiner Enthaltsamkeit womöglich bleibende Schäden zuzufügen, bereitet mir ein ungutes Gefühl.

Aber Emma ist noch nicht an dem Punkt, ihn zu befriedigen.

Fuck my life. Mein ganzer Körper schmerzt vor Verlangen. Warum ist es so *hart*, ein Gentleman zu sein?

»Was ist los?« Sie schaut mich an, ich kann ihren Blick auf mir spüren.

Ich öffne meine Augen und sehe sie fragend an.

»Na, du hast gerade gestöhnt. Geht es dir nicht gut?« Ihr Blick gleitet forschend über mich.

Verdammt, mein Schwanz mimt immer noch die Zeltstange in meiner Hose.

»Alles gut.« Ich versuchte dabei so sorglos wie möglich zu klingen.

»Das sah gerade aber wirklich nicht so aus. Ich kann spüren, dass dein ganzer Körper total verspannt ist. Außerdem hast du ziemlich verzweifelt ausgesehen. Und deine Augen waren auch zugekniffen. Alles Anzeichen, dass es dir nicht gut geht. Soll ich nach Hause fahren, damit du dich ausruhen kannst?«

Meine Hand findet ihre. Ich verschränke unsere Finger und drücke sie einmal beruhigend.

»Ich will dich bei mir haben. Es ist alles gut«, versichere ich ihr.

Ihr Blick ist vollkommen auf mein Gesicht fixiert. Was vorerst dafür sorgt, dass er nicht auf meinen Schritt fällt. Wie lange, ist nur die Frage.

Eine Falte bildet sich zwischen ihren Augenbrauen. Skepsis ist über ihr ganzes Gesicht geschrieben.

»Ich glaube dir kein Wort.« Sie senkt ihren Blick. Zischend atmet sie ein. Blitzschnell schießt er zurück zu meinem. Schock und Erregung schwimmen in ihren Augen.

»Schau mich nicht so an.« Meine Stimme fühlt sich vor Lust rau an.

»Wie schaue ich denn?«

»Als ob du willst, dass ich dich packe, dir die Kleider vom Leib reiße und dich meinem Schwanz persönlich vorstelle.«

Ihre Verwirrung verwandelt sich in Entsetzen. Aber es dauert nicht lange, bis meine rebellische Emma zum Vorschein kommt. Trotzig verschränkt sie ihre Arme vor der Brust und hebt ihr Kinn.

»So habe ich gar nicht geguckt!«

»Oh doch, hast du.«

»Ich glaube, das fehlende Blut in deinem Gehirn lässt dich halluzinieren.« Mit einem vielsagenden Blick schaut sie auf meinen Schritt.

Mein Schwanz zuckt vor Aufregung.

Entspann dich. Nur weil sie guckt, heißt das nicht, dass du heute Abend zum Spielen *raus kannst!*

»Oh, mein Gehirn funktioniert ganz hervorragend. Keine Sorge«, versichere ich ihr mit einem Grinsen auf den Lippen.

»Ach ja, und warum hast du dann ein Zelt in deinem Schritt?«

Ist das ihr Ernst?

»Oh, lass mich überlegen.« Ich kratze mir gespielt nachdenklich am Kinn.

»Ah, da fällt es mir wieder ein. Weil du der Meinung warst, einen Porno anmachen zu müssen. Ich habe dir die Wahl überlassen, weil ich dachte, du suchst irgendeine harmlose Schnulze aus.« Ich schaue sie vorwurfsvoll an.

»Du übertreibst gerade total. Es ist eine Romanverfilmung, kein Porno!« Sie verdreht die Augen.

»Ja, und was ist das für ein Roman? Ein pornografischer?«

Dieses Gespräch läuft gerade vollkommen aus dem Ruder, aber es ist mir egal. Ich liebe es, Emma auf die Palme zu bringen.

»Du bist unmöglich, Jace.« Sie wirft die Hände in die Luft. Ihre Wangen sind schon ganz gerötet vor Rage.

»Und um deine Frage zu beantworten. Nein, es ist kein pornografischer Roman, sondern eine erotische Liebesgeschichte mit einem Hauch Action und Kriminalität.« Sie sieht mich siegessicher an.

»Und warum genau hast du ausgerechnet diesen Film für uns ausgesucht?« Ich beuge mich zu ihr hinüber.

Damit sie mich ansehen kann, muss sie ihren Kopf in den Nacken legen.

»Weil es die perfekte Kombination für Männer und Frauen ist.« Sie schluckt schwer.

»Frauen mögen Liebesfilme und Männer welche mit Action.« Sie räuspert sich kurz.

»Und ich habe gedacht, so kommt jeder auf seine Kosten.« Nervös zwirbelt sie eine Haarsträhne um ihren Finger.

Ich kann spüren, wie ihr Körper vor Aufregung vibriert. Mein selbstsicheres Grinsen scheint ihre Reaktion noch zu verstärken.

»Oh, wir werden beide auf unsere Kosten kommen, keine Panik.« Ich lasse meine Hand in ihr weiches Haar gleiten. Langsam beuge ich mich zu ihr hinunter.

Ihre Pupillen sind vor Erregung geweitet, ihr Mund geöffnet.

Ich spüre ihren Atem. Kurz bevor sich unsere Lippen berühren, halte ich inne.

»Bist du dir sicher, dass du die Grenze überschreiten willst?« Forschend schaue ich in die Tiefen ihrer karibikblauen Augen.

»Ja«, haucht sie. Ein einziges Wort, das so viel verändern wird.

»Du wirst zu mir gehören. Und nur mir.«

Ein tiefes Stöhnen entweicht ihrer Kehle.

Und für mich gibt es kein Halten mehr.

Unsere Lippen prallen aufeinander. Weich und voll empfangen ihre meine. Noch nie hat sich ein Kuss für mich so angefühlt wie dieser. Als wenn zwei Teile eines Ganzen endlich ihren Weg zurück zueinander finden.

Ich könnte sie ewig weiterküssen. Meine Zähne versinken in ihrer Unterlippe. Sanft ziehe ich an ihr.

Ein Stöhnen entweicht ihr und sie öffnet ihren Mund einen Spaltbreit.

Ich lass keine Zeit verstreichen und vertiefe unsere Verbindung. Fruchtige Süße explodiert auf meiner Zunge. Meine Erinnerung kommt nicht ansatzweise an das tatsächliche Gefühl heran.

Ich umfasse ihr Gesicht und neige ihren Kopf noch ein

Stück weiter nach hinten. So ist es mir möglich, tiefer in sie einzutauchen. Meine Zunge erkundet jeden Winkel ihres Mundes. Neckend berühre ich ihre.

Emma begegnet jeder meiner Bewegungen mit dem gleichen Verlangen, das auch ich verspüre.

Ich brauche mehr.

Ohne meine Lippen von ihren zu lösen, befördere ich uns in eine liegende Position.

Wie am ersten Abend spreizen sich ihre Beine wie von selbst.

Ich lege mich zwischen sie. Meine Hände verlassen Emmas Gesicht und gleiten weiter hinauf. Über ihrem Kopf verschränke ich sie mit ihren.

Mein Schwanz bohrt sich in ihren Schritt. Meine geschwollene Eichel reibt über ihre Spalte. Nur ein paar Lagen Stoff trennen uns noch voneinander. Wenn ich nicht aufpasse, komme ich in meiner Hose wie ein Teenager. Diese Frau macht mich so verrückt, dass ich meinen Verstand verliere, wann immer wir uns berühren. Am liebsten würde ich ihr die Sachen vom Leib reißen und auf der Stelle in ihr versinken.

Aber mir ist die Situation, in der wir uns befinden, bewusst. Wir sollten es langsam angehen. Das bedeutet jedoch nicht, dass wir keine Trockenübungen machen können, bis es endlich so weit ist.

Ich reibe meinen Schwanz schneller ihren Schritt entlang. Meine Lippen wandern von ihrem Mund zu ihrem Hals. Saugend und beißend bahne ich mir meinen Weg hinunter bis zu ihrer Schulter, nur um mich dann zurück nach oben zu begeben. Immer wieder hinauf und hinab, während mein Schwanz sie weiter penetriert.

»Jace.« Emma legt stöhnend ihren Kopf in den Nacken und verschafft mir so besseren Zugang. Ihr ganzer Körper bäumt sich meinem entgegen.

»Was möchtest du, Peach?« Als ich dieses Mal am Ansatz ihres Halses ankomme, stoppe ich nicht. Über ihrem Shirt bewegt sich mein Mund weiter Richtung Süden. Die Stöße meiner Hüften werden kräftiger. Mein Schwanz drückt mit jeder Bewegung auf ihre Klitoris. Ich würde alles dafür geben, sie in meinen Mund zu saugen und Emma über die Klippe zu stoßen. Die Zeit wird kommen, nur nicht heute.

»Mehr«, stöhnt sie atemlos vor Erregung.

»Mehr was?« Während ich auf ihre Antwort warte, stoße ich unnachgiebig weiter gegen ihren Schritt. Mein Mund setzt seinen Weg fort. Das Ziel in greifbarer Nähe. Ich bin kurz davor, zu explodieren. Aber so weit lasse ich es nicht kommen. Nicht, bis Emma ihre Erlösung zuerst gefunden hat.

»Ich brauche mehr«, presst sie hervor und ich kann die Verzweiflung in ihrer Stimme hören. Mit wilden Bewegungen reibt sie sich an mir. Aber wenn sie nicht sagt, was sie genau will, werde ich sie nicht dorthin lassen.

»Mehr hiervon?« Meine Lippen gleiten sanft über ihre.

»Oder mehr davon?« Mein Schwanz reibt und drückt gegen ihre Klitoris.

Ihre Beine zittern.

»Oder meinst du etwa mehr hiervon?« Ich bewege mich ein Stück südwärts. Ihre Nippel drücken sich durch BH und Shirt hindurch und betteln um meine Aufmerksamkeit. Ohne Vorwarnung beiße ich hinein.

Emma schreit auf und bäumt sich meinem Mund entgegen.

»Ja«, stöhnt sie. Abwechselnd streckt sie meinem Mund ihre Brust und meinem Schwanz ihre gierigen Hüften entgegen.

Meine Eier ziehen sich zusammen und sind bereit, ihre Ladung zu verschießen.

Um uns beiden die schmerzlich ersehnte Erlösung zu verschaffen, nehme ich die Sache in die Hand. Im wahrsten Sinne des Wortes. Mit einer umgreife ich ihre Handgelenke und halte sie fest. Die andere gleitet ihren Körper hinab. Ich stoppe an ihren Nippeln. Mit meinem Finger umkreise ich sie.

Mit jeder Sekunde werden Emmas Bewegungen

unkontrollierter.

Meine Hand gleitet weiter hinab, unter ihren Hosenbund und direkt in ihr Höschen hinein. Ich gebe ihr keine Zeit, zu verarbeiten, was hier gerade passiert. Denn im nächsten Moment finde ich auch schon mein Ziel. Ich lasse meine Finger einmal durch ihre feuchte Spalte gleiten, um sie mit ihren Säften zu benetzen. Wieder oben an dem Nervenbündel angekommen, drücke ich kurz zu.

»Oh ja«, wimmert sie. Ihre Hüften schnellen mir entgegen.

Ich rolle die kleine Knospe zwischen meinen Fingern und spüre, wie ihre Öffnung sich unter meiner Berührung wellenartig zusammenzieht. Meine Finger beschleunigen ihr Tempo. Rollen. Drücken. Rollen. Drücken.

Emma bäumt sich auf. Den Kopf in den Nacken gelegt, strömt die Welle des Orgasmus über sie hinweg. Mein Name ein leises Flüstern auf ihren Lippen. Es ist das Heißeste, was ich je gesehen habe.

Der Anblick bringt auch mich über die Schwelle. Mein Schwanz zuckt und entleert sich bis auf den letzten Tropfen in meine Calvins. Noch nie zuvor bin ich so krass gekommen. Ich fühle mich wie auf Wolke sieben, aber zeitgleich auch sexuell frustriert. Mir wäre es lieber, wenn mein Schwanz mit ihren Säften getränkt wäre, und nicht mit meinen eigenen.

Aber alles zu seiner Zeit.

Kapitel 25

Emma

Wow. Das war das intensivste Erlebnis, das ich je hatte. Und dabei haben wir nicht einmal unsere Sachen ausgezogen. Wahrscheinlich könnte ich nach richtigem Sex mit Jace nicht mehr laufen und bräuchte für die folgenden Tage einen Rollstuhl.

Ich habe immer gedacht, Sex mit Max wäre schon extrem gut und befriedigend, doch Jace eröffnet noch einmal ganz neue Welten. Schnell verbanne ich meinen Ehemann aus meinem Kopf, denn ich möchte diesen Moment nicht mit den vor mir liegenden Problemen überschatten.

Ich kann noch immer nicht ganz glauben, was gerade geschehen ist. Aber der Körper, der sich von hinten an mich herandrückt, und die Arme, die meine Körpermitte umschlingen, sind ein eindeutiger Beweis dafür, dass es tatsächlich passiert ist.

Eine ganze Armee von Schmetterlingen feiert eine wilde Party in meinem Bauch. Mein Herz fühlt sich an, als wenn es kurz davor wäre, vor Glück überzulaufen. Die Eifersucht der letzten Wochen ist kaum noch zu sehen, von der Wolke aus, auf der ich schwebe.

Ich könnte für immer in seinen Armen liegen. Geborgen und sicher, umhüllt von seinem Duft und seiner Wärme. Und ich könnte die kleinen Dinge des Alltags mit ihm genießen, wie am Sonntagabend auf der Couch zu kuscheln und einen Film zu schauen.

Nur dass ihr kein Paar seid und es nicht normal ist, was ihr macht.

Ich habe keine Ahnung, was wir hier überhaupt machen oder wo das Ganze hinführen soll. Das Einzige, was ich sicher weiß, ist, dass ich mit Max reden muss. Es ist nicht fair, was gerade passiert ist. Ich bereue es kein Stück, aber richtig ist es nicht.

Früher habe ich Frauen immer verurteilt, die so etwas getan haben, und jetzt gehöre ich selbst zu ihnen.

Wenn es zwischen Max und mir schon schlecht gelaufen wäre, lange bevor Jace wieder auf der Bildfläche erschienen ist, würde ich mich bei der ganzen Sache besser fühlen. Doch das ist nicht der Fall.

Jace ist definitiv der Grund, dass unsere Ehe am Ende ist. Aber er trägt nicht die Schuld daran.

Wäre ich nicht so ein Feigling gewesen und hätte mich all die Jahre versteckt, wäre vielleicht alles anders gekommen. Doch ich kann die Zeit nicht zurückdrehen, deshalb muss ich unbedingt mit Max reden. Aber ich habe auch Angst vor dem Gespräch.

»Denk nicht zu viel nach.« Jace küsst sanft meinen Nacken.

Ein Schauer läuft bei der Berührung dieser sensiblen Stelle meinen Rücken hinunter.

»Ich kann nicht *nicht* nachdenken. Mein ganzes Leben steht auf dem Kopf, und meine Ehe ist am Ende.«

Er zieht mich dichter an sich heran und verstärkt seine Umarmung.

»Warst du denn vorher wirklich glücklich?«

Ich spüre, wie sich Feuchtigkeit in meinen Augen sammelt.

»Ja, das war ich. Ich habe gedacht, er ist der Mann, mit dem ich alt werden will. Das macht die ganze Sache ja so schlimm.« Die erste Träne findet ihren Weg über die Schwelle und landet auf dem Kissen unter mir.

»Ich hatte wirklich das Gefühl, alles ist perfekt. Dass ich

genau dort bin, wo ich hingehöre.« Ein Schluchzen entweicht meiner Kehle. Die Tränen fließen mittlerweile in Rinnsalen und durchtränken die Couchkissen.

»Bis du wie aus dem Nichts deinen Weg zurück in mein Leben gefunden hast. Wie eine Planierraupe hast du all meine Mauern zu Staub zermalmt. Wie sollte ich da noch stark bleiben?«

»Peach, sieh mich an.« Er richtet sich hinter mir auf und beugt sich über mich.

Ich vergrabe mein Gesicht tiefer im Kissen. Er soll mich nicht schon wieder so verheult sehen.

»Hey, mach das nicht.« Sanft drückt er gegen meine Schulter, sodass ich rückwärts auf die Couch falle und unter ihm gefangen bin. Mit einer Hand stützt er sich neben meinem Kopf ab, und mit der anderen streicht er mir eine Strähne aus dem Gesicht, die an meiner feuchten Haut festklebt.

»Versteck dich nicht vor mir. Ich möchte alles von dir. Die glücklichen und die nicht so schönen Momente.« Er umfasst mein Gesicht. Liebevoll schaut er auf mich herab und streichelt in sanften Kreisen meine Wange.

»Ich weiß, es wird nicht leicht. Aber wir stehen das gemeinsam durch.« In seinen Augen scheint nichts als pure Aufrichtigkeit.

»Ich frage mich, wie es wohl gelaufen wäre, wenn ich dich die letzten Jahre nicht gemieden hätte. Wäre mir dann klar geworden, dass Max nicht der Richtige ist, weil mein Herz schon lange einem anderen Mann gehört? Hätte ich ihn nicht geheiratet und ihm den Schmerz, der jetzt unweigerlich kommen wird, erspart?« Eine neue Tränenwelle macht sich auf den Weg an die Oberfläche.

In Jace' Augen spiegelt sich der Schmerz wider, den ich tief in mir spüre. Er lässt seine Stirn an meiner ruhen. Sein Blick weicht nicht eine Sekunde von meinem.

Es ist, als wenn uns ein imaginäres Band verbinden würde.

Als wenn der andere die Emotionen absorbiert und zu seinen eigenen macht, um den Schmerz zu lindern.

»Ich würde gerne sagen, dass ich mir wünsche, ich hätte damals keinen Rückzieher gemacht. Aber das hätte wahrscheinlich nichts geändert. Mein Fokus lag auf anderen Dingen, und du verdienst es, die Nummer eins zu sein. Ich wünschte nur, du wärst nicht für so eine lange Zeit untergetaucht, denn ich hätte dir definitiv schon vor ein paar Jahren den Hof gemacht. Und das hätte dir vielleicht diesen Schmerz und die Verwirrung jetzt gerade erspart.« Er drückt einen federleichten Kuss auf meine Nasenspitze.

»Du musst es positiv sehen. Jedes Ende ist auch immer ein neuer Anfang.«

»Oh mein Gott, bist du jetzt die laufende Lebensweisheit, oder was?« Ich spüre, wie die dunkle Wolke über meinem Kopf sich ein bisschen lichtet.

Er weiß wirklich, wie er meine Stimmung aufhellen kann.

Mit einem verschmitzten Lachen, das die Schmetterlinge in meinem Bauch wieder in Gang bringt, schaut er auf mich hinab.

»Es hat doch funktioniert, oder?«

Ich spüre, wie ein Lächeln an meinen Mundwinkeln zuckt.

»Ja, das hat es.«

Immer noch mit einem Grinsen auf den Lippen beugt er sich zu mir herunter. Er versiegelt meine Lippen mit seinen. Seine leichten knabbernden Berührungen treiben mich in den Wahnsinn. Wo nimmt er die Geduld für seine unschuldigen Küsse her, während ich immer mehr will?

Da muss ich die Dinge wohl selbst in die Hand nehmen. Meine Finger finden seine harte Brust und gleiten hinauf in Richtung Schultern. Ich kann der Versuchung nicht widerstehen, seine Muskeln unter meinen Händen ausgiebig zu erkunden. Er ist einfach so gut gebaut. Oben angekommen, fahre ich mit meinen Fingerspitzen den Nacken entlang und lasse meine Finger in seinen weichen Haaren versinken.

Sie sind im Nacken gerade lang genug, dass sie sich anfangen zu wellen. Ich finde die kurzen Locken dort so heiß, dass ich einfach mit ihnen spielen muss. Um unseren Kuss zu vertiefen, ziehe ich ihn näher zu mir herunter. Mit meiner Zunge fahre ich seine Lippen entlang, in der Hoffnung, dass er mir Einlass gewährt.

In einer schnellen Bewegung öffnet er seinen Mund und beißt mir sanft auf die Zungenspitze, bevor er an ihr saugt.

Ich stöhne in seinen Mund.

Er lässt mich ganz hineintauchen.

Unsere Zungen treffen aufeinander. Sie vollführen einen Tanz der Liebe. Erkunden jeden Millimeter miteinander.

Er schmeckt so gut. Nach Minze und einem Hauch Schokolade. Mhmm, ich stehe auf Minzschokolade. Jegliches Zeitgefühl fliegt zum Fenster hinaus, wenn Jace mich berührt.

Als wir zum Luftholen unsere Lippen voneinander trennen, schaue ich zu Jace hinauf, der in Schatten getaucht ist. Ein Blick auf die Uhr zeigt, dass es nahe Mitternacht ist.

»Scheiße.« Ich schubse Jace von mir hinunter.

Verwirrt sieht er mich an.

»Ich hätte schon längst zu Hause sein sollen. Morgen muss ich früh raus.« Wie ein aufgescheuchtes Huhn laufe ich durch Jace' Haus und suche meine Sachen zusammen.

In der Küche stoppt er mich.

»Hey, bleib doch hier. Morgen früh kann ich dich zur Arbeit bringen.«

Ungläubig schaue ich ihn an.

»Und was soll ich anziehen? Etwa deine Sachen? Außerdem habe ich nicht einmal eine Zahnbürste dabei.« Ein Anflug von Hysterie macht sich in mir breit. Mit ihm wie ein Teenager auf der Couch herumzuknutschen und von ihm den besten Orgasmus meines Lebens zu bekommen, ist etwas ganz anderes, als die Nacht hier zu verbringen. Und dann am nächsten Morgen total verschlafen und zerknautscht mit Morgenatem neben ihm aufzuwachen. Da wird ihm klar werden, dass das hier doch nicht das Wahre ist und ihm die heißen Models oder Schauspielerinnen besser gefallen. Den Moment, wenn die Erkenntnis kommt, will ich wirklich nicht miterleben. Also mache ich mich wieder daran, meine Sachen zusammenzusuchen.

Doch er stoppt mich erneut, indem er mich besitzergreifend packt und zu sich heranzieht.

»Meinetwegen kannst du gerne mein Shirt tragen. Dann weiß wenigstens jeder, zu wem du ab jetzt gehörst.«

Ich verdrehe die Augen. Warum muss er sich manchmal wie ein Höhlenmensch benehmen? Fehlt nur noch, dass er sich auf die Brust klopft und ›meins‹ ruft.

»Außerdem hast du doch erzählt, dass Max arbeiten muss. Da wird dich heute Nacht niemand zu Hause vermissen. Max wird nicht mal wissen, dass du nicht da warst.« Er drückt mir einen Schmatzer auf die Lippen, bevor er meine Hand in seine nimmt und mich in Richtung Treppe zieht.

Ich könnte ein Uber rufen, aber ehrlich gesagt ist die Vorstellung, in seinen Armen einzuschlafen und am Morgen auch dort wieder aufzuwachen, ziemlich verlockend.

»Nur um das klarzustellen. Ich bleibe hier, weil ich es so will, und nicht, weil du es so bestimmst.«

Auf unserem Weg nach oben ins Schlafzimmer dreht er sich um und wirft mir ein sexy Grinsen über die Schulter zu.

»Ist notiert. Können wir uns jetzt ins Bett begeben? Ich muss unbedingt meine Boxershorts loswerden.«

»Ich werde heute Nacht keinen Sex mit dir haben!«

Den Kopf schüttelnd geht er weiter.

»Das habe ich auch nicht angenommen. Mein Schwanz klebt dank dir an dem Stoff meiner Unterhose und ich würde ihn gerne zeitnah befreien, denn es zwickt ein bisschen.«

Ich spüre, wie Hitze in meine Wangen steigt.

»Ach so«, sage ich kleinlaut.

Die Sonne blendet mich, als sich langsam der Nebel des Schlafes lichtet. Erinnerungen fluten meine Gedanken. Wir haben die halbe Nacht damit verbracht, uns zu küssen. Aber wir haben nicht noch mal die Grenze überschritten so wie gestern Abend.

Dafür sind meine Lippen jetzt rot und geschwollen. Sie fühlen sich richtig wund an.

Hinter mir regt sich Jace. Starke Arme ziehen mich fester an harte Muskeln. Seine Wärme und sein Geruch umhüllen mich wie ein Kokon.

Wir sind in einer Blase der Unbeschwertheit. Nichts kann uns hier etwas anhaben.

Das plötzliche Klingeln meines Telefons auf dem Nachtschrank signalisiert den Anruf einer ganz bestimmten Person, und die Blase platzt.

Ich strecke meinen Arm aus und nehme es an mich. Auf dem Display steht in großen Buchstaben der Name des Anrufers. Das ungute Gefühl von gestern Abend macht sich wieder in mir breit und verscheucht die Schmetterlinge, die gerade noch vor Glück in meinem Bauch getanzt haben. Widerwillig nehme ich das Gespräch an.

»Emma, Süße, wo bist du?«

Scheiße. So viel dazu, dass es niemand mitbekommt. Es ist so klar. Wenn ich einmal nicht zu Hause bin, dann ist Max superpünktlich von der Arbeit zurück. Jetzt ist es Zeit für Schadensbegrenzung, denn am Telefon werde ich Max nicht das Herz brechen.

»Ähm, ich bin bei Faith. Wir waren gestern Abend bei ihrem Bruder und danach sind wir noch zu ihr gefahren. Hab die Zeit aus den Augen verloren und entschieden, dass es das Beste ist, wenn ich einfach bei ihr übernachte. Ich komme mich gleich umziehen und meine Sachen für die Arbeit holen.«

»Okay, es wundert mich nur, weil du so etwas sonst nie machst, wenn ein Schultag ist«, erwidert er skeptisch.

Scheiße. Scheiße. Scheiße. Ich muss mir eine glaubhafte

Ausrede einfallen lassen, denn ich will die Möglichkeit haben, alles in Ruhe mit ihm zu klären.

»Na ja …« Mit einem Räuspern versuche ich Zeit zu gewinnen, bis mir eine plausible Erklärung einfällt.

»Wir haben ein, zwei Drinks gehabt, und keine von uns wollte danach noch Auto fahren. Also haben wir entschieden, dass es so das Verantwortungsvollste ist. Ich hab gedacht, du bist ja sowieso auf Arbeit. Deshalb habe ich kein großes Problem darin gesehen, bei Faith zu übernachten.«

Stille am anderen Ende, dann ein Seufzen.

»Ach so.« Er hält kurz inne.

»Ich wollte mich eigentlich hinlegen, aber ich kann auch noch warten. Wann bist du denn hier?«

Ich möchte mich wirklich gerne vor der Arbeit umziehen, aber auf ein Zusammentreffen mit Max bin ich nach letzter Nacht nicht wirklich scharf. Das Gespräch, das wir beide führen müssen, sollte nicht zwischen Tür und Angel stattfinden.

»Ich brauche bestimmt noch eine halbe Stunde. Geh ruhig schlafen, du musst nicht extra wach bleiben. Ich werde auch leise sein«, antworte ich deshalb.

»Okay, bis später.«

»Bye.« Ich lege das Handy wieder auf den Nachtschrank.

Es hat noch gar nicht ganz meine Finger verlassen, da zieht Jace mich schon wieder zurück in seine Arme.

»Hm, Faith also«, murrt er in mein Ohr.

»Es ist nicht ganz gelogen. Immerhin bin ich mit ihr hergekommen. Und sie ist schließlich deine Schwester. Das bedeutet, es war nur eine halbe Lüge.« Ich drehe mich um und lächle.

Seine Augenbrauen sind zusammengezogen, und er schaut mich konzentriert an.

»Es bleibt eine Lüge.«

»Ja, natürlich ist es eine Lüge! Was sollte ich denn deiner Meinung nach sonst am Telefon zu meinem Ehemann sagen?«

Ich setze mich auf und rutsche an die Kante. Das Kuscheln ist mir vergangen. Außerdem muss ich los.

»Die Wahrheit!«

»Und die wäre?« Ich gehe zur Sitzbank im Erker, auf die ich die Sachen vom Vortag gelegt habe, schnappe mir mein Zeug und mache mich auf zum Badezimmer. Meine Hand berührt gerade die Türklinke, als ich ihn hinter mir spüre.

»Dass du endlich da bist, wo du hingehörst. Bei mir und nicht bei ihm.« Seine Hände umfassen meine Taille. Langsam dreht er mich zu sich um. In seinem Blick wütet schon wieder ein Sturm.

Ich hasse, dass ich allen Menschen um mich herum Schmerzen zufüge. In diesem Moment kann ich mich selbst nicht leiden. Ich frage mich, wie Jace und Max überhaupt einen Fünkchen Zuneigung für mich verspüren können.

Aber als ich in seine Augen schaue, kann ich trotz der Wut auch die anderen Gefühle in den Tiefen der blauen Ozeane schwimmen sehen. Und diese Emotionen lassen mein Herz zugleich höherschlagen und schwerer werden.

»Du weißt genau, dass es nicht so einfach ist«, sage ich traurig und senke meinen Blick.

Er legt seinen Finger unter mein Kinn und zwingt mich, ihn wieder anzusehen.

»Du gehörst zu mir! So einfach ist es.«

Die Chance, etwas zu erwidern, bekomme ich nicht, denn im nächsten Moment sind seine Lippen auf meinen. Und dieses Mal ist es nicht sanft und erkundend wie gestern Abend. Nein, dieser Kuss ist hart und besitzergreifend. Als wenn er versuchen würde, meinem Mund eine Markierung aufzudrücken, um der Welt zu zeigen: ›Schaut her, Emma ist meins.‹

Seine Zunge taucht tief zwischen meinen Lippen hinein. Er übernimmt die Führung.

Und ich lasse es willig zu.

Er presst mich gegen die geschlossene Tür hinter mir. Ich bin gefangen zwischen ihr und Jace. Seine Hüfte drückt in meine.

Ich spüre, wie sich Lust in mir aufbaut, und will mehr. Also hebe ich ein Bein und schlinge es um ihn.

Durch die neue Position reibt seine Erektion direkt über meine Mitte.

Wie ein Damm, der gebrochen ist, kann uns nichts mehr davon abhalten, der neu entfachten Leidenschaft nachzugeben.

Wenn ich mit Jace zusammen bin, gibt es nur noch uns zwei.

Alle Probleme befinden sich außerhalb unserer Blase.

Doch nicht jeder Verantwortung kann man dort entfliehen. Also ziehe ich meinen Kopf zurück und drücke Jace gleichzeitig ein Stück weg von mir.

»Wir müssen aufhören.«

Verwirrt sieht er mich mit vor Lust geweiteten Pupillen an, die fast das ganze Blau seiner Iris verdrängen.

»Warum?« Seine Lippen sind schon wieder auf meinem Körper. Knabbernd und leckend wandert sein Mund bis zu der sensiblen Stelle unter meinem Ohr.

»Der Unterricht beginnt in einer Stunde. Ich muss auf dem Weg zur Arbeit noch einen Zwischenstopp zu Hause einlegen und mich umziehen.« Erneut versuche ich ein bisschen Abstand zwischen uns zu bringen.

Aber plötzlich spüre ich einen brennenden Schmerz an der Stelle, wo Jace' Lippen gerade noch meinen Hals geneckt haben.

Das. Hat. Er. Nicht. Getan.

»Bist du vollkommen irre!?«, kreische ich und schubse ihn mit voller Kraft von mir weg.

Mit aufgerissenen Augen stolpert er ein paar Schritte nach hinten.

Panisch drehe ich mich um und renne, so schnell es geht,

ins Badezimmer. Vor dem Spiegel bleibe ich stehen und lehne mich nach vorne, um besser sehen zu können.

Ein feuerroter Fleck direkt unter meinem Ohr leuchtet mir entgegen.

»Verdammte Scheiße!« Wütend schlage ich auf das Waschbecken. Getrieben von meinem Zorn stampfe ich zurück ins Schlafzimmer. Jetzt ist er fällig.

Kapitel 26

Jace

Ich sitze auf der Bettkante und schaue Emma an. Ihre Augen schießen Blitze in meine Richtung.

Ist es verwerflich, dass mein Schwanz bei ihrem Anblick vor Aufregung zuckt? Sie ist so verdammt heiß, wenn sie in Rage ist.

Die Hände in die Hüften gestemmt, bleibt sie ein Stück entfernt vor mir stehen.

»Was soll die Scheiße, Jace?«, schreit sie.

»Reg dich nicht so auf. Es ist doch nur ein kleiner Fleck.« Ich zucke mit den Schultern.

»Reg dich nicht so auf?« Eine Falte bildet sich auf ihrer Stirn und ihre Augen werden zu Schlitzen.

»Beruhig dich, Babe.«

»Babe? Ich bin nicht dein Babe!« Sie reißt sich das Shirt vom Leib, das ich ihr zum Schlafen gegeben habe, und wirft es gegen meinen Kopf. Na ja, zumindest versucht sie es.

Ich fange es im Flug und halte es mir an die Nase. Tief inhaliere ich ihren fruchtigen Duft, der im Stoff zurückgeblieben ist. Ich liebe ihn.

Den Anblick vor mir liebe ich noch mehr. Aber leider ist der nicht von langer Dauer, denn hektisch zieht sie ihre Sachen vom Vortag an.

Es ist ein Bild für die Götter, wie ihr Fuß sich im Hosenbein verfängt. Wild hüpft sie auf einem Bein und kann gerade so verhindern, dass sie auf ihrem Hintern landet.

Das Lachen, das in mir aufsteigt, kann ich nur mit äußerster Willenskraft zurückhalten. Ich möchte sie wirklich nicht noch wütender machen, als sie sowieso schon ist. Ein bisschen Zeit und Raum lässt den Vulkanausbruch hoffentlich abklingen.

»Komm, ich bring dich nach Hause, wenn du so weit bist.«

»Ach, jetzt lässt du mir meine Zeit, aber in anderen Dingen muss es nach deinem Tempo gehen?« Sie reibt verzweifelt über die Stelle an ihrem Hals. Aber es bewirkt nur, dass es noch schlimmer aussieht als zuvor.

»Es tut mir leid, ich hab mich ein wenig mitreißen lassen.«

»Mit einem *Es tut mir leid*«, sie malt Anführungszeichen in die Luft,

»ist es aber nicht getan! Es geht hier um mein Leben. Das ist kein Spiel.«

»Das, was wir machen, ist es auch nicht.« Ich fahre mir mit den Händen durchs Haar.

»Du musst es Max doch sowieso sagen!«

»Ja, aber zu meinen Bedingungen, und nicht, indem ich ihm unter die Nase reibe, dass er betrogen wurde!«, schreit sie zurück.

»Was sind denn deine Bedingungen?« Meine Stimme ist lauter als gewollt.

»Dass du mir die Zeit gibst, es in meinem Tempo zu machen!« Röte breitet sich auf ihren Wangen aus.

»Und wenn es mir zu langsam ist?«

»Dann hast du Pech gehabt.« Sie geht zum Nachtschrank und greift sich ihr Telefon. Schnell tippt sie darauf herum, bevor ihr Blick sich wieder zu meinem hebt.

»Ich lasse mich von dir nicht unter Druck setzen und in die Richtung drängen, in der du mich gerne haben möchtest.« Dann wendet sie sich von mir ab und verlässt mein Schlafzimmer. Ich höre ihre Schritte auf der Treppe nach unten.

Schnell gehe ich ihr hinterher.

Als ich am unteren Treppenabsatz ankomme, wirft sie sich ihre Tasche über die Schulter und greift nach der Klinke der Haustür.

»Du gehst einfach?« Enttäuschung macht sich in mir breit, bei der Art, wie sich der Morgen entwickelt hat.

Sie hält inne.

»Ich muss zur Arbeit und habe jetzt keine Zeit, mich mit dir zu streiten.« Die Luft entweicht geräuschvoll ihren Lippen und sie sinkt ein Stück in sich zusammen.

»Warte kurz, ich fahr dich.«

Sie lässt den Kopf nach vorne gegen die Tür fallen.

Ich fühle mich wirklich schlecht, weil es noch früh am Morgen ist und Emma schon so aussieht, als wenn sie ein heißes Bad und danach ihr Bett gebrauchen könnte.

»Nein, ich habe mir ein Uber gerufen. Der Fahrer sollte jede Minute hier sein. Ich warte so lange vor der Tür. Frische Luft ist jetzt genau das, was ich brauche.«

»Okay.« Ich sinke auf die unterste Stufe der Treppe.

»Bis später, Peach.«

Ohne ein weiteres Wort geht sie aus der Haustür und zieht diese hinter sich zu. Das Klicken des Schlosses beim Einrasten der Tür ist das einzige Geräusch.

Ich kann Emmas Abwesenheit physisch spüren. Aus einem Zuhause, das noch vor einer halben Stunde mit Liebe und Wärme gefüllt war, ist ein Haus voller Kälte geworden.

Ich sitze noch ein paar Minuten da und schaue die Tür an, bevor ich zurück in mein Schlafzimmer gehe und mir mein Telefon schnappe. Es ist Zeit für Schwarmwissen. Also öffne ich den Gruppenchat der heißesten Band weltweit.

Ich: Jungs, ich brauche eure Hilfe. Bandmeeting heute Abend 20 Uhr bei mir.

East: Heilige Scheiße! Wenn du unsere Hilfe brauchst, muss die Kacke am Dampfen sein.
East: Aber so richtig! *Kackhaufen-Emoji*
Nate: Bei dir? Toronto oder Pickering?
Tyler: Ich hoffe, Toronto. Ashley flippt aus, wenn ich bis nach Pickering fahren muss und ewig weg bin.
Ich: Natürlich in Toronto, ihr Idioten.
Ich: *Augen verdrehender Emoji*
East: Kein Problem. *Daumen nach oben Emoji*
East: Bin sowieso schon die ganze Zeit bei dir. *hysterisch lachender Emoji*
Tyler: Geht klar.
Nate: *Daumen nach oben Emoji*

Ich bin am Tiefpunkt angelangt, wenn ich diese Idioten tatsächlich um Hilfe bitte. Dass sie mir wirklich weiterhelfen können, bezweifle ich zwar, aber wenigstens sorgen sie für Ablenkung.

Kapitel 27

Emma

Ich fühle mich emotional ausgelaugt. Am liebsten würde ich mich in meinem Bett verkriechen und vor der Welt verstecken. Aber ich kann vor meinen Problemen nicht weglaufen. Im wahrsten Sinne des Wortes nicht, denn sie kommen gerade zur Tür herein. Also zumindest die eine Hälfte davon. Die andere liegt ja in meinem Bett zu Hause und hat heute früh zum Glück tief und fest geschlafen, als ich ankam.

Ich spüre Jace' Anwesenheit, lange bevor er seine Arme von hinten um mich schlingt und sein Gesicht in meiner Halsbeuge vergräbt.

»Es tut mir leid.« Er haucht einen federleichten Kuss auf meinen Hals.

Die Berührung ist kaum spürbar, und doch lässt sie mein Herz schneller schlagen.

Aber ich bin immer noch sauer auf ihn.

»Das sollte es auch.« Ich stoße ihn ein Stück von mir weg.

»Außerdem könnte uns jemand sehen.«

»Beruhig dich, Peach.«

Ich habe noch immer keine Ahnung, warum er mich ständig so nennt.

»Das sagt sich so einfach. *Du* hast keine Frau, die du betrügst. Und als wäre das nicht schon schlimm genug, bist du auch noch berühmt, und jeder kennt dich.« Panik steigt in mir hoch. Verzweifelt lasse ich meine Finger in meinen Haaren versinken.

»Stell dir mal vor, uns sieht jemand! Es braucht nur ein kleines Foto oder ein Video von uns in einer Situation wie gerade eben, und die Hölle bricht los.« Ich bekomme keine Luft.

»Mir ist bewusst, was du riskierst. Aber so ein Skandal könnte uns allen schaden. Nicht nur dir und mir, auch der Band.«

»Es ist einfach nicht zu fassen! Weißt du, wie egal mir deine scheiß Band gerade ist? Das hier ist mein Leben, das du auf den Kopf stellst. Wenn das zwischen uns schiefgeht, gibt es für mich nur noch den freien Fall. Da ist kein Netz. Dann stehe ich vor den Trümmern. Alleine.«

Er besitzt tatsächlich die Frechheit zu lachen.

»Weißt du, Emma, das ist das Problem. Du denkst nur an dich und nicht daran, was andere Menschen aufs Spiel setzen. So ein Skandal könnte finanzielle Folgen haben, nicht nur für die Jungs und mich, sondern auch für unsere Angestellten. Das Einzige, was du verlierst, ist dein Ehemann. Und vielleicht musst du dir eine neue Wohnung oder ein neues Haus suchen. Aber sonst ändert sich überhaupt nichts an deinem Leben.«

»Ich bin nicht egoistisch. Meinen Ehemann zu verlieren ist eine große Sache. Denn ich hätte ihn wohl nicht geheiratet, wenn ich ihn nicht lieben würde!« Meine Stimme wird mit jedem Wort lauter. Wenn ich meine Emotionen nicht in den Griff bekomme, werden wir tatsächlich noch Aufmerksamkeit auf uns ziehen. Und dann ist nicht Jace schuld daran, sondern ich.

»Was machen wir hier überhaupt, wenn du deinen Ehemann liebst? Wenn so deine Liebe aussieht, verzichte ich dankend darauf.«

Seine Worte sind wie ein Schlag in die Magengrube.

Was erwartet er von mir? Dass meine Gefühle für Max wie auf Knopfdruck verschwunden sind, weil er zurück in mein Leben getreten ist?

Natürlich empfinde ich Zuneigung für meinen Ehemann.

Sogar eine Art Liebe. Aber für Jace schlägt mein Herz. Auch wenn es momentan eher wütend in meiner Brust trommelt, als glücklich zu hüpfen. In diesem Moment will ich ihn nicht um mich haben.

»Ich denke, wir sollten dieses Gespräch auf später verschieben.«

Sein Blick bohrt sich in meinen. Wo mir sonst das Blau des Ozeans entgegenschaut, ist jetzt das Schwarz des Marianengrabens. Kalt und leblos.

»Ja, du hast recht. Lass uns später weiterreden.« Ein sarkastisches Grinsen breitet sich auf seinem Gesicht aus.

»Wie wäre es so in sechs Jahren? Vielleicht bist du dann bereit, zu deinen Gefühlen zu stehen.«

Kapitel 28

Jace

Wer hätte gedacht, dass ein perfekter Morgen so schnell zu einer Shitshow dieses Ausmaßes werden könnte? Ich auf jeden Fall nicht, als ich mit Emma in meinen Armen aufgewacht bin.

Unsere momentane Situation ist so frustrierend. Ich kann verstehen, dass es nicht einfach ist, Max beizubringen, was zwischen uns passiert ist. Aber trotzdem möchte ich, dass sie frei für mich ist. Es ist nicht so, dass ich egoistisch bin und kein Mitgefühl für ihre Situation habe. Auch mich plagt das schlechte Gewissen.

Ich kenne Max zwar nicht persönlich, aber nach allem, was meine Schwester erzählt hat, scheint er ein netter Kerl zu sein. Er hat Emma immer gut behandelt, soweit ich weiß.

Ich frage mich, ob sie wirklich mit mir zusammen sein will, oder ob ich einfach nur ein bisschen Aufregung in ihrem sonst so durchgeplanten Leben bin. Was passiert, wenn es nicht mehr neu und verboten ist? Wird ihr dann alles zu viel? Wird sie bereuen, es überhaupt erst angefangen zu haben? Sich nach einem Leben mit Max zurücksehnen?

Ein Glück treffe ich mich später mit den Jungs. Einen Rat meiner besten Freunde kann ich jetzt dringend gebrauchen.

Und Abstand, um einen klaren Kopf zu bekommen. Abstand von Emma. Abstand von Pickering.

Es ist Zeit, aus der Blase, die ich hier geschaffen habe, auszusteigen und die Sicht auf die Dinge zu klären. Einmal in Ruhe über alles nachdenken. Ich habe Emma sechs Jahre nicht gesehen. Was machen da ein paar Tage mehr aus?!

Red dir das nur ein, Jace.

Ich bin gerade erst in meinem Apartment angekommen, als meine Wohnungstür auffliegt und ein gut gelaunter East hereinschlendert.

»Schatz, ich bin zu Hause«, ruft er.

Eine Augenbraue hochgezogen, schaue ich ihn mit einem ›*Dein Ernst*‹-Blick an. Es ist noch nicht mal sieben.

»Du bist zu früh.«

»Eigentlich war ich mich nur kurz bei mir drüben umziehen. Ich hab mir heute einen Pool-Tag gegönnt. Das bedeutet, ich war schon vor dir hier, also bin ich auch nicht zu früh.«

Ich zeige auf ihn.

»Das, was du gerade gesagt hast, ist schon wieder die East-Logik.« Auf der Suche nach etwas Essbarem drehe ich mich von ihm weg und durchforste die Küchenschränke.

»Und ich hatte für heute schon genug Diskussionen, sodass meine Antwort auf deine Aussage ein einfaches *Wie auch immer* ist.«

»Bro, was hab ich dir gesagt?!« Er steht mit vor der Brust verschränkten Armen da und schüttelt den Kopf.

»Keine Ahnung. Du laberst die ganze Zeit rum.«

»Ich«, er piekt sich mit dem Finger auf die Brust,

»habe dir geraten, die Hände von Emma zu lassen. Du solltest ihr nicht hinterherjagen, sondern dir eine schnappen, die leicht zu haben ist.« Er macht mit seinen Hüften stoßende Bewegungen und streckt dabei seinen linken Arm nach vorne, als wenn er es mit der imaginären Frau vor sich im Doggy-Style unerbittlich treiben würde.

Ich könnte wirklich auf diese visuelle Darstellung seiner Künste verzichten.

»Und dann heißt es *Wham, bam, thank you, Ma'am*. Danach verabschiedest du dich von ihr und schnappst dir die nächste. Das Leben ist zu kurz, um sich mit Weiberdrama rumzuschlagen. Da draußen wartet ein ganzer Ozean an Muschis, die nur auf den Ritt ihres Lebens warten.«

In Momenten wie diesen frage ich mich, warum wir befreundet sind.

»East, warst du schon mal beim Psychologen?«

Er boxt mir gegen die Schulter.

»Ach, halt die Klappe.«

»Nein, ganz ehrlich. Das alles ist einfach so krank, dass mir bei dem Schwall Scheiße, der gerade deinen Mund verlassen hat, tatsächlich die Worte fehlen.«

»Komm schon. Als wenn du nicht auch deinen Anteil am Muschi-Kuchen hattest.«

»Gott, tu mir bitte einen Gefallen und erwähne die Dinge, die du in den letzten fünf Minuten von dir gegeben hast, vor niemanden außerhalb dieser vier Wände. Das wäre sonst ein gefundenes Fressen für die Medien.«

Mit vor der Brust verschränkten Armen lässt er sich wie ein trotziges Kind auf die Couch fallen.

Der offene Wohnbereich meiner Wohnung hier in Toronto ermöglicht mir nicht nur die Sicht auf meinen idiotischen besten Freund, sondern auch auf meine Dachterrasse mit dem Pool und dem CN Tower im Hintergrund.

Sie ist das komplette Gegenteil von dem Haus in Pickering. Während es hell und rustikal eingerichtet ist, ist die Wohnung mit dunklen Möbeln und Marmor ausgestattet. Eine richtige Junggesellenbude eben.

Meine Gedanken schweifen bei dem Vergleich direkt wieder zu Emma. Sobald mir meine Heimat durch den Kopf schwirrt, ist sie nicht weit entfernt. Ich habe sie vor ein paar Stunden erst gesehen, und trotzdem vermisse ich sie schon. Jetzt, da ich eine Kostprobe davon hatte, wie es sein könnte, kann ich gar nicht genug von ihr bekommen. Wenn ich mitten auf der Straße das Verlangen nach ihr verspüre, will ich sie packen und über ihre Lippen herfallen können, ohne dass ich mir Gedanken machen muss, ob uns jemand sehen oder fotografieren könnte. Wäre sie offiziell mein, dann wäre es mir scheiß egal, was irgendeine Klatschseite im Internet für Bilder von uns zeigen würde. Meinetwegen kann die ganze Welt sehen, dass diese Frau meine Eier in den Händen hält. Ich bin Manns genug, das zuzugeben.

Aber zu Hause, hinter verschlossenen Türen, würde ich Emma in den Händen halten. Auf ihr die Melodie der Lust spielen, bis sie mich anbettelt, sie mit meinem harten Schwanz bis zum Anschlag auszufüllen. Oh, sie wird mein liebstes Instrument sein.

Ich hoffe nur, dass wir an den Punkt kommen werden, an dem Emma sich mir vollkommen hingibt. Denn mit weniger werde ich mich nicht zufriedengeben.

»Jace, Alter, du starrst wie ein verliebtes Hündchen mit Herzen in den Augen in die Ferne. Haben sie dir zu Hause die Eier abgeschnitten, oder was?«

Leider hat er recht. Also mit den Herzaugen, nicht den Eiern, denn die hält Emma nur metaphorisch in den Händen. Aber sobald ich an sie denke, gerät alles um mich herum in Vergessenheit. Ich bin wirklich am Arsch, wenn wir das Ganze nicht auf die Reihe bekommen.

Ich drehe mich von ihm weg und hole ein Schneidebrett und ein Messer aus dem Schrank.

»Halt die Klappe und hilf mir. Sonst kriegst du nichts vom Essen ab.« Das Brett samt Messer und einem Stück Käse schiebe ich in seine Richtung.

Zusammen machen wir uns ans Werk. Ich hoffe, Käsemakkaroni sind einfach genug, dass ich auf Easts Hilfe bauen kann, ohne größere Schäden zu befürchten.

Wir sind gerade fertig mit kochen, als Nate zur Tür hereinkommt.

»Hey, perfektes Timing. Schnapp dir die Teller und das Besteck und deck den Tisch.«

»Es ist auch nett, dich mal wiederzusehen, Arschloch.« Er kommt zu uns herüber und beginnt lautstark in den Schränken zu wühlen.

»Wo bleibt Tyler eigentlich?«, fragt East und bringt die Käsemakkaroni nach draußen auf den Tisch.

»Kein Plan, er meinte, er sei auf dem Weg. Aber wer weiß, was Ashley wieder haben musste.« Nate deckt ungerührt den Tisch weiter.

Wir haben uns gerade gesetzt, als Besagter durch die Glastür auf die Dachterrasse heraustritt. Er sieht fertig aus. Ich tippe auf Streit mit Ashley. Das ist in letzter Zeit häufiger der Fall. Dabei würden auch vor seiner Tür die Frauen Schlange stehen, wenn nicht der Drache Ashley dahinter hausen würde. Mit seinen eisblauen Augen, dem Männerdutt und den Grübchen, die unter einem Dreitagebart hervorscheinen, wann immer er lächelt, steht er dem Rest von uns in Sachen Aussehen in nichts nach.

Wir sind einfach vier verdammt gutaussehende Bastarde. *Hot Shit* halt. Die Frauen lieben uns, und die Männer wollen so sein wie wir.

»Hey.« Tyler lässt sich erschöpft auf den freien Stuhl fallen.

»Alles gut bei dir? Du siehst fertig aus.« Ich übernehme lieber das Reden. Die anderen beiden sind nicht gerade die beste Wahl, wenn es um Themen geht, die ein wenig Einfühlungsvermögen benötigen. East springt in jedes Fettnäpfchen kopfüber hinein und Nate wirkt manchmal ziemlich emotionslos, nicht grade die beste Voraussetzung für diese Situation.

»Ja, nur eine kleine Meinungsverschiedenheit mit Ashley. Sie hatte wohl für heute Abend einen Tisch in irgendeinem scheißteuren neuen Restaurant reserviert und war nicht so begeistert, dass wir ein Bandmeeting haben. Aber die Band bringt das verdammte Geld ein, das sie mit beiden Händen zum Fenster hinauswirft. Also sollte sie sich entspannen und nicht ständig

’nen beschissenen Streit vom Zaun brechen.« Er lässt den Kopf gegen die Rückenlehne fallen. Dieser Mann sieht aus, als wenn er dringend Urlaub von seiner Freundin vertragen könnte.

Ohne ein Wort zu sagen, steht East auf und geht hinein. Kurz nachdem er aus unserem Blickfeld verschwunden ist, höre ich die Haustür aufgehen. Keine zwei Minuten später kommt er mit einer Flasche Whiskey unterm Arm und vier Gläsern in den Händen zurück.

»Der Abend schreit nach dem guten Zeug«, verkündet er und stellt die Gläser ab, bevor er eins nach dem anderen bis zur Hälfte befüllt.

»Das ist genau der Grund, warum ich mich nicht auf eine Frau festlege. Ihr beide«, er wedelt mit der Whiskyflasche zwischen uns hin und her,

»seid das beste Beispiel, warum ich das nicht mache. Zu viel Drama und zu wenig Spaß.«

»Halt die Klappe«, sagen wir anderen gleichzeitig.

Ich greife nach meinem Glas. Die bernsteinfarbene Flüssigkeit leuchtet in der Sonne. Nachdenklich sehe ich East an.

»Weißt du, irgendwann wird eine Frau kommen und dir den Boden unter den Füßen wegziehen.« Ich trinke einen Schluck. Der Whiskey ist scharf und rauchig auf meiner Zunge.

»Und es wird uns allen eine Freude sein, dich fallen zu sehen.«

East schaut mich entsetzt an.

»Niemals. Auf keinen Fall. Ich werde doch nicht meinen Strom an frischen Muschis gegen das ganze Drama tauschen, was bei euch ständig abgeht. Gott hat mich mit diesem Prachtstück«, er packt seinen Schwanz durch die Hose,

»gesegnet. Da wäre es eine Schande, die Frauen nicht damit zu beglücken.«

Wir schauen ihn alle kopfschüttelnd an.

Er zuckt mit den Schultern.

»Okay, Zeit für einen Themenwechsel. Jace, was macht

der Tonstudioumbau? Wie weit seid ihr?«

Ich lehne mich entspannt zurück.

»Es läuft super. In ein paar Wochen wollen die Handwerker fertig werden. Dann könnten wir die ersten Songs aufnehmen. Wenn ihr in der Zeit dortbleiben wollt, steht mein Gästezimmer für euch bereit. Aber langfristig sollten wir darüber nachdenken, unseren Lebensmittelpunkt zurück nach Pickering zu verlegen.«

Tyler stöhnt auf.

»Leute, das macht Ashley auf keinen Fall mit. Sie liegt mir ständig damit in den Ohren, warum wir nur«, er malt Gänsefüßchen in die Luft,

»in Toronto leben. Sie findet, wir sollten nach LA ziehen.«

»Alter, wann schießt du die Bitch endlich ab?«, fragt East.

Jetzt sind es Nate und ich, die aufstöhnen. Das ist ein wunder Punkt, der öfter mal zur Sprache kommt und nie gut endet.

»Wann schießen wir dich endlich ab, ist hier die Frage. Ständig sorgst du mit deinen Exzessen und Eskapaden für negative Schlagzeilen!«, entgegnet Tyler wütend.

East beugt sich nach vorne. Seine Schultern sind angespannt und seine Augenbrauen zusammengezogen.

»Wann habe ich der Band jemals geschadet?«

Die Spannung zwischen den beiden ist förmlich spürbar.

Beschwichtigend lege ich eine Hand auf Easts Schulter.

Aber er schüttelt sie ab, ohne mich eines Blickes zu würdigen. Seine Augen fixieren Tyler. Wie ein Raubtier, das nur darauf wartet, zuzuschlagen.

»Oh, lass mich überlegen«, antwortet der und kratzt sich nachdenklich am Kinn, während er zum Himmel hinaufschaut, der strahlend blau ist.

Aber anstatt das bombastische Wetter zu genießen, gehen wir uns lieber an die Gurgel. Ein total normaler Montagabend eben.

»Ach ja, vielleicht die unzähligen Male, in denen Videos davon im Internet aufgetaucht sind, wie du irgendein Weib mitten auf einer Party halb fickst. Oder davon, wie du Typen, die das Doppelte von dir sind, zeigen musstest, dass du ihnen ohne Anstrengung die Frauen unter der Nase wegschnappen kannst, wenn du nur mit dem Finger schnippst. Oder davon, wie sie dir im Kampf demonstrieren, wer der Stärkere ist.«

»Und in welcher Form hat das der Band Schaden zugefügt? Ich bin mir sicher, jedes Mal, wenn wieder etwas auf irgendeiner Klatschseite gelandet ist, sind die Verkaufs- und Follower-Zahlen auf sämtlichen Kanälen gestiegen. Das bedeutet mehr Geld, und mehr Geld ist das Gegenteil von Schaden, du Idiot!«

»Wir alle haben aber nicht unsere ganze Energie in diese Band gesteckt, damit du uns wie schwanzgesteuerte Volltrottel dastehen lassen kannst!«, brüllt Tyler ihn an.

Beide sind mittlerweile aufgestanden, haben sich über den Tisch gebeugt und krallen nun die Hände in die Tischplatte. Sie ist das Einzige, was die Beiden davon abhält, die Fäuste im Gesicht des jeweils anderen zu vergraben.

Ich gebe Nate ein Zeichen mit den Augen. *›Lass uns das beenden. Du schnappst dir Tyler, ich mir East.‹*

Wie auf Kommando stehen wir zeitgleich auf, packen die Jungs und schieben sie in unterschiedliche Richtungen. Tyler durch die Glastüren zurück ins Wohnzimmer, East die Treppe hoch auf die zweite Ebene der Dachterrasse.

»Entspann dich, Mann«, sage ich zu diesem.

East läuft am Geländer auf und ab. Wenn ihn was beschäftigt, kann er nie stillstehen. Ich glaube, ihm fehlt ein Ruhepol in seinem Leben. Etwas, das ihn herunterholt, wenn mal wieder alles zu viel wird.

»Denkst du genauso?« Er bleibt nach vorne gebeugt stehen, stützt sich mit den Unterarmen auf der Brüstung ab und lässt den Kopf hängen. Umrahmt von der untergehenden Sonne.

Das Bild vor mir ist so tragisch, wie mein ganzes Leben momentan zu sein scheint.

»Ich denke, du wirst irgendwann eine Frau finden, die das Biest in dir zähmt. Und dann werden dir diese Dinge nicht mehr passieren. Es sein denn, du überredest sie, ein Sextape zu machen, was am Ende im Internet landet«, scherze ich und lehne mich neben ihm an das Geländer. Mit der Schulter schubse ich ihn an.

Er schaut zu mir herüber, und ein kleines Lächeln umspielt seine Mundwinkel. So sehe ich meinen besten Freund viel lieber.

Ich denke, Tyler hat mit Absicht auf seine verwundbare Stelle gezielt. Tief in ihm drin ist ihm wahrscheinlich klar, dass East recht hat. Ich wünschte, er würde es sich endlich eingestehen und Ashley den Laufpass geben.

Aber man kann Menschen nicht dazu zwingen, toxische Beziehungen hinter sich zu lassen. Sie müssen selbst realisieren, dass es nur noch negative Auswirkungen hat, diese Person in ihrem Leben zu haben.

East starrt in die Ferne.

»Es tut mir leid, dass du jetzt gar nicht die Möglichkeit hattest, über Emma zu reden.«

»Vielleicht ist es besser so. Die einzige Person, mit der ich über die Dinge sprechen sollte, die gerade zwischen uns schieflaufen, ist Emma selbst.«

Vorausgesetzt, sie redet noch mit mir. Aber das werde ich erst erfahren, wenn ich zurück in Pickering bin.

»Komm, wir haben nicht mal was gegessen, weil ihr Idioten aufeinander losgegangen seid.« Ich boxe ihm spielerisch in den Arm.

Gemeinsam gehen wir zurück zu den anderen.

Wir wären keine Familie, wenn wir uns nicht streiten, anschließend wieder vertragen und weitermachen würden, als wäre nichts gewesen.

Kapitel 29

Emma

Ich habe seit zwei Tagen kein Wort von Jace gehört. Er ist einfach verschwunden. Von Faith weiß ich, dass er gerade in Toronto ist. Er hätte wenigstens eine kurze Nachricht schicken können, nach allem, was zwischen uns passiert ist.

Max bin ich die letzten Tage aus dem Weg gegangen. Nachmittags habe ich mich mit Faith getroffen, und wenn ich anschließend nach Hause gekommen bin, war er schon zur Arbeit losgefahren. Ein Glück musste er Nachtschichten machen, so konnte ich vermeiden, mit ihm ein Bett zu teilen. Am Morgen bin ich dann überpünktlich zur Arbeit aufgebrochen. Lieber sitze ich eine Stunde im Klassenzimmer und esse in Ruhe mein Frühstück, als Max etwas vorzuspielen. Ich kann ihm ja schlecht zwischen Tür und Angel verkünden, dass ich mich von ihm trennen möchte. Nicht dass ihm noch etwas Schlimmes im Dienst passiert, weil er unkonzentriert ist. Dann wäre ich schuld und müsste den Rest meines Lebens damit klarkommen. Da warte ich lieber auf den richtigen Moment und versuche ihn in der Zwischenzeit zu meiden, so gut es geht.

Ein Glück ist heute Donnerstag. So kann ich wenigstens versuchen, meine Probleme mit Jace aus der Welt zu schaffen.

Eigentlich müsste er längst hier sein. In ein paar Minuten

geht es los. Ich mache mich mit den Kindern schon mal auf zum Musikraum.

Hoffentlich trägt er unsere Streitereien nicht auf dem Rücken der Kids aus. Immerhin war das Projekt seine Idee. Wenn er wirklich nicht kommt, habe ich keinen Plan, was ich machen soll. Ich bin nicht so talentiert mit den Instrumenten wie Jace. Und auch mein Wissen über Musik ist nicht ansatzweise vergleichbar mit seinem.

Als wir am Musikraum ankommen, ist die Tür schon einen Spaltbreit geöffnet. Drinnen wartet Jace und unterhält sich mit seinem Vater.

Die Tatsache, dass er hierhergekommen ist statt ins Klassenzimmer, um uns abzuholen, versetzt meinem Herzen einen Stich. Er hat es sich sonst zur Priorität gemacht, wenigstens einen kurzen Moment mit mir zu haben, bevor es losgeht. Aber das gehört wohl der Vergangenheit an.

Ich spüre, wie mir Tränen in die Augen steigen. Mein ganzes Leben ist momentan das reinste Chaos und meine Emotionen fahren Achterbahn. Als er die Kinder mit einem strahlenden Lächeln begrüßt, das Frauenherzen zum Schmelzen bringt, aber meinen Blick noch immer meidet, kann ich die Tränen nicht mehr zurückhalten. Schnell drehe ich mich von ihm weg und gebe vor, mir das Klavier anzusehen.

Plötzlich spüre ich eine Berührung an meiner Taille und Jace zieht mich in seine Arme.

Wie habe ich seine Wärme und seinen Geruch vermisst. In seiner Umarmung fühlt es sich an, als würde ich zu Hause ankommen.

Aber das Glück ist nur von kurzer Dauer, denn er dreht mich zu sich um und umfasst mein Gesicht. Sanft streicht er mit seinem Daumen eine Träne von meiner Wange.

»Peach.«

Ein Wort, in dem sich so viel widerspiegelt. Lust. Verlangen. Sehnsucht. Frustration. Wut.

»Es tut mir leid«, flüstere ich.

»Lass uns später reden. Hast du nach dem Feierabend Zeit, mit zu mir zu kommen?«

Ich schaue kurz zu meinen Schülern hinüber, die alle mit ihren Gitarren beschäftigt sind und versuchen, das Lied von letzter Woche zu perfektionieren. Die Geräuschkulisse ist extrem. Aber sie gibt uns auch die nötige Privatsphäre.

Jace' Körper schützt uns vor neugierigen Blicken.

Es erweckt hoffentlich den Anschein, als wenn wir uns ganz harmlos unterhalten, so wie es zwei Lehrer unter normalen Umständen tun würden.

Ich kann es wirklich nicht gebrauchen, dass einer meiner kleinen Schützlinge uns hört und es seiner Mutter erzählt. Die sind noch immer wie die Geier, wenn auch nicht mehr so extrem wie am Anfang. Ein paar von ihnen würden Jace mit Sicherheit nicht von ihrer Bettkante schubsen. So viel nackte Haut wie im letzten Monat habe ich an den Müttern meiner Schüler in den ganzen Jahren nicht gesehen.

Darauf hätte ich verzichten können.

Ich kann es überhaupt nicht leiden, wenn diese MILFs sich an meinen Mann heranmachen. Wie sie ihre Hände auf seinen Unterarm legen, sich an ihn lehnen, dabei ihre Brüste zusammenquetschen und ihm halb ins Gesicht drücken, lässt mich vor Wut kochen. Ein Glück überragt er die meisten Mütter und schafft es so, seinen Blick oberhalb des Dekolletés zu lassen, während er mit ihnen redet.

Es wurmt mich trotzdem, dass ich dem Ganzen keinen Riegel vorschieben und der Welt zeigen kann, zu wem er gehört.

Doch gehört er tatsächlich zu mir? Das ist hier die Frage.

Ich muss unbedingt mit Jace und mit Max reden, mich von meinem Mann trennen und mit dem Rockstar in den Sonnenuntergang reiten. In der Theorie klingt es immer so leicht. Aber in der Realität ist es viel schwieriger, denn ich bin kein herzloses Miststück.

»Hey.« Er hebt mein Kinn an und schaut mir in die Augen. »Denk nicht zu viel darüber nach.« Sein Daumen fährt über meine Unterlippe. In seinem Blick lodert ein Feuer.

Ich kann sein Verlangen, mich zu küssen, spüren. Mir geht es mit ihm genauso, wann immer er in meiner Nähe ist.

»Ist Max heute zu Hause?«

Und da ist der Eimer Wasser, der die Flammen auf einen Schlag löscht.

Für einen kurzen Moment schließe ich meine Augen und atme tief durch, um das ungute Gefühl, das sich bei seinen Worten in mir ausgebreitet hat, abzuschütteln.

»Ich glaube, er hat Nachtschicht.«

»Dann kannst du die Nacht bei mir verbringen?«, fragt er hoffnungsvoll.

»Du willst, dass ich bei dir schlafe? Wir haben doch noch nicht mal darüber gesprochen, was am Montag vorgefallen ist.« Ich spüre, wie sich meine Stirn runzelt.

Er schaut mich forschend an.

»Nichts, was passiert ist, ändert etwas an der Tatsache, dass ich mit dir zusammen sein möchte. Wir können alles in Ruhe besprechen und anschließend machen wir uns einen schönen Abend.«

Es fühlt sich an, als wenn sich das Gewicht auf meinen Schultern ein Stück hebt.

Doch es gibt da etwas, das seinem Plan im Weg steht.

»Ich möchte ehrlich mit dir sein.« Meinen Blick senke ich zum Boden, um seinem auszuweichen.

»Ich habe noch nicht mit Max gesprochen.«

Jace lässt seinen Finger unter mein Kinn gleiten, hebt es an und schaut mir forschend in die Augen.

»Und?«

Verwirrt sehe ich ihn an.

»Na, schließlich ist das der Grund für unseren Streit am Montag gewesen.«

»Ich habe nicht erwartet, dass du es ihm schon gesagt hast. Immerhin bin ich nur zwei Tage weg gewesen. Aber das ändert nichts daran, dass ich dich bei mir haben möchte. Alles andere können wir später besprechen, hier sind zu viele Ohren.« Er wirft einen Blick über die Schulter zu den Kindern, die nach unserer Aufmerksamkeit verlangen.

»Erzähl Max, was du möchtest, Hauptsache, ich kann ungestört Zeit mit dir verbringen.« Sein Blick bohrt sich in meinen.

Mein ganzer Körper kribbelt. Nichts möchte ich lieber, als mit Jace zusammen zu sein. Ich kann nicht mehr warten, bis ich die Möglichkeit hatte, in Ruhe mit Max zu reden. Die letzten zwei Tage ohne Jace waren schlimm genug. Ich möchte einfach seine Nähe genießen. Die Probleme laufen schon nicht davon.

»Okay.« Ich lächle ihn an.

Auch seine Mundwinkel bewegen sich nach oben und ein Grinsen breitet sich auf seinen Lippen aus.

»Perfekt.«

Ein zwickender Schmerz schießt durch meine Pobacke. Ich hüpfe vor Schreck einen kleinen Satz nach vorne und tiefer in Jace' Arme.

»Aua.«

Sein Grinsen wird noch breiter.

»Zeit für die Arbeit, Frau Lehrerin. Sie können hier ja nicht die ganze Stunde einfach nur rumstehen und mich anschmachten.« Er dreht sich um und geht zurück zu den Kindern, aber nicht, ohne mir noch ein Zwinkern über die Schulter zuzuwerfen.

»Kommst du?«

»Ja.« Ich würde ihm bis ans Ende der Welt folgen, damit ich mein Leben mit ihm verbringen kann.

Als ich anderthalb Stunden später bei mir zu Hause heranfahre, um meine Tasche für die Nacht zu holen, bin ich heilfroh, Max nicht anzutreffen.

Er muss beim Sport sein.

Da er jede Sekunde zurückkommen könnte, werfe ich in Windeseile alles Nötige in meine Tasche und verlasse das Haus.

Ich bin gerade in Jace' Straße eingebogen, als ich eine kleine Gruppe von Menschen nicht unweit von seiner Einfahrt stehen sehe. Sorge breitet sich in mir aus. Ist ihm in der kurzen Zeit, seit wir uns gesehen haben, etwas passiert? Langsam fahre ich an ihnen vorbei.

Sie haben ihre Handys in den Händen, und einer scheint sogar ein Foto von Jace' Haus zu machen.

Verdammt. Das müssen Fans sein. Es hat sich wohl herumgesprochen, wo er wohnt, und jetzt warten sie hier, in der Hoffnung, einen Blick auf ihr Idol werfen zu können.

So kann ich nicht einfach ins Haus hineinspazieren. Also fahre ich weiter und halte in der nächsten Straße. Ich kappe die Verbindung meines Telefons mit der Lautsprechanlage des Autos, damit niemand unser Gespräch hören kann, und wähle Jace' Nummer.

Nach dem ersten Klingeln geht er ran.

»Hey, wo bleibst du?«

»Wir haben ein Problem.«

Es herrscht kurze Stille.

»Hat Max dich nicht gehen lassen?« Seine Stimme hat einen merkwürdigen Ton angenommen.

»Nein, das ist es nicht. Aber vor deinem Haus ist eine Gruppe von Fans. Ich kann nicht einfach rein, ohne dass sie mich sehen.«

»Verdammt.« Ich höre ein Rascheln.

»Was machen wir jetzt?«

»Ich gehe raus und lenke die Leute ab. Du parkst ein Stück weiter weg und versuchst dich unentdeckt hinter das Haus zu schleichen. Ich mache die Küchentür für dich auf. Die Bäume und Büsche sollten dir Deckung geben.«

»Okay, ich hoffe, dein Plan geht auf.«

Nachdem wir aufgelegt haben, drehe ich um und suche mir einen Parkplatz, der nicht allzu weit von Jace' Haus entfernt ist. Ich nehme meine Tasche und gehe den Weg zu seinem Haus entlang.

Als ich ihm näherkomme, kann ich Jace schon in der Mitte seiner Fans sehen. Er scheint sie ein Stück von seiner Einfahrt weg navigiert zu haben.

Unauffällig husche ich hinter einen Baum. Von dort aus mache ich es genau, wie Jace zuvor gesagt hat. Die Büsche und Bäume nutze ich als Deckung und schaffe es so unbemerkt zur Hinterseite des Hauses. Zumindest hoffe ich, dass ich unbemerkt dort hingekommen bin. Mein Herz klopft von der Aufregung noch immer ganz schnell.

Wie versprochen steht die Tür zur Küche auf.

Schnell schlüpfe ich hinein und atme erleichtert auf.

Auf diese Undercover-Mission hätte ich wirklich verzichten können, doch an unserer Situation bin ich nicht unschuldig. Ich hoffe, dass unsere Zukunft anders aussehen wird, wenn ich mit Max reinen Tisch gemacht habe.

Ich habe gerade meine Tasche auf einen Barhocker in der Küche abgelegt, als die Haustür aufgeht.

Keine zwei Sekunden später steht Jace auch schon vor mir und zieht mich in eine Bärenumarmung.

»Peach«, raunt er in mein Ohr. Er lehnt sich ein Stück zurück und umfasst mein Gesicht mit einer Hand. Sanft drückt er seinen Daumen unter mein Kinn und hebt es an.

Unsere Blicke treffen sich. Ich kann den Sturm, der in mir brodelt, nicht länger zurückhalten. Die Ereignisse der letzten Tage und Stunden bahnen sich ihren Weg an die Oberfläche.

»Es tut mir so leid. Du hast recht, ich bin egoistisch. Mein Verhalten ist euch beiden gegenüber nicht fair.« Tränen laufen mir die Wange herunter. So viel geheult wie in den vergangenen Wochen habe ich nicht mehr, seit ich klein war. Frustriert streiche ich sie weg.

»Stopp.« Er umfasst meine Handgelenke und hält mich davon ab, weiter in meinem Gesicht herum zu wischen.

»Hör auf, dich zu entschuldigen. Wir sind alle schuld an der momentanen Lage.« Er küsst meine Handflächen und senkt dann unsere Hände.

»Das ist totaler Quatsch! Ich bin diejenige, die ihren Ehemann betrügt und dich als schmutziges kleines Geheimnis nebenbei laufen lässt. Ihr verdient beide so viel mehr als mich.«

Jace löst seinen Griff um meine Handgelenke, und seine Finger gleiten in mein Haar. Er kippt meinen Kopf ein Stück weit nach hinten, und sein feuriger Blick bohrt sich tief in meinen.

»Emma, jeder von uns trägt hier eine Mitschuld. Krieg das endlich in deinen Dickschädel. Ich bin schuld, weil ich mich an dich herangemacht habe, obwohl ich wusste, dass du verheiratet bist. Du bist schuld, weil du Max überhaupt erst geheiratet hast, obwohl er nicht der Richtige für dich ist. Und Max ist schuld, weil er gedacht hat, er könnte den Rest seines Lebens an deiner Seite sein, obwohl du schon lange zu mir gehört hast.«

Ein federleichter Kuss streift über meine Lippen. Er hinterlässt ein Kribbeln und die Sehnsucht nach mehr.

»Ich höre auf, dich unter Druck zu setzen, auch wenn ich am liebsten der ganzen Welt zeigen möchte, was für eine heiße Frau ich an meiner Seite habe. Mir ist klar geworden, dass die gesamte Situation für dich am schwierigsten ist. Daher lasse ich dich die Sachen in deinem Tempo regeln. Unter einer Bedingung.«

Ich schaue ihn skeptisch an.

»Und die wäre?«

Sein Blick ist ernst.

»Dass du keinen Sex mehr mit ihm hast. Auch Küsse sind tabu. Am besten meidest du jeden körperlichen Kontakt.«

Ich verdrehe die Augen.

»Jace, ich hatte mit Max keinen Sex mehr seit dem Tag nach der Hochzeit.«

Ein tiefes Knurren entweicht Jace' Kehle.

»Zu viele Informationen, Peach! Ich möchte mir wirklich nicht vorstellen, wie du mit einem anderen gewisse Dinge machst.«

Oh, plötzlich kann der Mann, der ständig vulgäre Ausdrücke benutzt, nicht einmal mehr das Wort mit den drei Buchstaben sagen?!

»Was für Dinge? Ich weiß nicht genau, was du meinst.« Unschuldig schaue ich ihn an. Den großen bösen Wolf ein wenig zu piesacken hat noch nie geschadet, oder?

»Emma, treib es nicht zu weit.« Er wirft mir einen warnenden Blick zu.

Aber das Einzige, was er bewirkt, ist ein Kribbeln in meinem Bauch. Mit dem Feuer zu spielen ist ziemlich heiß.

»Was willst du dagegen unternehmen? Mich übers Knie legen?«, frage ich neckend. Ein Grinsen breitet sich auf meinem Gesicht aus, denn die Aussicht darauf ist nicht die Schlimmste.

Jace zieht eine Augenbraue nach oben und sieht mich fragend an. *›Das würde dir gefallen, hm?‹*, sagt sein Blick.

»Also, über welche Dinge darf ich nun nicht mehr reden?« Ich schaue mit einem unschuldigen Wimpernaufschlag zu ihm hinauf. Mit dem Finger streiche ich über die Haut am Halsausschnitt seines Shirts.

»Ich möchte ja nicht in ein Fettnäpfchen treten, weil ich *Dinge* erwähne, die verboten sind.«

Seine Antwort ist erneut ein warnender Blick.

»Okay, wenn du mir nicht sagst, was du für *Dinge* meinst, dann zähle ich jetzt welche auf und du gibst mir ein Zeichen, ob du diese Dinge meintest oder nicht.«

Jace verdreht die Augen.

»Also«, ich bewege mich ein Stück zur Seite und weg von ihm,

»meinst du mit *Dinge* etwa«, noch ein paar Schritte um Jace herum und zum Flur hin,

»Sex?«

»Emma«, knurrt er.

Dass er meinen richtigen Namen benutzt, ist kein gutes Zeichen.

Aber wie langweilig wäre mein Leben, wenn ich immer den sicheren Weg gehen würde? Ein bisschen Risiko muss manchmal sein. Was kann im schlimmsten Fall passieren? Dass er mich bestraft? Allein bei dem Gedanken an die verschiedenen Möglichkeiten einer Strafe breitet sich vor freudiger Erwartung ein Kribbeln in meinem Körper aus.

Ich setze also meinen Weg um Jace herum fort. Mit kleinen Bewegungen geht es immer weiter Richtung Tür. Es fehlen nur noch ein paar Zentimeter.

»Ähm, du weißt schon. So«, ich mache einen weiteren Schritt nach hinten,

»vögeln.«

Mit einem Knurren streckt er die Hand aus und greift nach mir. Seine Fingerspitzen streifen meinen Oberarm.

Aber ich war darauf vorbereitet. In einer schnellen Bewegung drehe ich mich zum Flur um und renne los.

»Bumsen, ficken, es treiben«, zähle ich weiter auf, während ich durch den Eingangsbereich und die Treppe hoch sprinte. Ein hysterisches Lachen bahnt sich seinen Weg hinauf in meine Kehle. Nur mit Mühe kann ich es zurückhalten. Wenn ich jetzt einen Lachanfall bekomme, dann war es das.

Jace schließt langsam, aber sicher auf. Ich kann ihn hinter mir spüren.

Schlafzimmer oder Bad, was ist der beste Weg? Wenn ich jetzt die falsche Entscheidung treffe, hat er mich.

Ich laufe zum Schlafzimmer und hoffe darauf, dass ich die Tür vor seiner Nase zusperren kann. Wenn kein Schlüssel da sein sollte, kann ich immer noch ins angrenzende Bad ausweichen. Dort kann man die Tür bestimmt abschließen.

Ein warmer Hauch streift über meinen Nacken. Die Sicherheit der Schlafzimmertür ist schon zum Greifen nahe.

Doch Jace' Hände packen mich vorher. Er zieht mich zurück in seine Arme und umschlingt mich von hinten.

Ich bin gefangen. Jace' Gnade vollkommen ausgeliefert. Mein ganzer Körper zittert vor freudiger Erwartung. Trotz seiner ungewissen Reaktion fühle ich mich in seinen Armen so sicher und geborgen wie noch niemals zuvor bei einem Mann.

Er vergräbt sein Gesicht in meinem Haar. Hat er gerade an mir gerochen? Zum Glück habe ich zu Hause noch mal Parfüm nachgelegt. Sicherheitshalber. Man weiß schließlich nie, wann ein verrückter Mann vorbeikommt und an einem riecht.

»Peach, Peach, Peach.« Er schüttelt den Kopf, ohne sein Gesicht von meinen Haaren zu entfernen.

»Was soll ich nur mit dir anstellen?« Eine Hand gleitet unter mein Shirt.

Seine rauen Finger hinterlassen auf ihrem Weg meinen Körper hinauf eine Gänsehaut.

Mit der Hand fährt er zwischen meinen Brüsten hindurch und umfasst meinen Hals.

Jede Zelle meines Körpers vibriert vor Erwartung. Ich bin gefangen in seinem Griff. Sein Penis drückt in meinen Hintern. Stöhnend lasse ich den Kopf nach hinten fallen. Noch nie zuvor war ich so erregt.

Es langsam anzugehen wird schwer, denn Jace ist Sex auf zwei Beinen. Jedes Mal, wenn ich in seiner Nähe bin, würde ich ihn am liebsten wie einen Bullen beim Rodeo reiten. Ich fühle mich wie eine Nymphomanin, seit wir uns wiedergetroffen haben. Und dabei haben wir nicht einmal tatsächlich Sex gehabt.

»Ich habe dich gewarnt, Emma.« Seine Lippen wandern zu der empfindlichen Haut an meinem Hals.

»Wenn es nach mir ginge, würde ich dich über das Bett beugen, meinen Schwanz tief in dir versinken und jeden Gedanken an andere Männer aus deinem Gedächtnis ficken.« Er drückt seine Lippen auf meinen Hals.

Zischend atme ich ein, denn plötzlich fühlt sich meine Haut

an, als würde sie in Flammen stehen.

»Jace«, sage ich warnend.

Unbeirrt setzt er seine Folter an meinem Hals fort. Er saugt und leckt im Wechsel. Sobald das kribbelnde Brennen einsetzt, lindert er den Schmerz mit seiner Zunge, nur um dann alles an der nächsten Stelle zu wiederholen. Meine Haut fühlt sich an, als wenn er von einer Horde Wespen angegriffen werden würde.

Ich greife nach der Hand, die um meinen Hals geschlungen ist, doch sie lässt sich keinen Millimeter bewegen. Auch der Versuch, mich von ihm wegzudrücken, endet nur in einer Verstärkung seines Griffs.

»Jace, stopp!« Eine Welle der Panik überkommt mich, weil sich mein Hals mit jeder Sekunde wunder anfühlt.

Schlagartig hört er auf. Sein Griff lockert sich, er lehnt sich ein Stück zurück und sieht mich an.

»Was ist los?«, fragt er besorgt.

Ich löse mich ohne ein weiteres Wort von ihm und laufe zum Badezimmer. Im Spiegel begutachte ich das ganze Ausmaß seiner Attacke. Und es ist noch schlimmer als befürchtet.

Meine linke Halsseite ist komplett in verschiedene Rot- und Lila-Töne getaucht. Vorsichtig fahre ich mit dem Finger über die gereizte Haut. Alles fühlt sich geschwollen und empfindlich an. Um es noch besser in Augenschein nehmen zu können, lehne ich mich ein Stück nach vorne. Ich bin vollkommen auf den Anblick vor mir fixiert.

Doch dann lenkt eine Bewegung in meinem Augenwinkel meine Aufmerksamkeit auf Jace, der mir ins Badezimmer gefolgt ist. Mit besorgtem Blick steht er hinter mir. Ich kann sein schlechtes Gewissen förmlich spüren.

»Verdammt, Peach. Es tut mir leid. Irgendwie verliere ich jedes Mal die Kontrolle, wenn ich in deiner Nähe bin.« Er beugt sich vor und haucht sanfte Küsse auf meinen verunstalteten Hals.

Eine süße Geste, die ich zu schätzen weiß. Trotzdem

schmerzt gerade jede Berührung, also gehe ich einen Schritt zur Seite.

»Hast du Eis zum Kühlen und zufälligerweise auch Heparin-Salbe im Haus?«

Faith hat bestimmt welche. Aber ich kann ja schlecht zu ihr gehen und sagen: ›Hey, schau mal. Dein Bruder hat meinen halben Hals zu einem Monster-Knutschfleck gemacht. Hast du zufällig etwas, was ihn ganz schnell wieder weggehen lässt?‹

»Eis habe ich im Gefrierschrank. Die Salbe hole ich dir schnell aus der Apotheke. Bin gleich wieder da.« Mit einem flüchtigen Kuss auf meine Lippen verabschiedet Jace sich. Im nächsten Moment ist er zur Tür hinaus, und ich höre sein Auto in der Einfahrt starten.

Ich gehe zurück in die Küche und fülle einen Beutel mit Eis, bevor ich mein Lager auf der Couch aufschlage. Wenn ich schon allein hier warten muss, kann ich es mir wenigstens bequem machen.

Das Piepen meines Telefons reißt mich aus dem Schlaf. Ich muss wohl eingenickt sein.

Es ist bestimmt Jace, der vergessen hat, was für eine Salbe er kaufen soll.

Ich greife mir mein Telefon, um ihm zu antworten. Doch mit dem, was mich dort erwartet, habe ich nicht gerechnet.

Max: Wo bist du?

Verdammt. Warum taucht Max immer genau dann zu Hause auf, wenn ich bei Jace bin?

Ich: Bin bei Faith. Machen einen Mädelsabend.

Seine Antwort lässt nicht lange auf sich warten.

Max: Schon wieder?
Max: Wann bist du zurück?

Scheiße. Was schreib ich jetzt bloß? Ich kann heute nicht zurück. Nicht solange mein Hals so aussieht.

Ich: Morgen. Ich habe gedacht, wenn du sowieso arbeiten musst, kann ich auch hierbleiben, statt alleine zu Hause zu sein.
Max: Wir müssen reden.

Oh mein Gott. Mein Herz setzt einen Schlag aus.

Ich: Kann das nicht bis morgen warten?
Max: Eigentlich nicht.
Ich: Ist etwas Schlimmes passiert?
Max: Nein.
Ich: Dann kann es sehr wohl bis morgen warten.

Ich muss unbedingt mit ihm sprechen. Das kann so nicht weitergehen. Er muss die Wahrheit erfahren. Jace ist meine Zukunft, und es ist an der Zeit, mit der Vergangenheit abzuschließen.

Als keine weitere Nachricht von Max kommt, lege ich mein Handy wieder auf den Couchtisch.

Jace sucht sich genau diesen Moment aus, um von seinem Shoppingtrip zurückzukehren.

Der perfekte Zeitpunkt. Ablenkung ist genau das, was ich jetzt gebrauchen kann. Und natürlich die Salbe.

Ich verlasse den kuschligen Komfort der Couch und gehe zu Jace hinüber.

Mein Retter, der gleichzeitig auch der Ursprung so manchen Übels in meinem Leben ist. Aber das wird sich bald ändern, wenn unserer Beziehung nichts mehr im Wege steht. Das hoffe ich zumindest.

Kapitel 30

Jace

Manchmal könnte ich mir selbst in den Arsch treten. Ich kann verstehen, dass Emma kein Freund der Markierungen ist. Sie ist schließlich noch immer in einer Beziehung mit Max. Wenn auch nur theoretisch. Hoffe ich zumindest. Meine Handlung war respektlos. Sowohl Emma als auch Max gegenüber.

Sie ist die erste Frau, die diese besitzergreifende Seite in mir zum Vorschein bringt. Noch nie zuvor habe ich das Bedürfnis verspürt, eine Frau zu markieren und der Welt zu zeigen, dass sie zu mir gehört. Mir ist klar, dass das Gefühl total irrational ist, denn niemand wird wissen, wer ihren Hals verunstaltet hat. Das einzige Ergebnis meines Handelns ist, dass Emma keine Möglichkeit bekommt, ihrem Ehemann mitfühlend und respektvoll die Nachricht des Endes ihrer Ehe zu überbringen. Emmas Hals schreit förmlich: ›Ich hab's deiner Frau so richtig besorgt, wozu du nicht in der Lage warst, und deshalb schießt sie deinen armseligen Arsch jetzt ab.‹

Wenn ich es aus der Sicht von Emma und Max betrachte, fühle ich mich noch schlechter. Ich bin Peach auf jeden Fall eine fette Entschuldigung schuldig.

»Hey, was macht der Hals?«, frage ich, als Emma mich in die Küche begleitet. Ich lege den Einkauf auf die Arbeitsfläche und beuge mich zu ihr. Mit dem Finger ziehe ich ihren

Halsausschnitt ein Stück nach unten, um das ganze Ausmaß des Schadens zu begutachten.

Verdammt. Das sieht echt nicht gut aus. Ihre komplette linke Seite macht den Anschein, als hätte jemand sie misshandelt.

Super Leistung, Jace. Der perfekte Start für eine Beziehung. Läuft bei dir. Nicht.

»Scheiße, Peach, es tut mir wirklich leid.« Ich ziehe sie in meine Arme und drücke einen Kuss auf ihren Kopf.

»Ich hab nicht nachgedacht und mich von meinen Emotionen leiten lassen.«

Ihre Antwort ist ein Seufzen. Das Gesicht tief in meine Halsbeuge vergraben, schmiegt sie sich weiter an mich.

»Ich wünschte, ich könnte die Frau sein, die du verdienst«, murmelt sie.

Wo kommt das denn jetzt her?

»Emma.« Ich schiebe sie ein Stück von mir weg, um ihr in die Augen schauen zu können.

»Du bist perfekt, genauso wie du bist, und die einzige Frau, die ich haben möchte.« Meine Hände versinken in ihren Haaren. Ich beuge mich nach vorne und fahre mit meinen Lippen sanft über ihre.

Gerade als ich mich von ihr lösen will, verschränkt sie ihre Arme in meinem Nacken und vertieft die Verbindung. Ein Stöhnen entweicht meiner Kehle, als ihre Zunge in meinen Mund gleitet.

Keine andere Frau hat es jemals geschafft, mich mit einer bloßen Berührung ihrer Lippen so heiß zu machen. Die Art, wie ihre Zunge meinen Mund erkundet und mit meiner spielt, lässt mich schlagartig hart werden. Eine Reaktion, die neuerdings ständig in ihrer Gegenwart hervorgerufen wird.

Aber da ich mir selbst versprochen habe, ein besserer Mann für Emma zu sein und mich nicht mehr von meinen Trieben leiten zu lassen, löse ich mich von ihr und beende damit unseren Kuss. Woher ich die Stärke dafür habe, ist mir ein Rätsel. Am liebsten würde ich sie packen und ihre Lippen auf der Stelle wieder in Beschlag nehmen. Doch es gibt andere Dinge zu erledigen. Also begleite ich sie zu einem der Barstühle.

»Was hast du vor?« Sie schaut mich verwirrt an.

»Meinen Fehler von vorhin wiedergutmachen.« Ich drücke einen flüchtigen Kuss auf ihre Nasenspitze, bevor ich mich den Einkäufen zuwende.

»Am besten bindest du deine Haare hoch in einen Zopf, sodass sie nicht durch die Salbe am Hals kleben bleiben.«

Sie schaut mich noch immer an, als wenn mir ein zweiter Kopf gewachsen wäre.

»Komm schon, wir haben nur ein paar Stunden Zeit, um den Schaden zu begrenzen, so gut es geht. Für den Rest muss dann Make-up her.« Ich wühle in der Einkaufstüte nach der Salbe.

Warum sind die Sachen, die man braucht, eigentlich immer ganz unten?

»Hast du sie vergessen, einzupacken?« Emma schaut mich fragend an.

»Nein, sie muss hier irgendwo sein.« Ich nehme die Tüte und kippe den Inhalt auf die Arbeitsfläche.

»Da ist sie ja.« Triumphierend halte ich die Packung hoch.

»Je schneller wir die Salbe auftragen, desto eher beseitigt sie dieses Knutschfleckmonster an deinem Hals.«

»Nicht hilfreich, Jace.«

»Was? Die Salbe aufzutragen?« Ich schaue sie unschuldig an.

Sie verdreht die Augen.

»Stell dich nicht so dumm.«

Hätte ja klappen können.

»Es tut mir wirklich leid. Das war nicht meine Absicht.« Also schon. Aber dass sie sich jetzt in dieser Situation befindet, war nicht der Plan hinter meinem Angriff.

Doch was geschehen ist, kann ich jetzt nicht mehr ändern. Nur die Schadensbegrenzung bleibt mir wie so oft übrig. Also schnappe ich mir die Salbe und drücke eine haselnussgroße

Menge auf meinen Finger. Sanft massiere ich die helle Creme in die gerötete Haut.

Emma lässt den Kopf zur Seite fallen und erleichtert mir so den Zugang zu ihrem Hals. Die Augen geschlossen, scheint sie meine kleine Massage richtig zu genießen.

Meine Fingerspitzen zu beobachten, wie sie in ihrer zarten Haut versinken, ist hypnotisierend. Geleitet von dem Drang, sie zu verwöhnen, beuge ich mich vor und übersäe ihren Kiefer mit zarten Küssen.

Ein leises Seufzen entweicht ihren Lippen. Wie auf Kommando öffnen sich ihre Beine.

Ich mache einen Schritt nach vorne und positioniere mich zwischen ihnen.

Kapitel 31

Emma

Ich umschlinge seine Hüften mit meinen Beinen und ziehe ihn noch dichter an mich heran. Meine Hände wandern instinktiv zu seiner Brust und krallen sich dort in seinem Shirt fest. Ich lasse diesen Mann niemals wieder gehen. Er gehört zu mir, so wie ich zu ihm gehöre.

Seine Lippen gleiten noch immer über meinen Kiefer und übersäen ihn mit hauchzarten Küssen.

In mir tobt das Verlangen. Ich muss sie auf meinen spüren. Ihm zeigen, dass zwischen uns alles in Ordnung ist.

Also kippe ich meinen Kopf ein Stück in seine Richtung, und der nächste Kuss landet auf meinem Mund. Gierig beuge ich mich ihm entgegen. Beiße. Sauge. Erkunde jeden Millimeter seiner weichen Lippen. Alles in mir schreit nach mehr. Also verschränke ich meine Hände in seinem Nacken und ziehe ihn noch dichter an mich heran.

Die Massage an meinem Hals ist nur noch eine entfernte Erinnerung. Seine Hände sind weitergewandert. Tief vergraben in meinen Haaren, die Finger gespreizt in meinem Nacken, drücken seine Daumen meinen Kopf weiter nach hinten. Er lauert über mir. Fordernd und bestimmend.

Dieser Ausdruck der Dominanz macht mich noch heißer.

Als seine Zunge über meine Lippen gleitet, öffne ich sie für ihn.

»Meins«, knurrt Jace.

Meine Mundwinkel verziehen sich zu einem Lächeln.

»Du fällst jetzt aber nicht wieder wie ein Höhlenmensch über mich her und verunstaltest meine andere Halsseite auch noch, oder?«

Er lehnt sich ein Stück zurück und schaut mich mit einer hochgezogenen Augenbraue an.

»Ich habe mich überhaupt nicht wie ein Höhlenmensch benommen. Und außerdem finde ich deinen Hals nicht verunstaltet. Eigentlich gefällt er mir sogar ziemlich gut. Ich sollte das ab jetzt immer machen. So weiß jeder Kerl, dass du vergeben bist und zu mir gehörst.«

»Untersteh dich.« Ich erhebe warnend meinen Zeigefinger. »Sonst kommen deine Lippen nie wieder auch nur in die Nähe meines Körpers. Und das meine ich ernst.«

Ein dunkles Lachen verlässt seine wunderschönen, weichen Lippen.

Mein Blick fällt von der Bewegung angelockt direkt dorthin.

»Mhm, dein Mund sagt das eine, aber deine Augen sagen etwas ganz anderes.«

»Und was sagen meine Augen? Dass du den Rest deines Lebens nur noch Bekanntschaft mit deiner Hand machen wirst?«

»Oh, nein.« Das Grinsen auf seinem Gesicht ist kein gutes Zeichen.

»Deine Augen sagen mir, dass du meine Lippen nicht nur auf deinem Hals haben willst. Dein Verlangen ist so stark, dass ich denke, du hältst es keine Stunde in meiner Nähe aus, ohne mich zu küssen. Zumindest nicht, wenn wir alleine und ungestört sind.«

Ich verdrehe die Augen.

»Kumpel, ich habe jahrelang widerstanden, dich zu küssen. Ich könnte locker stundenlang durchhalten. Wenn nicht sogar Tage oder Wochen.« Ich werfe selbstbewusst mein Haar über die Schulter.

»Oh, Peach«, er schnalzt mit der Zunge,

»wenn das so ist, dann lass uns eine kleine Wette abschließen.«

Verdammt. Verdammt. Verdammt. Er weiß genau, dass ich jetzt keinen Rückzieher machen kann.

»Schieß los, was hast du im Sinn?«

Da ist es wieder – dieses teuflische Glitzern in seinen Augen.

Ich weiß schon jetzt, dass das hier für mich nicht gut ausgehen kann.

»Du darfst mich bis morgen Nachmittag nicht küssen. Gar nicht. Kein Schmatzer auf die Lippen, den Hals, die Schulter oder irgendeine andere Stelle meines Körpers.«

»Das schaffe ich mit links.« Oh mein Gott. Das bedeutet volle Konzentration.

»Wann genau ist morgen Nachmittag eigentlich?«

Sein Grinsen wird noch breiter. Er ist offenbar der festen Überzeugung, dass ich verlieren werde. Aber diese Genugtuung werde ich ihm nicht geben.

»Wenn die Musikstunde mit den Kids vorbei ist.«

Ich kann das schaffen. Immerhin liegen die ganze Nacht und mein ganzer Arbeitstag dazwischen. Da bleibt ja kaum noch etwas übrig, um in Versuchung zu geraten.

»Und was ist der Wetteinsatz?«, frage ich.

»Wenn ich gewinne, kommst du mit mir auf einen Wochenendtrip und ich bestimme, wo es hingeht. Gewinnst du, schreibe ich einen Song für dich.«

So wie ich das Ganze sehe, ist das eine Win-win-Situation für mich. Egal, ob ich es schaffe oder nicht, ich habe auf jeden Fall etwas davon.

»Deal.« Ich strecke meine Hand aus, um mit ihm unsere Wette zu besiegeln.

Mit einem siegessicheren Grinsen schlägt Jace ein.

»Möge der Bessere gewinnen.« In seinem Blick liegt ein Versprechen. Er wird es mir nicht einfach machen, so viel ist klar.

Kapitel 32

Jace

»Hey, willst du nicht ein Stück dichter kommen?« Ich zupfe am Saum von Emmas Shirt.

»Nein, mir geht es super hier drüben.« Sie schlägt meine Hand weg und lehnt sich tiefer in die Kissen der Couch.

»Schön weit weg von dir. Die Wette gewinne ich mit links.«

Oh, das werden wir ja sehen. Ich habe nicht vor, zu verlieren.

Während Emma konzentriert auf den Fernseher schaut, rutsche ich Millimeter für Millimeter dichter zu ihr hinüber. Wie ein Raubtier, das sich an seine Beute heranschleicht, bereit, jederzeit zuzuschlagen. Meine Hand gleitet dabei auf der Rückenlehne hinter ihrem Kopf entlang. Meine Finger vergraben sich in ihrem Haar und streicheln mit hauchzarten Berührungen ihren Nacken und Hinterkopf.

Noch scheint sie nicht zu realisieren, was hier gerade passiert, denn sie schmiegt sich in meinen Griff.

Es ist schon fast zu einfach, dieses kleine Spiel zu gewinnen. Wenn mein Plan weiterhin so gut läuft, wird sie es keine Stunde durchhalten.

Ich rutsche noch ein Stück weiter an sie heran. Ihr Duft benebelt meine Sinne wie eine Droge. Ich kann gar nicht genug von ihr kriegen. Also lehne ich mich zu ihr hinüber und lasse meine Nase über die weiche Haut an ihrer Halsseite gleiten.

Hier ist ihr Duft besonders intensiv. Es ist wie die Quelle, dem er entspringt. Die pure Dosis Emma.

Vorsichtig ziehe ich Emmas Kopf von mir weg, sodass ich einen besseren Zugang zu ihrem Hals bekomme. Ich bin versucht, meine Lippen über ihre weiche Haut streifen zu lassen, aber das ist gegen die Regeln.

Um keine Zeit zu verschwenden, lasse ich meine freie Hand ihren Körper hinabgleiten. Mein Ziel fest im Blick, tauche ich unter ihr Shirt. Die Fingerspitzen vergraben sich in ihrer Seite, als ich sie dichter zu mir ziehe.

»Warte«, protestiert sie, ihre Stimme ein atemloses Hauchen, die Erregung deutlich hörbar.

Der Platz in meiner Hose wird mit jeder Sekunde weniger. Warum, verdammte Scheiße, habe ich diese Wette nur vorgeschlagen?

»Ich weiß, was du hier treibst. Aber da falle ich nicht drauf rein.« Mit beiden Händen drückt sie gegen meine Brust und versucht mich zurück in meine Ecke der Couch zu schieben.

Stöhnend lasse ich mich nach hinten fallen.

»Peach, du bringst mich um.«

Sie schaut mich unbeeindruckt an.

»Soweit ich mich erinnere, war die Wette deine grandiose Idee. Also jammere nicht rum und hör auf, mich abzulenken. Die Szene, in der Lara Jean und Peter im Whirlpool sind, ist meine Lieblingsstelle.« Sie klatscht begeistert in die Hände und schaut gebannt auf den Fernseher.

»So romantisch.«

Was zur Hölle?! Ich sitze hier mit einer schmerzenden Erektion, und Emma hat nichts Besseres zu tun, als darüber zu schwärmen, wie ein Paar wild in einem Pool herummacht. Schlimmer kann mein Abend nicht mehr werden.

Zur Ablenkung von meiner Misere schnappe ich mir mein Handy und öffne den Chat mit Malia. Nichts lässt eine Erektion und die damit einhergehenden Gefühle schneller verschwinden als eine Unterhaltung mit einer meiner kleinen Schwestern.

Ich: Hey, wie geht's dir, Sis?

Dank der Symbiose, die sie mit ihrem Handy eingegangen ist, brauche ich nicht lange auf eine Antwort zu warten.

Malia: Super.
Malia: Warum schreibst du mir um diese Uhrzeit, alter Mann? Solltest du nicht schon längst im Bett sein?

Da ist er wieder – der Wunsch, ein Einzelkind zu sein.

Ich: Haha. Wer sagt, dass ich nicht im Bett liege und schreibe?
Malia: Ihh. Ich will nicht, dass du mir textest, wenn du halb nackt bist.
Ich: Und woher willst du wissen, dass ich halb nackt bin? Vielleicht habe ich ja auch einen langen Zweiteiler zum Schlafen an.
Malia: Ich sag doch, du bist ein alter Mann. Ich kenne nämlich keinen jungen, der so was trägt.

Ich weiß gerade nicht, was schlimmer ist – Emma nicht küssen zu dürfen oder diese Unterhaltung mit meiner Schwester zu führen.

Ich: Erstens bin ich nur sieben Jahre älter als du, also kein alter Mann!
Ich: Und zweitens, woher weißt du, was Jungs nachts zum Schlafen tragen???
Malia: Zu erstens, du bist Mitte zwanzig, also super alt.
Malia: Zu zweitens, das geht dich gar nichts an!

Natürlich geht es mich etwas an, ich bin ihr großer Bruder.

Schließlich war auch ich mal achtzehn und weiß, wie Jungs in dem Alter ticken.

Ich: Ich schwöre, ich hacke jedem Typen, der dir zu nahe kommt, den Schwanz höchstpersönlich ab! *Auberginen-Emoji* *Axt-Emoji* *Bluttropfen-Emoji*
Malia: *Augen verdrehender Emoji*
Malia: Hat diese Unterhaltung einen tiefsinnigeren Grund gehabt oder wolltest du mich nur nerven und meine Zeit verschwenden?
Ich: Ich wollte hören, wie es dir geht, und fragen, ob du nächstes Wochenende Zeit hast.
Malia: Nope, ich habe keine Zeit, um langweilige Sachen mit einem alten Mann zu unternehmen.

Warum versuche ich eigentlich immer wieder, zu meinen Schwestern nett zu sein, wenn sie sich jedes Mal so benehmen? Ach ja. Weil ich sie trotzdem liebe.

Ich: Alles klar. Viel Spaß bei was auch immer junge Menschen wie du so machen.
Ich: *Foto von zwei Tickets für das Spiel der Toronto Ice Wolves*
Ich: Dann geh ich halt mit jemand anderem zum Spiel.
Ich: Ich wünsche dir ein spaßiges Wochenende. Ich werde auf jeden Fall eins haben!

Es dauert keine zwei Sekunden, da ist ihre Antwort schon da.

Malia: Stopp!!!
Malia: Es tut mir leid, du bist nicht alt.
Malia: Du bist der Coolste überhaupt!
Malia: Und natürlich sage ich alles ab, um Zeit mit dir zu verbringen.

Malia: Bist ja schließlich mein Lieblingsbruder und ich liebe keinen Menschen auf der Welt soooo sehr wie dich! *Herz-Emojis in jeder Farbe*
Ich: Ich weiß nicht. Ich will dich ja nicht für ein langweiliges Eishockeyspiel von den supercoolen Aktivitäten abhalten, die du mit deinen Freunden geplant hast.
Malia: Jace!
Malia: Bitte!

Diese Seite meiner Schwester gefällt mir gleich viel besser. Geschieht ihr ganz recht, dass sie nach dem Anfang unseres Gespräches jetzt demütig bettelt.

Ich: Du hast Glück, dass ich einem kleinen Kind schlecht einen Wunsch abschlagen kann.
Malia: Arschloch.
Ich: *Schwarzes Herz*

Meine Mundwinkel zucken nach oben. Wenigstens etwas Unterhaltsames am heutigen Abend. Mein Mädchen möchte ja nicht auf Tuchfühlung gehen, und die Filmauswahl ist auch Mist.

So langsam bekomme ich das Gefühl, dass ich mit dieser Wette eher mich selbst bestrafe, als irgendeinen Nutzen daraus zu ziehen. Ich muss mir dringend etwas einfallen lassen. Irgendwie werde ich sie dazu bringen, die Wette zu verlieren. Ich habe nicht damit gerechnet, dass sie es tatsächlich so lange aushält.

Glücklicherweise haben die beiden aus dem Film endlich zusammengefunden, was bedeutet, er ist zu Ende, und dass es Zeit zum Schlafen gehen ist.

Ich schalte den Fernseher aus, greife Emmas Hand und helfe ihr von der Couch auf.

Gemeinsam gehen wir nach oben, wo wir uns nacheinander fürs Bett fertig machen.

Als ich aus dem Badezimmer komme, liegt Emma schon

unter der Decke, doch so weit von meiner Seite entfernt, dass sie auf dem Boden landet, wenn sie sich auch nur einen Zentimeter bewegt.

Aber ich habe mir etwas überlegt, wie ich die Wette noch heute Abend beenden kann. Ich muss nur warten, bis sie schläft, und dann hole ich zu einem letzten Schlag aus. Der Drang, sie zu küssen, ist wirklich stark, doch noch lieber will ich ein Wochenende nur für uns zwei haben. Ein paar Tage, an denen sie sich keine Sorgen machen muss und wir einfach unsere gemeinsame Zeit genießen können.

Aber eins nach dem anderen. Erst mal müssen wir diese bescheuerte Wette beenden.

Bis die Zeit für meinen Angriff gekommen ist, vertreibe ich mir die Zeit, indem ich meine wunderschöne Emma von meiner Seite des Bettes aus beobachte.

Ihr dunkles Haar ist auf dem Kissen ausgebreitet. Das Blau ihrer Augen ist hinter ihren geschlossenen Lidern versteckt. Dichte, geschwungene Wimpern ruhen auf ihren Wangen.

Ich frage mich, wie ich ihrer Schönheit jemals widerstehen konnte.

Mich in diesem Moment zurückzuhalten, ist ein Kraftakt. Was ich jetzt will, ist, diese vollen, im Schlaf zum Schmollmund gespitzten Lippen zu küssen, sie in meine Arme zu ziehen und dieses Bett nie wieder zu verlassen.

Sie dreht sich auf die Seite und liegt mit dem Rücken zu mir. Die perfekte Voraussetzung für meinen Plan.

Also lege ich los und rutsche so leise wie möglich dichter an Emma heran, darauf bedacht, sie nicht zu wecken. Vorsichtig lege ich meinen Arm um sie und presse meinen Körper von hinten gegen ihren. Meine Hand wandert über ihre Vorderseite, immer weiter und weiter den Oberschenkel hinauf. Doch ich mache einen Bogen um den Ort, mit dem ich liebend gerne einmal Bekanntschaft machen würde. Die Expedition geht danach weiter Richtung Norden.

Ich spüre, wie sie sich tiefer in meine Umarmung sinken lässt. Wie ihr Körper sich an meinen presst. Ihre prallen Brüste schreien förmlich nach Aufmerksamkeit, als ich ihnen näherkomme.

Dieser Versuchung kann ich nicht widerstehen. Noch immer darauf bedacht, Emma nicht zu wecken, lasse ich ihre Brustwarzen zwischen meinem Daumen und Zeigefinger hin und her rollen. Erst die eine, dann die andere. Immer im Wechsel.

Sie streckt ihre Brüste meiner Hand entgegen. Ihren Hintern drückt sie zeitgleich gegen meine sekündlich wachsende Erektion.

Oh mein Gott, das fühlt sich so gut an, dass ich mich wirklich zusammenreißen muss, mich nicht in den Emotionen, die durch meinen Körper fließen, zu verlieren.

Ein leises Stöhnen entweicht ihren Lippen. Das spornt mich noch mehr an. Meine Bewegungen werden fordernder. Aus den sanften Berührungen an ihren Brüsten werden festere. Ich knete und zwicke sie, um Em noch tiefer in den Nebel der Lust zu treiben. Sie streckt sich meiner Berührung weiter entgegen. In einem wilden Rhythmus reibt sie ihren Hintern an meinem Schritt. Mit jeder Bewegung drückt sich meine Erektion tiefer in ihre weiche Kehrseite.

»Jace.« Sie dreht sich in meinen Armen zu mir um. Die Augen noch immer geschlossen, umschlingt sie meinen Hals. Ihr Bein legt sich über meine Hüften. Ich bin gefangen in ihrem Griff und sie schmiegt sich noch dichter an mich. Wie eine Blume, die das Licht der Sonne sucht, streckt sich ihr Gesicht meinem entgegen. Durch halb geschlossene Lider schaut sie mich an. Schlaf und Lust schwimmen in ihren Augen.

Nur zu gerne würde ich der Versuchung nachgeben, aber ich bin meinem Ziel so nahe.

Im nächsten Moment landen Emmas Lippen auch schon auf meinen. Doch der erlösende Kuss ist nur von kurzer Dauer.

»Verdammt!«, flucht sie und lässt sich zurück aufs Bett fallen. Ihr Arm liegt über den Augen, deshalb kann ich nicht erkennen, was in diesem Moment in ihr vor sich geht.

»Du bist der Teufel.« Sie schaut unter ihm hervor.

»Du bekommst immer alles, was du willst, oder?«

Ein Grinsen breitet sich auf meinem Gesicht aus.

»Gewöhn dich schon mal dran.« Mit einem besitzergreifenden Kuss stille ich die Sehnsucht, die ich seit Stunden verspüre.

Kapitel 33

Emma

Ich sitze in meinem Klassenraum und schaue ein paar Tests durch. Mit dem Rotstift tippe ich mir nachdenklich an die Lippen. Ein wundes Gefühl breitet sich auf ihnen aus. Nach letzter Nacht sind sie ganz geschwollen.

Jace war unersättlich. Wie jemand, der tagelang ohne einen einzigen Tropfen Wasser in der Wüste umhergeirrt und dann endlich auf eine Oase gestoßen ist. Er hat meinen Mund förmlich verschlungen. Manchmal muss ich mich kneifen, weil sich alles wie ein Traum anfühlt. All meine Wünsche von früher sind endlich in Erfüllung gegangen, auch wenn ich lieber hätte, es wäre unter anderen Umständen passiert.

Dass wir Menschen dabei verletzen, trübt diese wunderschöne Sache zwischen uns beiden. Ich hoffe, heute kann ich endlich reinen Tisch mit Max machen.

Emma: Hey, bist du nachher zu Hause? Wir müssen dringend ein paar Dinge besprechen!
Max: Bin unterwegs.
Emma: Und wie lange?

Während ich auf Max' Antwort warte, schreibe ich noch eine Nachricht an Faith. Wenn mit Max alles geklärt ist, muss ich unbedingt mit ihr reden und erzählen, was los ist. Ich will keine Geheimnisse vor ihr haben.

Emma: Hey Girl, hast du die Tage Zeit für einen Mädelsabend? Wir könnten auch einen spontanen Wellnesstag am Wochenende einlegen oder so.

Kaum habe ich die Nachricht an Faith abgeschickt, kommt schon die nächste von Max herein.

Max: Keine Ahnung. Bin mit den Jungs unterwegs und muss danach zur Arbeit.

Na super, erst will er unbedingt reden, und plötzlich ist er total beschäftigt.

Emma: Und morgen?
Faith: Hey du, bei mir sieht es die nächsten Tage leider schlecht aus, aber wir holen das nach.

Oh mein Gott, was ist denn heute los? Da will man sein Leben wieder in geordnete Bahnen bringen und dann bekommt man einen Korb nach dem anderen.

Max: Weiß noch nicht.

Na super, das hat ja richtig gut geklappt.

Ein Räuspern lenkt meine Aufmerksamkeit von dem Desaster ab, das sich mein Leben nennt. Mein Herz macht beim Anblick der Person, die im Türrahmen steht, einen freudigen Sprung.

Wie der Rockgott, der er ist, lehnt er dort, als wenn ihm nichts etwas anhaben könnte. In seiner schwarzen Jeans und dem gleichfarbigen Hoodie sieht er zum Anbeißen aus.

Wären wir zwei an einem privateren Ort, würde ich in seine

Arme springen und die nächsten Stunden wie ein Teenager mit ihm rummachen.

Als wenn er meine Gedanken hören könnte, ist er mit drei großen Schritten bei mir und zieht mich in seine Arme. Es dauert nicht lange, bis er da weitermacht, wo er heute früh aufgehört hat.

Seine Lippen fühlen sich traumhaft an. Doch wir sind immer noch an einem öffentlichen Ort. Vorsichtig lehne ich mich ein Stück zurück, soweit es eben mit einem Schreibtisch im Rücken möglich ist, um etwas sagen zu können.

Doch Jace folgt meiner Bewegung, sein Mund gierig und fordernd auf meinem.

»Wir müssen aufhören«, murmle ich gegen seine Lippen.

Unbeirrt setzt er seine Liebkosung fort. Ein Grunzen ist das einzige Anzeichen, dass er mich überhaupt gehört hat.

Dieser Mann ist unersättlich. Ich mag mir gar nicht vorstellen, wie Sex mit ihm sein wird. Meine Vagina schlottert schon vor Angst. Oder ist das Freude?!

Er verstärkt den Griff an meinem Nacken und vertieft unseren Kuss.

Ich kann seine Erektion deutlich an meinem Bein spüren. Dieser Mann treibt mich in den lustvollen Wahnsinn, wann immer er mich berührt. Aber das hier ist wirklich nicht der passende Ort für solche Aktivitäten – egal, wie heiß das Risiko, erwischt zu werden, auch sein mag.

Ich lege meine Hände auf seine Brust und drücke ihn mit Kraft ein Stück von mir weg.

Sein verhangener Blick landet fragend auf meinem.

»Jace, du bist nicht hier, um das«, ich wedle mit dem Zeigefinger zwischen uns hin und her,

»zu machen.«

Er zieht eine Augenbraue in die Höhe.

»Wer sagt, dass ich nicht dafür gekommen bin?«

»Das sagen die Kinder, die im Musikraum darauf warten,

von einem erfolgreichen Musiker unterrichtet zu werden.«

Verlegen reibt er sich über den Nacken.

»Peach, wenn du das so sagst, fühle ich mich wie das größte Arschloch, weil ich die kleinen Scheißer warten lasse, um heimlich mit ihrer Lehrerin rumzumachen.«

Meine Hände wandern von seiner Brust hinauf und verschränken sich in seinem Nacken.

»Ich wollte dich nicht dazu bringen, dich schlecht zu fühlen, denn ich fühle mich nach diesem Kuss definitiv nicht schlecht.«

Ein verschmitztes Grinsen breitet sich auf seinem Gesicht aus.

»Ich wollt dir nur klarmachen, dass wir jetzt wirklich aufhören und die Kids nicht länger warten lassen sollten.« Ich drücke ihm einen Schmatzer auf den Mund, bevor ich meine Umarmung löse und an ihm vorbei zur Tür gehe.

»Ach so, da fällt mir ein, ich habe den Vormittag genutzt und unseren Wochenendtrip geplant. Nächste Woche Freitag nach der Schule geht es los.«

Ich halte inne.

»Ähm, findest du nicht, du hättest fragen sollen, bevor du etwas planst?«

Er schaut mich unbeeindruckt an. Keine Spur eines schlechten Gewissens ist zu sehen.

»Hast du denn nächstes Wochenende schon etwas vor?«

»Nein.«

Entspannt lehnt er an meinem Schreibtisch, die Arme vor der Brust verschränkt und die Knöchel lässig überkreuzt.

»Na, dann ist es doch kein Problem.«

Ahh. Dieser Mann treibt mich noch in den Wahnsinn. Aber wie heißt es so schön? Wettschulden sind Ehrenschulden. Ich habe die Wette nun mal verloren. Ob es mit fairen Mitteln zuging oder nicht, sei mal dahingestellt. Doch eigentlich konnte ich ja bei dieser Wette sowieso nicht verlieren. Von daher nehme ich die Konsequenzen gerne an.

»Wie auch immer.« Ich lasse ihn stehen, um mich zum

Musikraum zu begeben. Mein Weg wird begleitet von seinem tiefen Lachen.

***

Da ich weder Max noch Faith das ganze Wochenende zu fassen bekommen habe, muss ich noch einen Schritt weiter gehen. Stalkermodus ist angesagt, also habe ich Jace damit beauftragt, herauszufinden, wie Faith' Dienstplan aussieht. Er sagt, sie müsste heute Nachmittag zu Hause sein. Doch bevor ich zu meiner besten Freundin fahre, mache ich einen Zwischenstopp bei Max auf der Arbeit. Ich möchte wirklich endlich alles klären.

Als ich das Gebäude betrete, herrscht geschäftiges Treiben.

Ich gehe zum Empfang, wo ein Kollege von Max etwas auf der Tastatur des Computers tippt.

»Hallo, Joe.«

Er schaut auf und wirft mir einen besorgten Blick zu.

»Hey, Emma. Ist alles in Ordnung?«

»Ja, klar. Alles bestens. Ich bin nur hier, weil ich mit Max sprechen muss.«

Zwischen seinen Augenbrauen bildet sich eine Falte.

»Max ist nicht hier.«

Na super. Ich will wirklich dringend mit ihm reden.

»Ist er gerade bei einem Einsatz?«, hake ich nach.

»Nein. Er hat heute frei.« Forschend schaut er mich an.

Auf keinen Fall will ich, dass hier über unsere Beziehung gequatscht wird, also braucht es eine Notlüge.

»Ach, stimmt ja. Ich muss die Tage durcheinander gebracht haben, ich Schussel.« Ich werfe ihm ein entschuldigendes Lächeln zu und verabschiede mich.

Dass Max keinen Dienst hat, ist wirklich sehr merkwürdig. Er hat definitiv geschrieben, dass er heute arbeiten ist.

Zurück im Auto versuche ich ihn anzurufen, doch auch auf dem Telefon ist er nicht zu erreichen. Bevor ich zu Hause nachsehe, mache ich einen Zwischenstopp bei meinem zweiten Ziel am heutigen Nachmittag – meiner besten Freundin.

Es dauert nicht lange, bis ich vor ihrem Haus halte.

Ihr Wagen steht in der Einfahrt, was ein gutes Zeichen ist. Ich greife mir nur meine Handtasche und den Autoschlüssel, bevor ich aussteige. Mit schnellen Schritten gehe ich den Weg zum Haus entlang und die Treppe zur Veranda hinauf. Ich lasse keine Zeit verstreichen und klingle.

»Ich komme«, ruft sie fröhlich aus dem Inneren des Hauses. Einen Moment später schwingt auch schon die Tür auf und sie steht strahlend im Eingang. Ihr Blick fällt auf mich, und augenblicklich verschwindet ihr Lächeln.

»Was machst du denn hier?« Stirnrunzelnd sieht sie mich an.

»Äh, kein *Hallo, schön dich zu sehen*, oder so?«

Ein gestresster Ausdruck macht sich auf ihrem Gesicht breit und sie schaut nervös über meine Schulter.

»Erwartest du jemanden?«

Ihr Blick trifft auf meinen.

»Nee, hab mich nur gewundert, dass du da bist. Waren wir verabredet?« Erneut wandert ihr Fokus von mir weg.

»Nein.« Auch ich schaue jetzt über meine rechte Schulter, um Faith' merkwürdigem Verhalten auf den Grund zu gehen.

Doch weit und breit ist niemand zu sehen, und auch sonst passiert nichts Auffälliges in der Straße.

Ein erschrockenes Geräusch verlässt Faith' Lippen und lenkt meine Aufmerksamkeit wieder zurück zu ihr.

»Was ist mit deinem Hals passiert?«, fragt sie entsetzt.

Meine Hand landet schützend auf der Stelle, von der sie gesprochen haben muss. Verdammt. Ich habe mein Halstuch im Wagen liegen lassen.

Faith' Augen sind noch immer auf die Stelle an meinem Hals gerichtet, die ihr Bruder verunstaltet hat.

Scheiße. Scheiße. Scheiße. Was antworte ich ihr nur? Eine Ausrede muss her, und zwar schnell.

»Ähm, mein Halstuch war letzte Woche in Max' Autotür eingeklemmt. Er ist dann losgefahren und dabei hat sich das Tuch so um meinen Hals gewickelt, dass ich fast erwürgt wurde. Ein Glück hat er rückwärts ausgeparkt, dabei noch mal einen Blick nach vorne zu mir geworfen und gesehen, was passiert ist.«

Das ist deine Ausrede, Emma? Da hättest du auch gleich sagen können, dass du gegen den Schrank gelaufen bist. Das wäre genauso unglaubwürdig gewesen.

Ein komischer Ausdruck huscht über ihr Gesicht.

»Ach so. Warst du wegen etwas Wichtigem hier? Ich habe nämlich noch eine Verabredung und muss los.«

Oh. Also sie hat Zeit für etwas oder jemanden, doch nicht für mich. Das ist neu. Aber auch ich habe momentan nicht den Preis für die Freundin des Jahres verdient, darum sollte ich mich besser nicht beschweren.

»Nee, ich habe dich nur vermisst und gedacht, ich komme einfach mal vorbei.«

Ihr Blick huscht erneut über meine Schulter. Nervös knetet sie ihre Hände. Und sind das da Schweißperlen auf ihrer Stirn?

»Ich vermisse dich auch, aber ich bin die nächsten Tage total verplant. Vielleicht können wir was am Wochenende unternehmen.«

»Da fahre ich mit Max weg. In der kommenden Woche?«

Warum verstrickst du dich noch tiefer in dein Netz aus Lügen, Emma? Du wolltest doch reinen Tisch machen. So funktioniert das auf keinen Fall!

Meine innere Stimme hat recht. Der Versuch, heute den Tag aller Tage sein zu lassen, ist so was von nach hinten losgegangen.

»Klar, gerne.« Faith schenkt mir eine kurze Umarmung. »Wir hören uns, ich muss jetzt wirklich los.«

Das ist wohl der Wink mit dem Zaunpfahl, dass ich verschwinden soll.

»Ich will dich nicht länger aufhalten. Mach's gut.« Ich verabschiede mich und gehe zurück zu meinem Wagen.

Es gibt nur einen Menschen, der das bedrückende Gefühl, das dieser Nachmittag hinterlassen hat, wieder wegmachen kann.

***

»Wie soll ich wissen, was ich alles einpacken muss, wenn du mir nicht sagst, wo wir hinfahren und was wir machen?« Ich wühle mich seit gefühlt einer Stunde durch meinen Kleiderschrank, nur hat noch nicht ein Teil seinen Weg in meinen Koffer gefunden.

Die ganze Woche schon versuche ich Jace dazu zu bringen, mir zu verraten, wo unser Wochenendtrip hingeht. Aber meine Bemühungen waren genauso erfolglos wie meine Rundfahrt am Montag, um alles ins Reine zu bringen. Doch darüber möchte ich nicht nachdenken, es würde nur meine Vorfreude trüben.

Ein Geräusch am anderen Ende der Leitung bringt mich zu unserem Telefonat zurück.

»Pack einfach Sachen ein, in denen du dich wohlfühlst, Peach.«

»Diese Aussage ist wirklich nicht hilfreich. Ich bekomme so langsam das Gefühl, du hoffst darauf, dass ich vor lauter Grübelei am Ende keine Sachen im Koffer habe. Dann müsste ich das ganze Wochenende nackt herumlaufen.«

Ein tiefes Lachen erfüllt mein Schlafzimmer.

»Mhm, ich würde mich nicht beschweren, wenn es so wäre.«

Argh. Dieser Mann ist unmöglich. Warum schlage ich mich noch gleich mit ihm herum?

Weil du auf ihn stehst.

Jap, das ist wohl wahr.

»Verrätst du mir wenigstens, ob ich warme Kleidung oder Badesachen brauche?«

»Okay, okay. Also Badesachen brauchst du definitiv nicht.

Warme Kleidung schadet nie. Immerhin lässt der Herbst nicht mehr lange auf sich warten.«

Damit kann ich etwas anfangen.

»Fahren wir eigentlich mit dem Auto oder wie kommen wir zu unserem von dir geplanten Ziel?«

»Ja, machen wir. Pack einfach alles ein, von dem du denkst, es muss mit.«

»Alles klar, aber beschwer dich später nicht, dass du mein ganzes Gepäck tragen musst!«, warne ich ihn.

»Wir fahren nur für zwei Nächte weg. Alles, was in einen Koffer passt, ist schon deutlich mehr, als du überhaupt brauchen wirst.«

»Das sehe ich anders, also wundere dich nicht, wenn es am Ende fünf Taschen werden.« Ich schnappe mir mein Telefon, gehe ins Badezimmer und packe dort alles Wichtige zusammen.

»Hast du eigentlich schon Pläne für Thanksgiving?«, fragt er unerwartet.

»Noch nicht, ich muss die Tage mal mit Mom reden. Wir verbringen die Feiertage ja immer zusammen. Warum willst du das wissen?«

»Ach, nur so.« Am anderen Ende der Leitung herrscht plötzlich Stille.

Ich schaue nach, ob die Verbindung noch steht.

»Alles gut bei dir?«

Jace räuspert sich.

»Ja. Ich habe nur darüber nachgedacht, ob es nicht schön wäre, wenn wir den Tag zusammen verbringen würden.«

»Du weißt doch aber, dass ich die Feiertage immer mit meiner Familie verbringe.«

»Ja, ich weiß. Aber ich finde, jetzt da wir ein Paar sind, sollten wir alle Thanksgiving bei mir feiern. Wir bereiten gemeinsam das Essen vor und genießen die Zeit im Kreise unserer Liebsten.«

»Ach, wir sind jetzt also ein Paar, ja?«, necke ich ihn.

»Du gehörst zu mir, ich gehöre zu dir. Also ja, wir sind ein Paar. Ist mir scheißegal, ob du mit einem anderen Mann verheiratet bist. Du bist meine Emma. Das war schon immer so und daran wird sich auch nie etwas ändern.«

Ich mag es, wenn er so offen darüber spricht, wie er in Bezug auf uns fühlt. Doch ich kann es nicht lassen, ihn weiter zu necken.

»Klopfst du dir jetzt gleich wild auf die Brust und rufst es über die Dächer der Stadt?« Lächelnd werfe ich weiter Klamotten in den Koffer.

»Ja, wenn das nötig ist, damit es auch der letzte Kerl verstanden hat.«

Augenverdrehend schaue ich mein Telefon an.

»Drossel mal den Neandertaler in dir ein bisschen.«

»Das mache ich, wenn du meinen Plänen zustimmst.«

Ich glaube, ich sollte mich in Zukunft schon mal darauf einstellen, dass es mit Jace nur selten Kompromisse gibt.

»Ich kann nichts versprechen, aber ich rufe meine Mom am Montag an und frag nach, was sie von der Idee hält. Sei bitte nicht böse, wenn sie nicht begeistert davon ist. Dann fällt ein gemeinsames Thanksgiving für dieses Jahr aus, denn ich kann meine Eltern nicht vor den Kopf stoßen, nur um an dem Tag bei dir zu sein. Nicht bei allem, was gerade vor sich geht, und bei den Neuigkeiten, die noch auf sie zukommen.«

Er macht ein unverbindliches Geräusch.

»Ich denke, es wäre der perfekte Zeitpunkt, unseren Familien von uns zu erzählen.«

»Ich hatte noch nicht einmal die Möglichkeit, mit Max zu sprechen und unsere Ehe zu beenden. Da kann ich doch schlecht eine neue Beziehung offiziell verkünden.«

»Das weiß ich, aber bis dahin sind es noch zwei Wochen. Das ist genug Zeit, um alles zu klären, findest du nicht?«

Er hat leicht reden. Mehrere Versuche, meinem Noch-Ehemann reinen Wein einzuschenken, sind bereits erfolglos gewesen.

Ich habe das Gefühl, die Zeit rinnt mir wie Sand durch die Finger. Und dieses Ultimatum gefällt mir gar nicht. Ich hasse es, unter Druck gesetzt zu werden. Aber ich möchte nicht mit Jace streiten und uns den Trip versauen.

»Lass uns später darüber reden. Jetzt sollten wir erst mal das Wochenende genießen.«

Es raschelt im Hintergrund.

»Du hast recht. Ich mach mich jetzt auf den Weg.« Die Tür fällt ins Schloss, und das Piepen der Alarmanlage, die scharf gestellt wird, ertönt.

»Bis gleich, ich freu mich auf dich.«

»Hmm, ich mich auch«, murmle ich. Die Freude auf diesen Ausflug ist ein wenig gedämpft, doch ich hoffe, dass dieses bedrückende Gefühl in meiner Brust verschwindet, sobald wir an unserem Ziel angekommen sind.

Kapitel 34

Jace

Wie versprochen fahre ich keine zehn Minuten später bei Emma vor. Oder besser gesagt, vor Emmas und Max' Haus. Aber an ihn will ich jetzt nicht denken. Für die nächsten achtundvierzig Stunden ist sie ganz allein mein.

Da ich keine Aufmerksamkeit auf uns lenken will, rufe ich sie schnell an, statt durch ein Hupen zu signalisieren, dass ich da bin.

»Ja«, meldet sie sich schwer atmend am anderen Ende.

»Hey, ich wollte nur Bescheid geben, dass ich vor der Tür stehe. Soll ich schnell reinkommen und dir beim Tragen helfen?«

Geraschel ist zu hören, und dann ein Fluchen.

»Alles gut bei dir?«

»Ja, ja. Alles bestens. Hab mir nur den kleinen Zeh an meinem Koffer gestoßen, dieses scheiß Ding ist verdammt hart. Und du bleib bitte im Auto sitzen. Ich will nicht, dass ein Nachbar dich sieht.«

»Okay.«

Aber es ist überhaupt nicht in Ordnung. Ich habe dieses Versteckspiel so satt. Doch das behalte ich für mich. Ich freue mich einfach, sie in den nächsten Minuten oder Sekunden – je nachdem, wie lange sie noch braucht – endlich neben mir zu haben und unser Abenteuer beginnen zu lassen.

Es dauert nicht lange, da tritt sie auf die Veranda. Den Koffer hievt sie über die Türschwelle und anschließend die Treppe hinunter.

Es kribbelt mir in den Fingern, auszusteigen und ihr unter die Arme zu greifen. Aber sie hat keine Hilfe gewollt. Außerdem ist es ja nicht so, als wenn sie den Koffer den ganzen Weg zum Auto tragen müsste, er hat schließlich Rollen. Außerdem hat sie so ein kleines Workout. Und wenigstens braucht sie sich nicht mit der Kofferraumklappe abmühen. Wenn sie ihren Fuß unter die Stoßstange hält, dann geht die von allein auf. Man muss immer das Positive sehen.

Nachdem sie ihren Koffer im Wagen verstaut hat, steigt sie auf der Beifahrerseite ein.

»Hey.« Sie schaut mich mit einem strahlenden Lächeln an.

Ich würde mich am liebsten zu ihr beugen und einen Kuss auf ihre Lippen drücken. Doch ich bin mir sicher, dass sie damit nicht einverstanden wäre. Also hebe ich mir das für später auf. Schließlich stehen auf meinem Plan für das Wochenende ganz viele dieser Aktivitäten.

»Hey, Peach.« Vorsichtig streiche ich ihr eine Haarsträhne aus dem Gesicht. Ich muss sie einfach berühren.

»Bist du startklar für unser kleines Abenteuer?«

»Verrätst du mir jetzt endlich, wo es hingeht?«

Ein Grinsen breitet sich auf meinem Gesicht aus.

»Nein.« Ich starte den Wagen und werfe einen kurzen Blick zu ihr, bevor ich mich auf den Weg zu unserem Ziel begebe. Dabei bemerke ich ihren Schmollmund. Sie kann so viel jammern und betteln, wie sie möchte. Von mir erfährt sie nichts.

»Jace«, sie streichelt liebevoll meinen Arm,

»sei doch nicht so gemein. Findest du nicht, dass du mich lange genug auf die Folter gespannt hast?« Zu ihrem Schmollmund ist ein Hundeblick gekommen.

»Nein, die paar Stunden hältst du jetzt auch noch aus.«

»Wie lange fahren wir denn genau?« Offenbar will sie die Taktik wechseln.

Ich werfe ihr einen kurzen Blick zu, der von ihr erwartungsvoll erwidert wird.

»Ein paar Stunden.«

»So schlau war ich bereits vor deiner Antwort. Warum kannst du mir nicht mal die Länge unserer Fahrt verraten, wenn du mich schon über das Ziel im Dunkeln lässt?« Sie lehnt sich zurück in den Sitz und verschränkt wie ein bockiges Kind die Arme vor der Brust.

Ich muss mir bei ihrem Anblick ein Lachen verkneifen, schließlich will ich sie nicht noch ernsthaft verärgern.

»Weil es einfach amüsanter ist, dir zuzuhören, wie du versuchst, Details aus mir herauszubekommen.« Mein Grinsen wird noch breiter.

»Jace«, sagt sie warnend.

Beschwichtigend lege ich ihr meine Hand aufs Knie. Mit meinem Daumen fahre ich in kreisenden Bewegungen die Außenseite ihres Oberschenkels entlang.

»Okay, du willst also wissen, wie lange wir unterwegs sein werden?«

»Ja, und wo es überhaupt hingeht.«

Langsam gleitet meine Hand ihr Bein hinauf. Ihr Atem stockt für einen kurzen Moment, als ich direkt vor der Stelle haltmache, an der ihre Beine aufeinandertreffen.

»Wir werden zwischen zwei und fünf Stunden unterwegs sein.«

Genervt schaut sie mich an.

»Das ist nicht besonders hilfreich, das hättest du dir auch sparen können.« Sie verdreht genervt die Augen.

Ich nehme die Hand von ihrem Oberschenkel und lege sie locker auf der Armlehne ab.

Ein kleiner Protestlaut kommt ihr über die Lippen.

»Dann sind wir uns ja einig. Dieses Gespräch führt zu

nichts. Du kannst so viel fragen, wie du willst, ich werde das Geheimnis nicht verraten. Lehn dich einfach zurück und genieße die Fahrt. Ich verspreche dir, sie wird nicht sehr lange dauern, und jede Minute ist die Zeit wert.«

Resigniert lässt sie ihren Kopf gegen den Sitz fallen.

»Manchmal frage ich mich, warum ich dich überhaupt mag.« Ihr Schmollmund ist zurück.

»Weil ich verdammt gut aussehe und meine Persönlichkeit der Hammer ist«, scherze ich, was mir ein weiteres Augenrollen von ihr einbringt.

»Du bist ein Idiot, weißt du das?«

»Ja, aber ein liebenswerter, oder nicht?« Grinsend schaue ich sie an.

Ein Lächeln erhellt ihr wunderschönes Gesicht.

»Da hast du recht.«

Ich greife nach ihrer Hand, verschränke sie mit meiner und genieße den Moment mit ihr.

Die dreieinhalbstündige Autofahrt vergeht wie im Flug. Ich hätte mir keine bessere Gesellschaft für diesen Ausflug wünschen können. Mit Emma kann ich mich stundenlang unterhalten. Alles ist mit ihr einfach schöner.

Emma rutscht unruhig auf ihrem Sitz hin und her, als wir auf den Schotterweg abbiegen und auf unser Ziel zufahren.

»Oh mein Gott, ist das eine Pferderanch?«, fragt sie aufgeregt quietschend und klatscht die Hände vor ihrer Brust zusammen.

»Mhm.«

Mittlerweile hüpft sie wild auf ihrem Sitz.

Ich werfe einen Blick zu ihr hinüber.

Ihre Augen strahlen vor Aufregung. Mein Herz macht bei dem Anblick des puren Glücks auf ihrem Gesicht einen kräftigen Sprung.

Ich bin dieser Frau so was von verfallen, ich würde alles dafür tun, diesen Ausdruck jeden Tag dorthin zu zaubern.

»Ich liebe Pferde.«

Diese Aussage entlockt mir ein Lachen.

»Oh, Peach. Was meinst du, warum wir hier sind?« Ich spüre ihren Blick auf mir und lasse meinen kurz zu ihr hinüberschweifen.

»Warum schaust du mich so an?«

»Ach, ich frage mich nur, womit ich dich verdient habe.«

Ich lege meine Hand oberhalb ihres Knies ab und drücke sanft zu.

»Die Frage lautet doch eher, womit ich dich verdient habe.« Mein Blick schnellt erneut zu ihr.

»Doch wenn wir ehrlich sind, habe ich das gar nicht.« Ich spüre eine federleichte Berührung an meiner Wange.

»Hey, wenn jemand das Ganze nicht verdient, bin das ich. Ich sollte gar nicht hier sein. Sich verstecken zu müssen oder einen Ort im Nirgendwo aufzusuchen, damit wir etwas zusammen unternehmen können, sollte nicht nötig sein. Du hast jemanden verdient, der von der ersten Sekunde ohne Zurückhaltung zu dir steht und in die ganze Welt hinausruft, dass du der tollste Mann überhaupt bist.«

Mein Griff um das Lenkrad wird fester. Es nervt, dass wir uns in dieser Situation befinden. Doch ich gebe Emma nicht die Schuld daran.

»Hör auf, so einen Quatsch zu erzählen. Keiner kann etwas für seine Gefühle. Es ist halt einfach schlechtes Timing. Wir sollten uns das Wochenende nicht von Problemen vermiesen lassen, die wir gerade nicht lösen können. Die nächsten zwei Tage heißt es nur Zweisamkeit, Pferde und Natur. Alles andere läuft nicht weg und kann am Montag noch in Angriff genommen werden.« Meine Mundwinkel wandern nach oben, als mir all die Sachen, die wir hier erleben werden, in den Sinn kommen.

»Hey, warum grinst du so?«

»Ich musste nur daran denken, dass dieser Trip mit Sicherheit unvergesslich wird.«

Und das Erlebnis startet genau jetzt, denn wir haben unser Ziel erreicht.

Kapitel 35

Emma

Ich liebe Pferde über alles. Diese Tiere sind einfach majestätisch. Und süß, auch wenn sie verdammt groß sind.

Jace spricht gerade mit den Besitzern des Anwesens. Aber ich schenke ihnen keine Beachtung, denn die Pferde ziehen mich magisch an, also gehe ich zur Koppel. Die Arme auf der Holzabgrenzung verschränkt, könnte ich ihnen stundenlang dabei zuschauen, wie sie grasen oder hin und wieder über die Wiese galoppieren. Gefesselt von der Schönheit, die sich mir bietet, bin ich wie in Trance.

Plötzlich umschlingen mich Arme, und ein harter Körper presst sich gegen meinen Rücken.

»Du bist wunderschön.« Jace drückt einen flüchtigen Kuss auf meine Wange.

»Nein, das hier ist wunderschön.« Ich zeige auf die Pferde vor uns.

»Die Familie züchtet schon seit mehreren Generationen Quarter Horses. Und soweit ich das mit meinem unwissenden Blick beurteilen kann, machen sie ihren Job wirklich gut. Die Tiere sehen toll aus.«

»Ja, schau mal, da vorne. Die Stute in dem Farbschlag buckskin.« Mein Finger weist auf das besagte Pferd in der Herde.

Jace lehnt sich ein Stück zurück und schaut mich entsetzt an. »Was zum Teufel ist *buckskin*? Und welches Pferd meinst du?

Da stehen locker fünfzehn auf der Koppel. Und dein Finger zeigt genau dorthin, wo die meisten sind.«

Ich werfe ihm ein Lächeln über die Schulter zu und ziehe ihn zu mir heran.

»Folge direkt meinem Finger, dann siehst du sie.«

Als er genau das macht, habe ich das Gefühl, sein Körper würde mich vollkommen umschließen. Noch vor ein paar Monaten hätte ich mir nicht träumen lassen, dass wir uns einmal so nahestehen würden. Und jetzt sind wir hier. Ich würde diesen Moment gegen nichts auf der Welt eintauschen. Um jede Sekunde auszukosten, lehne ich mich noch tiefer in seine warme Umarmung. Sein Atem kitzelt meine Wange.

»Jetzt müsstest du direkt auf das sandfarbene Pferd mit dunkler Mähne, Schweif und Beinpartie schauen. Es sieht aus wie *Spirit*. Also wie der neue, nicht der ursprüngliche.«

»Wer oder was ist *Spirit*?« Sein Mund ist direkt an meinem Ohr.

»Na, *Spirit* aus *Spirit: wild und frei*. Die Serie, die auf dem Film *Spirit – Der wilde Mustang* basiert.«

»Kenn ich nicht.« Unbeeindruckt zuckt er mit den Schultern.

Ist das sein Ernst?

»Wie? Du kennst *Spirit* nicht?«, frage ich entsetzt. Damit ich ihm bei dieser bedeutungsvollen Unterhaltung in die Augen schauen kann, drehe ich mich in seinem Arm um. Ich weiß, es ist nur ein Trickfilm, doch das hier ist ein verdammt ernstes Thema.

»Noch nie davon gehört.«

Ich werfe die Hände in die Luft.

»Wie kann es sein, dass du mit zwei Schwestern aufgewachsen bist, aber noch nie in deinem Leben diesen Film geschaut, geschweige denn davon gehört hast?«

Er schaut mich amüsiert an.

»Möglicherweise ist der Film nicht so bekannt, wie du vielleicht glaubst.«

Ich bin mir sicher, dass mein Gesicht pures Entsetzen widerspiegelt.

»Jedes Mädchen hat diesen Film mindestens einmal in ihrem Leben gesehen, da bin ich mir sicher.«

Jace räuspert sich und murmelt etwas in seine Faust.

»Was war das?«

»Ich habe dir nur zugestimmt.« Seine Worte sagen das eine, doch sein Blick straft ihn Lügen.

»Ich bin mir sicher, dass etwas anderes deine Lippen verlassen hat. Aber es ist mir auch egal, was du denkst. Ich weiß, dass ich recht habe!«

»Ja, ja. Wenn du das sagst, bin ich mir sicher, dass es stimmt.« Er tippt mir mit dem Zeigefinger wie einem kleinen Kind auf die Nasenspitze.

Ich verschränke die Arme vor der Brust.

»Okay, wenn du mir nicht glaubst, schreiben wir Faith. Dann wirst du sehen, dass ich recht habe.«

Ein Lachen breitet sich in Jace' Augen aus.

»Schreib ihr doch am besten jetzt gleich, dann haben wir dieses Problem aus dem Weg geschafft und können uns endlich auf zu unserer Hütte machen.«

Ohne ein weiteres Wort zu Jace hole ich mein Telefon aus der Hosentasche.

Emma: Hey Faith, sag mal, kennst du noch den Film Spirit – Der wilde Mustang? xo

Ich hoffe wirklich auf die Unterstützung meiner besten Freundin. Die Genugtuung, dass er recht hat, möchte ich Jace auf keinen Fall geben. Deshalb habe ich für den Notfall noch einen anderen Plan parat. Schließlich muss es auch einen Vorteil haben, so einen berühmten Mann an seiner Seite zu haben.

»Na, was sagt meine Schwester?«, hakt er nach.

Ich verdrehe die Augen.

»Entspann dich mal. Ich habe doch gerade erst die Nachricht abgeschickt. Deine Schwester hat schließlich auch ein Leben und hängt nicht den ganzen Tag am Telefon.«

Mein Mund ist nach dem letzten Wort noch nicht einmal zu, da signalisiert mein Handy eine eingegangene Nachricht.

Jace verschränkt die Arme vor der Brust und zieht eine Augenbraue hoch.

»Ja, okay. Wenn es möglich ist, dann schreiben wir uns halt schnell zurück. Das heißt nicht, dass du in allem recht hast.« Ich verdrehe mal wieder die Augen. Das scheint so eine neue Macke von mir zu sein, die Jace hervorgerufen hat. Wenn das so weitergeht, zerre ich mir noch einen Augenmuskel.

Jace macht eine auffordernde Handbewegung, also lasse ich mir extra viel Zeit beim Öffnen und Lesen der Nachricht.

Faith: Hey, Em. Der Film sagt mir gerade gar nichts. Worum geht es da? Haben wir den schon mal zusammen geguckt? xo

Na super.

Emma: Nee, haben wir noch nicht. Das ist der Film über den Mustang, der seine Herde anführt, dann passieren ein paar Dinge, und er wird gefangengenommen. Sie versuchen ihn zu brechen, aber sein Wille ist stärker.
Emma: Ach ja, und ich habe letztens auf Netflix eine neue Serie über den Mustang entdeckt. Richtig gut. Spirit – wild und frei heißt die.

Widerwillig hebe ich meinen Blick und schaue Jace an.

»Sie ist sich gerade nicht sicher, ob sie den Film kennt«, murmle ich mit zusammengebissenen Zähnen.

Wenn ich könnte, würde ich ihm sein selbstgefälliges Lächeln aus dem Gesicht wischen. Eigentlich ist es lächerlich, was für nichtige Kleinigkeiten bei uns in den größten Diskussionen enden. Aber das bringt auch das Feuer in unsere Beziehung.

»Also kurz gesagt, sie kennt den Film nicht«, stellt er fest.

»Das ist überhaupt nicht wahr. Ich vertraue auf meine beste Freundin. Bis sie nicht explizit das Gegenteil behauptet, gibt es noch die Chance, dass sie ihn doch kennt.« Egal, wie gering die Wahrscheinlichkeit dafür auch ist, ich halte an ihr fest.

Zum Glück lässt Faith mich nicht lange warten.

Faith: Sorry, aber den Film kenne ich nicht. Wie kommst du eigentlich drauf?

Verdammt, also muss es doch Plan B werden.

Emma: Ach, nur so. Zu mir meinte heute jemand, niemand würde den Film kennen. Und da wollte ich mal nachfragen, ob du ihn schon mal gesehen hast.

Ich hasse es, Faith zu hintergehen. Es gibt keine Geheimnisse zwischen uns. Zumindest war das früher mal so, bis Jace wieder in mein Leben getreten ist.

»Und was sagt meine Schwester?«

»Vertraust du mir?«

Jace schaut mich verwirrt an.

»Was hat das jetzt mit ihrer Antwort zu tun?«

»Ja oder nein?«

»Natürlich vertraue ich dir.« Er legt seine Arme wieder um mich.

»Kannst du mir dein Telefon geben?«, bitte ich ihn.

Zögerlich zieht er es aus der hinteren Hosentasche. Mit einem fragenden Blick überreicht er es mir.

»Du musst es noch entsperren.«

Wortlos dreht er meine Hand, sodass das Display in seine Richtung zeigt. Als er es wieder zu mir wendet, ist der Homescreen zu sehen.

Ich bin auf der Suche nach einer ganz bestimmten App. Und es dauert nicht lange, bis ich fündig werde.

Jace hat an die fünfundsiebzig Millionen Follower auf Instagram. Ein Zeugnis seines Erfolgs.

Für mein Vorhaben brauche ich nur schnell das passende Foto. Ein Hoch auf die Screenshot-Funktion. Wie haben wir nur früher ohne Smartphones überlebt? Noch vor zehn Jahren hätte ich mich geschlagen geben müssen, aber nicht heute.

Ich lade eine Story mit dem Bild des Filmcovers und der Umfrage hoch, ob die Leute den Film kennen oder nicht.

Möge Instagram mit mir sein.

»Hier.« Ich halte Jace sein Telefon hin.

Den Blick fest auf mich gerichtet, nimmt er es entgegen und lässt es wieder in seine Tasche wandern.

»Willst du nicht wissen, was ich gemacht habe?« Mit gerunzelter Stirn schaue ich ihn an.

Er zieht mich an sich und drückt einen flüchtigen Kuss auf meine Lippen.

»Nein, ich vertraue dir.« Seine Hand fährt meinen Arm hinunter und gleitet in meine.

»Können wir jetzt unsere Unterkunft begutachten?«

Ich folge ihm, als er mich zurück zum Auto führt.

»Klar.«

Er hält am Heck des Autos an und öffnet die Kofferraumklappe.

»Ein Glück habe ich nur eine kleine Tasche dabei. Wir müssen die Sachen nämlich bis zur Hütte tragen.«

Entsetzt sehe ich ihn an.

»Warum hast du das denn nicht vorhin schon gesagt? Ich hätte viel weniger eingepackt.«

Er dreht sich zu mir und verschließt meine Lippen mit seinen – und diesmal nicht nur flüchtig.

»Weil ich für dich Berge versetzen würde. Was sind da schon ein paar Kilo Gepäck?!«

In diesen Moment zählt nichts anderes als dieser wundervolle Mann direkt vor mir, dem mein Herz gehört.

Kapitel 36

Jace

Der Weg durch die Wildnis hat sich gelohnt. Vor uns liegt, eingerahmt von Bäumen und direkt an einem See, die Hütte mit einer kleinen Feuerstelle und einem Steg mit Boot.

»Wow, es ist wunderschön hier«, schwärmt Emma und holt ihr Telefon aus der Tasche. Sie hält den atemberaubenden Ausblick fest, der sich uns bietet.

»Komm, lass uns erst mal die Hütte in Augenschein nehmen und vor allem das Gepäck loswerden. Was hast du da eigentlich im Koffer? Steine?«

»Pfft, beschwer dich nicht. Vorhin hast du gesagt, die paar Kilos machen dir nichts aus.« Sie schnippt ihr Haar über die Schulter und stolziert davon.

Beladen wie ein Esel folge ich ihr.

Der Anblick vor mir ist nicht zu verkennen. Ihr Hintern sieht einfach zum Anbeißen aus.

»Hey, Peach, kannst du dich mal kurz bücken?«, rufe ich ihr hinterher.

Verwirrt schaut sie über die Schulter zu mir.

»Hä? Warum das?«

Ein breites Grinsen ziert mein Gesicht.

»Damit ich die Aussicht besser bewundern kann.« Mein Blick gleitet wieder zu ihrem Hintern.

Sie dreht sich von mir weg und geht im Stechschritt weiter zur Hütte.

»Du bist ein Schwein«, ruft sie mir zu.

»Ja, ein Schwein, das total auf deinen Arsch steht.«

Ihre rechte Hand erhebt sich über ihrem Kopf. In den Himmel gestreckt winkt Emma mit ihrem Mittelfinger.

»Genieß den Ausblick, mehr wirst du nicht zu sehen bekommen.«

Ich kann mein Lachen nicht zurückhalten.

»Oh, ich hätte nichts dagegen einzuwenden, deinen Hintern zu betrachten, während ich in dich eindringe.«

Sie dreht sich zu mir um und schüttelt den Kopf.

»Egal, was ich jetzt erwidere, du drehst es dir sowieso so hin, wie du es brauchst, um daraus etwas Versautes zu machen. Offensichtlich hat dein kleiner Freund das Denken übernommen.« Mit dem Finger zeigt sie auf meinen Schritt.

»Du kannst mich wieder ansprechen, wenn das Ding da unten deinem Kopf die Führung zurückgibt.« Sie klopft sich mit dem Finger gegen an die Schläfe, dreht sich um und steigt dann die Veranda der Hütte hinauf. In der Tür hält sie kurz inne und schaut sich um.

Ich schließe zu ihr auf und sehe über ihre Schulter.

Alles ist recht klein und minimalistisch. Die ganze Hütte besteht nur aus einem großen Raum und einer kleinen Kammer, die das Bad zu sein scheint.

Neben der Badekammer liegt eine Küchennische mit zwei Barstühlen an dem Tresen. Einen extra Tisch gibt es nicht.

Gegenüber befindet sich in der hinteren Ecke ein kleines Doppelbett und davor eine Sitzecke mit Kamin. Die ganze Hütte ist bestimmt nur fünfunddreißig Quadratmeter groß. Nicht viel Platz, aber Abstand ist das Letzte, was ich von Emma haben will.

»Oh, schau mal. Wie gemütlich.« Sie sieht grinsend über ihre Schulter.

»Ich liebe das Rustikale.«

»Ich weiß.« Um dichter an sie herantreten zu können, stelle ich unser Gepäck auf der Veranda ab. Meine Hand gleitet um sie herum, und ich ziehe sie in meine Arme. Das Gesicht in ihren Haaren vergraben, murmle ich an ihrem Hals:

»Das Bett gefällt mir am besten.«

»Warum das?« Sie legt ihren Kopf zur Seite und ermöglicht meinen Lippen besseren Zugang.

Ich übersäe ihre zarte Haut mit Küssen.

»Es ist so klein, dass es keinen Millimeter Luft zwischen uns beiden geben wird«, raune ich in ihr Ohr.

Sie schüttelt mich ab und tritt in die Hütte hinein.

»Du schläfst auf dem Boden, wenn du so weitermachst.«

»Ja, da kann ich es mir auch sehr gut vorstellen.« Ich reibe mir mit Daumen und Zeigefinger nachdenklich übers Kinn.

»Ist es nicht sowieso der Traum jeder Frau, ganz romantisch vor einem Kaminfeuer auf dem Boden Liebe zu machen?«

Sie verdreht die Augen.

»Halt die Klappe und beeile dich. Unsere Zeit ist begrenzt, und ich will nicht nur deinen kleinen Jace sehen. Den kann ich auch noch am Montag in Augenschein nehmen, diese tolle Aussicht hier und die wunderschönen Pferde nicht.« Emma verlässt die Hütte, begleitet vom Klang meines Lachens.

Keine Zeit für Trödelei, das Abenteuer wartet auf uns.

Kapitel 37

Emma

Nachdem wir einen kurzen Abstecher auf den See gemacht haben, geht es endlich zu den Pferden. Ich kann es kaum erwarten. Mein größter Wunsch war es schon immer, reiten zu lernen, aber es hat sich nie ergeben. Bis jetzt, denn Jace hat den Unterricht in unseren Zeitplan integriert. Heute sind wir auf dem Platz und morgen geht es zum Ausritt in die Wildnis. Doch so sehr ich mich auch freue, ein bisschen aufgeregt bin ich schon.

»Hey, worüber denkst du gerade nach?« Jace legt seinen Arm über meine Schulter und zieht mich dichter an sich heran.

»Nur dass ich ein bisschen Angst habe.«

»Warum das denn?« Sein Blick gleitet forschend über mich.

»Ach, es ist eigentlich blöd.« Ich schaue nach unten, mein Haar fällt wie ein Schleier vor mein Gesicht.

Sein Daumen streichelt zärtlich über meine Wange. Vorsichtig hebt er mein Kinn.

»Wenn dich etwas bedrückt, dann ist es überhaupt nicht blöd, egal was der Grund dafür ist.«

Verlegen schaue ich auf die Blätter unter meinen Füßen und räuspere mich.

»Ich liebe Pferde, aber ich habe auch Respekt vor diesen wundervollen Tieren. Es ist ja kein Geheimnis, dass der Reitsport nicht ungefährlich ist.«

»Mach dir keine Sorgen. Hier wirst du nur auf die ruhigsten und erfahrensten Pferde gesetzt, nicht auf einen wilden Mustang wie in deinem Film. Ich habe eine ausführliche Recherche durchgeführt, bevor ich mich für diese Ranch entschieden habe.«

Ich schenke ihm ein kleines Lächeln.

»Ich möchte nicht, dass du das Gefühl hast, ich wäre nicht dankbar für diesen Ausflug. Denn das alles hier ist wundervoll. Ich liebe jede Sekunde und hätte mir keinen besseren Kurztrip wünschen können.«

Der Wald lichtet sich. Am Horizont kann ich schon die Koppeln sehen. Mein Herz schlägt vor Aufregung mit jedem Schritt, den wir näherkommen, schneller.

Jace scheint mal wieder zu spüren, was in mir vorgeht. Er drückt meine Schulter kurz und gibt mir einen Kuss auf meinen Mundwinkel.

Ich drehe mich zu ihm, aber da sind seine Lippen schon wieder verschwunden. Ein protestierender Laut kommt über meine.

»Warum bekomme ich keinen vernünftigen Kuss?«

Lachend sieht er mich an.

»Weil es nicht bei einem harmlosen Kuss bleiben würde. Und da drüben am Stall wartet schon Jim auf uns.« Er zeigt auf den Mann, der dort steht.

»Ich möchte wirklich nicht, dass er Zeuge davon wird, wie ich dich ins Gebüsch ziehe und dort vernasche.«

Frustriert atme ich aus.

»Ich wollte nur einen einfachen Kuss.«

Jace beugt sich zu mir, sodass sein Mund direkt an meinem Ohr ist.

»Ich verspreche dir, du wirst heute noch viel mehr als einen einfachen Kuss bekommen, wenn wir zurück in der Hütte sind.«

»Wenn ich jetzt keinen bekomme, dann kannst du die später auch für dich behalten.«

Jace beugt sich ein Stück zu mir, doch da ertönt ein Räuspern neben uns und unterbricht unser Geplänkel.

»Hey, seid ihr bereit, euch aufs Pferd zu schwingen?«, fragt Jim.

Jace' Hand fährt meinen Arm hinunter und gleitet für eine kurze Berührung in meine. *Alles wird gut*, vermittelt seine Geste mir.

Und ich glaube ihm. Mit ihm an meiner Seite fühlt es sich so an, als könnte uns nichts etwas anhaben.

»Ja.« Ich schaue unseren Reitlehrer lächelnd an.

»Na, dann kommt mal mit.« Er läuft in den Stall hinein, gefolgt von Jace und mir.

»Wir holen Halfter und Strick, bevor es auf die Koppel geht.«

Ich dachte, die Pferde warten schon vorbereitet auf uns oder dass sie zumindest im Stall stehen. Da habe ich mich wohl getäuscht.

»Habt ihr euch schon ein Pferd ausgesucht, das ihr gerne reiten würdet?« Jim drückt jedem von uns ein Halfter mit einem Strick daran in die Hand, bevor wir uns zur Koppel begeben.

»Wie meinen Sie das? Gibt es nicht spezielle Pferde, die für den Reitunterricht vorgesehen sind?« Verwundert schaue ich ihm hinterher.

Er wirft einen flüchtigen Blick über die Schulter.

»Schon, aber der Großteil gehört zu dieser Gruppe. Darum geben wir den Leuten die Möglichkeit, zu wählen. Fühlt man sich zu dem Pferd hingezogen, gibt es einem später mehr Sicherheit beim Reiten. Also nur zu, sagt mir, welches euch am besten gefällt.«

Jace und ich nehmen die Tiere vor uns genau unter die Lupe.

Ich versuche das Pferd, zu dem ich eine Bindung habe, aufzuspüren.

Lange brauche ich nicht, um das *Eine* zu finden. Oder besser gesagt, die Eine.

»Die da!« Ich zeige direkt auf das wunderschöne Pferd von vorhin. Kein anderes zieht mich so sehr an wie dieses.

Als würde sie meinen Blick auf sich spüren, hört sie auf zu grasen, hebt den Kopf und schaut zu mir herüber.

»Welche genau?«, fragt Jim.

»Die Buckskin-Stute direkt da vorne.«

»Ach, die.« Er kratzt sich verlegen im Nacken.

»Die gehört leider zu den wenigen, die nicht von unseren Gästen geritten werden können. Sie steht zum Verkauf, weil wir Platz für den Nachwuchs brauchen, und da können wir es nicht riskieren, dass sie sich verletzt.«

Na super, es ist mal wieder so klar, dass ich ein Pferd toll finde, das nicht zur Verfügung steht. Immer sehne ich mich nach Dingen, die unerreichbar sind. Das scheint der Song meines Lebens zu sein.

»Peach, warum schaust du dir nicht die anderen Pferde an? Ich würde gerne kurz mit Jim sprechen.«

›Kann das nicht bis später warten?‹, frage ich Jace mit meinem Blick.

Seiner sagt, dass es nicht lange dauern wird.

Verloren schaue ich mich um. Wo soll ich jetzt hingehen?

Wir stehen mitten auf einer Koppel. Hier ist nichts außer das weite Land und die Pferde.

Die Männer machen allerdings auch keine Anstalten, ihr Gespräch an einem Ort zu führen, wo sie etwas mehr Privatsphäre haben. Die brauchen sie offensichtlich, sonst hätte Jace mich ja nicht weggeschickt.

»Emma, du kannst schon mal zu den Pferden rübergehen.« Ein Glück gibt Jim mir damit einen Ausweg aus dieser unangenehmen Situation.

»Klar.« Ich gehe die Koppel hinunter.

Die Tiere werfen mir hin und wieder Blicke zu. Ist es eigentlich ein klein wenig irre, auf eine Herde fremder Pferde zuzulaufen? Wahrscheinlich schon. Ich hoffe einfach mal, dass nichts sie plötzlich aufschreckt – ich möchte ungern umgerannt und zertrampelt werden.

Mich trennen nur noch ein paar Meter von der Herde, als die Stute meiner Wünsche sich aus ihr löst und auf mich zukommt.

Mein Herz stolpert vor Aufregung wie wild in meiner Brust. Meine Handflächen werden klamm. Eine Mischung aus Angst und Freude wirbelt in meinem Bauch umher.

Oh mein Gott, können Pferde riechen, wenn man sich fürchtet, oder ist das nur bei Hunden und Raubtieren der Fall?

Doch ich habe keine Zeit, länger darüber nachzugrübeln, denn die Stute ist nun direkt vor mir.

Wie erstarrt stehe ich da, aus Angst, sie zu verschrecken. Meine ganze Aufmerksamkeit ist auf sie gerichtet, ich will keine Bewegung verpassen.

Sanft stupst sie mit ihrer Nase gegen meinen Arm.

»Hey, mein Mädchen«, begrüße ich sie. Ich taste mich ein wenig vor und hebe meine Hand mit der Innenfläche nach vorne, stets darauf bedacht, keine bedrohlichen Gesten zu machen.

»Darf ich dich anfassen?«, frage ich leise.

Die Stute hebt ihren Kopf.

Eine Welle der Unsicherheit schwappt über mich. Was wird sie als Nächstes tun? Es ist ja nicht so, als wenn ich eine verdammte Ahnung von Pferden hätte. Ich glaube, mal etwas über die Körpersprache und die Bedeutung von der Ausrichtung der Ohren gelesen zu haben.

Sie sind nach vorne gestreckt. Ist das ein gutes oder schlechtes Zeichen?

Ich bin noch immer total in meine Gedanken vertieft, als ich plötzlich ein Schnauben höre.

Keine Sekunde später besprenkeln kleine Tropfen meine Wangen.

»Ihh.« Ich wische mir lachend mit dem Ärmel meiner Jacke über das Gesicht.

»Du bist ja eine richtig freche Maus.« Das Eis ist dank der unfreiwilligen Dusche gebrochen, und ich traue mich, sie zu berühren. Vorsichtig streiche ich über ihren Kopf. Die Partie um die Nüstern herum ist so weich, ich könnte das den ganzen Tag machen.

»Hey, hast du einen neuen Kuschelpartner gefunden?« Ich kann Jace hinter mir spüren.

Meine tierische Freundin macht ein paar Schritte zurück.

»Na toll, sie mag dich nicht. Kannst du wieder gehen und dich deinen wichtigen Gesprächen mit Jim widmen? Wir wollen unsere Privatsphäre haben.« Mein Blick ist noch immer auf die Stute vor mir gerichtet.

Plötzlich sind Jace' Hände auf meiner Taille. Dann startet er einen der hinterhältigsten Angriffe überhaupt. Seine Finger sind überall dort, wo ich besonders kitzelig bin.

Ich krümme mich vor Lachen und lasse mich nach vorne fallen, doch sein Griff um meine Mitte verhindert, dass ich seinem Angriff entkomme. Kreischend versuche ich, ihn mit meinen Händen wegzuschlagen, aber es ist aussichtslos.

Seine Erektion drückt sich in meinen Hintern. Gut zu wissen, dass meine Qualen ihn heiß machen.

Mein Mund ist dank meiner hängenden Position und des Windes hier draußen voller Haare. Sehen kann ich durch die Gardine vor meinem Gesicht auch nichts mehr.

»Jace, bitte hör auf. Es tut mir leid, du darfst hierbleiben.«

Doch statt mich gehen zu lassen, greift er noch mehr an.

Wild schlage ich mit Händen und Füßen um mich.

Mit einem Mal hört Jace abrupt auf. Vorsichtig setzt er mich auf dem Boden ab und bewegt sich dabei wie in Zeitlupe.

Verwirrt schaue ich zu ihm.

»Deine Freundin hat mich angegriffen.« Mit aufgerissenen Augen sieht er mich an.

»Hä?« Verwirrt blicke ich zu der Stute neben mir.

Sie senkt den Kopf und reibt ihre Nase an meinem Gesicht.

»Sie hat mich angestupst.« Noch immer ganz schockiert fährt er sich mit der Hand übers Haar.

Abwesend streichle ich ihre Blässe, während ich Jace ernst angucke.

»Das hast du davon, wenn du mich so hinterhältig angreifst.« Ich zeige mit dem Finger auf ihn.

»Und glaub nicht, ich hätte nicht mitbekommen, dass dein kleiner Freund sich dabei freudig an meinem Hinterteil gerieben hat. Wenn du so weitermachst, schlafe ich heute Nacht im Stall bei meinem Mädchen hier.«

»Dein Mädchen ist ganz schön kampfeslustig. Kein Wunder, dass ihr beide euch so gut leiden könnt.«

Ich grinse ihn breit an.

»Wie auch immer, ich bin nur gekommen, um dir zu sagen, dass du doch auf ihr reiten darfst.«

Vor Freude springe ich ihm in die Arme. Meine Beine um seine Hüften geschlungen und meine Hände in seinem Nacken verschränkt, küsse ich ihn stürmisch.

»Du bist der Beste.«

Freudig hüpfe ich neben Jace her. Das Adrenalin pumpt noch immer durch meine Adern, als wir an der Hütte ankommen.

»Uh, das hat so einen Spaß gemacht. Ich kann es kaum erwarten, morgen wieder aufs Pferd zu steigen.«

Mein hübsches Mädchen ist ein Traum. So lieb und ruhig, kein Stück schreckhaft – einfach perfekt. Ich bin kein Profi, aber ich würde sagen, laut ihrer Körpersprache war sie recht angetan von mir. Nur kann sie Jace anscheinend nicht ganz so gut leiden.

»Und warum schaust du dann plötzlich so traurig, wenn es dir doch Spaß gemacht hat?« Jace zieht mich zu sich heran.

»Ach, ich musste nur gerade daran denken, dass ich morgen bestimmt nicht mit meinem Mädchen ins Gelände darf. Da wirst auch du nichts dran drehen können. Stell dir mal vor, sie verletzt sich unterwegs. Das Risiko gehen sie mit Sicherheit nicht ein. Immerhin leben sie von der Zucht und den Besuchern.«

Er drückt mir einen Kuss auf den Kopf.

»Mach dir keine Sorgen. Ich habe alles geklärt. Jede Aktivität, die die Pferde beinhaltet, wirst du auf der verrückten Stute erleben.«

Ich verpasse ihm mit meinem Ellenbogen einen Stoß in die Seite.

»Sie ist nicht verrückt.«

»Wenn du das sagst. Können wir die Pferde jetzt für ein paar Stunden hinter uns lassen und den Abend zusammen genießen?«

Mein Blick wandert zu ihm hoch.

»Was hast du dir denn vorgestellt?«

»Wir können ein Feuer machen. So mit S'Mores und allem.«

»Oh, haben wir auch Erdnussbutter?« Ich klatsche aufgeregt die Hände zusammen.

»Natürlich habe ich das widerliche Zeug für dich dabei.« Angewidert verzieht er sein Gesicht.

Ein Augenverdrehen habe ich bei seinen Worten nicht unterdrücken können.

»Ist es gar nicht, es ist die reinste Geschmacksexplosion.«

»Weißt du, was wirklich eine ist?«

Ich schüttle den Kopf.

Er beugt sich zu mir herüber.

»Wenn du auf meiner Zunge kommst«, raunt er in mein Ohr.

Seine tiefe Stimme jagt einen Schauer der Lust durch meinen Körper.

»Na, dann lass uns erst für meine Geschmacksexplosion sorgen, und später belohne ich dich vielleicht mit deiner.«

Stöhnend ergreift er mit einem stürmischen Kuss Besitz von meinen Lippen.

Es fühlt sich so verdammt gut an. Ich kann einfach nicht genug von ihm bekommen.

»Los, komm schon.« Er gibt mir einen Klaps auf den Po.

»Wir haben Dinge zu erledigen.«

Stöhnend lege ich meinen Kopf in den Nacken und genieße das Gefühl der puren Ekstase.

»Oh mein Gott, ich glaube, ich komme gleich. Das ist so gut.«

Jace hustet wie wild los.

»Verdammt, Emma.« Er wischt sich mit dem Ärmel seines Hoodies die Feuchtigkeit von seinem Kinn.

»Willst du mich umbringen?« Noch immer versucht er die Flüssigkeit, die den falschen Weg nach unten genommen hat, abzuhusten.

»Was habe ich denn gemacht?« Ich klimpere mit den Wimpern, wie das Unschuldslamm, das ich definitiv nicht bin.

»Oh, das weißt du ganz genau!«

Ich kann mir ein Lachen kaum noch verkneifen.

»Kein Ahnung, wovon du sprichst.«

Er hebt eine Augenbraue. Mit einer blitzschnellen Bewegung klaut er mir meinen restlichen S'More aus der Hand. Stöhnend reibt er ihn an seiner Wange auf und ab.

»Hmmm, ohhhh. Soooo gut.« Dabei imitiert er meine Stimme. Ziemlich schlecht, wie ich finde. Seine Zunge schnellt hervor und leckt über den Spalt zwischen den Keksen.

»Ahhh.« Er stößt in ihn hinein.

»Mhhmmm.« Lecken. Stoßen. Lecken. Stoßen.

»Oh, ich komme gleich«, haucht er atemlos.

»So habe ich mich überhaupt nicht angehört.« Ich verdrehe mal wieder meine Augen.

»Ich habe lediglich meinen Snack genossen. Wusste nicht, dass das verboten ist.«

Er wirft sich den Rest meines Essens in den Mund und leckt sich die Überreste von den Fingern.

Ich gehe zu ihm hinüber und setze mich rittlings auf seinen Schoß.

»Du hast da noch etwas vergessen.« Meine Hand umschließt sein Handgelenk und führt seine Finger zu meinem Mund.

Langsam lasse ich seinen Zeigefinger in ihn hineingleiten. Mein Blick ist dabei die ganze Zeit auf seinen gerichtet. Leckend und saugend bearbeite ich ihn.

Seine Augen sind dunkel vor Lust. Es braucht nicht mehr viel, bis er die Kontrolle verliert.

Mit einem Ploppen lasse ich ihn aus meinem Mund gleiten. Ich beuge mich zu ihm und umfasse sein Gesicht mit beiden Händen.

»Und hier.« Mit sanftem Druck drehe ich seinen Kopf zur Seite. Meine Zunge schnellt vor und leckt die Überreste des S'Mores von seiner Wange.

Jace stöhnt auf. Seine Hände landen auf meinem Hintern. Mit festem Griff packt er zu. In einer fließenden Bewegung erhebt er sich von seinem Stuhl mit mir in seinem Arm.

Um nicht herunterzufallen, umschlinge ich seine Hüften mit meinen Beinen.

Seine Erektion presst sich gegen meine Mitte. In seinen Augen lodern die Flammen der Lust. Ein Versprechen liegt in seinem Blick.

Die Zeit der Warterei hat heute Abend ein Ende.

Bei jedem Schritt zurück in die Hütte reibt seine Härte über meinen Spalt. Nur getrennt durch ein paar Lagen Stoff.

Ich verstärke meinen Klammergriff, um die Penetration zu steigern, und übersäe sein Gesicht mit Küssen. Ich kann es kaum erwarten, unsere Klamotten loszuwerden und seine Haut auf meiner zu spüren.

Jace kickt die Tür hinter uns zu, nachdem er das Innere der Hütte betreten hat. In drei langen Schritten ist er am Bett. Er löst meine Beine von seinen Hüften und schmeißt mich auf die Matratze.

Federnd hüpfe ich ein paarmal hoch, fast wie auf einem Trampolin.

Das Feuer scheint durchs Fenster herein und taucht die Hütte in ein oranges Licht.

Die Schatten auf Jace' Gesicht lassen ihn geheimnisvoll und gefährlich wirken, was mich noch heißer macht.

Vor zwei Monaten hätte ich mir nie erträumt, einmal Sex mit Jace zu haben. Und jetzt sind wir nur Sekunden davon entfernt, uns die Kleidung vom Leib zu reißen.

Schmetterlinge flattern wild durch meinen Bauch.

Jace streckt seine Hand aus und streichelt über meine Wange. Seine Berührung ist sanft und rau zugleich.

»Wenn wir diesen Schritt gehen, dann gibt es kein Zurück.«

Ich schaue mit festem Blick hinauf in seine Augen.

»Das gibt es für mich schon jetzt nicht mehr. Du bist derjenige, den ich will.«

Seine Lippen verschließen meine mit einem stürmischen Kuss. Er beißt, leckt und erforscht jeden Winkel meines Mundes. Ergreift Besitz von ihm.

Ich spüre die Dringlichkeit in seinem Kuss, die auch durch meine Adern fließt. Denn auch wenn viele Dinge noch ungeklärt sind, ist doch klar, dass ich diesen Mann nie wieder gehen lassen werde. Koste es, was es wolle.

Meine Hände gleiten unter seinen Hoodie. Ich muss ihn einfach spüren. Hektisch versuche ich ihn von seinen Sachen zu befreien. Zwischen uns sind viel zu viele Lagen Stoff. Es kann mir gar nicht schnell genug gehen, dass wir uns Haut an Haut spüren.

Jace scheint meine Verzweiflung zu fühlen. In einer fließenden Bewegung greift er in seinen Nacken, zieht Hoodie und Shirt in einem über den Kopf. Anschließend lässt er keine Zeit verstreichen und macht auch kurzen Prozess mit meinem Oberteil.

»Du bist wunderschön«, raunt er gegen meine Lippen.

Ich ziehe ihn dichter an mich und presse meinen Mund hart auf seinen. Mit gierigen Händen erkunde ich jeden Millimeter seiner muskulösen Brust. Dann fahre ich hinab zu seinem steinharten Sixpack.

Jace ist Sex auf zwei Beinen. Ich kann mich gar nicht sattsehen. Doch es gibt etwas, das ich noch lieber bewundern würde. Also öffne ich Jace' Jeans.

Sein Penis springt mir entgegen.

Ich lehne mich ein Stück zurück und unterbreche unseren Kuss. Mein Blick gleitet einen kurzen Moment nach unten, bevor ich ihn fragend anschaue.

»Keine Unterhose?«

»Ist nur 'ne unnötige Barriere.« Seine Stimme ist rau vor Lust. Er zieht seine Hose hinunter und kniet sich mit einem Bein aufs Bett. Splitterfasernackt thront er über mir, seine Erektion mit mir auf Augenhöhe. Jace' Finger fahren durch mein Haar.

Ich lege den Kopf in den Nacken und schaue zu ihm auf, während meine Zunge hervorschnellt, um meine Lippen zu befeuchten.

Seine Hand in meinen Haaren verstärkt ihren Griff. Aus dem Augenwinkel sehe ich, wie seine Erektion vor Aufregung zuckt.

Den Blick noch immer fest auf seinen gerichtet, beuge ich mich nach vorne. Ich kann seine Erregung riechen. Als ich in Reichweite bin, öffne ich meinen Mund und lasse meine Zunge langsam über den Spalt seiner Spitze gleiten. Der Tropfen der Lust liegt salzig auf ihr.

Jace' Hände an meinem Kopf sind mittlerweile zu Fäusten geballt, und sein ganzer Körper zittert vor Anspannung. Mein eigenes Verlangen spiegelt sich auch in seinen Augen wider. Ich will seine Lippen auf meinem Körper spüren. Möchte wissen, wie es sich anfühlt, sich ihm vollkommen hinzugeben. Aber zuerst will ich ihm Lust verschaffen. Meine Lippen umschließen seine Eichel. Saugend und leckend verwöhne ich ihn.

Seine Hüften stoßen synchron zu meinen Bewegungen.

Mit einer Hand massiere ich seinen Schaft, während die andere sich in seiner knackigen Pobacke vergräbt.

Mit festem Griff zieht er meinen Kopf zurück. Sein Penis rutscht ploppend aus meinem Mund.

»Wenn du so weitermachst, komme ich, bevor ich überhaupt in der Nähe deines Pfirsichkerns war. Und ich habe jede Absicht, mit ihm heute Abend Bekanntschaft zu machen.«

Lachend sehe ich ihn an.

»Was ist das denn bitte für eine Bezeichnung?«

»Eine wunderbare.« Jace greift unter meinen Hintern und hebt mich weiter aufs Bett. Mit meiner Jeans macht er kurzen Prozess, auch mein BH muss dran glauben.

Ehe ich mich versehe, liege ich vollkommen nackt vor ihm.

Sein Blick gleitet über jeden Millimeter meines Körpers. Anerkennung breitet sich auf seinem Gesicht aus.

»Du bist wunderschön.«

»Du bist auch nicht schlecht anzusehen.« Grinsend schaue ich ihn an. Ich umschließe seine Erektion mit meiner Hand. Sein bestes Stück ist so groß, dass sich meine Fingerspitzen nicht mal ansatzweise berühren.

»Aber können wir jetzt weniger quatschen und mehr machen?«

Ein Grinsen ist die einzige Antwort, die ich bekomme. Im nächsten Moment sind seine Lippen auf meinen. Nach dieser kurzen Berührung beißt und leckt er sich seinen Weg meinen Hals hinab. Dem Brustansatz schenkt er besonders viel Aufmerksamkeit. Kleine, federleichte Küsse landen überall, nur nicht dort, wo ich seine Lippen am meisten spüren will.

Verzweifelt bäume ich mich auf, ich strecke ihm meine Brüste entgegen.

Seine Zunge streift flüchtig einen Nippel.

Doch ich will mehr. Also schlinge ich meine Beine um seine Hüften und ziehe ihn dichter zu mir heran. Wild reibe ich mich an ihm, auf der Suche nach Penetration, die meine Lust befriedigen kann. Seine Erektion gleitet durch meine feuchte Hitze.

»Jace.«

Er lässt seine Zunge über den anderen Nippel schnellen.

»Was brauchst du, Em?«

Ich reibe meine Mitte wilder an seiner Erektion.

»Dich.«

Noch immer saugt und leckt er sich seinen Weg geschickt um meine Brüste herum.

»Aber du hast mich doch schon.« Er pustet Luft über meine Nippel, die mittlerweile wütend pochen.

»Das weiß ich.« Ich greife in seine Haare und ziehe ihn zu mir nach unten. Doch anstatt ihn zu küssen, drücke ich sein Gesicht in meine Brüste

»Ich brauche dich da.«

Sein tiefes Lachen vibriert zwischen ihnen.

Stöhnend strecke ich mich ihm weiter entgegen.

Seine Lippen umschließen meinen Nippel. Kräftig saugt er ihn in seinen Mund hinein. Die Zungenspitze umkreist die harte Knospe. Mit der Hand verwöhnt er die andere. Zwischen Daumen und Zeigefinger lässt er sie hin und her rollen.

Mein Körper steht vor Lust in Flammen. Mit jeder Bewegung unserer Hüften gleitet sein Penis leichter durch meine Spalte. Benetzt mit meiner Erregung könnte er jeden Moment in mir versinken.

»Wir brauchen ein Kondom.« Ich ziehe leicht an seinen Haaren.

»Hmm, ich steh drauf, wenn du das machst.« Seine Zähne versinken in meiner weichen Brust.

Ich stöhne auf. Mein Oberkörper schießt vom Bett hoch.

Jace macht es mir wirklich nicht leicht, einen halbwegs klaren Kopf zu bewahren. Wir sind kurz davor, die Kontrolle zu verlieren, und ich nehme die Pille nicht. Das ist keine gute Kombination.

»Jace, warte kurz.« Erfolglos versuche ich ihn ein Stück von mir weg zu drücken.

»Was ist das Problem?«, murmelt er gegen meine Haut.

»Wo hast du die Kondome?«

Noch immer übersät er unbeirrt meinen Körper mit Küssen.

»In meiner Tasche.« Er knetet meine Brust. Seine Erektion stößt rhythmisch gegen meine Mitte.

Ich lasse meinen Kopf zur Seite fallen und scanne den Raum nach seiner Tasche. Direkt neben dem Bett entdecke ich sie. Mit voller Kraft drücke ich Jace von mir weg und rolle mich auf den Bauch.

Er sieht das offenbar als Einladung, seinen Schritt gegen meine Rückseite zu pressen. Von hinten umfasst er meine Brüste und massiert sie.

Stöhnend lasse ich meinen Kopf gegen seine Schulter fallen.

Seine Lippen haben ihren Weg zurück an meinen Hals gefunden. Dort knabbert und leckt er sich hoch und hinunter.

Meine Sinne sind überflutet, ich fühle mich, als könnte ich jeden Moment zerspringen. Ich muss ihn unbedingt in mir haben. Jetzt. Hektisch durchwühle ich seine Tasche. Meine Hände ertasten eine harte Verpackung. Schnell ziehe ich sie heraus und breche beim Anblick der Magnum-Kondome vor Freude fast in Tränen aus. Ich schmeiße Jace eins zu und schaue über die Schulter zu ihm.

»Los, beeil dich.«

»Em, ich hatte eigentlich noch mehr mit dir geplant, bevor wir hierzu«, er wedelt mit dem Kondom herum,

»kommen.«

»Beim nächsten Mal lassen wir uns Zeit. Jetzt sieh zu, dass du dein Ding einpackst und es in mich reinsteckst.«

Er reißt die Packung auf und rollt das Kondom gekonnt über seine Erektion.

»Los, dreh dich um! Ich werde dich beim ersten Mal nicht von hinten nehmen. Ich will dein Gesicht sehen, wenn du um meinen Schwanz kommst.«

Ich lasse mich zurück auf den Rücken fallen und spreize die Beine einladend für ihn.

Jace platziert sich vor meinem Eingang. Mit einer langsamen Bewegung versenkt er seine Erektion Zentimeter für Zentimeter in meiner Hitze.

So gedehnt habe ich mich noch nie gefühlt. Es ist, als wenn jedes weitere Stück mich zum Zerreißen bringen würde.

Als er bis zum Anschlag in mir eingetaucht ist, hält er kurz inne, bevor er sich langsam bewegt.

»Alles gut?«

»Hmm, hör nicht auf.« Ich umgreife seine Unterarme, die links und rechts von meinem Kopf abgestützt sind. Bei jedem Stoß hebe ich mich ihm entgegen.

Es fühlt sich an, als wäre die Penetration zu viel, aber gleichzeitig auch nicht genug.

Ein Feuer breitet sich in meinem Unterleib aus und setzt meinen ganzen Körper in Flammen.

»Härter.« Ich umschlinge seine Hüften mit meinen Beinen. Meine Knöchel verschränke ich an seinem Hintern. Bei jedem Stoß ziehe ich ihn stärker zu mir heran.

Durch den neuen Winkel trifft er einen Punkt in meinem Inneren, der mich Sterne sehen lässt.

Ich spüre, wie ein Orgasmus sich aufbaut. Nur noch ein kleines bisschen mehr, und ich werde in tausend Teile zerspringen.

Jace scheint das zu spüren, denn er legt mein Bein über seine Schulter. So gelingt es ihm, noch tiefer einzudringen. Mit seiner freien Hand umfasst er mein Gesicht. Den Daumen presst er gegen meine Lippen, bis mir nichts anderes übrigbleibt, als ihn eintauchen zu lassen.

»Saugen«, befiehlt er.

Ich mache, was er sagt. Seine dominante Art steigert meine Lust noch mehr.

Einen kurzen Moment später lässt er ihn aus meinem Mund herausgleiten. Über meine Unterlippe, hinab zu meinem Kinn.

Ich strecke meinen Kopf nach hinten, um ihm besseren Zugang zu meinem Hals zu verschaffen.

Dort fährt er mit seinem Daumen entlang und hinterlässt einen feuchten Pfad. Er setzt seinen Weg über meinen Nippel Richtung Bauchnabel fort. Und noch ein Stück tiefer. Dabei lässt er sich nicht ein einziges Mal aus dem Takt bringen. Immer weiter rammt er seinen harten Schaft unermüdlich in mich hinein. Plötzlich drückt Jace seinen Daumen auf meine Klitoris.

Die zusätzliche Stimulation bringt mich über die Klippe. Eine Welle der Ekstase rollt durch mich hindurch.

»Oh, es fühlt sich so gut an, wie du meinen Schwanz melkst.« Seine Bewegungen werden immer unkontrollierter, als er seiner eigenen Erlösung nachjagt. Mit einem letzten kräftigen Stoß bricht er über mir zusammen.

Völlig außer Atem liegen wir da und genießen unser orgastisches Hoch.

Nach einer gefühlten Ewigkeit hebt Jace seinen Kopf von meiner Schulter. Sanft streichelt er mir übers Haar.

»Peach, du bist einfach der Hammer.« Mit Bewunderung in den Augen schaut er auf mich herunter. Er drückt einen Kuss auf meine Lippen, bevor er sich zur Seite rollt und mir auf diese Weise mehr Platz gibt.

Lächelnd drehe ich meinen Kopf in seine Richtung.

»Du warst auch nicht so schlecht.«

Empört zieht er mich in seine Arme und kitzelt mich.

Lachend versuche ich mich von ihm weg zu rollen.

»Gib mir fünf Minuten, und ich zeig dir *nicht so* schlecht.«

Kapitel 38

Jace

»Ich wünschte, wir müssten nicht gehen«, murmelt Emma neben mir.

Sanft streiche ich eine ihrer wilden Haarsträhnen hinter ihr Ohr.

»Ich auch.« Meine Lippen streifen ihre Stirn. Liebend gerne würde ich sie an mich ziehen und ihren Mund in Besitz nehmen. Doch wenn ich das tue, werden wir hier nie wegkommen.

Die letzten beiden Tage waren unglaublich. Tagsüber haben wir die Natur erkundet, und abends haben wir das Bett auf Herz und Nieren geprüft.

Nachdem ich nun eine Kostprobe davon hatte, wie es ist, mit Emma zusammen zu sein, kann ich mir nicht mehr vorstellen, jemals wieder darauf zu verzichten. Wenn sie mit Max bereits alles geregelt hätte, würde ich sie auf der Stelle fragen, ob sie bei mir einziehen möchte. Ich hoffe, es wird spätestens in zwei Wochen so weit sein, dann können wir unbeschwert in unsere gemeinsame Zukunft starten.

Emmas Gefluche reißt mich aus meinen Gedanken. Sie hängt mit dem Oberkörper auf ihrem Koffer und versucht erfolglos, ihn zu schließen.

»So eine verdammte Scheiße. Warum geht dieser scheiß Reißverschluss nicht zu? Beschissener Scheißdreck. Wieso sind die Sachen immer dreimal so groß wie vorher, wenn man sie für den Rückweg einpackt?«

Bei Emmas verbalem Ausbruch kann ich nicht mehr an mich halten, die Situation ist einfach zu komisch.

»Hör auf zu lachen.« Sie schaut mich zornig an.

»Das ist überhaupt nicht witzig.«

»Em, du fluchst wie ein Seemann, während du mit hochgerecktem Hintern auf deinem Koffer hängst. Das ist sehr wohl witzig.« Ich ziehe mein Telefon aus der Hosentasche und öffne die Kamerafunktion.

»Bleib genau so, das muss ich festhalten.«

»Untersteh dich!«, kreischt sie und streckt ihre Hand in meine Richtung. Doch ihre Handfläche ist winzig und der Kamerawinkel weit. Es trägt nur dazu bei, dass sie noch irrer aussieht als vorher.

Ich knipse schnell ein paar Bilder als Erinnerung an diesen Moment und verstaue mein Telefon wieder in der Tasche. Vorsichtig schiebe ich sie zur Seite.

»Lass mich mal.« Ich mache mit dem Koffer kurzen Prozess. Mehr Gewicht scheint alles zu sein, was es gebraucht hat, um die Masse an Kleidung zu bändigen.

Emma hat sich in der Zwischenzeit ihren Hoodie übergezogen und ist in ihre Schuhe geschlüpft.

Mit den gepackten Taschen beladen, neigt sich unsere Zeit der Unbeschwertheit dem Ende zu. Ein letztes Mal genießen wir den Anblick der Natur um uns herum.

»Wir müssen auf jeden Fall wiederkommen.« Sie schaut zur Seite, doch ich habe den betrübten Ausdruck auf ihrem Gesicht gesehen.

»Hey, kein Grund, traurig zu sein. Wir machen einfach noch mal einen Wochenendausflug hierher. So weit entfernt von zu Hause ist es ja nicht.« Ich würde sie gerne in den Arm nehmen, aber ich habe keine Hand frei.

»Ja, aber dann ist sie nicht mehr hier.«

Verwirrt schaue ich Emma an. Von wem redet sie? Wir haben doch die meiste Zeit allein verbracht, und wenn wir etwas anderes unternommen haben, war nur noch Jim dabei. Es dauert einen Moment, bis der Groschen bei mir fällt. Sie spricht von dem Pferd.

Eigentlich hätte es mir sofort einfallen müssen, so verzaubert, wie sie seit der ersten Sekunde von ihr ist. Es gab das ganze Wochenende kaum ein anderes Thema. Aber der Ausdruck puren Glücks auf ihrem Gesicht, sobald sie davon angefangen hat, hat das alles wettgemacht.

»Ich weiß, dass du vernarrt in die Stute bist, aber wer weiß, was das nächste Mal für tolle Pferde auf uns warten.«

Mit verschränkten Armen vor der Brust schaut sie auf ihre Füße.

»Das ist nicht dasselbe«, murmelt sie traurig und pustet sich eine Haarsträhne aus dem Gesicht.

»Mit keinem anderen Pferd wird es jemals so sein wie mit ihr.«

Wenn man sie so reden hört, könnte man meinen, jemand wolle ihr das Tier wegnehmen, mit dem sie aufgewachsen ist. Selbst ein Blinder mit einem Krückstock hätte die letzten Tage sehen können, wie sehr sich die beiden zueinander hingezogen fühlen.

»Meinst du, ich kann mich noch von ihr verabschieden?«, fragt Emma mit Tränen in den Augen.

Ich hasse es, sie so zu sehen.

»Da hat mit Sicherheit niemand etwas dagegen.« Dafür werde ich sorgen.

»Du gehst zu den Pferden, und ich verstaue in der Zwischenzeit unser Gepäck im Auto. Danach gebe ich die Schlüssel drinnen ab. Nimm dir so viel Zeit, wie du brauchst.«

Ohne ein weiteres Wort macht sich Emma auf den Weg zu den Pferden.

Und ich gehe los, um alles Wichtige zu erledigen.

»Es war nett, Sie hier zu haben«, sagt Viktor, der Besitzer der Ranch, und begleitet mich zur Koppel.

»Wir haben die Zeit wirklich genossen. Das ist ein wunderschönes Stück Land, was sie hier haben. Wir werden definitiv wiederkommen.«

»Das freut mich zu hören.«

Meine Augen scannen auf der Suche nach Emma die Koppel. Und ich brauche nicht lange, um sie zu finden, denn wie ein Magnet wird mein Blick von ihr angezogen.

Sie steht unter einem Baum. Ihre Arme sind um den Hals der Stute geschlungen, ihr Gesicht in der Mähne vergraben.

Als wir näherkommen, höre ich ihre leisen, unkontrollierten Schluchzer. Verdammt.

»Emma.«

Sie hebt den Kopf und schaut mich an. Die Augen sind rot, und Tränen rinnen ihr Gesicht hinab. So habe ich mir das Ende unseres Trips nicht vorgestellt.

Ich lasse Viktor hinter mir und verringere die Distanz zwischen mir und Emma.

Sie wehrt sich, als ich versuche, sie tröstend in meine Arme zu ziehen. Verzweifelt klammert sie sich an dem Pferd fest.

»Peach, du musst dich beruhigen.«

Ihr Griff um den Hals der Stute verstärkt sich. Die Schluchzer werden lauter.

Perfekt wie sie ist, lässt sie sich von Emmas emotionalem Zusammenbruch nicht aus der Ruhe bringen.

»Em, du musst das Pferd jetzt loslassen und dich verabschieden. Wir müssen los, denn wir haben noch ein paar Stunden Fahrt vor uns.«

Sie schüttelt den Kopf.

»Ich werde sie nie wiedersehen«, entgegnet sie verzweifelt.

»Doch, das wirst du, sobald ich einen Stellplatz für sie gefunden habe, bis unser Stall zu Hause fertig ist.«

Verwirrt hebt sie ihren Kopf vom Hals des Pferdes und

schaut mich an.

»Hä?«

Ich trete näher an sie heran und schließe sie in meine Arme. Diesmal lässt sie es zu.

»Ich habe die Stute gekauft. Sie gehört dir. Niemand kann sie dir jetzt noch wegnehmen.«

Sie starrt mich einen Moment lang wild blinzelnd an, bevor sie geschockt die Hände vor den Mund schlägt.

»Oh mein Gott, du bist verrückt«, kommt es gedämpft hervor. Die Augen weit geöffnet, schaut sie mich ungläubig an. Doch der Schock ist schnell verflogen. Ohne Vorwarnung springt sie mir kreischend in die Arme.

»Du bist der Beste.« Sie übersät mich mit Küssen.

Ein zufriedenes Lächeln macht sich auf meinem Gesicht breit. Ich gebe ihr einen spielerischen Klaps auf den Hintern.

»Los, jetzt. Verabschiede dich von deinem Pferd, und dann Abmarsch. Es ist ja nur eine Trennung auf Zeit. So schnell wie möglich holen wir sie nach Hause.«

Mit einem letzten Kuss verabschiedet Emma sich von ihrem Pferd.

Hand in Hand gehen wir zurück zum Auto.

Strahlend sieht sie mich an.

»Ach, da fällt mir noch was ein.« Sie zieht das Handy aus ihrer Tasche und tippt darauf herum.

»Ich verkünde dir hiermit offiziell, dass du ein armer, ahnungsloser Junge bist.« Sie drückt mir ihr Telefon fast ins Gesicht.

Dort ist ein Screenshot von der Story mit der Umfrage von Freitag zu sehen. Daran habe ich schon gar nicht mehr gedacht.

Sie hat offenbar selbst abgestimmt und den Screenshot anschließend von dem angezeigten Ergebnis gemacht, kurz bevor die Story nach vierundzwanzig Stunden verschwunden ist. Und dreiundsiebzig Prozent der Leute haben auf die Frage, ob sie diesen Film kennen, mit ›Ja‹ geantwortet.

»Du spinnst doch«, sage ich lachend.

»Vielleicht.« Ein breites Grinsen ziert ihr Gesicht.

»Trotzdem hatte ich recht.« Sie streckt mir die Zunge heraus.

Ich liebe ihre verspielte Art und könnte ihr noch stundenlang dabei zuschauen, wie sie ihren Sieg feiert. Doch für uns geht es jetzt zurück in die Realität.

Kapitel 39

Emma

Ich liege allein auf der Couch. Auf dem Fernseher flimmert ein Film, bei dem ich schon vor einer halben Stunde den Anschluss verloren habe. Die Langeweile beherrscht mein Leben. Faith hat keine Zeit. Max ist noch immer wie vom Erdboden verschwunden, zumindest immer dann, wenn ich ihn suche. Und Jace ist in Toronto.

Um mein tristes Dasein ein wenig zu verschönern, schnappe ich mir mein Telefon und tippe los.

Ich: Hey, wie läuft es im Studio?
Jace: Super. Doch ich könnte einen Kuss von meiner Muse gebrauchen. Vielleicht sind wir dann schneller fertig. Wie sieht es bei dir aus?
Ich: Ach, du küsst also andere Frauen?
Ich: Die Kinder vermissen dich, dein Ersatz ist einfach nicht dasselbe, als wenn du ihnen die Sachen beibringst.
Jace: Ich küsse nur eine Frau, das weißt du genau. Und das ist schon wieder viel zu lange her. 4 Tage.
Jace: Vermissen nur die Kinder mich oder noch jemand anderes?
Ich: Deine Eltern, Faith und Malia bestimmt auch.
Jace: Haha.

Jace: Es gibt jemanden, den ich schrecklich vermisse. Die Entfernung zu dieser Person fühlt sich schmerzlich an.
Ich: Ich bin mir sicher, der anderen Person geht es genauso.
Jace: 10 Tage noch!
Ich: Ich zähle die Sekunden.
Jace: Ich muss weitermachen. Die Jungs gucken mich schon genervt an.
Ich: Deine Muse schickt dir einen Kuss, damit du schnell zu ihr zurückkommen kannst. *rotes Herz*
Jace: *rotes Herz*

***

Manchmal frage ich mich, wie ich es sechs Jahre ohne Jace ausgehalten habe. Jetzt erscheinen mir ein paar Stunden ohne eine Nachricht von ihm schon wie eine Ewigkeit. Ganz zu schweigen von den Tagen, die ich ohne seine Berührungen aushalten muss. Ich zähle die Stunden, bis er wieder bei mir ist.

Mein Telefon signalisiert eine neue Nachricht, und mein Herz macht vor Aufregung einen kleinen Sprung. Doch die Freude ist schnell verschwunden, als ich seine Worte lese.

Jace: Hast du schon mit Max gesprochen?
Ich: Nein, ich kann ihn einfach nicht erreichen. Ich war schon bei ihm auf Arbeit und bei seinem Kollegen, aber er war nie dort oder hat sich verleugnen lassen. Zu Hause ist er auch nie. Zumindest nicht zur gleichen Zeit wie ich. Und wenn ich ihm schreibe, antwortet er, dass er auf Arbeit sei. Doch da ist er dann trotzdem nicht anzutreffen.
Jace: Es sind nur noch 5 Tage bis Thanksgiving. Wir wollten es doch unseren Familien sagen. Wie soll das gehen, wenn du nicht mit ihm gesprochen hast?
Ich: Ich weiß. Aber was soll ich denn machen? Ich versuche schon alles Mögliche.

Jace: Beende es per Nachricht. Wenn er dir offensichtlich aus dem Weg geht, dann ist er selbst schuld, es so zu erfahren.
Ich: So will ich das nicht. Ich fühle mich schon schlecht genug wegen dem Ganzen.
Jace: Ach, mit mir zusammen zu sein gibt dir ein schlechtes Gefühl?
Ich: Mach das nicht.
Jace: Was denn?
Ich: Fang keinen Streit an, weil du über die Situation frustriert bist. Mir geht es genauso.
Jace: Ich will einfach nur mit dir zusammen sein. Ist das zu viel verlangt?
Ich: Nein. Glaubst du, mir gefällt es, Angst zu haben, dass mich jemand fotografiert, wenn ich zu dir komme, und es womöglich im Internet landet?
Ich: Dass wir nicht wie ein normales Paar einfach essen gehen können? Oder ins Kino? Oder an irgendeinen anderen öffentlichen Ort? Lebensmittel einkaufen wie jeder andere auch?
Jace: Ich weiß. Es tut mir leid.
Jace: Ich vermisse dich einfach so.
Ich: Ich dich auch. Ich kann es nicht erwarten, dich wieder hier zu haben. *rotes Herz*
Jace: *rotes Herz*

***

Morgen ist Thanksgiving, und ich sehe endlich Jace wieder. Und Faith, die habe ich in den letzten zwei Wochen auch nicht zu Gesicht bekommen. Hätte ich wenigstens eine Ablenkung gehabt, wäre die Trennung von ihrem Bruder nur halb so schlimm gewesen. Doch so war ich allein mit meinem Schmerz und der Zeit, die nicht verstreichen wollte.

Bei dem Gedanken, Jace wieder bei mir zu haben, tanzt mein Herz einen Samba in meiner Brust.

Ich: Ich kann es gar nicht glauben, dass du morgen endlich zurückkommst.
Jace: Oh Gott. Ich weiß gar nicht, wie wir es so lange ausgehalten haben.
Ich: Das nächste Album nehmt ihr in deinem Keller auf. Dann können wir wenigstens nachts nebeneinander liegen, auch wenn ihr 20 Stunden am Tag im Tonstudio verbringt.
Jace: Das hört sich gut an.
Jace: Einfach im selben Haus wie du zu sein, würde mir gerade schon reichen.
Ich: 1 Tag.
Jace: Hast du schon mit Faith gesprochen?
Ich: Nein.
Jace: Ich dachte, du wolltest es ihr vor allen anderen erzählen.
Ich: Ja, das habe ich auch versucht.
Ich: Sie hatte aber keine Zeit für ein Treffen und ich will es ihr nicht schreiben. Also erfährt sie es zusammen mit allen anderen.
Jace: Sie hatte in den letzten 2 Wochen nicht mal eine halbe Stunde Zeit für ihre beste Freundin?
Ich: Nein.
Jace: Wie oft ist das seit Beginn eurer Freundschaft passiert?
Ich: Keine Ahnung. Warum fragst du?
Jace: Kommt mir merkwürdig vor.
Ich: Ich hoffe nur, sie ist nicht sauer, dass sie es so erfährt.
Jace: Selbst schuld, würde ich sagen.
Jace: Ich zähle die Stunden, bis wir wieder zusammen sind.
Ich: Ich zähle die Sekunden. *rotes Herz*
Jace: *rotes Herz*

Kapitel 40

Jace

Die letzten zwei Wochen sind wie im Flug vergangen und kamen mir zeitgleich wie eine Ewigkeit vor. Ich kann es kaum erwarten, Emma wieder in meine Arme zu schließen.

Es fühlt sich an, als läge unser Wochenendtrip Jahre zurück. Ich bin schon bereit für den nächsten. Nur Emma und ich. Ein Traum.

Wir haben uns zwei Wochen lang nicht gesehen. Seit dem Trip, um genau zu sein. Und so lange ist es auch schon her, dass wir Sex hatten. Ich bin so was von ausgehungert. Nur eine Person kann das ändern, und die wird jeden Moment hier sein. Ich hoffe, ich bekomme noch ein paar Minuten mit Emma allein, bevor die Scharen hier eintreffen.

Wie durch ein Wunder haben wir es geschafft, unsere Familien davon zu überzeugen, dass es eine tolle Idee ist, die Traditionen über den Haufen zu werfen und Thanksgiving gemeinsam bei mir zu Hause zu feiern. Glücklicherweise hat keiner weiter nachgefragt, wie es zu diesem Einfall kam. Ab heute hat das Versteckspiel sowieso ein Ende, denn wir werden ihnen sagen, dass wir ein Paar sind. Emma wird ganz offiziell die Frau an meiner Seite sein. Ich kann es gar nicht erwarten, sie zu berühren, wann immer ich den Drang danach verspüre.

So wie jetzt, als sie zur Tür hereinspaziert. Einen Schlüssel hat sie seit einigen Wochen schon. So kann sie jederzeit kommen und gehen, wie es ihr passt.

»Hey.« Ich umrunde die Kücheninsel, schließe sie in meine Arme und küsse sie. Ihre Lippen auf meinen fühlen sich göttlich an. Ich kann gar nicht mehr aufhören. Am liebsten würde ich es den ganzen Tag machen. Und das werde ich auch, sobald unsere Familien es erfahren haben.

»Bist du bereit für heute?«

Sie legt ihr Kinn auf meine Brust und schaut zu mir herauf.

»Klar, wer ist das nicht an den Feiertagen? Ist doch nur ein Haufen Essen.« Ein Lächeln umspielt ihre Lippen.

»Das meine ich nicht. Ich wollte wissen, ob du bereit bist, es unseren Familien endlich zu sagen.«

»Darüber wollte ich noch mal mit dir reden.« Sie löst sich aus meiner Umarmung und geht zur Spüle, wo sie sich die Hände wäscht.

»Ich habe wirklich alles versucht.« Meinem Blick weicht sie aus, greift sich die Zutaten für die Füllung des Truthahns und fängt an, sie klein zuschneiden.

»Wir können es unseren Familien heute nicht sagen.«

»Warum?«, frage ich verwirrt.

»Ich habe noch immer nicht mit Max gesprochen. Und es wäre nicht richtig, es den anderen zu sagen, wenn mein Mann nicht mal weiß, dass es vorbei ist.«

»Warum?«, frage ich erneut. Meine Geduld in Bezug auf Max neigt sich so langsam dem Ende zu.

»Er ist weiterhin wie vom Erdboden verschluckt. Er geht nicht einmal ans Telefon, wenn ich versuche anzurufen. Nur ab und zu schreibt er mir eine Nachricht.«

Enttäuscht von der Wende, die der Tag gerade genommen hat, wende auch ich mich wieder den Vorbereitungen für das Abendessen zu. Es macht sich schließlich nicht von selbst.

»Es tut mir wirklich leid.« Emma legt das Messer, mit dem sie gerade noch wild die Zutaten zerhackt hat, beiseite und kommt zu mir. Sanft streichelt sie meinen Arm.

»Es war wirklich mein Plan, mit ihm zu reden und heute unseren Familien von uns zu erzählen. Ich habe alles in meiner Macht Stehende versucht, glaub mir.«

Dann hat er es meiner Ansicht nach auch nicht anders verdient, als mit einer Nachricht abserviert zu werden. Doch das behalte ich für mich. Mehr als ein

»Mhm« bekomme ich zur Antwort nicht heraus, ich bin zu wütend. Aber noch größer ist meine Enttäuschung.

»Bitte, ich will mich nicht mit dir streiten.« Ihre Arme umschlingen meine Mitte, den Kopf legt sie dabei auf meiner Brust ab.

»Ich verspreche dir hoch und heilig, dass ich es ihm so schnell wie möglich sagen werde.«

Doch wann wird das sein? In ein paar Tagen? Wochen? Monaten? Ich weiß nicht, wie lange ich dieses Versteckspiel noch aushalte.

Aber in einem Punkt hat Emma recht, sich zu streiten ist eine doofe Idee. Ich möchte einfach nur den Tag genießen, soweit das möglich ist, wenn ich so tun muss, als wäre ich nicht vollkommen dieser Frau neben mir verfallen.

»Alles gut. Dann erzählen wir es eben ein anderes Mal.« Ich drücke einen letzten Kuss auf ihre Lippen. Ein langer, enthaltsamer Tag liegt vor uns.

Kapitel 41

Emma

Mit jedem Blick in meine Richtung konnte ich Jace' steigende Frustration über unsere Situation spüren.

Nach unserer kleinen Auseinandersetzung heute früh hat es nicht lange gedauert, bis alle nacheinander hier eingetrudelt sind. Seitdem haben wir keinen einzigen Moment allein gehabt.

Wäre alles planmäßig gelaufen, hätten wir uns um diese Dinge überhaupt keine Gedanken machen müssen. Doch ich habe es mal wieder verbockt. Und damit habe ich Jace verletzt. Ich würde am liebsten etwas dagegen unternehmen und ihm zeigen, wie wichtig er mir ist. Doch mir sind die Hände gebunden. Ich kann nur darauf hoffen, dass die anderen schnell gehen, weil wir nun das Essen hinter uns gebracht haben.

Es dauert zum Glück nicht lange, bis meine Hoffnungen zur Realität werden.

Die Tür ist hinter dem letzten Gast noch nicht ganz ins Schloss gefallen, da sind Jace' Lippen schon auf meinen. Er nimmt sich alles, was ihm den Tag über verwehrt blieb. Sein Kuss ist wild und fordernd. Ohne uns voneinander zu lösen, hebt er mich auf die Kücheninsel. Mit einer Hand umschlingt er mich fest, während er mit der anderen Geschirr und Küchenutensilien aus dem Weg schiebt.

Klirrend fallen Dinge zu Boden, doch davon lassen wir

uns nicht beirren.

»Ich muss in dir sein. Sofort«, murmelt er an meinen Lippen, bevor er sie wieder in Besitz nimmt. Seine Hände gleiten unter den Rock meines Kleides. Er greift sich den Bund meines Höschens und reißt mir mit einem kräftigen Ruck den Stoff von meinem Leib.

»Das brauchst du nicht mehr.« Unbeirrt setzt er seine Mission fort.

Ich spüre, wie das Feuer der Lust unaufhaltsam in mir wächst. Meine Haut ist zum Zerreißen gespannt und der Drang, ihn in mir zu haben, so groß, dass ich an nichts anderes mehr denken kann. Also hake ich meinen Finger in seine Gürtelschlaufe, ziehe ihn dichter zu mir und befreie seine Erektion.

Er umfasst meinen Oberschenkel, fährt mit der Hand mein Bein hinauf und schiebt auf dem Weg zu meiner Mitte den Stoff meines Kleides nach oben. Der Rock liegt gerafft um meine Hüften, sodass er freien Zugang zu meinem Eingang hat. Sein Finger gleitet durch meine Spalte hindurch und verteilt die Feuchtigkeit, die sich dort gesammelt hat. Zufrieden summt er gegen meine Lippen.

Plötzlich verlassen seine Finger die Quelle der Lust, doch ich habe keine Zeit zu protestieren, denn im nächsten Moment taucht er seine Erektion mit einem Stoß bis zum Anschlag in meine Hitze.

Das Gefühl ist so stark wie nie zuvor. Zwei Wochen Enthaltsamkeit und unfreiwillige Trennung führen anscheinend zu einem noch intensiveren Erlebnis.

Ich lehne mich zurück auf meine Ellenbogen und schlinge meine Beine um seine Hüften.

Jace' Hände sind in meinen Oberschenkeln vergraben. Mit ungezügelten Bewegungen stößt er seine Erektion in mich hinein. Dabei trifft er den Punkt in meinem Inneren, der das Feuerwerk der Lust in mir weiter entfacht.

Ich bin so feucht wie noch nie. Das schmatzende, klatschende Geräusch unserer Körper, die bei jedem Stoß aneinanderschlagen, ist der einzige Laut neben unserem Atem.

Auf der Welle der Lust reite ich der Erlösung entgegen.

»Peach, du fühlst dich so gut an.« Stöhnend drückt er seine Lippen flüchtig auf meine.

»Ich halte nicht mehr lange durch.« Jace legt seinen Daumen auf meine Klitoris.

Sanfte, kreisende Bewegungen treiben meine Lust noch weiter an. Die Reize, die von innen und außen auf mich einprasseln, sind fast zu viel für mich.

»Du musst jetzt kommen, Em«, fordert er und reibt die Knospe zwischen Daumen und Zeigefinger. Plötzlich drückt er zu, und Wellen der Lust schlagen durch meinen Körper.

Mein Eingang zieht sich spasmisch zusammen und massiert Jace zu seiner Erlösung.

Erschöpft bricht er über mir zusammen. Sein Gesicht ist in meiner Halsbeuge vergraben, und sein Atem kitzelt meine Haut.

»Das war der heißeste Sex, den ich je hatte. Noch nie hat es sich so intensiv angefühlt.«

»Ja, es war unglaublich.«

»Wenn Sex mit dir ab jetzt immer so ist, will ich das Bett nie mehr verlassen und den ganzen Tag – jeden Tag – in dir verbringen.«

Ich verdrehe die Augen und schaue ihn an.

»Wir befinden uns nicht einmal im Bett.«

»Das lässt sich ganz leicht ändern.« Ein teuflisches Grinsen blitzt kurz auf, bevor er mich über seine Schulter wirft, nach oben trägt und zumindest die nächsten Stunden damit verbringt, sein Vorhaben in die Tat umzusetzen.

***

Heute ist der Tag der Tage. Mein ganzer Körper kribbelt vor freudiger Erwartung. Endlich werde ich mein Mädchen ganz nah bei mir haben. Seit fünf Wochen habe ich sie nicht gesehen.

Es war gar nicht so einfach, den richtigen Stall für die Übergangszeit zu finden, bis der Neubau fertiggestellt ist. Doch Jace hat einen passenden Unterstand ganz in unserer Nähe ausfindig gemacht, und Viktor bringt meine Stute heute höchst persönlich hierher.

Ich bin schon seit einer Stunde auf dem Hof, um sicherzustellen, dass alles vorbereitet ist und die Umsiedlung so stressfrei wie möglich verlaufen wird.

Das Beste ist, dass Jace sogar eine Reitlehrerin engagiert hat, die mir Privatunterricht geben wird, damit ich mein Mädchen auch gut auslasten kann. Schließlich braucht ein Pferd viel Aufmerksamkeit und Bewegung.

In den letzten Wochen habe ich mir alle erdenklichen Bücher über Pferdehaltung und Reiten zugelegt. Jede freie Sekunde habe ich damit verbracht, mein Wissen zu erweitern.

»Entspann dich. Dein nervöses Gewackel macht mich ganz verrückt.« Jace legt seinen Arm um meine Schulter und zieht mich eng an sich heran.

»Ich kann nichts dagegen tun. Ich bin einfach zu aufgeregt und verängstigt zugleich. Es fühlt sich an, als würde mein Kopf jeden Moment explodieren.«

»Dass du aufgeregt bist, verstehe ich ja, aber wovor hast du denn Angst?«

Ich zucke mit der Schulter.

»Die Verantwortung. Reese wird die nächsten Jahre, wenn es gut läuft, sogar die kommenden Jahrzehnte, an meiner Seite sein. Ich muss genügend Zeit für sie haben. Doch wer weiß, was die Zukunft für mich bereithält. Werde ich ihr geben können, was sie braucht?«

Jace hebt mein Kinn an, sodass ich ihm in die Augen schauen muss.

»Peach, die Zukunft hält ein Leben an meiner Seite für dich bereit. Das bedeutet, du brauchst dir keine Sorgen zu machen.

Zur Not stellen wir jemanden ein, der sich kümmert, wenn du nicht kannst.«

»Es ist mein Pferd, ich sollte das alleine schaffen. Außerdem ist es total verrückt, nur wegen mir einen ganzen Stall zu bauen und dann noch Personal einzustellen, das alles bewirtschaftet. Du solltest dein Geld nicht so sorglos zum Fenster rausschmeißen.«

»Em, es ist mir jeden Cent wert, solange du glücklich bist.«

Wenn Jace sich erst mal etwas in den Kopf gesetzt hat, ist es sinnlos, zu versuchen, ihn wieder davon abzubringen. Er lässt nicht locker, bis er bekommt, was er will. Sonst wären wir jetzt nicht hier.

Ich entscheide mich, nachzugeben, weil ich mir meine Energie lieber für Themen aufhebe, die ich auch gewinnen kann. Und wenn es ihm ein gutes Gefühl gibt, sich um mich zu kümmern und mich zu verwöhnen, dann werde ich ihm dieses Hoch nicht vermiesen.

»Wenn du das sagst. Ich möchte nur nicht, dass du wegen mir finanzielle Schwierigkeiten bekommst.«

»Die Ausgaben für das alles hier«, Jace macht eine ausladende Geste in Richtung Stall und Koppeln,

»sind wirklich nur Peanuts für mich.« Er tippt mir spielerisch auf die Nasenspitze.

»Ich finde es süß, dass du denkst, ich müsste mein Geld sparen. Aber ich bin auch ein wenig gekränkt, weil du das Ausmaß meines Erfolgs offensichtlich unterschätzt.«

Ich verdrehe mal wieder meine Augen.

»Oh, großer Rockstar, wie konnte ich es nur wagen, deinen Erfolg nicht gebührend zu ehren? Natürlich habe ich mit nichts anderem als der Weltspitze gerechnet. Ich werde ab sofort sichergehen, dein Ego regelmäßig zu streicheln. Nicht dass unser großer Star noch Komplexe bekommt.«

»Haha, richtig witzig.« Er drückt einen Kuss auf meine Lippen.

Ich ziehe ihn näher zu mir heran, denn ich kann einfach nicht genug von ihm bekommen. Seine Berührungen lassen mein Herz jedes Mal vor Glück fast explodieren. Ich habe immer gedacht, ich wäre mit Max glücklich und würde mein Leben mit ihm verbringen wollen. Aber ich bin froh, dass Jace nicht lockergelassen hat, denn sonst hätte ich nie erfahren, wie es sich anfühlen kann, wenn man den *Einen* an seiner Seite hat. Alles ist einfach viel intensiver. Nie im Leben hätte ich mir erträumen können, dass ich einmal so glücklich und zufrieden sein würde wie in diesem Moment. Und befriedigt. Die Orgasmen, die Jace mir täglich beschert – mehrfach –, sind unzählige Stufen über allen, die ich vorher erlebt habe.

Jace' Hände wandern meinen Körper hinab und holen mich aus der Gedankenwelt zurück.

»Meinst du, wir finden hier ein ruhiges Plätzchen für 'ne schnelle Nummer, um die Zeit zu überbrücken?«, fragt er gegen meine Lippen.

»Du bist so schlimm.« Mit dem Handrücken gebe ich ihm einen spielerischen Klaps gegen die Brust.

»Gib es zu, du liebst es doch.« Ein breites Grinsen ziert sein schönes Gesicht.

»Ja, aber ich werde hier trotzdem keinen Sex mit dir haben. Ich bin mir sicher, du wirst bis heute Abend durchhalten können.«

»Können bestimmt, aber ob ich so lange warten will, ist hier die Frage.« Er wackelt anzüglich mit den Augenbrauen.

»Wir sollten vielleicht einfach das Thema wechseln, um deine versauten Gedanken auf etwas anderes zu lenken. Dein Wille ist dann bestimmt auch bereit, bis heute Abend zu warten.«

Er sieht nicht besonders überzeugt von meiner Idee aus. Mit ausgebreiteten Armen schaut er mich herausfordernd an.

»Na los, dann starte deine Ablenkungsmission.«

Ich überlege kurz, was abschreckend genug ist, um seine starken sexuellen Triebe abzuschwächen. Da fällt mir das perfekte Thema ein, denn es gibt etwas, das ich ihn sowieso schon fragen wollte, aber vor lauter Aufregung ganz vergessen habe.

»Du, sag mal, hast du die Tage etwas von Faith gehört?«

Mit gerunzelter Stirn sieht er mich an.

»Du bist ihre beste Freundin. Solltest du nicht regelmäßig mit ihr reden?«

»Das war keine Antwort auf meine Frage.« Ich rolle genervt mit den Augen.

»Sie lautet nein. Seit Thanksgiving habe ich kaum mit ihr gesprochen. Allerdings war ich auch sehr beschäftigt, wenn du weißt, was ich meine.« Anzüglich wackelt er erneut mit den Augenbrauen.

»Jace, kannst du mal für einen kurzen Moment ernst bleiben?!«

Sein Gesicht nimmt einen neutralen Ausdruck an.

»Was ist los, Emma? Ist zwischen dir und Faith etwas nicht in Ordnung?«

Ein bedrückendes Gefühl macht sich in meiner Brust breit.

»Ich weiß auch nicht. Sie ist seit ein paar Wochen irgendwie merkwürdig. Ich würde ihr gerne sagen, dass wir zusammen sind, aber seit Thanksgiving habe ich sie nicht mehr gesehen, und Zeit hat sie auch keine, um sich zu treffen oder zu telefonieren.« Tränen steigen mir in die Augen, doch ich unterdrücke sie. Noch nie haben Faith und ich uns so wenig gesprochen wie momentan. Und ich werde das Gefühl nicht los, dass ich dafür verantwortlich bin, dass unsere Freundschaft diese Wendung genommen hat.

Mit ernstem Blick schaut Jace mich an.

»Ich werde mit ihr reden und gucken, was ich rausbekommen kann«, verspricht er.

»Aber lass dir diesen tollen Tag nicht von so etwas Negativem verderben. Heute ist nur Platz für spaßige Dinge, alles andere hat auch bis morgen noch Zeit.«

Da fällt mir ein, dass es da eine offene Rechnung gibt. Aber noch werde ich ihn ein bisschen zappeln lassen. Gespielt nachdenklich kratze ich mich am Kinn und schaue zum Himmel hinauf.

»Oh, ich hab es.« Ich schnipse in seine Richtung und zeige auf ihn.

»Weißt du noch die Diskussion, als wir Reese zum ersten Mal gesehen haben?«

»Ja.« Skeptisch schaut er mich an.

»Wir haben doch die Umfrage bei Instagram gestartet. Und dreiundsiebzig Prozent der Leute haben gesagt, sie kennen den Film, was bedeutet, ich hatte recht.«

»Du hast behauptet, jeder kennt den Film, aber dreiundsiebzig Prozent sind eindeutig nicht jeder. Denn siebenundzwanzig Prozent der Leute kennen ihn nicht, was wiederum bedeutet, dass du genaugenommen unrecht mit deiner Aussage hast.«

Und da ist wieder das Augenrollen. Ich schwöre, es gerät außer Kontrolle, sobald Jace in der Nähe ist.

»Hast du in Mathe nicht aufgepasst, oder was? Ab Fünf rundet man auf. Das heißt ab fünfzig wird das auch so gemacht. Also wird bei dreiundsiebzig Prozent aufgerundet, was bedeutet, jeder kennt den Film.«

Ungläubig schaut er mich an. Er wirkt sogar für einen kurzen Moment sprachlos.

»Das ist natürlich eine Möglichkeit, sich seine Niederlage schönzureden.«

»Ich habe recht, das muss ich mir nicht schönreden. Es handelt sich um nackte Tatsachen!«

Jace' Augen verdunkeln sich.

»Oh, nackt hört sich gut an. Ich denke, wir sollten die Sache nackt ausdiskutieren.«

»Sehr witzig, du Nymphomane. Ich hatte recht. Und damit du nicht mehr zu der ahnungslosen Minderheit gehörst, sollten wir heute Abend zur Feier des Tages den Film schauen.« Mit einem siegessicheren Grinsen versuche ich ihn von meiner

Idee zu überzeugen.

Der Pferdetransport fährt vor. Viel Zeit bleibt Jace nicht mehr, um eine Entscheidung zu treffen.

»Wenn es unbedingt sein muss.«

Ich schlinge meine Arme um seinen Hals und drücke einen Kuss auf seine Wange.

»Du wirst den Film lieben«, verspreche ich.

Ein unverständliches Murmeln ist alles, was ich als Antwort bekomme.

Doch das ist mir egal, denn genau in diesem Moment kommt Viktor mit dem Auto vor uns zum Stehen.

Eine Horde Schmetterlinge flattert wild durch meinen Bauch. Ich kann es kaum erwarten, mein Mädchen endlich wiederzusehen.

Nach einer kurzen Begrüßung öffnet Viktor die Klappe des Pferdeanhängers.

Und da ist sie. Meine wunderschöne Stute.

Von Freude überwältigt, rutscht mir ein freudiges Quietschen heraus.

»Entspann dich«, raunt Jace in mein Ohr.

Es dauert nur ein paar Minuten, dann hat Reese festen Boden unter den Füßen.

Viktor übergibt mir den Strick. Ab jetzt ist sie offiziell mein. Die Papiere bekommt Jace, und die beiden unterhalten sich noch kurz.

Doch ich schenke ihnen kaum Beachtung, denn ich habe nur Augen für die Schönheit vor mir. Ich lege meine Stirn an ihre Blesse und streichle sie liebevoll. In diesem Moment bin ich der glücklichste Mensch auf der Welt.

***

Ich fühle mich ausgelaugt, als ich zwei Wochen später das Haus von Jace betrete, um auf seine Rückkehr zu warten. Die

Monate waren ein emotionales Auf und Ab. Die Zeit mit Jace war zwar meist von Glück und Liebe erfüllt, doch wir haben in den letzten Tagen öfter gestritten. Der Grund dafür war Max.

Noch immer versuche ich ihn zu fassen zu bekommen. Aber es stellt sich mir die Frage, ob man nicht automatisch getrennt ist, wenn man seinem Partner Monate aus dem Weg geht. Doch mir wäre es lieber, wenn wir noch einmal über alles sprechen könnten, bevor wir die Scheidung einreichen. Ich würde mich mies fühlen, diesen Schritt zu gehen, ohne dass er weiß, was auf ihn zukommt. Das hat er nicht verdient.

Doch Jace ist da anderer Meinung. Er will es endlich offiziell machen und hat es satt, zu warten. Max ist in seinen Augen selbst schuld, wenn er die Scheidungspapiere ohne ein vorangegangenes Gespräch zugestellt bekommt, weil er mich offensichtlich meidet. Jace' Geduld ist am Ende.

Ich sitze in einer Zwickmühle. Und meine beste Freundin anzulügen macht die Last meines schlechten Gewissens noch größer. Außerdem habe ich das Gefühl, dass sie bereits etwas gemerkt hat, denn sie meidet mich auch.

Die einzigen Momente, in denen ich alle Sorgen für ein paar Minuten vergessen kann, sind die bei Reese. Ich genieße die Zeit auf ihrem Rücken.

Doch auch diese Freude bleibt mir momentan verwehrt, denn ich habe mir einen Mageninfekt eingefangen. Seit Tagen kann ich nichts mehr bei mir behalten, geschweige denn überhaupt etwas zu mir nehmen. Es ist so schlimm, dass ich nicht zur Arbeit konnte. Meine Kräfte lassen immer mehr nach.

Ich habe mal irgendwo gelesen, dass Salzkräcker und Ginger Ale helfen sollen. Also schnappe ich mir in der Küche welche, bevor ich es mir im Wohnzimmer auf der Couch bequem mache.

Jace hat heute einen Auftritt mit der Band in Toronto. Ihr neues Album ist fertig, und nun sind sie auf Promo-Tour. Seit einer Woche fliegen sie schon von Stadt zu Stadt, um die Werbetrommel zu rühren. Toronto ist ihr letzter Stopp.

Sie haben den Erfolg verdient, denn sie haben so hart dafür gearbeitet, und ihre Auftritte in den letzten Tagen waren echt der Hammer, auch wenn ihr Name scheiße ist. Im wahrsten Sinne des Wortes.

Ich bin so stolz auf ihn. Doch ich bin heilfroh, wenn er zurück ist. Vielleicht geht es mir dann auch wieder besser. Möglicherweise ist es ja gar kein Infekt, sondern einfach nur, weil ich ihn so sehr vermisse. Was auch immer die Ursache ist, ich habe Jace nichts von meinem Problem gesagt. Ich wollte nicht, dass er sich schlecht fühlt, weil er nicht da sein kann. Oder noch schlimmer, die Termine absagt.

Damit ich nicht noch eine Nacht darauf warten muss, ihn wiederzusehen, habe ich mir gedacht, ich überrasche ihn zu Hause. Deshalb liege ich auch auf seiner Couch und nicht auf meiner. Ich bin extra mit einem Uber hergekommen, damit er mein Auto nicht in der Einfahrt sieht. Mein geheimes Lager ist hier aufgebaut, und nichts steht unserem Wiedersehen im Weg. Bis auf die Show, die sie vorher noch besuchen müssen.

Gespannt warte ich auf ihren Beginn. Eingemummelt in einen Haufen flauschiger Decken mache ich es mir mit meinen Snacks gemütlich. Ich bin so gespannt, wie der neue Song, den sie heute spielen werden, klingt, denn er hat ihn nicht mal mir vorher gezeigt.

Als die Show endlich startet, kann ich meine Augen gar nicht von dem Bildschirm des Fernsehers lösen.

Er sieht einfach in jeder Lebenslage gut aus. Ich habe so ein verdammtes Glück mit ihm an meiner Seite.

Unter tosendem Applaus laufen die vier ins Studio.

Die Moderatorin scheint gegen den Charme und das gute Aussehen der Jungs auch nicht immun zu sein. Sie beäugt das Quartett mit einem lustvollen Blick.

Am liebsten würde ich sie aus dem Fernseher ziehen und ihr zeigen, wo der Hammer hängt. Schließlich ist das mein Mann, den sie wie ein saftiges Stück Fleisch anschaut.

Aber ich weiß, dass Jace nur Augen für mich hat. Das beruhigt den wütenden Vulkan, der kurz vor der Eruption steht, ein kleines bisschen.

Sie startet das Interview mit harmlosem Smalltalk.

Wie es ihnen so ergangen ist? Gut.

Was sie inspiriert hat? Das Leben.

Ob sie bald wieder auf Tour gehen werden? Spätestens in einem Jahr.

Doch schnell packt sie die intimeren Fragen aus. Und ihr bevorzugtes Ziel ist Jace.

»Ich habe gehört, du hast ein Haus in Pickering gekauft. Warum gerade dort?«

Ein strahlendes Lächeln ziert sein Gesicht.

»Es ist meine Heimat. An keinem anderen Ort könnte ich mir vorstellen, dauerhaft zu leben.« Seine Lippen sind zwar zu einem Grinsen verzogen, doch ich kann hinter die Fassade schauen. Und dort ist eindeutig zu sehen, dass ihm die Frage nicht so sehr passt, wie er versucht, darzustellen.

»Bedeutet das, ihr wollt eure Zelte hier in Toronto abbrechen und euren Lebensmittelpunkt zurück nach Pickering verlegen?«

»Bis jetzt ist diesbezüglich nichts geplant. Aber sollte sich das ändern, sagen wir dir natürlich als Erstes Bescheid.«

»Und gibt es in deinem Leben eine Frau? Das ist die Frage, die unsere Zuschauer am brennendsten interessiert.«

Die Zuschauer? Wohl eher die blöde Kuh selbst.

Ich beiße energisch auf einen Kräcker, während ich gespannt auf Jace' Antwort warte.

»Oh, es gibt mehrere Frauen in meinem Leben, die mir wichtig sind. Meine Mutter und meine zwei Schwestern zum Beispiel. Aber um auf deine Frage einzugehen – ja, ich bin vergeben«, sagt er und schaut direkt in die Kamera.

»Ich liebe dich, Peach.« Er schenkt mir ein Zwinkern. Und auch Millionen anderen Menschen, die diese Show gerade gucken.

Oh mein Gott. Mein Magen macht einen besorgniserregenden Satz. Ich weiß nicht, ob ich mich freuen soll, dass er mich liebt, oder ob ich sauer sein soll, weil er mir damit die Pistole auf die Brust setzt und deutlich macht, dass seine Geduld sich dem Ende zuneigt. Ihm muss bewusst sein, dass eine Aussage wie diese die Medien auf den Schirm ruft und die Paparazzi erst Ruhe geben werden, wenn sie das Geheimnis gelüftet haben. Das wird es unmöglich machen, sich zu treffen, ohne Verdacht zu erregen. Also habe ich keine andere Wahl, als die nächsten Tage endlich reinen Tisch zu machen und mich offiziell zu Jace zu bekennen.

Mein Blick ist weiter fest auf den Bildschirm gerichtet, um keine Sekunde zu verpassen. Wer weiß, was Jace noch alles von sich gibt oder was die Moderatorin für Fragen stellt.

»Diente die mysteriöse Dame namens Peach an deiner Seite als Muse für das neue Album?«

Jace lehnt sich entspannt in seinem Sitz zurück, unbeschwert wie eh und je.

»Sagen wir es mal so, sie hat auf jeden Fall einige Songs inspiriert.« Ein schmutziges Grinsen erscheint auf seinem Gesicht.

Dieser kleine Bastard. Ich schwöre, sollte er auch nur in einem Song ansatzweise über unser Sexleben singen, werde ich ihn für mindestens ein Jahr mit Enthaltsamkeit bestrafen. Und er sollte nicht auf die Idee kommen, sich bei einer anderen Frau die Erlösung zu holen. Sonst kann er mit Konsequenzen rechnen, gegen die Enthaltsamkeit wie ein Zuckerschlecken wirkt.

Die Moderatorin erklärt, dass keine Zeit mehr für weitere Fragen ist.

Gott sei Dank. Das nimmt Jace die Möglichkeit, uns noch tiefer in die Scheiße zu reiten.

»Und jetzt kommt eine Weltpremiere. *Hot Shit* wird zum ersten Mal das Lied ›*Peach*‹ performen. Exklusiv hier bei uns.

Einen riesigen Applaus für *Hot Shit*«, verkündet sie und streckt ihren Arm in Richtung der Jungs aus.

Unter tosendem Beifall starten sie mit den ersten Tönen ihres neuen Songs.

Kurz danach setzt auch Jace' wunderschöne, tiefe Stimme ein.

Eyes blue like the Caribbean Sea,
your gaze is captivating me.
We're like the moon and the sun.
Without you there is no light and no fun.

You're some other man's wife,
yet I need you in my life.
Give you my heart, my soul, my body,
our hiding game will end bloody.

Babe, we belong to each other,
but I'm your best friend's brother.
Never would I make you choose,
because I could only lose.

Would love to have you forever by my side.
Say, will you be my bride?

Eine unbändige Welle der Übelkeit durchläuft meinen Körper, als ich realisiere, welche Folgen der Auftritt hat. Ich schaffe es gerade noch rechtzeitig ins Badezimmer, um den Inhalt meines Magens in die Toilette zu entleeren.

Die Gedanken in meinem Kopf überschlagen sich, doch einer sticht wie eine Neonreklame deutlich hervor. *Du bist am Arsch.*

Es wird ein Leichtes sein, herauszufinden, wer Peach ist, nämlich ich. Und als wäre das nicht schon schlimm genug, hat er der ganzen Welt offenbart, dass unsere Beziehung als eine Affäre angefangen hat und ich eine Ehebrecherin bin.

Kapitel 42

Jace

Ich bin fix und fertig, als ich endlich zu Hause in Pickering ankomme. Es ist schon ziemlich spät, aber ich wollte nicht in Toronto bleiben.

Eigentlich war mein Plan, die Nacht mit Emma zu verbringen, doch sie hat meine Nachricht von vorhin offenbar noch nicht gelesen. Hier zu sein scheint sie auch nicht. Sie parkt ihr Auto immer in der Einfahrt, und die ist leer.

Erschöpft schleppe ich mich die Verandatreppe hinauf. Mittels Fingerabdruck öffne ich die Tür. Im Flur kicke ich meine Schuhe von den Füßen und überlege kurz, direkt ins Bett zu gehen. Doch mein Magen ist dagegen, er knurrt so doll, dass es sich in dem totenstillen Haus ohrenbetäubend laut anhört. Im Dunkeln tappe ich über den Flur in die Küche.

Ich bin echt enttäuscht, dass Emma nicht hier ist. Es gibt nichts Schöneres, als nach einem anstrengenden Tag – oder besser gesagt, einer anstrengenden Woche – nach Hause zu kommen und die Frau, die man liebt, wartet auf einen. So wird es irgendwann sein, wenn auch nicht heute.

Ich taste in der Nähe des Kücheneingangs nach dem Lichtschalter. Das Licht schmerzt in meinen Augen. Es dauert ein paar Sekunden, bis sie sich an die Helligkeit gewöhnt haben.

Eine Bewegung im Augenwinkel lässt mich aufschrecken.

Mein Herz rast wie wild vor Schreck. Ich drehe mich in die Richtung, bereit für einen Kampf. Doch es ist kein Einbrecher.

»Gott, Em. Warum sitzt du hier im Dunkeln und sagst kein Wort?«

Doch Emma schaut mich nur emotionslos an. Ihre Haut ist kreidebleich.

»Peach, ist alles in Ordnung mit dir?«, hake ich nach und gehe auf sie zu.

»Du siehst aus, als würdest du jeden Moment vom Hocker kippen.« Mit dem Handrücken fahre ich über ihre Stirn, die Haut ist kalt und feucht.

»Ich denke, du solltest dich hinlegen. Komm.« Ich nehme ihre Hand in meine.

Doch sie entreißt sie mir.

»Ich gehe nirgendwo mit dir hin!«, fährt sie mich an, und ihre Stimme ist kalt und abweisend.

Das ist nicht die Emma, die ich vor einer Woche zum Abschied geküsst und in meinem Bett zurückgelassen habe, bevor es auf Promo-Tour ging. Und auch nicht die Emma, mit der ich noch heute Nachmittag telefoniert habe.

»Was ist los?«

»Dass du das überhaupt fragen musst, ist das Problem.« Sie erhebt sich vom Hocker. Schwankend kommt sie zum Stehen.

Alle meine Instinkte schreien danach, ihr zu helfen, doch ich unterdrücke sie, denn Emma hat deutlich gemacht, dass sie meine Nähe gerade nicht will. Und ich werde ihre Wünsche respektieren.

»Ich bin wirklich verwirrt, Emma. Hilf mir doch bitte zu verstehen, was passiert ist, damit ich etwas dagegen unternehmen kann.«

»Was passiert ist?«, kreischt sie.

»Ja.« Ich versuche ruhig zu bleiben, in der Hoffnung, dass auch sie sich dann ein wenig beruhigt und wir ein vernünftiges Gespräch führen können.

»Du besitzt tatsächlich die Frechheit, dich dumm zu stellen! Gehst in eine verdammte landesweit ausgestrahlte Talkshow, erzählst, dass du verliebt bist, und dann singst du auch noch darüber!« Sie gestikuliert wild mit den Händen. Doch plötzlich landen sie auf ihrem Bauch, und im nächsten Moment stürmt sie gekrümmt ins Badezimmer.

Um sicherzugehen, dass mit Emma alles in Ordnung ist, folge ich ihr.

Als ich das Bad betrete, hängt sie mit dem Kopf schon in der Toilettenschüssel und würgt wie wild, nur kommt nichts heraus.

Ich gehe zu ihr und streiche ihr sanft über den Rücken.

Ein Schluchzen entweicht ihrer Kehle, und Tränen rinnen ihre Wangen hinab.

Das erste Mal in meinem Leben fühle ich mich komplett hilflos. Daher mache ich das Erstbeste, was mir in den Sinn kommt. Ich hebe Emma in meine Arme, werfe ihr im Flur eine Jacke über und trage sie zu meinem Auto. Sie protestiert dabei nicht ein einziges Mal.

Auf dem Beifahrersitz setze ich sie ganz vorsichtig ab und lege ihr den Sicherheitsgurt um. Danach umrunde ich den Wagen im Sprint und schwinge mich hinters Lenkrad.

Sämtliche Verkehrsregeln und Geschwindigkeitsbegrenzungen ignoriere ich und rase durch die Straßen von Pickering.

Panik steigt in mir auf, je näher wir dem Krankenhaus kommen. Ich habe eine Heidenangst um Emma. Was, wenn es etwas Schlimmes ist? Ich werfe ihr einen kurzen Blick zu, um mich zu versichern, dass sie noch atmet.

Sie scheint zu schlafen, und ich glaube, ein bisschen Farbe ist in ihr Gesicht zurückgekehrt. Das hoffe ich zumindest. Es könnte natürlich auch einfach an dem Licht der Straßenlaternen liegen.

Konzentriert schaue ich wieder auf die Straße vor mir. Als ich erneut einen Blick zu ihr herüberwerfe, wird er von ihrem erwidert.

»Du hast mich verraten – im wahrsten Sinne des Wortes. Ich glaube nicht, dass ich dir das jemals verzeihen kann.«

»Ich dachte nicht, dass das so ein großes Ding ist. Schließlich sind wir zusammen, und als Künstler wird man nun mal von Erlebnissen in seinem Leben inspiriert. So entstehen unsere Songs. Ich verstehe nicht ganz, warum du dich so sehr über alles aufregst.«

Sie schaut mich resigniert an.

»Das ist genau das Problem. Du hast heute nur an dich gedacht, und nicht daran, was deine Handlungen für einen Einfluss auf das Leben anderer haben. Die Folgen sind dir schlichtweg egal. Du bist einfach nur egoistisch.«

»Warum bin ich egoistisch, wenn ich öffentlich zu unserer Liebe stehe? Wenn ich nicht möchte, dass du nur mein schmutziges kleines Geheimnis bist? Wenn ich den Leuten klar mache, dass ich mir ein Leben nur mit dir an meiner Seite vorstellen kann, egal, wie steinig der Weg auch sein mag?« Meinen Blick lasse ich zwischen der Straße und Emma hin und her springen.

»Weil du wusstest, dass es Menschen in meinem, sogar in unserem Leben gibt, die es verdient haben, persönlich und in einem privaten Rahmen von uns zu erfahren. Du hast mir die Chance genommen, es ihnen zu sagen. Jetzt stehe ich vor einem Scherbenhaufen und weiß nicht, wie ich das alles wieder kitten soll.«

»Komm schon, Emma. Du willst seit Monaten reinen Tisch machen. Wir hatten bereits vor fünf Wochen geplant, es unseren Familien in einem sehr privaten Rahmen mitzuteilen. Du warst dafür verantwortlich, dass es nicht passiert ist. Und jetzt bin ich der Böse, weil ich es leid bin, die Gefühle für die Liebe meines Lebens zurückzuhalten, wann immer wir in der Gegenwart anderer Menschen sind?! Dir muss doch klar gewesen sein, dass es nicht ewig so weitergehen kann!«

»Stell dich jetzt nicht als Opfer hin, denn du bist nicht das

Unschuldslamm in dieser Geschichte. Und komm mir nicht mit Liebe! Wenn du mich lieben würdest, hättest du nicht aus heiterem Himmel entschieden, dass du es leid bist, zu warten. Denn die wahre Liebe ist es wert, darauf zu warten! Ich musste das zehn verdammte Jahre tun, bis du endlich gesehen hast, was die ganze Zeit direkt vor deiner Nase war. Und du konntest dich nicht mal ein paar weitere Wochen zurückhalten, bis ich alles geklärt habe? Mir die Zeit geben, die ich brauche? Nach all den Jahren des Kummers, den du mir beschert hast, habe ich zumindest das verdient«, schreit sie und zeigt mit dem Finger zwischen uns hin und her.

»Du tust ja gerade so, als wenn ich dir nicht bereits einen Haufen Zeit gegeben hätte, um deinen Scheiß zu regeln. Ich habe dir die Pistole nicht nach ein paar Tagen auf die Brust gesetzt. Wir hintergehen seit Wochen alle. Sie haben verdient, die Wahrheit zu erfahren, und anscheinend warst du zu feige, dieses Gespräch zu führen. Also freu dich doch, ich hab das für dich erledigt.«

Das Krankenhaus kommt in mein Blickfeld. Ich halte vor der Notaufnahme, damit Emma nicht so weit laufen muss. Auch wenn sie wieder mehr sie selbst zu sein scheint, sieht sie immer noch ziemlich blass aus.

Das Auto ist noch nicht ganz zum Halten gekommen, da reißt Emma schon die Beifahrertür auf und steigt aus. Sie schaut über die Schulter zu mir.

»Es ist gut zu wissen, wie du zu mir und meinen Problemen stehst. Ich denke nicht, dass ich mit jemandem zusammen sein kann, der sein eigenes Wohl über das aller anderen stellt.« Sie schmeißt die Tür zu und steigt die Treppen zum Eingang hinauf.

Ich stoße meine auf und springe aus dem Auto.

»Warte, Emma!«, rufe ich ihr hinterher.

Doch sie reagiert nicht.

Ich habe gerade vor, ihr hinterherzulaufen, da bleibt sie plötzlich stehen.

»Geh nach Hause, ich will dich nicht bei mir haben«, sagt sie emotionslos von mir weggewandt und setzt ihren Weg fort.

Wie versteinert stehe ich da und schaue zu, wie sie sich immer weiter von mir entfernt, bis sie schließlich vollends aus meinem Blickfeld verschwindet.

Mein Herz schreit, ihr hinterherzugehen. Doch ich habe ihre Wünsche heute schon einmal missachtet, was zu diesem Chaos geführt hat. Also respektiere ich Emmas Entscheidung und gebe ihr Raum, auch wenn es mich umbringt, nicht zu wissen, was ihr fehlt, und dass sie in dieser Situation ganz auf sich alleine gestellt ist. Denn das ist das Letzte, was ich möchte.

Ich greife mir mein Telefon und schicke eine Nachricht an die Person, die Emma jetzt wahrscheinlich am ehesten an ihrer Seite haben möchte.

Jace: Emma ist im Krankenhaus. Sie ist ganz allein und braucht dich jetzt.

Egal, was Emma gesagt hat, ich liebe sie bedingungslos und möchte nur das Beste für sie. So schwer es mir auch fällt, ich habe keine andere Wahl, als Emmas Entscheidung zu akzeptieren.

Kapitel 43

Emma

Mir geht es hundeelend. Ich bin froh, dass die Medikamente gegen die Übelkeit langsam wirken.

Der Arzt, der mich in der Notaufnahme untersucht hat, denkt, dass die wahrscheinlichste Erklärung für die Beschwerden ein Virus oder eine Lebensmittelvergiftung ist. Um auf Nummer sicher zu gehen, haben sie mir Blut abgenommen und lassen die Proben gerade im Labor untersuchen.

Bis die Ergebnisse vorliegen und mein Zustand sich verbessert hat, muss ich hierbleiben. Die letzten Tage haben wohl für eine Dehydration gesorgt, und der wird jetzt entgegengewirkt. Ein intravenöser Zugang versorgt mich mit Flüssigkeit und Elektrolyten.

Außer Jace weiß noch niemand über meinen kleinen Ausflug hierher Bescheid. Ich denke, ich werde es meinen Eltern erst morgen sagen. Sie liegen mit Sicherheit schon im Bett, und ich möchte ihnen wirklich nicht noch mehr Sorgen bereiten, als die nächste Zeit ohnehin mit sich bringen wird.

Es wird bestimmt nicht lange dauern, bis jemand herausfindet, dass ich Peach bin. Schließlich hat Jace mit seinem Song allen so etwas wie eine Landkarte mit einer genauen Beschreibung gegeben, wie sie zum Schatz kommen. Man muss schon ziemlich schwer von Begriff sein, um die Rückschlüsse auf mich nicht zu ziehen. Und aus irgendeiner Versenkung taucht doch immer ein Insider auf, der zusätzlich intime Details liefert und das Ganze noch weiter aufbauscht.

Ein Klopfen an der Zimmertür reißt mich aus meinen unschönen Gedanken. Langsam öffnet sie sich, und zum Vorschein kommt niemand Geringeres als meine beste Freundin.

»Hey«, sagt sie leise. Ich habe sie gefühlt seit einer Ewigkeit nicht mehr gesehen.

»Was machst du hier?«, frage ich verwundert.

»Woher wusstest du, dass ich im Krankenhaus bin?«

»Also erstens arbeite ich hier, da ist es nicht so ungewöhnlich, mich hier anzutreffen. Und zweitens hat Jace mir 'ne Nachricht geschickt.« Sie sieht mich verunsichert an. Es wirkt so, als würde sie mir etwas verheimlichen. Als hätte sie etwas zu verbergen. Merkwürdig.

»Oh, hat er noch etwas anderes gesagt?«

Es war nett von ihm, mir Faith zu schicken, damit ich nicht alleine bin. Trotzdem ändert es nichts. Er hat es verbockt, und ich weiß nicht, ob ich ihm das je verzeihen kann. Außerdem sind im Auto auf beiden Seiten verletzende Dinge gesagt worden. Ich bin mir nicht sicher, ob sie nicht einen irreparablen Schaden in unserer Beziehung verursacht haben. Doch in einer Sache bin ich mir sicher. So wie sich mein Verhältnis zu Faith gerade anfühlt, hat zumindest diese Beziehung einen erlitten.

Forschend schaue ich sie an, um herauszufinden, wie schlimm es tatsächlich um uns steht, und warte auf ihre Antwort oder irgendeine Reaktion von ihr.

»Ich verstehe nicht, warum du es mir nicht erzählt hast.« Sie lässt sich auf einen Stuhl direkt neben meinem Bett fallen.

»Es tut mir wirklich leid. Ich wollte niemanden verletzen und habe versucht, gegen meine Gefühle für Jace anzukämpfen. Doch manchmal sind wir machtlos, denn das Herz macht, was es will.«

Ein trauriger Ausdruck flackert in ihren Augen auf.

»Wie wahr«, murmelt sie.

»Ich will dich nicht wegen eines dummen Fehlers verlieren. Du bist einer der wichtigsten Menschen in meinem Leben. Ich liebe dich wie eine Schwester. Meinst du, du wirst mir irgendwann verzeihen können?« Die Emotionen kochen in mir hoch, ich fühle mich, als würde ich jede Sekunde in Tränen ausbrechen.

»Ich bin nicht sauer auf dich. Nur verletzt, dass du es mir nicht gesagt hast. Enttäuscht, dass du die Sache mit Max nicht erst beendet und dann deinen Gefühlen für meinen Bruder nachgegeben hast. Und ein wenig entsetzt darüber, dass ihr es so offensichtlich in einer Show preisgebt, obwohl noch niemand in eurem Umkreis davon Bescheid weiß.«

»Nicht wir haben es preisgegeben, dein Bruder war es. Ich hatte keinen blassen Schimmer, dass er so etwas im nationalen Fernsehen abziehen wird. Hätte ich es gewusst, hätte ich mich hartnäckiger darum bemüht, mit Max zu sprechen und mich mit dir zu treffen, um reinen Tisch zu machen. Außerdem wäre es auch ganz nett gewesen, es unseren Eltern persönlich zu sagen.«

Faith greift nach meiner Hand.

»Ich weiß, du hast das Ganze nicht geplant, und die Situation ist schlichtweg scheiße. Aber du wirst das überstehen, und es wird sich alles regeln. Deine Familie und auch meine lieben dich, und ein Fehler, egal wie klein oder wie kolossal er auch sein mag, wird an dieser Tatsache nichts ändern.«

Die Nachtschwester steckt den Kopf zur Tür herein.

»Faith, du solltest jetzt gehen, sie braucht wirklich etwas Ruhe.«

»Ich verabschiede mich nur noch, Roxy.«

Die beiden kennen sich offensichtlich, was wahrscheinlich der einzige Grund ist, warum Faith um diese Uhrzeit überhaupt noch hier sein darf. Es ist mittlerweile kurz vor Mitternacht, die Besuchszeiten sind schon seit Stunden vorbei.

Roxy richtet ihre Aufmerksamkeit noch einmal auf mich.

»Versuchen Sie ein wenig zu schlafen. Der Arzt wird morgen

früh mit Ihnen besprechen, wie es weitergeht. Bis dahin liegen auch die Blutwerte vor. Sollte es heute Nacht irgendein Problem geben, drücken Sie einfach den Knopf, ich bin dann sofort bei Ihnen.« Sie lächelt mich freundlich an und verlässt das Zimmer wieder.

Faith erhebt sich von dem Platz neben mir.

»Ich werde mich dann mal auf den Weg nach Hause machen. In ein paar Stunden muss ich schon wieder zur Frühschicht hier sein.«

Jetzt ist mein schlechtes Gewissen noch größer. Ich war eine beschissene Freundin, trotzdem ist sie spät am Abend hergekommen und hat auf ihren Schlaf verzichtet, um für mich da zu sein. Diesmal bin ich es, die nach ihrer Hand greift. Ich drücke sie kurz und schaue zu ihr hinauf.

»Du bist die beste Freundin, die man sich wünschen kann. Danke, dass du für mich da bist, obwohl ich so eine blöde Kuh war.«

Sie lächelt traurig auf mich herab.

»Das ist doch selbstverständlich. Ich weiß, dass du stark genug bist, die Hürden der nächsten Wochen zu überstehen, egal, ob du dich für eine Beziehung mit Jace oder dagegen entscheidest. Wir stehen alle hinter dir.«

Nachdem wir uns verabschiedet haben, geht sie und lässt mich mit meinen kreisenden Gedanken zurück.

Ich bin so was von bereit, die Shit Show dieses Tages hinter mir zu lassen. Möge der morgige besser werden.

Dank des Medikaments gegen die Übelkeit ist es ein Leichtes, der Realität zu entfliehen und einen Abstecher ins Traumland zu machen.

Ich bin perplex, als am nächsten Morgen Max in meinem Krankenzimmer steht, obwohl die Besuchszeit frühestens in zwei Stunden beginnt.

»Hey, was machst du hier?«

Entweder die Frauen auf der Station sind seinem guten

Aussehen verfallen und haben ihn deshalb schon hergelassen oder er hat Kontakte durch seinen Job, die ihm ermöglicht haben, auch außerhalb der vorgegebenen Zeiten hier zu sein.

Seit Wochen habe ich ihn nicht mehr gesehen, und ihm jetzt gegenüberzustehen – oder in meinem Fall eher gegenüberzusitzen – fühlt sich merkwürdig an. Noch vor Monaten dachte ich, er sei der Mann, mit dem ich Kinder bekommen und alt werden möchte. Jetzt fühlt es sich fast so an, als würde ein Fremder vor mir stehen. Mein Herz schlägt nicht schneller, wenn ich ihn sehe. In meinem Bauch tanzen keine Schmetterlinge wild herum, wenn er mir ein Lächeln zuwirft. Nicht wie bei Jace.

Schweigend setzt er sich auf den Stuhl, auf dem schon Faith am Abend zuvor gesessen hat. Die Arme auf die Knie gestützt, beugt er sich nach vorne und lässt den Kopf hängen. Es dauert eine gefühlte Ewigkeit, bis er zu mir hochschaut.

»Ich habe gedacht, wir wären glücklich. Dass unserer Beziehung so schnell nichts etwas anhaben kann. Doch ich habe mich getäuscht. Und in den letzten Wochen habe ich mir eine Frage immer und immer wieder gestellt. Hätte es was geändert, wäre ich mit zur Hochzeit gegangen?« Mit den Fingern fährt er sich über das kurz geschnittene Haar.

Ich beuge mich nach vorne und lege meine Hand auf seine Schulter. Ihn so zu sehen bricht mir das Herz noch ein Stück mehr. Ich denke, der Zeitpunkt für das Gespräch, das wir schon vor Wochen hätten führen sollen, ist gekommen.

»Um ehrlich zu sein, glaube ich nicht, dass es etwas geändert hätte. Es ist nicht deine Schuld, sondern ganz allein meine. Ich war mir so sicher, über ihn hinweg zu sein, doch dann haben wir uns wiedergesehen und ich habe gemerkt, dass es nicht so ist. Selbst wenn du an diesem Abend dabei gewesen wärst, hätte es mein Herz nicht daran gehindert, ihm erneut zu verfallen. Denn es gehörte ihm schon lange, bevor ich dich getroffen habe. Aber ich habe mir eingeredet, es wäre nicht so. Und dabei habe ich nicht nur mich selbst belogen, sondern auch dir wehgetan.«

Seine Hand landet auf meiner, die immer noch auf seiner Schulter ruht.

»Das wünschte ich auch. Und doch bereue ich keine Sekunde, die wir zusammen verbracht haben. Könnte ich in der Zeit zurückreisen, mit dem Wissen, wie es enden wird, würde ich trotzdem nichts anders machen. Egal wie das hier ausgegangen ist, ich werde unsere gemeinsame Zeit immer in guter Erinnerung behalten.« Er drückt meine Hand kurz, bevor er sich im Stuhl zurücklehnt.

Auch ich lasse mich zurück ins Kissen sinken und bringe ein bisschen mehr Abstand zwischen uns.

»Jeder macht hin und wieder Fehler. Das ist nur menschlich. Auch ich habe in den letzten Wochen welche gemacht. Der größte war, dir aus dem Weg zu gehen und dir damit die Möglichkeit zu nehmen, unsere Ehe zu beenden. Und das, obwohl ich schon kurz nach der Hochzeit der Barbeaus gemerkt habe, dass sie nicht mehr zu retten ist. Mein gekränkter Stolz und mein verletztes Herz haben verhindert, dass du mit Jace unbeschwert zusammen sein konntest. Das tut mir wirklich leid. Du hast es verdient, glücklich zu sein, egal, was passiert ist.«

Die Tränen strömen mir in Rinnsalen übers Gesicht. Seine Worte haben mir das Herz entzweigebrochen.

»Du bist so gütig und liebevoll. Es war mir eine Ehre, dass ich mich eine Zeitlang deine Ehefrau nennen durfte, auch wenn wir am Ende nicht füreinander bestimmt waren. Ich hoffe, du findest eine Frau, die deiner würdig ist.« Unkontrollierte Schluchzer erschüttern meinen ganzen Körper, als ich meinen Emotionen der letzten Wochen und Monate endlich freien Lauf lasse. Eine Mischung aus Erleichterung und tiefer Traurigkeit macht sich in mir breit. Erleichterung, weil die Wahrheit endlich raus ist, auch wenn ich mir gewünscht hätte, es wäre auf eine andere Art und Weise geschehen. Tiefe Traurigkeit darüber, dass ich auf meinem Weg so viele Menschen verletzt und enttäuscht habe, obwohl ich immer nur das Beste für sie wollte.

»Du brauchst nicht weinen, Emma. Noch darfst du dich doch meine Ehefrau nennen. Schließlich sind wir noch nicht geschieden«, sagt er zwinkernd.

»Auch wenn ich mir ziemlich sicher bin, dass Jace das lieber heute als morgen ändern würde, seinem gestrigen Auftritt nach zu urteilen. Hat ganz schön Eier in der Hose, dir 'nen halben Antrag zu machen, obwohl du noch nicht mal richtig frei bist. Und das Ganze in einer Show, die Millionen Menschen sehen.« Dass er nach allem, was passiert ist, hier sitzt und mich tröstet, obwohl er selbst jedes Recht hat, traurig oder wütend zu sein, zeugt einmal mehr davon, was für ein wundervoller Mensch Max ist.

Ich wünschte wirklich, ich hätte ihn lieben können, wie er es verdient hat. Doch das Herz macht, was es will, und in meinem Fall will es Jace.

Nachdenklich reibt sich Max übers Kinn.

»Ich weiß nicht, ob es verdammt mutig oder verdammt dumm war, was Jace gestern gemacht hat. Aber jeder konnte sehen, dass er dir absolut verfallen ist. Doch seiner Abwesenheit hier im Krankenhaus nach zu urteilen, bist du nicht so begeistert. Gib ihn nicht auf, nur weil er von seinen Gefühlen übermannt die falsche Entscheidung getroffen hat. Sonst wäre das alles hier vollkommen umsonst gewesen.« Er zeigt mit dem Finger erst auf sich und dann auf mich.

Ich habe keine Zeit, etwas zu antworten, denn die Zimmertür geht auf, und ein Arzt mit einem Klemmbrett in der Hand kommt zu uns herein.

»Guten Morgen, Mrs. Harris. Wir haben die Laborergebnisse zurückbekommen.« Er blättert durch die Seiten der Akte.

»Es ist schön, dass Ihr Mann auch hier ist. Wir haben freudige Nachrichten für Sie beide.« Er schaut von seinem Klemmbrett auf und lächelt uns an.

»Herzlichen Glückwunsch, Sie erwarten ein Baby.«

Kapitel 44

Jace

Die ganze Nacht lag ich wach im Bett und habe darüber nachgedacht, wie mein Leben innerhalb von ein paar Stunden eine so krasse Wendung nehmen konnte. In einem Moment war alles perfekt und im nächsten wurde mir der Boden unter den Füßen weggezogen, und alles steht Kopf.

Emma hat sich seit gestern Abend nicht einmal bei mir gemeldet. Ich habe hunderte Nachrichten an sie geschrieben, doch alle gelöscht, ohne sie abzuschicken. Am liebsten würde ich zu ihr fahren und darauf bestehen, dass sie mir sofort verzeiht. Ich kann mir ein Leben ohne sie nicht mehr vorstellen und liebe sie mehr als alles andere auf dieser Welt. Doch genau das ist der Grund, warum ich mich jetzt in dieser Situation wiederfinde. Also habe ich mich dazu entschieden, ihr Freiraum zu geben, damit sie in Ruhe gesund werden und einen klaren Kopf bekommen kann.

Das Richtige zu tun, ist nicht immer einfach. Doch ich bete, dass sie mir am Ende verzeihen wird.

Meine Hoffnung ist, dass Faith mir Informationen über Emmas Zustand liefert. Doch meine Schwester war bisher nicht so kooperativ, wie ich es mir wünsche. Sie scheint ziemlich sauer auf mich zu sein. Verständlicherweise, schließlich habe ich mir ihre verheiratete beste Freundin geschnappt, ohne ihr etwas zu sagen. Ich hoffe sehr, sie lässt ihre Wut nur an mir aus. Emma soll nicht noch mehr leiden und möglicherweise ihre Freundin verlieren.

Zumindest hat sie mir gestern Abend verraten, dass Emma mit Medikamenten und einer Infusion wieder aufgepäppelt wird. Was genau die Ursache für ihren Zustand ist, hat meine reizende Schwester mir natürlich nicht erzählt. Danke für gar nichts, Schwesterherz. Doch ich befinde mich gerade nicht in der Position, Antworten zu fordern. Daher werde ich abwarten und die Füße stillhalten. Sie hat schließlich versprochen, sich heute früh mit einem Update zu melden.

Ich sitze gefühlt seit Stunden auf meiner Couch mit dem Telefon in der Hand und versuche, es mittels bloßer Willenskraft dazu zu bringen, endlich zu klingeln.

Frustriert schmeiße ich das Handy in die Kissen. Ich brauche erst mal eine Dosis Koffein, um wieder ein bisschen klarer denken zu können. Denn ich fühle mich wie ein Delfin. Eine Gehirnhälfte schläft gerade – zumindest ist sie außer Betrieb –, während ich eigentlich wach bin. Ein Hoch auf die Erfindung des Kaffeevollautomaten. Eines der ersten Dinge, die hier eingezogen sind.

Ich erhebe mich wie ein Zombie von der Couch und schlurfe in die Küche. Schnell eine Tasse unter die Düsen des Automaten gestellt, und schon kann der erste von meinem doppelten Espresso gebrüht werden. Nur die volle Dröhnung kann jetzt noch etwas bewirken.

Da ich mal irgendwo gelesen habe, dass Bewegung an der frischen Luft dazu beiträgt, wacher zu werden, öffne ich die Flügeltüren, die auf die Terrasse hinausführen. Doch mehr Bewegung, als der Weg von der Tür wieder zurück zum Tresen, ist heute nicht drin.

Der Automat ist gerade mit voller Lautstärke dabei, die zweite Ladung Kaffeebohnen zu mahlen, als plötzlich ein Geräusch aus dem Wohnzimmer meine Aufmerksamkeit auf sich zieht.

Es dauert einige Sekunden, bis mein müdes Gehirn die Quelle erkannt hat. Doch als die Realisation endlich durch den dichten Nebel in meinem Kopf sinkt, sprinte ich los, denn das Geräusch ist nichts anderes als das Klingeln meines Telefons.

Wie Flash jage ich in Höchstgeschwindigkeit durch Küche und Wohnstube zur Couch. Atemlos nehme ich den Anruf entgegen, ohne zu schauen, wer dran ist.

»Ja«, krächze ich in den Hörer.

»Hey, Jace. Ich bin es. Ist alles gut bei dir? Du hörst dich seltsam an.« Meine Schwester raschelt am anderen Ende der Leitung.

Enttäuschung macht sich in mir breit. Ich hatte auf jemand anderen gehofft.

»Jap, was gibt es?«

»Emma wurde aus dem Krankenhaus entlassen. Sie ist jetzt zu Hause bei Max«, teilt sie mir mit, und ihre Stimme nimmt zum Ende hin einen merkwürdigen Klang an.

Eifersucht und Wut schlagen ihre Klauen tief in mein Fleisch und vertreiben alle rationalen Gedanken aus meinem Kopf. Sie hat entschieden, sich lieber von ihm pflegen zu lassen, anstatt zu mir zu kommen. Ich habe einen einzigen Fehler gemacht, und schon ist es ihr zu viel, mit mir zusammen zu sein.

»Jace, stopp.«

Faith' Stimme holt mich aus der Abwärtsspirale meiner Gedanken wieder ins Hier und Jetzt zurück.

»Ich kann das Chaos in deinem Kopf bis hierher hören. Aber glaub mir, es ist nicht, wie du denkst. Nicht einmal ansatzweise. Es gibt etwas, über das ihr beide dringend miteinander reden müsst. Also sieh zu, dass du deinen Arsch ins Auto schwingst und zu ihr fährst. Sofort.«

Ich bin verwirrt, was in den letzten vierundzwanzig

Stunden die vorherrschende Stimmung in meinem Leben zu sein scheint. Worüber will sie mit mir reden? Will sie das zwischen uns beenden? Eine Pause einlegen? Aber Faith meinte, es sei nicht, wie es scheint. Will sie mit Max und mir gleichzeitig zusammen sein? Die ganze Grübelei sorgt dafür, dass mein Kopf vor Schmerz zu pochen beginnt. Na super, das hat mir gerade noch gefehlt.

»Jace!«, schreit Faith mir ins Ohr.

»Hör auf zu grübeln und lass dir endlich mal ein Paar Eier wachsen. Du hast dich in diese Situation gebracht, jetzt sei auch Manns genug und stell dich deinen Problemen. Wie ein kleines Mädchen nervös an den Fingernägeln zu kauen und darüber nachzudenken, was der Schwarm wohl gerade macht, bringt dich nicht weiter.«

Wer ist diese Frau, und was hat sie mit meiner Schwester gemacht?

»Gott, Faith. Seit wann bist du so unverschämt ehrlich? Ich möchte meine liebe, fürsorgliche Schwester zurück.«

Sie schnaubt mir ins Ohr.

»Menschen ändern sich halt. Ich hätte auch nie gedacht, dass ich irgendwann einmal erleben werde, wie mein Bruder und meine beste Freundin mich hintergehen. Und schau dir an, was passiert ist.«

Okay. Sie ist sauer, so viel ist klar. Doch ich werde das Gefühl nicht los, dass noch etwas anderes im Busch ist. Aber der Sache kann ich momentan nicht auf den Grund gehen. Ich habe gerade andere Prioritäten.

»Alles klar, ich muss jetzt los und das machen, was meine herrische Schwester mir befohlen hat. Tschüss.«

»Vergiss nicht, auf dem Weg beim Blumenladen ’nen Zwischenstopp einzulegen.«

»Wird gemacht.« Ich bin schon auf halbem Weg zur Tür.

»Je größer, desto besser«, schreit sie noch, kurz bevor ich auflege.

Ist weniger nicht manchmal mehr? Aber sie ist hier die Frau. Wenn sie sagt, nur ein riesiger Blumenstrauß könne die Sache wieder geradebiegen, dann sollte ich vielleicht den ganzen Laden leerkaufen. Sicher ist sicher.

Kapitel 45

Emma

Der Schock sitzt noch immer ganz schön tief, als wir zu Hause ankommen. Monatelang haben wir uns ein gemeinsames Kind gewünscht. Doch in den letzten Wochen war ich so beschäftigt mit mir selbst, dass ich gar keinen Gedanken mehr daran verschwendet habe. Und jetzt bin ich schwanger.

Max sieht so blass und mitgenommen aus, wie ich mich fühle.

Die letzten Stunden waren eine Achterbahn der Gefühle. Ich bin glücklich und traurig zugleich.

Glücklich darüber, dass ich Mutter werde und in acht Monaten meinen Sohn oder meine Tochter in den Armen halte. Traurig, weil ich diesen Moment höchstwahrscheinlich alleine erleben werde, weil der Vater nicht an meiner Seite sein wird.

Die Dämme brechen schon wieder. Tränen laufen stumm meine Wangen hinab. Ich bin durch die Hormone, die Übelkeit und den Stress der letzten Stunden ein emotionales Wrack. Erschöpft lasse ich mich auf die Couch sinken und rolle mich schützend um mein Baby zusammen.

Mami wird immer für dich da sein, egal, was passiert.

»Soll ich dir einen Tee kochen?«, fragt Max, bevor er mir eine Decke überwirft.

Zu mehr als einem Nicken bin ich nicht imstande.

Ich weiß nicht, wie viel Zeit vergangen ist, als es an der Tür klingelt. Aber ich rühre mich nicht vom Fleck.

Max' Schritte sind zu hören, als er den Flur entlanggeht.

Leise Stimmen werden aus dem Eingangsbereich zu mir herübergetragen, doch ich kann nicht ausmachen, was gesagt wird.

Ich döse weiter vor mich hin und vergrabe mein Gesicht tiefer im Kissen. Die Hormone machen mir ganz schön zu schaffen. Ich fühle mich wie durchgekaut und wieder ausgespuckt. Mein Magen fühlt sich immer noch flau an, und nach Aussage der Ärzte könnte es sogar schlimmer werden, bevor es sich bessert. Außerdem verspüre ich eine Müdigkeit, als hätte ich seit Wochen nicht geschlafen.

Yay, du Glückliche, Emma.

»Scheiße, Peach, was ist los?«, fragt Jace.

Seine Stimme reißt mich aus meinen Gedanken.

Er kniet vor mir und umfasst mit sorgenvollem Blick mein Gesicht.

Seinen Kosenamen für mich zu hören und ihn vor mir zu haben, öffnet die Schleusen noch weiter. Schluchzend schließe ich die Augen, in der Hoffnung, die Wassermassen zurückhalten zu können. Doch vergebens.

»Shh, beruhig dich.« Er drückt einen zärtlichen Kuss auf meine Stirn. Seine Daumen ziehen sanfte Kreise über meine Wangen und versuchen, die Tränen wegzuwischen. Doch es ist zwecklos, denn es sind einfach zu viele.

»Es tut mir leid.« Aus tränenverschleierten Augen schaue ich zu ihm auf.

Panik macht sich in seinen breit.

»Was tut dir leid? Rede bitte mit mir. Du jagst mir Angst ein.«

Ich lecke mit der Zunge über meine trockenen Lippen.

»Der Arzt kam heute früh zu mir, um mir die Ergebnisse des Bluttests mitzuteilen. Ein Wert war auffällig.«

Die Farbe weicht aus seinem Gesicht.

»Was bedeutet das?«

Ich senke meinen Blick, denn ich kann ihm nicht in die Augen schauen, weil ich mich so schlecht fühle. Die Worte, die ich ihm sagen will, stecken wie ein Kloß in meinem Hals fest. Mit einem Räuspern versuche ich sie frei zu bekommen

»Ich bin schwanger«, flüstere ich.

»Fuck.« Er lässt sich nach hinten gegen den Couchtisch fallen. Die Ellenbogen auf den Knien abgestützt, vergräbt er sein Gesicht in den Händen.

»Es tut mir wirklich leid.« Ich setze mich unter Protest meines Magens auf und lege ihm vorsichtig eine Hand auf die Schulter, wie zuvor schon bei Max.

»Gibt er dir eine zweite Chance, damit ihr das Kind zusammen großziehen könnt?«

»Jace, ich glaube, du hast da was falsch verstanden.«

Verwirrt schaut er mich über seine Fingerspitzen hinweg an. Sein Blick ist voller Schmerz und Trauer.

»Was ist denn daran falsch zu verstehen? Du bist hier mit ihm. Schwanger. Du bekommst ein Kind mit Max.«

Ich beuge mich noch ein Stück weiter zu ihm hin, umfasse sein Gesicht mit meinen Händen und schaue ihm tief in die Augen.

»Jace, du bist der einzige Mann, mit dem ich in den letzten Monaten Sex hatte. Wie dir vielleicht aufgefallen ist, habe ich die Beschwerden erst seit ein paar Tagen. Was meinst du, könnte das bedeuten?«

Hoffnung blitzt in seinen Augen auf.

»Heißt das … Heißt das, das Baby ist von mir? Ich werde Vater?«

Ich lächle ihn vorsichtig an.

»Ja.«

»Oh mein Gott.« Er schlingt seine Arme um mich und zieht mich vorsichtig auf seinen Schoß. Sein Gesicht ist an meiner Halsbeuge vergraben.

»Ich werde Vater!« Er übersät mich mit Küssen.

Für ein paar Minuten bleiben wir einfach so sitzen.

»Bedeutet das, du freust dich?« Ich muss es einfach von ihm hören.

Er hebt seinen Kopf und schaut mich fragend an.

»Natürlich, wie kommst du denn darauf, dass ich mich nicht freuen könnte?«

»Wir sind noch nicht einmal offiziell ein Paar und jetzt bekommen wir ein Baby. Außerdem bringt ihr gerade ein neues Album raus und seid auf dem Höhepunkt eurer Karriere angelangt. Dafür habt ihr so hart gearbeitet. Ich habe das Gefühl, jetzt ein Kind zu bekommen, ist das Letzte, was du dir wünschst.« Verlegen schaue ich zur Seite.

»Peach, sieh mich an«, fordert er.

Widerwillig hebe ich meinen Blick. Was mich in seinem Gesicht erwartet, hätte ich mir im Leben nicht träumen lassen.

Seine Augen strahlen vor Glück.

»Habe ich nicht bei der Hausbesichtigung deutlich gemacht, dass ich mir nichts Schöneres vorstellen kann, als eine Familie mit dir zu gründen? Außerdem sind wir seit gestern Abend so was von offiziell ein Paar, offizieller geht es gar nicht.«

Ich gebe ihm einen spielerischen Klaps auf die Schulter. »Du bist unmöglich. Und ich bin immer noch sauer, dass du mir nicht persönlich gesagt hast, wie du für mich fühlst.« Mit der Nase nach oben gestreckt, schaue ich gespielt eingeschnappt von ihm weg.

»Komm schon, das war total romantisch.« Er kitzelt meine Seiten.

Ich schaffe es nicht, ein ernstes Gesicht zu behalten. Lachend breche ich in seinen Armen zusammen, da die Versuche, aus seiner Reichweite zu kommen, erfolglos sind.

»Stopp!«, rufe ich atemlos.

»Wenn du nicht aufhörst, schickt unser Baby dir ein Geschenk aus meinem Magen.« Ich reibe mir über den Bauch, in der Hoffnung, dass die Übelkeit ein wenig abklingt.

Glücklicherweise hat er dieses Mal Erbarmen mit mir und lässt von mir ab. Wahrscheinlich, weil er nicht in Erbrochenem gebadet werden will.

Mit tiefen Atemzügen versuche ich die Beschwerden unter Kontrolle zu bekommen.

Vorsichtig hebt er mich von seinem Schoß auf die Couch.

»Ich bin gleich wieder da.« Im nächsten Moment verlässt er das Wohnzimmer.

Ich lehne mich zurück und schaue meinen Bauch an, während ich warte. Irgendwie ist es eine merkwürdige Vorstellung, dass in mir gerade ein kleiner Mensch heranwächst.

Jace' Beine, die in meinem Sichtfeld erscheinen, lassen mich aufschauen.

Ich kann kaum glauben, was ich vor mir sehe. Von dem Mann meiner Träume ist nichts mehr auszumachen, denn er hält einen Blumenstrauß in seiner Hand, wenn man dieses Monster überhaupt so nennen kann. Er ist riesig. Noch nie in meinem ganzen Leben habe ich so ein massives Bouquet gesehen. Der Strauß nimmt jeden Millimeter zwischen uns ein.

Nach einem kurzen Moment lässt Jace sich vor mir auf die Knie fallen.

»Bevor ich dich wiedergetroffen habe, fehlte ein Teil von mir. Du bringst Freude und Sonnenschein in mein Leben. Wann immer ich einen Pfirsich sehe, muss ich an dich denken, denn du bist meine Peach. Du riechst wie ein fruchtiger Sommertag, von dem man möchte, dass er nie endet. Die kurze Zeit, die wir jetzt zusammen sind, ist die glücklichste, die ich je erlebt habe. Wehe, du protestierst jetzt.« Er zeigt warnend mit dem Finger auf mich.

»Keine Auszeichnung, die ich je gewonnen habe, hat mich glücklicher gemacht, als die trivialen Dinge des Alltags mit dir an meiner Seite zu erleben. Ich liebe dich.« Er legt den Strauß achtlos zur Seite und umfasst mein Gesicht mit seinen rauen Händen.

»Ich liebe dich so verdammt doll, Peach.« Seine Lippen verschließen meine. Ausgehungert küsst er mich, als hätten wir uns seit Monaten nicht gesehen.

Wir sind zwei Hälften eines Ganzen. Nur zusammen sind wir vollständig. Und so wird es auch immer bleiben.

Er lehnt sich ein Stück von mir weg.

»Es tut mir leid, dass ich gestern so ein egoistischer Idiot war.« Seine Stirn ruht an meiner, als er mir tief in die Augen schaut.

»Und mir tut es leid, dass ich nicht hartnäckiger versucht habe, reinen Tisch zu machen. Ich bin nicht sauer auf dich. Du warst es einfach leid. Auch wenn es nicht der richtige Weg war, glaube ich, dass du es aus den richtigen Motiven gemacht hast. Und das ist alles, was zählt. Ich liebe dich auch. So sehr, dass allein die Vorstellung, von dir getrennt zu sein, mein Herz schmerzen lässt. Auch wenn es nicht geplant war, bin ich froh, unser Baby in meinem Bauch zu tragen, denn ich könnte mir keinen besseren Vater für meine Kinder vorstellen als dich.«

»Das habe ich gehört«, ruft Max uns aus der Küche zu.

»Sorry.« Doch es tut mir nicht leid, dass ich es gesagt habe, sondern nur, dass er es gehört hat. Lächelnd sehe ich einen unangenehm berührt dreinschauenden Jace an.

»Was hältst du davon, mich nach Hause zu bringen? Da können wir ungestört unsere Zweisamkeit genießen. Oder besser gesagt, unsere *Dreisamkeit.*« Ich lege eine Hand liebevoll auf meinen Unterbauch.

»Ich kann mir nichts Schöneres vorstellen, als Zeit mit den zwei wichtigsten Menschen in meinem Leben zu verbringen.« Seine Hand legt sich schützend über meine.

Und mit einer einfachen Geste schafft er es, mir das Gefühl von Familie zu vermitteln. Denn das sind wir jetzt. Eine Familie.

EPILOG

Jace

»Du schaffst das, Peach. Nur noch ein paarmal pressen, dann halten wir unsere kleine Prinzessin in den Armen.« Mit einem kühlen Waschlappen tupfe ich über ihre Stirn.

Wütend schlägt sie meine Hand weg.

»Fass mich nicht an«, knurrt sie.

»Ich will dich nicht mehr in meiner Nähe haben, vor allem nicht deinen kleinen Freund. Der kann bleiben, wo der Pfeffer wächst … Hmmm … « Ihre Tirade wird von einer Presswehe unterbrochen.

Ich habe immer gedacht, Frauen schreien vor Schmerzen, wenn sie Wehen haben, aber Emma ist die Konzentration in Person und mobilisiert ihre gesamte Kraft, um zu pressen. Doch leider beschränkt sich die Konzentration nur auf die Wehen. Sobald die vorbei sind, verkündet sie lautstark, was sie von allem hier hält. Vor allem ich komme nicht gut dabei weg. Ich hoffe, das legt sich, sobald wir unser Mädchen kennengelernt haben. Doch bis dahin dauert es noch ein wenig. Und so lange halte ich gerne als ihr verbaler Boxsack hin.

»Dein Penis wird nie wieder auch nur in die Nähe meiner Vagina kommen …«, und da ist die nächste Wehe,

»… schon gar nicht nackt! Wag es ja nicht, noch mal nackt auch nur in meine Richtung zu schauen …«

Wie eine Frau, die mit aller Macht versucht, ein Kind aus der Öffnung in der Größe einer Limette zu pressen, direkt danach so viel Energie aufbringen kann, um herum zu pöbeln, ist mir schleierhaft. Ich hätte vermutlich schon vor Stunden das Handtuch geworfen und heulend nach meiner Mom gerufen, doch meine wunderschöne Peach ist stärker. Sie versucht so schnell wie möglich unsere Tochter auf die Welt zu bringen. Meine Bewunderung für diese Frau war noch nie größer als in diesem Moment. Gerade weil die Wehen in immer kürzeren Abständen kommen und sie es in den Sekunden dazwischen trotzdem noch schafft, mir die Hölle heiß zu machen.

»Bevor ich überhaupt noch mal in Betracht ziehe, irgendwann in ferner Zukunft Sex mit dir zu haben, wirst du ihn in mindestens zehn Kondome übereinander verpacken. Hast du mich verstanden?«, schreit sie mich an.

Ich spare mir eine Antwort, denn die nächste Wehe rollt schon erbarmungslos durch ihren Körper.

»Sie machen das ganz toll. Noch ein bisschen weiterpressen. Ich kann das Köpfchen schon sehen«, sagt die Hebamme, die zwischen Emmas gespreizten Beinen steht.

Ich kann die Entschlossenheit in Emmas Blick sehen, als sie noch kräftiger als zuvor presst.

»Das haben Sie super gemacht. Das Köpfchen ist raus. Mit der nächsten Wehe ist Ihr Baby auf der Welt.«

Ein protestierendes Schreien ertönt in diesem Moment. Unsere kleine Prinzessin mag es wohl nicht, wenn man von ihr redet, als wäre sie nicht anwesend.

Die nächste Wehe lässt glücklicherweise nicht lange auf sich warten.

Mit einem Rutsch fällt unsere Tochter in die Hände der Hebamme.

»Herzlichen Glückwunsch, es ist tatsächlich ein Mädchen. Begrüßen Sie ihre Tochter.« Die Hebamme hält ein blutiges, schmieriges Bündel in die Höhe.

Mit den kleinen Händchen reibt sich das Baby über das Gesicht. Dunkle Haare kleben am Kopf und aus dem Bauch ragt die Nabelschnur.

Ich habe noch nie etwas Schöneres gesehen als meine Tochter in diesem Moment.

»Möchten Sie die Nabelschnur durchschneiden, Daddy?«, fragt die Hebamme.

Oh mein Gott, ich bin tatsächlich ein Vater. Mein Herz zerspringt fast vor Glück.

Emma

Ich bin high von den Endorphinen und einfach nur glücklich, meine Tochter auf die Welt gebracht zu haben.

Sie wird noch untersucht, bevor ich sie hoffentlich gleich in den Armen halten kann. Erschöpft von den Strapazen der letzten Stunden lasse ich meinen Kopf ins Kissen sinken und schließe kurz die Augen.

Es fühlt sich an wie der Abschluss einer besonders anstrengenden Zeit und der Beginn einer strahlenden Zukunft.

Nachdem Jace seinen großen Aufritt hingelegt hat, explodierten die Medien mit allen möglichen Artikeln zu der mysteriösen Frau an seiner Seite. Wie zu erwarten war, dauerte es nicht lange, bis meine Identität bekannt wurde. Und damit auch die Umstände, wie wir zueinandergefunden haben. Was dann losbrach, war die reinste Hetzjagd. Auch die Fans haben lautstark ihre Abneigung kundgetan. Erst als die Schwangerschaft verkündet wurde, legte es sich wieder, denn dann wollte jeder alles über das erste Band-Baby wissen. Zu meinem Glück, denn länger hätte ich die Hassnachrichten auf meinen Social-Media-Kanälen nicht ausgehalten.

Ich schüttle die Erinnerungen an die letzten Monate ab, denn ich möchte diesen schönen Moment nicht damit trüben.

Erneut versuche ich in den Minuten, bis mein Baby endlich bereit für mich ist, ein wenig Energie zu tanken.

Doch zur gewünschten Erholung kommt es nicht, denn ich habe noch nicht einmal ganz die Augen zu, da fliegt die Tür zum Kreißsaal auf.

»Hey, Kleine, bist du bereit, deinen Lieblingsonkel kennenzulernen?«, fragt East und schlendert herein. Suchend schaut er sich um. Doch statt einem Baby erblickt er etwas ganz anderes. Der Ausdruck puren Entsetzens fällt wie ein Vorhang über sein Gesicht.

Wenn es mir nicht so unangenehm wäre, hätte ich wahrscheinlich angefangen zu lachen. Ich liege noch immer mit gespreizten Beinen auf dem Geburtsbett, Blut läuft schwallartig aus meiner Scheide und der Dammriss wartet darauf, genäht zu werden.

East würgt und hält sich seinen Arm vor die Augen.

»Fuck, Emma. Das ist ja widerlich.«

Jace baut sich mit verschränkten Armen zwischen mir und East auf.

»Was ist nicht richtig mit dir? Verpiss dich sofort aus diesem Raum.«

Ohne ein weiteres Wort macht East auf dem Absatz kehrt und verlässt das Zimmer.

Jace steht noch immer schützend vor mir und atmet schwer.

»Jace. Du kannst dich wieder beruhigen.«

Er dreht sich zu mir um und die Anspannung weicht aus seinen Schultern.

»Schau da.« Ich nicke in Richtung der Hebamme.

»Da ist unsere Tochter.«

Die Hebamme kommt mit der kleinen Prinzessin im Arm auf uns zu.

»Alles ist in bester Ordnung.« Sie lächelt und legt mir vorsichtig das eingewickelte Bündel in meine Arme.

Ich bin sprachlos beim Anblick des kleinen Mädchens, das sein Gesicht instinktiv an mich schmiegt. Das Gefühl ist unbeschreiblich. Ich will sie nie wieder loslassen.

Stolz schaut Jace auf uns herab.

»Ich liebe euch.«

»Wir dich auch.«

Lächelnd bewundern wir unsere wunderschöne Tochter.

»Haben Sie sich schon einen Namen überlegt?«, fragt die Hebamme.

Grinsend schauen wir uns an, bevor Jace sich ihr zuwendet.

»Peaches. Peaches Barbeau.«

Wir können unseren Blick gar nicht von unserer Tochter abwenden, selbst als die Ärztin mich wieder zusammenflickt.

Friedlich liegt sie währenddessen in Jace' Armen.

Ich habe mich nach dem kleinen Eingriff gerade erst untenherum bedeckt, als es an der Tür klopft.

»Ich schwöre, wenn das wieder East ist, verpasse ich ihm eine.« Wütend schaut Jace zum Eingang.

»Nicht in der Gegenwart unserer Tochter.«

Die Tür öffnet sich langsam, und erwartungsvoll schaue ich, wer es ist.

Zum Vorschein kommt Faith. Ihre Haare sehen aus, als würde sie gerade aus dem Bett kommen, ihre Klamotten sind auch ein wenig derangiert.

Was ist denn mit ihr passiert?

Bevor ich ihr diese Frage stellen kann, bemerke ich, dass sie nicht allein ist.

Ein schuldbewusster Ausdruck huscht über ihr Gesicht, gefolgt von einer tiefen Traurigkeit, die sich in ihren Augen widerspiegelt.

Ihre Begleitung sieht genauso zerzaust wie sie selbst aus.

Doch das ist es nicht, was mich innehalten lässt.

Er sollte nicht hier sein.

»Max, was machst du hier?«, frage ich.

Faith greift nach seiner Hand und nimmt sie in ihre.

»Er ist mit mir hier«, verkündet sie.

Rocking Your Friendship, die Geschichte von Faith und Max, erscheint im **Herbst 2021**.

Printed in France by Amazon
Brétigny-sur-Orge, FR

12645513R00198